Giuseppe Furno

Ewig ist nur der Tod

GOLDMANN
Lesen erleben

Buch

Rom im August: Privatdetektiv Fabio Gracco observiert den bekannten Politiker de Nicola. Seine Frau möchte Beweise für ihre Vermutung, dass ihr Mann sie mit einer Jüngeren betrügt. Und tatsächlich findet Gracco heraus, dass de Nicola eine Affäre mit der hübschen Archäologin Carla Caggiani hat. Gracco will den Auftrag möglichst schnell beenden, denn er riskiert seine Zulassung, da de Nicola Immunität genießt. Doch dann findet man am Ausgrabungsort einer der Glücksgöttin Fortuna geweihten Grabkammer Carlas übel zugerichtete Leiche. Und Gracco steckt plötzlich mitten in einem Mordfall …

Informationen zu Giuseppe Furno finden Sie am Ende des Buches.

Giuseppe Furno

Ewig ist nur der Tod

Kriminalroman

Aus dem Italienischen
von Ingrid Ickler

GOLDMANN

Die Originalausgabe erschien 2016 unter dem Titel
»La dea della fortuna« bei Longanesi, Mailand.

Dieses Buch ist auch als E-Book erhältlich.

MIX
Papier aus verantwortungsvollen Quellen
FSC® C014496

Verlagsgruppe Random House FSC® N001967

1. Auflage
Deutsche Erstveröffentlichung Juni 2018

Umschlaggestaltung: UNO Werbeagentur, München
Umschlagmotiv: mauritius images / John Warburton-Lee /
Carlos Sanchez Pereyra
Redaktion: Sigrun Zühlke
BH · Herstellung: kw
Satz: Uhl + Massopust, Aalen
Druck und Bindung: GGP Media GmbH, Pößneck
Printed in Germany
ISBN: 978-3-442-48753-0
www.goldmann-verlag.de

Besuchen Sie den Goldmann Verlag im Netz

Erster Teil

1

August. Kochender Asphalt, schwitzende Menschen. Der glühend heiße Wind ließ die Luft flimmern, die Straßen und Häuserfassaden silbern glänzen und die knorrigen Äste der mächtigen Pinien neben der Via Appia Antica erzittern. Wie gewöhnlich um diese Zeit trug Rom die Hitze mit Gelassenheit und imperialer Würde. Fabio Gracco sog tief den Duft der ofenfrischen Cornetti ein und verfluchte seine immer noch erhöhten Blutzuckerwerte.

»Du musst dich mehr bewegen, du solltest häufiger zu Fuß gehen«, hatte ihm Giacomo geraten, sein Freund aus Kindertagen, der jetzt als Kardiologe am Krankenhaus Umberto I. arbeitete. Deshalb hatte Fabio das Auto stehen lassen, sich bequeme Schuhe gekauft und ging so oft wie möglich zu Fuß. Die ersten Spaziergänge waren hart gewesen, ein Krampf hatte den nächsten abgelöst. Doch dann war Silvia Sivieri wieder in sein Leben getreten, und die Dinge hatten sich zum Besseren gewendet: der Blutzuckerspiegel sank, und Fabio verlor das ein oder andere Pfund von den Hüften.

»Ciao, Fabio, hier ist Silvia. Silvia Sivieri. Erinnerst du dich noch an mich?« So hatte es vor vier Monaten angefangen. Irgendwann an einem verschlafenen

Frühlingsnachmittag hatte sie ihn im Büro angerufen. Seit dem Studium hatte er nichts mehr von ihr gehört. »Entschuldige bitte, aber ich möchte am Telefon nicht darüber reden, auch nicht bei dir im Büro.« Sie hatten sich für den nächsten Vormittag vor dem Quirinalspalast verabredet.

Er hatte sie sofort erkannt, als sie aus dem Taxi stieg: erst die Beine, dann den Rest. Sie schien sich überhaupt nicht verändert zu haben, genau so hatte Fabio sie in Erinnerung, eng anliegende Jeans, hochhackige Schuhe, in denen sie sich sichtlich wohlfühlte, anmutig schwingender Gang. Er hatte gehofft, dass sie ihn auch wiedererkennen würde, war aber gezwungen gewesen, ihr ein Zeichen zu geben, als er ihr entgegenging. Sie hatte gelächelt. Eine schöne Frau, kein Zweifel, vielleicht ein paar Fältchen um den Mund und am Hals, aber das war unvermeidlich.

Sie waren die Treppe hinaufgestiegen, durch die Caravaggio-Ausstellung geschlendert und hatten hier und da einen Blick auf die von Schülergruppen umlagerten Gemälde geworfen. Untergehakt, zu nah, um nur alte Freunde zu sein, die sich nach langer Zeit, zum ersten Mal seit dreißig Jahren, wiedergetroffen hatten.

»Du hast kurz danach geheiratet, oder?«, hatte Fabio beiläufig gefragt, eine rhetorische Frage, er kannte die Antwort bereits. Silvias Karriere als Ehefrau und Mutter hatte schon früh begonnen, eine Tochter aus erster Ehe, eine aus der zweiten, ein Sohn aus der dritten. Schließlich legte sie die Karten auf den Tisch: »Ich glaube, ich brauche einen Privatdetektiv«, hatte sie ihm etwas verlegen gestanden. »Und da habe ich sofort an dich gedacht.« Schmeichlerin.

Silvia lebte in einer privilegierten Gesellschaftsschicht, die von den Krisen der Welt, strukturellen wie wirtschaftlichen, regionalen wie globalen, für gewöhnlich nicht berührt wurde. Der Wohlstand war nach außen sichtbar, jedenfalls für denjenigen, der die Zeichen erkannte. Die Selbstverständlichkeit, mit der sie ihren Rubinring von schätzungsweise sechs Karat trug, das leuchtende Preußischblau ihrer Gucci-Tasche, die rechteckige Jaeger-LeCoultre Reverso-Armbanduhr an ihrem Handgelenk. Sie hatte sich immer die richtigen Ehemänner gesucht. Aktuell war sie mit Nicola de Nicola verheiratet, einem vierzigjährigen Staranwalt, sieben Jahre jünger als sie. Karriere in der väterlichen Kanzlei, Luxuswohnung in Parioli, Villa in Monte Argentario, dazu eine 15-Meter-Jacht. Nach einigen Jahren hatte er den Sprung in die Politik gewagt, war der aufstrebende Stern der demokratisch-progressiven Bewegung, Wunschkandidat für die erste Runde der Wahl zum Präsidenten des Regionalparlaments von Lazio, regelmäßiger Gast im Staatsfernsehen. Silvia bekam feuchte Augen, als sie von ihm erzählte. Doch nachdem sie Fabio bis auf die Aussichtsplattform gezerrt hatte, als Rom sich zu ihren Füßen erstreckte, hatte sie ihm mit niedergeschlagenen Augen und zitternder Stimme gestanden: »Ich glaube, Nicola betrügt mich«, und war in Tränen ausgebrochen. Unter den prüfenden Blicken von Aufsehern und Besuchern, hatte Fabio gewartet, bis sie sich wieder gefasst hatte, und dann ohne Umschweife geantwortet: »Silvia, es tut mir leid, aber ich kann dir nicht helfen. Das Risiko ist zu groß.« Woraufhin sie in noch heftigeres Schluchzen ausgebrochen war und die Blicke der Umstehenden noch bohrender geworden waren.

Ein lautes Hupen riss Fabio aus seinen Gedanken und ließ ihn an der Bordsteinkante erstarren. Unmittelbar vor ihm vibrierte Metall, quietschten Bremsen, dann öffneten sich zischend die Türen, und der 660er-Bus kam zum Stehen. Das stählerne Ungetüm schien sich zu schütteln, die Türen schlossen sich, um sich sofort wieder zu öffnen. Fabio war der Letzte, der einstieg, und hatte das Gefühl, gegen eine Eiswand zu prallen. Offensichtlich hatte der Busfahrer die Klimaanlage voll aufgedreht, um die Ausdünstungen einer Obdachlosen zu vertreiben, die ganz allein auf der hintersten Bank saß. Ein Wink des Schicksals. Denn dieses Schockerlebnis hatte ihn an Artikel 660 des Strafgesetzbuchs erinnert, die Bestimmung, die zusammen mit den Artikeln 610, 614 und 615 ff. den Bürger vor Belästigung, Hausfriedensbruch und illegaler Überwachung schützen sollte. Im Fall des Abgeordneten Nicola de Nicola kam noch Artikel 68 der Verfassung über den Schutz der Privatsphäre von Parlamentariern hinzu. Mit anderen Worten: absolute Immunität. Selbst für einen Staatsanwalt war das ein Minenfeld, für einen Privatdetektiv glatter Selbstmord. »Du bist schlechter dran als ein Polizist«, hatte Fabio gelernt, weniger Rechte, dafür ein Dschungel aus Pflichten und Verboten.

»Du musst mich verstehen«, hatte er Silvia zu erklären versucht. »Dein Mann ist ein bekannter Politiker, noch dazu ein gewiefter Anwalt. Um das aufzuklären, müsste ich fotografieren, filmen, vielleicht sogar Gespräche abhören. Wenn ich dabei erwischt werde, kassiere ich von ihm ganz sicher eine Anzeige. Verliere vielleicht sogar meine Lizenz.« Silvia hatte ein Päckchen Tempos aus der Tasche geholt und sich die Tränen aus den Augenwinkeln getupft. »Aber du würdest es doch für mich machen. Ich will ja nur wissen, ob er mich betrügt. Mehr nicht«, hatte sie geantwortet und noch hinterhergeschoben: »Du bist der Einzige, der mir helfen kann.« Und dann war sie aus dem Quirinalspalast gerannt. In der Zwischenzeit hatte es zu regnen begonnen, das nasse Kopfsteinpflaster glänzte wie Krokodilleder. Silvia hatte ihn ein wenig verloren angesehen: »Kein Problem, mach dir keine Sorgen. War schön, dich wiedergesehen zu haben.« Dann war sie durch den Regen zum Taxistand geeilt, an dem aber keine Taxis warteten.

Fabio hatte ihr versonnen hinterher geblickt, völlig durchnässt vom stärker werdenden Regen. Seine Gedanken waren zu Nicola de Nicola gewandert. Er kannte ihn zwar nicht persönlich, hatte ihn aber in letzter Zeit oft im Fernsehen gesehen. Ein unerbittlicher Verfechter von Recht und Ordnung, angriffslustig, mit einer messerscharfen Zunge. Er hatte ihn sich in einer dunkelblauen Regierungslimousine vorgestellt, wie er sich in die eleganten Polster lümmelte, einen halb gerauchten Zigarillo lässig zwischen Mittel- und Zeigefinger geklemmt, während er die Autotür öffnete und nonchalant seine Geliebte einsteigen ließ. Die Verachtung war wie eine blubbernde Blase aus dem Bauch nach oben gestiegen. Er wusste, dass es falsch war. Er wusste es genau. Aber seine Beine hatten sich wie von selbst bewegt, langsam zunächst: *Das ist ein Spiel mit dem Feuer, ein Drahtseilakt, voller Risiken und Gefahren. Ich werde in Schwierigkeiten geraten.* Doch dann war er schneller gegangen, weil ein Taxi aufgetaucht war. »Silvia, warte!« Er war mit ihr eingestiegen.

Bevor er an der Haltestelle Colli Albani aus dem 660er stieg, steckte Fabio instinktiv eine Hand in die Jackentasche. Fast zärtlich berührten seine Finger die 500-Gigabyte-CD: das Ergebnis von vier Monaten Ermittlungsarbeit, Protokolle, mehr als fünfzig Fotos, zwei Videos und der zufällige Mitschnitt eines Telefongesprächs. Was die beiden alles getrieben hatten! Er war sich wie ein Voyeur vorgekommen, wie ein Perverser. Bei aller Professionalität war es ihm nicht gelungen, die emotionale Distanz zu wahren. Die arme Silvia. Doch beim Mitleid war es nicht geblieben. Beim Betrachten der Kamasutra-würdigen Stellungen hatte sich auch bei ihm etwas gerührt, ein Verlangen, das längst erloschen schien. Wie lange lebte er schon abstinent? Fünf, sechs Monate, seitdem die Sache mit Valeria in die Brüche gegangen war?

Er tastete nach dem Handy, wählte ihre Nummer.

»Ciao, Silvia. Ich habe das Material. Bist du in Argentario? Kannst du kommen?«, fragte er und wartete auf die Antwort. »Ich hol dich am Bahnhof ab. Heute Abend, ja, direkt am Bahnsteig. Bis bald.«

2

Der Pförtner hatte sie gefunden. Er war nach unten gegangen, um zwei Flaschen Wasser am Brunnen abzufüllen, dabei hatte er Geräusche gehört. Erst dachte er, es seien Katzenbabys, und hatte die Scheinwerfer angeschaltet, die für die Grabung benutzt wurden: Carla Caggiani hatte leblos am Boden des geweihten Brunnens gelegen, um sie herum unzählige Mäuse.

»Signor Mogana, beantworten Sie bitte meine Fragen ganz genau.« Vizeinspektor Domenico Ramino von der Mordkommission lockerte den Knoten seiner Krawatte und unterbrach den Redefluss des Pförtners. »Sie bestätigen also, dass die Klimaanlage, die Videoüberwachung und sämtliche Scheinwerfer ausgeschaltet waren?« Dabei drehte er den Ausweis des Zeugen zwischen den Fingern und befühlte ihn, als sei er Falschgeld. Geboren am 18.10.1946 stand da zu lesen. Eine andere Generation, und doch kam er ihm kaum älter vor als er selbst.

»Ja, das kann ich bestätigen«, antwortete der Pförtner mit ausgeprägtem römischem Akzent und deutete dabei eine Verbeugung an. »Die Scheinwerfer der Archäologen waren ausgeschaltet, nur die Notbeleuchtung war an, wie immer, aber man sieht kaum etwas, deshalb habe ich die hier immer dabei«, fuhr er fort und deutete auf eine große Taschenlampe.

Der Vizeinspektor musterte ihn eindringlich. Ein eher orientalischer Typ, die immer noch schwarzen Haare ähnelten dem Federkleid eines Raben, auch seine Haut wies kaum Runzeln auf, keinerlei Zeichen des Alters, genau wie seine ebenmäßigen weißen Zähne. Alles an ihm wirkte irgendwie künstlich.

»Schauen Sie hier.« Er deutete auf ein Lämpchen über ihnen, das die tiefe Dunkelheit nicht durchdringen konnte.

»Gut, schön. Wiederholen Sie bitte, was Sie dann gemacht haben«, drängte der Polizist und massierte sich mit der Zungenspitze den mittleren Schneidezahn, der wieder zu pochen begonnen hatte.

Francis Mogana stammte aus Laoag auf den Philippinen und war seit fast dreißig Jahren Pförtner in dem Palazzo am Corso Vittorio Emanuele II., Nummer 207. Er wischte sich den Staub von der grauen Uniform und sprach weiter. Seit etwa einem Jahr arbeiteten drei Archäologen an dieser Grabung, auch »Dottoressa Carla«, wie er die Frau immer genannt hatte. Als er auf der glatten Aluminiumleiter zum Brunnen hinabgestiegen war, wäre er beinahe über ihren Leichnam gefallen. Das Herz war ihm fast stehen geblieben vor Entsetzen, als er sie da so kalt und tot hatte liegen sehen. Die Mäuse hatten ihre Augäpfel gefressen. Eigentlich hatte er sofort die Polizei verständigen wollen, aber da unten war ja kein Netz, das wusste er. So hatte er in Panik erstmal nach Gesù gerufen, dem Hausmeister. Der hatte ihm geholfen, sich zu beruhigen, und ihn die schmale Leiter wieder nach oben geführt, in den Hof, wo es warm und hell war. Dann hatte er den Notruf 118 gewählt, aber kaum die drei Ziffern tippen können, so sehr hatten ihm die Finger gezittert. Die Ambulanz war schnell da gewesen, die Straßen Roms waren ja wie leer gefegt, ein Vorteil der Ferienzeit. Der Arzt war in den Brunnen gestiegen, mit Überschuhen, Handschuhen und Schutzmaske, hatte aber nur noch den Tod der Archäologin feststellen können. »Sie ist noch nicht lange tot, vielleicht ein, zwei Stunden. Wir müssen die Polizei einschalten.« Und die hatte er dann auch angerufen. Eine halbe Stunde hatten die ihm nun Fragen über Fragen gestellt, die er alle geduldig beantwortet hatte.

Domenico Ramino gab Francis Mogana seinen Personalausweis zurück. Er fröstelte, die Kälte war ihm fast unbemerkt bis in die Knochen gekrochen. Von hier oben sah der Keller aus wie ein Filmset. Die Halogenlampen beleuchteten den im 3. Jahrhundert v. Chr. erbauten Votivbrunnen, ihr Strahlen wurde von der Aluminiumleiter reflektiert, neben der Leiche der jungen Frau kauerte ein Feuerwehrmann mit Atemschutzmaske und Sauerstoffflasche. Ein Kollege sicherte ihn mit einem Seil. Das Ganze sah aus wie ein tragischer Arbeitsunfall.

»Das ist ein überaus wertvolles Fundstück, eine der Glücksgöttin Fortuna geweihte Grabkammer. Carla war eine leidenschaftliche Archäologin, heute war ihr Geburtstag und ihr letzter Arbeitstag vor den Ferien«, berichtete Dottoressa Flavia Melodia von der Denkmalbehörde unter Tränen. Sie war eng mit der Toten befreundet gewesen.

»Merkwürdige Glücksgöttin«, sinnierte Ramino kopfschüttelnd, dann stieg er die Leiter hinunter und folgte dem mit Plastikfolie abgedeckten Pfad, eine Schutzmaßnahme, um den Tatort nicht zu verunreinigen. Am Rand der Ausgrabungsstätte beugte er sich nach vorn. Schätzungsweise zwei Meter tief, und ebenso breit. Auf dem Boden rund um den Leichnam und die Fußabdrücke des Feuerwehrmanns erkannte man Dutzende von Opfergaben aus Terracotta, modellierte Köpfe, Phalli, Vulven, Brüste, Hände, Füße und was auch immer. Der Vizeinspektor wandte sich wieder der Toten zu. Sie trug einen weißen Arbeitsoverall und Turnschuhe. Der gelbe Helm mit der Grubenlampe lag ein paar Meter neben ihr, schwer beschädigt. Die Geschichte mit den ausgeschalteten Scheinwerfern ging ihm nicht aus dem Kopf. Warum steigt jemand im Dunkeln in einen so tiefen und gefährlichen Brunnen? Und was war mit diesem Helm passiert, der ihn an einen Motorradhelm nach einem schweren Verkehrsunfall erinnerte?

»Dürfen wir das Absauggerät benutzen?«

Ramino wandte den Blick zu dem Feuerwehrmann, der die Maske abgenommen hatte und ihn von unten ansah. Er sah auf die Uhr, fast elf. Es war August, Ferienzeit, und es waren bereits zwei Stunden vergangen, seit er die zuständige Staatsanwältin Lucia Campazzo verständigt hatte. Er musste sich noch gedulden, denn auf einen Rüffel seiner verspäteten Vorgesetzten hatte er keine Lust.

»Wir warten auf die Staatsanwältin«, antwortete er knapp.

Wer stirbt schon an seinem Geburtstag, ging es ihm erneut durch den Kopf. Er griff nach seinem Telefon, um nachzuhören, wo die Campazzo bliebe, hatte hier unten aber kein Netz. Nach draußen in die Hitze gehen, wollte er auch nicht. Er blieb an Ort und Stelle stehen, zückte sein kleines Büchlein und notierte: *Todeszeitpunkt vermutlich zwischen sieben und acht.* Dann fügte er hinzu: *Handy des Opfers suchen.* Er blickte sich um. Und erst jetzt sah er die bunt verzierte Torte, die Kerzen, die Plastikteller, die Plastikgläser und die Sektflasche. Auf einem langen Holztisch, der eigentlich dafür gedacht war, die Fundstücke aus dem Brunnen abzulegen und sie später zu katalogisieren, thronte die Torte zwischen zwei riesigen Phallusskulpturen, offenbar eine Wunschfantasie der alten Römer, jedenfalls hoffte Domenico Ramino das für sich und den Großteil der restlichen Männerwelt. Er griff erneut nach dem Handy und machte ein paar Fotos. Dann zog er die Latexhandschuhe über und betastete die Torte, ganz vorsichtig, um nichts zu verändern. Es war eine Blätterteigtorte mit Vanillecreme und Früchten: Kiwi, Bananen, Erdbeeren und

Heidelbeeren. Zwei Stücke fehlten, die ursprüngliche Größe war als Abdruck auf der Silberfolie noch gut zu erkennen. Es gab auch zwei rote Kerzen, eine zwei und eine fünf. Ihr 25. Geburtstag. Dazu zwei geblümte Plastikteller mit Blätterteigresten, zwei Plastikgabeln, zwei Plastikmesser und zwei Plastikgläser, in denen sich noch Sektreste befanden. Allerdings vom Feinsten: die danebenstehende Flasche war eine 375-ml Krug Rosé. Und es gab ein noch verpacktes iPad. Im Anschluss untersuchte Ramino den schwarzen Mülleimer. Er fand den Tortenkarton mit dem Namen und der Adresse der Konditorei und einen Strauß roter Rosen, in Folie eingewickelt und mit einem roten Band verziert. Blumen warf man nur aus zwei Gründen weg: entweder weil sie welk waren oder weil man sich gestritten hatte. Er notierte alles in seinem Notizbuch.

3

Er hatte ihn voll erwischt, auf der Piazza Barberini, an der Ecke der Via delle Quattro Fontane. Ein graublauer Wagen, ein chromglänzender Lancia Thema mit abgedunkelten Fenstern war viel zu schnell aus der Via del Tritone gekommen. Er hatte die Kurve geschnitten, um im letzten Moment bei Gelb über die Ampel zu kommen und sich dann zügig in den fließenden Verkehr der Via delle Quattro Fontane einfädeln zu können. Und fast hätte er es auch geschafft. Doch dann war wie aus dem Nichts ein Typ mit einem Safarihut vor der Motorhaube aufgetaucht. Mitten auf der Straße, mit dem Rücken zu ihm und die Hand nach seiner Frau ausgestreckt, damit sie mit ihm die Straße überquerte. Ein Tourist aus Australien, der wahrscheinlich annahm, dass rote Fußgängerampeln in Rom tatsächlich nur unverbindliche Vorschläge machten und man sie nicht ernst nehmen musste. Und eigentlich hatte er damit auch recht gehabt. Nur dieses Mal nicht.

Die Umstehenden hatten einen dumpfen Knall gehört und einen Mann und seinen Hut durch die Luft fliegen sehen, allerdings nicht mit der Leichtigkeit eines Artisten, sondern plump wie eine Schaufensterpuppe. Als er in den Rettungswagen geschoben wurde, atmete er kaum noch, die Polizisten versuchten, die genervten Autofahrer zu besänftigen, deren Hupkonzert bis zur Via Veneto zu hören war. Obwohl es August war, staute sich der Verkehr. Busse konnten nicht weiterfahren, die laufenden Motoren verpesteten die Luft. Das Heulen des Krankenwagens hallte von der Fassade des Hotels Tritone wider und legte sich über die Autoschlangen, die nach und nach wie eben noch flüssige Lava zu einem festen Gebilde erstarrten. Menschen drängten sich an den Fenstern und auf den Balkonen der Häuser, weil in diesem teuren Viertel der Stadt vor allem Banken, Versicherungen und gepflegte Langeweile angesiedelt waren.

Der Fahrer des Lancia Thema, ein gut aussehender, ganz in Schwarz gekleideter junger Mann, fuhr sich mit den Fingern durch die raspelkurzen blonden Haare und tigerte nervös hin und her, bemüht, das Chaos zu ignorieren, das er verursacht hatte.

»Ich bin erledigt…«, seufzte er mit erstickter Stimme und offensichtlich meinte er das genau so, wie er es sagte. Ein Polizist auf einem Motorrad überprüfte mit einer Kollegin den Bremsweg: fünfzehn Meter. Daraus ließ sich schließen, dass er mit sechzig Sachen unterwegs gewesen sein musste, wofür auch die Schleifspur sprach, die er an zwei parkenden Autos hinterlassen hatte. Aus dem eingedellten Kühler tropfte Wasser, und Dampf stieg auf, ein ideales Motiv für die wie aus dem Nichts aufgetauchten Pressefotografen.

Durch das Schaufenster der Apotheke beobachtete Nicola de Nicola die Szene und presste sich dabei eine Mullkompresse auf die Stirn. Er schaute auf die Uhr, bis zu seinem Flieger nach Sardinien hatte er nur noch eine Dreiviertelstunde. Der war weg. Mist. Er betrachtete die blutgetränkte Kompresse. Er musste zur Ruhe kommen und nachdenken. Das Problem war weniger der verpasste Termin für die Eröffnung des Zentrums für Schwerstbehinderte in Olbia, sondern die Tatsache, dass er sich in Rom befand, auf der Piazza del Tritone, während Silvia davon ausging, dass er bereits seit gestern Abend in Sardinien war. Er hatte sie angerufen und ihr das atemberaubende Panorama der Bucht beschrieben, das sich vom Balkon der Suite im Hotel Luna aus in der Abenddämmerung vor ihm ausbreitete. Die Zeitungen würden über den Unfall berichten, auch das Fernsehen. Zweifel und Verdächtigungen, das ganze Programm. Und Silvias Fragen. Vor allem diese eine: Warum hast du mich angelogen? Er suchte fieberhaft nach einem Ausweg. Plötzlich bemerkte er das weiße M auf rotem Grund: die U-Bahn. Da war sein Ausweg. Es waren höchstens fünfzig Meter bis zur nächsten Station, er könnte in einen Waggon steigen, zum Flughafen fahren und den erstbesten Flug nach Olbia nehmen. Er würde sogar noch rechtzeitig beim Büfett da sein und die sardischen Spezialitäten genießen können, die er so liebte: Kichererbsen mit Schweinefleisch.

»Geht es Ihnen besser, Herr Abgeordneter?«

Die Stimme ließ ihn zusammenzucken. Eine der Apothekerinnen reichte ihm lächelnd einen Plastikbecher mit Wasser. Sie hatte ihn erkannt.

»Sie sollten das besser im Krankenhaus behandeln lassen, das ist ein tiefer Schnitt und muss genäht werden«, fuhr sie fort. Ihrem Akzent nach kam sie aus dem Süden, vielleicht aus Sizilien.

Nicola de Nicola nickte mechanisch, nahm den Becher und trank, während ihn ein kalter Schauer überlief. Warum musste er nur so oft im Fernsehen zu sehen sein? Er spürte alle Anzeichen einer nahenden Katastrophe. Doch als die Apothekerin ihn mit ihren wunderschönen Augen anstrahlte, schöpfte er neue Hoffnung.

»Ich muss Sie um einen Gefallen bitten, Dottoressa«, flüsterte er in vertraulichem Ton und ging dabei ganz nah an ihr Gesicht heran. »Da draußen lauern schon die Fotografen, wenn sie mich entdecken, werde ich meines Lebens nicht mehr froh …«

»Kommen Sie mit, Herr Abgeordneter«, unterbrach sie ihn, bereits ahnend, was er wollte, und zog ihn zwischen den dunklen Regalwänden hindurch ins Hinterzimmer und dann durch den Lieferanteneingang hinaus in einen stillen kühlen Innenhof.

»Danke«, sagte Nicola de Nicola.

»Wissen Sie, dass ich Sie gewählt habe?«, fragte ihn die Apothekerin bewundernd und ein wenig verlegen.

Er hielt inne und hätte sie am liebsten umarmt, aber sie hatte die Tür schon wieder hinter sich geschlossen, allerdings nicht, ohne ihm ein letztes Lächeln geschenkt zu haben. De Nicola atmete tief durch. Wie nett Menschen doch sein konnten.

4

Der Frecciabianca kam pünktlich um 20.03 Uhr kreischend und zischend zum Stehen. Nach einem kurzen Moment öffneten sich die Türen, und die Treppen klappten nach unten. Fabio Gracco spürte einen Moment lang, wie es war, komplett anonym zu sein. Gedankenverloren blickte er auf einen Süßigkeitenautomaten, in dessen Scheibe er sich spiegelte. Er hatte sich für den blauen Leinenanzug entschieden, der ihn schlanker aussehen ließ. Er fuhr sich mit den Fingern durch die hochgegelten Haare, um ihnen mehr Natürlichkeit zu verleihen, als ihm klar wurde, wie lächerlich diese Geste war. Es wimmelte von Menschen, die Luft war erfüllt vom Surren der Rollkoffer. Dann entdeckte er Silvia. Sie stand auf dem untersten Trittbrett des Erste-Klasse-Wagens. Bei ihrem Anblick kam er sich vor wie in einem amerikanischen Musical: graue Leggings, türkisfarbene Sandalen, türkisfarbenes T-Shirt, eine geblümte Tasche über der Schulter. Sie sah noch schmaler aus, jünger, mädchenhafter. Ihre perfekt sitzenden Haare glänzten, als käme sie gerade vom Friseur. Ihre Haut war leicht gebräunt, ihr Lächeln fast scheu. Fabio schob sich durch die Menschenmenge und ging ihr entgegen. Um nicht für einen illegalen Taxifahrer gehalten zu werden, küsste er sie auf die Wange und nahm ihr die Tasche ab.

»Lass uns irgendwohin gehen, wo es ruhiger ist«, sagte sie, während sie ihn in ihr Parfüm einhüllte. Er hatte sich vorbereitet und nach einem passenden Lokal in der Nähe des Bahnhofs gegoogelt.

»Bitte sehr, gnädige Frau, hier entlang«, versuchte er es mit einem Scherz. Zehn Minuten später saßen sie auf der Dachterrasse eines Fünf-Sterne-Hotels mit einem traumhaften Blick auf Rom in der Abenddämmerung.

»Möchtest du etwas trinken?«, Fabio warf einen raschen Blick auf die Weinkarte.

»Such du aus«, antwortete sie und schenkte ihm ein

scheues Lächeln. Als der Kellner kam, deutete Fabio mit dem Zeigefinger auf den Namen des Weins, nicht weil er ein Snob sein wollte, sondern weil er Gewürztraminer liebte, jedoch den Namen nicht aussprechen konnte.

»Spann mich nicht auf die Folter«, drängte Silvia, nachdem der Kellner ihnen eine Kerze angezündet und sich wieder entfernt hatte. »Ich hatte recht, oder?«

Fabio reagierte nicht gleich, er wollte wohlüberlegt antworten. Allmählich wurde es dunkel, und eine leichte Abendbrise begann die drückende Schwüle zu vertreiben. Silvia interpretierte sein Schweigen auf ihre Weise. »Dieses Schwein!«, rief sie und funkelte Fabio an. Den Kellner, der sich mit einer Flasche Wein dem Tisch näherte, bedachte sie mit einem eisigen Blick. »Entschuldige«, setzte sie hinzu. Zu spät, Fabio registrierte die Verlegenheit des Kellners, der nur das zweite Wort gehört und die Situation falsch verstanden hatte. Am liebsten hätte er ihm erklärt, dass sie nicht ihn gemeint hatte. Er gab ihm ein Zeichen. Immer noch verunsichert kam der Kellner an ihren Tisch, nahm die Flasche aus dem Eiskübel und löste den Korken, ohne ihnen in die Augen zu sehen.

»Was für ein prächtiger Anblick, oder?«, fragte Fabio, in dem Versuch, die Atmosphäre zu entspannen, und deutete auf das Lichtermeer der zu ihren Füßen liegenden Stadt. Sie bestellten Pasta mit Hummer. Beide das Gleiche, um unausgesprochene Harmonie zu demonstrieren. Silvia nahm einen

Schluck Wein und sagte dann: »Na los, raus mit der Sprache.«

Fabio ließ sie nicht aus den Augen, während sie sich die fünfzig Beweisfotos anschaute, jedes einzelne. Er hatte sie im Format 13 × 18 ausgedruckt, die Reihenfolge sorgfältig ausgewählt. Die ersten Bilder zeigten flüchtige Berührungen, aus der Ferne aufgenommen, dann folgten vertraute Gesten und Umarmungen, unwiderlegbare Beweise, dass sie sich nähergekommen waren. Auf einem Foto hielt Nicola einer Unbekannten die Tür eines Taxis auf, im Hintergrund ein Park mit Pinien, Blumen und Tauben. Auf dem nächsten betraten sie ein Haus, das »Danach« lag in der Fantasie des Betrachters. Bis dahin waren Silvias Kommentare zwar nicht gerade wohlwollend, aber doch sachlich und kontrolliert gewesen, wie es ihrer Persönlichkeit entsprach. »Die zwanzigjährige Praktikantin, sieh mal an« oder »Ich habe einen Trottel geheiratet, der für ein paar knackige Brüste alles aufs Spiel setzt«. Bei einigen Schnappschüssen hatte sie sogar aufgelacht: »Das schicke ich seinem Parteivorsitzenden, und das hier meiner Schwiegermutter, die mich für eine Ehebrecherin hält.« Das Essen kam, und Silvia stocherte immerhin in der Pasta herum und versuchte, das Drama auszublenden. Sie bestellten eine zweite Flasche Gewürztraminer. Silvia hatte ihr Glas schon heruntergestürzt, bevor der Kellner Fabio auch nur einschenken konnte. Danach zeigte er ihr die anderen Fotos, die man nicht mehr kommentieren musste, aufgenommen mit einer Spezialkamera. Intime Fotos, auf denen die ineinander verschlungenen Körper durch den leichten Grünstich fast wie Leichen aussahen. Silvias Gesicht erstarrte zu einer Maske, sie sagte nichts mehr. Hoch konzentriert blätterte sie die Fotos durch, als suchte sie in einem Waffenkatalog nach der richtigen Pistole. Doch als sie den Blick wieder hob, konnte Fabio die Tränen sehen, in denen sich das flackernde Licht der Kerze spiegelte.

Fabio hasste diesen Moment, denn nachdem die Beweise auf dem Tisch lagen und er ein paar Fragen beantwortet hatte, war seine Arbeit beendet. Die Entscheidungen mussten die Auftraggeber selbst treffen, er hatte seinen Teil des Vertrags erfüllt.

»Trifft er sie oft?«

Keine ungewöhnliche Frage, der Betrogene versucht in seiner Verzweiflung mildernde Umstände für den Betrüger zu finden.

Fabio konnte ihr nicht helfen. »Jeden Tag, würde ich sagen.«

Sie war überrascht: »Aber Nicola hat doch so viele Termine und ist ständig unterwegs. Manchmal erreiche ich sogar nur seine Sekretärin.« Dann bekam ihr Gesicht einen hasserfüllten Ausdruck: »Ich bin ja so was von naiv, natürlich, sie arbeitet ja für ihn!«

»Treffer, versenkt«, hätte Fabio gesagt, wenn das alles nur ein Spiel gewesen wäre. »Sei nicht so streng mit dir, Silvia.«

Silvia schloss die Augen und ließ den Kopf sinken.

Zum einen lag es am Wein, zum anderen aber auch an der Gewissheit, dass sich ihr Verdacht bestätigt hatte.

»Was hast du noch über sie herausgefunden?«, fragte sie und hob den Kopf. Sie wirkte erschöpft.

Fabio zog einen Umschlag aus der Jackentasche, auf dem sein Firmenlogo prangte: eine große Lupe über einem sehr kleinen Kolosseum. Dieses Markenzeichen hatte er von seinem Vater übernommen, der die Detektei in den 1960er Jahren gegründet hatte.

»Das findest du alles hier.« Er legte den Umschlag auf den Tisch, dabei streifte er ihre Hand. »Das, was du wissen wolltest, weißt du jetzt«, sagte er sanft. »Silvia, die Entscheidung liegt bei dir. Denk aber auch an euren Sohn, er ist erst neun. Alles andere sind Nebensächlichkeiten.«

Silvias Körper straffte sich, sie griff nach dem Umschlag und schlitzte ihn mit ihrem Messer auf, dann zog sie das Blatt heraus und begann zu lesen.

»Carla«, flüsterte sie, das Papier zitterte, »netter Name. Kurz, aber prägnant«, sie bemerkte das Zittern und griff fester zu. »Immerhin Akademikerin«, versuchte sie zu scherzen, auch das machte ihr zu schaffen. »Archäologin, aha«, ihre Stimme vibrierte, »25 Jahre, kein Wunder, halb so alt wie die Ehefrau.«

Fabio bemerkte, dass der Kellner unschlüssig einige Schritte vor ihrem Tisch stand und darauf wartete, dass Silvia verstummte. Er gab ihm zu verstehen, sich noch etwas zu gedulden. Aber auch sie hatte ihn bemerkt und fragte mit eisigem Blick: »Entschuldigen

Sie, wünschen Sie noch etwas?« Der Kellner war wie vor den Kopf geschlagen und stammelte: »Äh, nein. Aber wünschen Sie noch etwas …?«

Silvia spielte ihr Spielchen weiter: »Sind Sie verheiratet?«

»Silvia …«, Fabio versuchte sie zu beruhigen, ohne Erfolg.

»Ja, Signora«, antwortete der Kellner leicht irritiert.

»Seit wann?«

»Seit fünfundzwanzig Jahren, Signora. Wir feiern in diesem Jahr Silberhochzeit.« In seiner Stimme lag Stolz.

»Wie schön!«, gab Silvia voller Sarkasmus zurück. »Und haben Sie Ihre Frau jemals betrogen?«

»Silvia, ich bitte dich …«

Der Kellner riss entgeistert die Augen auf, dann blickte er Hilfe suchend zu Fabio, dann zu Silvia, dann wieder zu Fabio. Wie sollte er heil aus dieser Situation herauskommen?

»Nein, Signora. Nie«, antwortete er mit einer Inbrunst, die Silvia zusammenzucken ließ.

»Danke«, sagte sie. »Vielen Dank.« Dann fragte sie seufzend: »Haben Sie Profiteroles?« Es klang wie eine Entschuldigung.

»Selbstverständlich, Signora, hausgemacht von unserem Patissier«, antwortete er wie aus der Pistole geschossen, sichtlich erleichtert, das Minenfeld verlassen und auf sicheres Terrain zurückkehren zu können.

»Und für Sie?«, fragte er Fabio kühl, fast ein wenig feindselig.

Fabio verstand, dass der Kellner ihn noch immer für den betrügerischen Ehemann hielt. Er dachte an seinen erhöhten Blutzuckerspiegel, aber vor allem an seinen Freund Claudio, der eine Vinothek in Prati besaß und ihm einmal erzählt hatte, dass seine Kellner unangenehmen und unhöflichen Gästen manchmal heimlich in die Teller und Gläser spuckten.

»Für mich nichts, danke«, sagte er knapp.

Der Kellner verbeugte sich und verschwand.

Die Melodie der »Cavalleria rusticana« ertönte. Silvia wühlte in ihrer Handtasche. Sie zog ein Päckchen Taschentücher, Schlüssel und einen Parfümflakon heraus. Dann das Handy.

»Er«, zischte sie und schaute fragend zu Fabio hinüber. Die Musik wurde lauter, die Gäste am Nachbartisch drehten sich um.

»Mach keinen Fehler«, warnte Fabio.

Sie drückte eine Taste, und die Melodie verstummte.

5

Der Abgeordnete Nicola de Nicola ließ das Handy auf das Doppelbett fallen, neben die drei anderen Mobiltelefone, die dort lagen, und wartete darauf, dass der Höllenlärm des startenden Airbus 320 endlich verebbte. Da die Suite im Luna nicht mehr frei gewesen war, hatte die Organisation ihm ein anderes Hotel in Olbia gebucht, das verkehrsgünstig in der Nähe des Flughafens lag. Ganz hübsch, bequem, sauber, aber zu nahe an der Startbahn. Zur Eröffnung des neuen Therapiezentrums für Schwerstbehinderte hatte er es nicht mehr geschafft, aber er war noch wie geplant rechtzeitig zum Empfang und zum Büfett gekommen, das neben dem Sportschwimmbecken aufgebaut worden war. Erst die Preisverleihung für die siegreiche Schwimmmannschaft, dann eine Präsentation auf der 50-Meter-Bahn. Man gratulierte ihm zur Kandidatur für die Regionalwahlen, selbst der Abgeordnete Fracarru von der Opposition. Und alle hatten ihn natürlich gefragt, was mit seiner Stirn passiert sei. Eine Glastür, hatte er geantwortet. Das hatte er auch dem Arzt am Flughafen gesagt, der ihn mit drei Klammerpflastern verarztet, aber nicht genäht hatte. »In zwei Monaten ist nichts mehr davon zu sehen«, hatte er ihm versichert. Gerade rechtzeitig für die wichtigen Fernsehtalkrunden im Herbst. Trotz der Schmerzen hatte er die Rede halten können, die ihm sein Assistent Borgonovo geschrieben hatte. Er sprach gern in der Öffentlichkeit, er hatte Spaß daran, die Worte zu zelebrieren und die Tonlage zu variieren, bei ernsten Passagen getragen, bei heiteren locker und gelassen. Durch die vielen Plädoyers vor Gericht hatte er ausreichend Erfahrung sammeln können. Doch obwohl alles wie am Schnürchen lief, war er verunsichert: Warum meldete sich Silvia nicht? Gerade jetzt, wo er wirklich in Sardinien war und ihr etwas vorschwärmen konnte, was auch den Tatsachen entsprach. Zum Glück war der australische Tourist nicht gestorben, er lag im künstlichen Koma im Krankenhaus Umberto I. in Rom, die Ärzte waren optimistisch. Federico Maini, sein Fahrer und Vertrauter, hatte ihn angerufen und ihm außerdem noch versichert, dass niemand seine Anwesenheit im Wagen bemerkt hatte. Nicola schaute auf die Uhr, fast Mitternacht. Nachdem ein bemühter Pianist, ein halbseitig gelähmter Patient aus dem Zentrum, das Nocturne in c-Moll, Opus 48 von Chopin gespielt hatte, war sein Wunsch, Carla anzurufen, geradezu übermächtig geworden. Auch sie spielte Klavier und hatte ihm dieses Stück vorgespielt, am vergangenen Wochenende, das sie gemeinsam in Neapel verbracht hatten. Sie war von einer Tagung zur Rettung Pompejis gekommen, und er hatte die langweilige Präsentation eines Buches über die kampanische Grabungsstätte über sich ergehen lassen müssen, das der Parteivorsitzende geschrieben hatte. Sie hatten sich die ganze Nacht geliebt. Allein die Erinnerung daran jagte ihm Schauer über den Rücken. Aber jetzt war es zu spät, um sie anzurufen, daran hätte er früher denken müssen.

6

Domenico Ramino war erschöpft und frustriert. Nach diesem stressigen Tag musste noch die bürokratische Routinearbeit erledigt werden. Ein tragischer Arbeitsunfall am Corso Vittorio Emanuele II.

Nummer 207, es gab Zeugen zu befragen, Neugierige abzuweisen und Auskünfte zu geben. Als Erstes erschienen die Verwandten und Freunde des Opfers, sichtlich erschüttert, dann der Hausverwalter, der nervös und verärgert darüber war, dass er aus dem Urlaub geholt worden war, nur wegen dieses mysteriösen Unfalls. Und dann noch die Methangasspuren, die die Feuerwehr im Haus entdeckt hatte! Ein weiteres Rätsel. Zu allem Überfluss musste er sich noch mit den Journalisten herumschlagen, die das Präsidium belagerten, Praktikanten, die nach Neuigkeiten gierten und auch bereit waren, ein paar Worte frei zu erfinden, in einer Zeit, in der es nicht viel zu berichten gab. Am frühen Nachmittag hatte sich die Nachricht verbreitet, dass die E.R.T. eingeschaltet worden war, spöttisch »Ghostbuster« genannt, eine Spezialeinheit der Spurensicherung. Ein einziges Durcheinander. Zu den Journalisten hatte sich eine Horde von Fotografen gesellt, die sich bis zum Tatort durchgekämpft hatten, trotz des heroischen Widerstandes der Polizisten vor Ort und von Francis Mogana, der sich ihnen mutig zur Seite gestellt hatte.

Aber es gab auch erste Erkenntnisse. Und wenn es doch kein Unfall gewesen war? Wie ein Spürhund hatte Ramino es schon den ganzen Morgen im Blut gehabt, dass sich hier Großes anbahnte, hatte zunächst aber darauf verzichtet, die Kriminaltechnik hinzuzuziehen. In weiser Voraussicht hatte er der Staatsanwältin und dem Pathologen Druck gemacht und bis zu ihrer Ankunft alle Vorsichtsmaßnahmen getroffen. Um den Fundort der Leiche zu sichern, hatte er zwei Polizisten als Wachen postiert, einen am Haupteingang, und einen vor der Tür des ehemaligen Kohlenkellers. Er hatte einen weißen Overall mit Kapuze übergezogen, seine Hände steckten in Latexhandschuhen, die Schuhe in Überschuhen, über Mund und Nase trug er eine Schutzmaske. Mutterseelenallein hatte er sich an den Rand des Brunnens gesetzt um Carla Caggianis Leichnam zu bewachen und mit einer langen Stange, die ihm der Pförtner gegeben hatte, die Mäuse daran zu hindern, den toten Körper weiter zu verunstalten. Er betrachtete das einstmals ebenmäßige Gesicht des Opfers und dachte nach. Stück für Stück entfernte er sich von der Annahme, dass es sich hier um einen Arbeitsunfall handelte, immer mehr deutete auf ein Verbrechen hin. Dieser modrig-düstere Keller bot den idealen Schauplatz, er war fast ein Hochsicherheitstrakt. Die Denkmalverwaltung hatte eine Alarmanlage installiert, die Türen waren verstärkt, es gab Überwachungskameras, Infrarotgeräte und weitere Sicherungssysteme, dazu eine hochsensible Lüftungsanlage, die jedes schädliche Gas sofort ableitete, und Hochleistungsscheinwerfer, in deren Licht sogar Ameisen auf zehn Meter Entfernung zu erkennen waren. Aber selbst mit noch so ausgefeilter Technik ließen sich Überraschungen nicht ausschließen. Wenn zum Beispiel plötzlich der Strom ausgefallen war? Auch menschliches Versagen konnte man nie ausschließen. In Raminos Kopf überschlugen sich die Gedanken. Vielleicht waren es doch unglückliche Umstände gewesen, die zu diesem Verhängnis geführt hatten? Er hatte sich weitere Notizen gemacht, sein Büchlein hatte er immer dabei, zusammen mit seinem Handy. Er hatte notiert: *Wann genau sind die Überwachungskameras ausgefallen? Wann genau war der Kurzschluss? Besteht ein unmittelbarer zeitlicher Zusammenhang? Technisches Problem? Unwahrscheinlich. Kauf der Torte überprüfen. Rosen im Mülleimer – Streit? iPad? Wo gekauft? Höhlenforscherhelm – auch nach Sturz noch funktionsfähig? Grund für den Sturz? Gab es eine Auseinandersetzung? Wo ist das Handy des Opfers? Videoaufzeichnungen der Überwachungskameras. Liste der Hausbewohner, Büros, etc.* Und an den Rand, weiter unten: *Zahnarzttermin wegen Schneidezahn.*

Dann hatte er Stimmen gehört. Erst aus der Ferne, eine klang verzweifelt, eine andere beruhigend, wahrscheinlich seine Kollegen. Als sie näher kamen, konnte er »Carla, Carla!« und »Bleiben Sie stehen, hier können Sie nicht durch, Vorsicht!« unterscheiden.

Der Vizeinspektor hatte nach oben gesehen. Neben den beiden Polizisten war ein hochgewachsener junger Mann aufgetaucht, der sich wild gestikulierend über die Treppe nach vorne beugte und sich von den Händen zu befreien versuchte, die ihn zurückreißen wollten. So ein Mist! Sie würden jede Menge Fingerabdrücke hinterlassen, was die Ermittlungsarbeit zusätzlich erschweren würde.

»Schluss damit!«, hatte Ramino gebrüllt, so laut, dass alle erstarrten. Es wurde schlagartig still. Dottoressa Melodia, der anderen Archäologin, war es schließlich gelungen, den aufgeregten Mann zu beruhigen. Jetzt war es vorbei mit der Ruhe. Nun würde der schwierige Teil des Tages beginnen, die Information der Angehörigen und Freunde, Trauer, Schmerz und Leid. Und Raminos Aufgabe war es, das alles schwarz auf weiß in seinem Protokoll festzuhalten.

Dottoressa Melodia hatte Marcello Russo verständigt, den Ehemann der Toten, der jetzt völlig aufgelöst in ihren Armen lag und wie ein Kind schluchzte. Ramino hatte beschlossen, mit der Befragung noch zu warten, in diesem Zustand würde er ihm nicht einmal seine Adresse nennen können. Aber er musterte ihn genau. Und hatte den Eindruck, ihm schon einmal begegnet zu sein. Aber das war sicher nicht der richtige Moment, danach zu fragen. Er stellte sich vor und drückte sein Beileid aus. Russo hörte auf zu weinen und schaute ihn ausdruckslos an. Sein Bart war ungepflegt, die Haare klatschnass, das hellblaue Hemd hatte sich durch den Schweiß dunkel gefärbt und klebte auf seinem muskulösen Körper. Ja, irgendwoher kannte er ihn. »Beruhigen Sie sich doch, bitte beruhigen Sie sich.«

»Kann ich sie sehen? Kann ich Carla sehen?«, fragte Russo, setzte die runde Brille ab und wischte sich mit dem Handrücken die Tränen ab.

»Nein, tut mir leid, wir müssen auf den Pathologen

und den Staatsanwalt warten«, antwortete der Vizeinspektor mit aufrichtigem Bedauern.

Gegen eins, nach geschlagenen vier Stunden, war Staatsanwältin Lucia Campazzo aufgetaucht, die sich erst noch mit einer Massenkarambolage mit sieben Toten auf dem Zubringer zur Autobahn Fiano-San Cesareo hatte auseinandersetzen müssen. Den Pathologen, Aldo Sanremo, brachte sie gleich mit. Ramino hatte die beiden sofort über seine Zweifel informiert, dann hatte der Arzt den Overall übergestreift, seine Tasche genommen und war in den Brunnen hinabgestiegen. Dottoressa Campazzo war etwa Mitte dreißig und noch nicht lange dabei. Auf ihrer Bluse waren Schweißflecken, kein Wunder bei dem Stress. Bei der Frage, ob sie die Spezialeinheit der Spurensicherung einschalten sollten oder nicht, hatte sie sich auf Raminos Gespür verlassen. Sie hatten hin und her überlegt, konnten sich nicht entscheiden. Verständlicherweise. Es war Mitte August, Urlaubszeit und die Personaldecke dünn.

Nach etwa einer halben Stunde war Aldo Sanremos Kopf wieder am Brunnenrand aufgetaucht. »Das ist natürlich nur ein erster Eindruck«, sagte er mit neutraler Stimme, »aber der Körper weist keinerlei Brüche oder sonstige Verletzungen auf, die auf einen Sturz hinweisen.«

Der Vizeinspektor und die Staatsanwältin hatten sich angesehen, und eine Stunde später waren die drei diensthabenden *Ghostbuster* der Kriminaldirektion Tuscolana vor Ort gewesen: Bertozzelli, Gualtieri und Santolamazza, ein Biologe, ein Experte der Gerichtsmedizin und ein Spezialist für Tatortanalyse. Und in diesem Keller, in dem man Tag und Nacht nur anhand einer Armbanduhr mit fluoreszierenden Zeigern unterscheiden konnte, wie auf einem U-Boot beim Tauchgang, begriff Ramino, dass die bevorstehende Nacht noch härter werden würde als der Tag, der hinter ihm lag.

Dann fiel ihm ein, woher er Marcello Russo kannte: Im Fernsehen gab es eine Serie, »Mysteriöse Kriminalfälle« oder so ähnlich, von der seine Frau Roberta regelrecht besessen war. Russo spielte darin einen Polizisten der Kriminalpolizei. Ja, er würde ihn sogar um ein Autogramm bitten, allerdings nur außerhalb des Protokolls. Er zog sein Notizbüchlein aus der Tasche und schrieb: *Marcello Russo anrufen. Dringend.*

7

Das Taxi rumpelte über das Kopfsteinpflaster. Silvia hatte den Kopf auf Fabios Schulter gelegt, und er legte den Arm um sie, damit sie nicht bei jedem Schlagloch nach vorne kippte. Bis zum Pontifikat von Papst Pius XI. war immer wieder die Idee aufgekommen, die römischen Kopfsteinpflasterstraßen zu asphaltieren, aber jedes Mal, wenn das auf der Tagesordnung des Stadtparlamentes stand, ging etwas schief. Zufall oder Fügung des Schicksals? Jedenfalls kam das

Gerücht auf, dass das Asphaltieren Unglück bringen würde, und deshalb gab es das Kopfsteinpflaster bis heute, eine Konstante wie die heilige römische Kirche und eine ständige Prüfung für Karosserie, Reifen und Stoßdämpfer.

»Stopp! Halten Sie an!« Silvia war wieder aufgewacht und schon dabei, die Tür zu öffnen. Der Taxifahrer war solche Überraschungen gewöhnt, bremste scharf und blieb mitten auf der Via del Babuino, auf Höhe der Brunnenstatue, stehen. Silvia riss die Tür auf, beugte sich nach draußen und übergab sich, hustete, keuchte, ihr schweißnasser Körper zitterte. Mit schwacher Stimme stammelte sie: »Es tut mir wirklich sehr leid.« Dann wollte sie aussteigen. Fabio zahlte, gab ein üppiges Trinkgeld, der Taxifahrer murmelte »Danke, Dottore« und fuhr mit quietschenden Reifen davon.

In der Ferne waren die Spritzgeräusche eines Straßenreinigungsfahrzeugs zu hören, das langsam über die menschenleere Piazza del Popolo fuhr, das Ristorante Rosati und auch das Canova hatten bereits die Rollläden heruntergelassen. Selbst die vier Fontänen des Brunnens in der Mitte des Platzes waren stumm, er wurde gerade restauriert. Nur das Klackern von Silvias hohen Absätzen war zu hören.

»Ich wohne in der Nähe. Zwanzig Minuten, wenn ich schnell gehe«, sagte sie mit neuem Mut. »Mach dir keine Sorgen, das schaffe ich schon.« Dann hakte sie Fabio unter und zog ihn zu sich heran.

Er suchte nach den richtigen Worten, er wollte

weder anbiedernd noch aufdringlich klingen. Er genoss einige Schritte lang die Nähe ihres weichen Körpers, dann sagte er: »Ein kleiner Spaziergang wird mir guttun.« Das war die unverfänglichste, aber auch die aufrichtigste Antwort.

»Und ich gehe gern ein Stück mit dir.«

Er schaute sie zweifelnd an. Meinte sie das ernst?

»Wenn ich nur nicht so reich wäre, dann könnte ich ihn so richtig bluten lassen, aber leider habe ich mehr Geld als er.« Der Verdacht, dass Nicola eine Geliebte haben könnte, hatte schon seit über einem Jahr erstickend auf ihr gelastet, aber jetzt hatte sie Gewissheit.

Rachegelüste stiegen in ihr auf. Die Laternen an der Muro Torto leuchteten in mattem Gelb, die Straße war menschenleer, wie es eigentlich nur Mitte August und um zwei Uhr morgens denkbar war. Fabio sah, wie sich das Licht in Silvias Augen spiegelte, und hatte plötzlich Lust, etwas ganz Verrücktes zu tun. Wenn er allein gewesen wäre, hätte er sich vielleicht mitten auf die Straße gelegt und mit den Beinen gestrampelt. Oder sich einen Platz unter den mächtigen Bäumen der Villa Borghese gesucht, unter den Obdachlosen, die sich dort auf Pappkartons zwischen Flaschen und Fastfoodverpackungen häuslich niedergelassen hatten.

Rache. Was Fabio von Anfang an befürchtet hatte, war eingetreten. Silvia wollte Rache. Obwohl er ihr erklärt hatte, dass die Fotos, das Video und die Tonaufnahme nur für die Auftraggeberin Beweiskraft hatten, also für sie und ihr Gewissen. Entsprechend ihrer Abmachung würde er ihr das Material überlassen, einen lückenlosen Bericht über das schreiben, was er entdeckt hatte, und auch als Zeuge zur Verfügung stehen. Aber als Erfüllungsgehilfe ihres persönlichen Rachefeldzugs gegen ihren Ehemann oder gar für die Vernichtung seiner Existenz, war er nicht zu haben. Denn eine offene Konfrontation mit Nicola de Nicola, der im Übrigen parlamentarische Immunität genoss, war höchst riskant. Er hatte ihr eindringlich den dritten, vierten und fünften Absatz des Artikels 610 des Strafgesetzbuchs erläutert sowie auf die damit verbundenen Folgen hingewiesen: von einem bis zu fünf Jahren Haft, oder aber hohe Geldstrafen. Er setzte einiges aufs Spiel: Die Aussetzung oder gar den Entzug seiner Detektivlizenz durch den Präfekten, verbunden mit allen Folgen, die das nach sich ziehen würde. Es wäre sein Ruin, beruflich und finanziell.

»Mach dir keine Sorgen, du kannst ganz beruhigt sein«, hatte Silvia ihm versichert. Aber nach allem, was passiert war, war er ganz und gar nicht beruhigt. Sie schlenderten durch die Via Flaminia, und auf Höhe des Viale delle Belle Arti fiel Silvia ein, dass sie ihr Handy noch immer ausgeschaltet hatte.

»Er wird sich Sorgen machen«, sagte sie und schaltete es wieder an. Kurze Zeit später zeigten Piepgeräusche die verpassten Anrufe an, drei des untreuen Ehemanns, einer von Silvias Mutter aus der Villa in Terminillo, einer von der rumänischen Hausangestellten in Argentario. Nach einer Weile ertönte die Melodie der »Cavalleria Rusticana«. Silvia zögerte keinen Augenblick. Fabio ließ sich diskret ein paar Schritte zurückfallen. Aber sie stellte den Anruf auf Lautsprecher, damit er und ein eventuelles Publikum mithören konnten.

»Ciao«, sagte sie eisig.

»Verdammt, ich versuche dich schon den ganzen Tag lang zu erreichen«, dröhnte Nicolas verzerrte Stimme aus dem Telefon.

Silvia reagierte nicht und setzte sich auf die zweite Stufe der Freitreppe der Chiesa di Sant'Eugenio. Fabio fragte sich, warum er unbedingt Zeuge eines so intimen Gespräches sein sollte. Das konnte nur eines heißen: Die Ehe war am Ende.

»Silvia, bist du noch dran?«

»Weißt du, wo ich gerade sitze?«

Nicola schwieg einen Moment, dann erwiderte er: »Das ist mir egal! Du hast mir eine Heidenangst eingejagt!«

Nach kurzem Zögern sagte sie: »Vor der Chiesa di Sant'Eugenio.«

Pause.

»Bist du verrückt geworden? Es ist drei Uhr morgens!«

»Weißt du noch, wie du vor drei Jahren hier im Wahlkampf auf Knien um die Unterstützung des Opus Dei gefleht hast?«

Eine längere Pause, Nicola hustete, dann räusperte er sich.

»Silvia, was ist los? Geht's dir gut?«

»Hier haben wir unseren Sohn taufen lassen.«

Ihre Augen glänzten feucht. Wie gerne hätte Fabio sie in den Arm genommen und getröstet.

»Silvia, meine Liebe, was ist passiert?«

»Nenn mich nicht meine Liebe, du Schwein!«

Eine noch längere Pause.

»Warum sprichst du so mit mir? Was habe ich denn getan, kannst du mir das bitte mal erklären?« Er wurde allmählich wütend.

Silva legte das Handy auf die Treppe und putzte sich die Nase.

»Silvia, antworte bitte, Silvia!«

Verächtlich musterte sie das Telefon, dann fragte sie eisig: »Hast du sie mit nach Sardinien genommen?«

Tiefes Schweigen, dann erwiderte er mit gedämpfter Stimme: »Sie? Was willst du damit sagen?«

Ein Reinigungswagen fuhr langsam die Straßenbahnschienen entlang.

»Ich weiß Bescheid.«

»In ein paar Stunden bin ich wieder in Rom, dann klären wir das.«

»Ich werde nicht mehr da sein.«

»Silvia …«

Sie holte tief Luft.

»Du verlogenes Stück Scheiße mit deiner Archäologenschlampe!«

Sie brüllte so laut, dass der Fahrer des Reinigungswagens jedes Wort hörte, bremste und sich zu ihnen umdrehte.

»Jetzt hört mal auf zu streiten«, sagte er freundlich und lächelte wissend. Fabio spürte den Drang, das Ganze zu erklären und sich zu rechtfertigen. Aber der Fahrer hatte schon wieder Gas gegeben und spritzte weiter Wasser auf die Schienen.

8

Inzwischen gab es keinen Zweifel mehr: Carla Caggiani war ermordet worden, genauer gesagt, erstickt. Und der von Dottor Sanremo und seinem Kollegen Gualtieri festgestellte Todeszeitpunkt passte genau zu der Vermutung des Notarztes: zwischen 7.00 und 8.00 Uhr am Morgen des 13. August, einem Samstag. Ramino hatte sofort an die 48-Stunden-Regel denken müssen. Die warme tiefe Stimme von Commissario Luciano Randone, seinem ersten Chef bei der Mordkommission, hatte er immer noch im Ohr: »Ein Mord aus Leidenschaft muss innerhalb von 48 Stunden aufgeklärt sein, sonst wird das Rätsel nie gelöst.« Das waren seine Worte gewesen, dann hatte er bedächtig an seiner Zigarre gezogen und den Innenhof von San Vitale eingenebelt. Und die Erfahrung gab ihm recht. Aber in Rom, an Ferragosto, würden die 48 Stunden kaum einzuhalten sein. Denn je weiter die Untersuchung des Leichnams und des Tatorts voranschritt, desto klarer wurde, dass es sich um eine »graue Bestie« handelte, wie Randone Verbrechen aus Leidenschaft oder Beziehungstaten genannt hatte. Nach einer ersten Rekonstruktion des Tathergangs hatte der Täter das Opfer zunächst bewegungsunfähig gemacht, ihm dann Nase und Mund zugedrückt, was schließlich zum Tod durch Ersticken geführt hatte. Die Anzeichen dafür waren im Gesicht der jungen Frau deutlich zu erkennen, trotz der Bisswunden durch die hungrigen Mäuse: fleckenartige Einblutungen und Zyanosen rund um die Augen, Kratzspuren von Fingernägeln auf den Wangen, ein Bluterguss auf der Nase, möglicherweise ein Nasenbeinbruch, Einrisse in den Lippen außen und innen, Verletzungen des Zahnfleischs, ein Schneidezahn fehlte. Hatten sie es etwa mit einem Ritualmord zu tun? Nach der Tat hatte der Mörder die Tote sorgfältig im Brunnen abgelegt, womöglich mithilfe des handbetriebenen Lastenaufzugs, der für den Materialtransport benutzt wurde. Oder er hatte sie sich über die Schulter gelegt und getragen. Aber da war noch etwas. Bereits vor der Obduktion hatten die beiden Ärzte mithilfe einer Computertomografie Scheidenflüssigkeit in der Unterhose des Opfers gefunden, ein mögliches Indiz auf Geschlechtsverkehr unmittelbar vor der Tat. Der Leichnam war routinemäßig fotografiert, vermessen und äußerlich untersucht worden, ebenso wie die Kleidung, die das Opfer getragen hatte. Das ganze Programm. Auch eine vaginale und rektale Untersuchung gehörte dazu. Damit keine später vielleicht doch noch verwertbaren Spuren verloren gingen, waren Hände, Füße und Kopf mit sterilen Beuteln versiegelt worden. Gegen zwei Uhr morgens hatte die

Staatsanwältin die Leiche für den Transport freigegeben.

Danach waren die Spezialisten noch einmal in Aktion getreten. Sie steckten noch immer in ihren weißen Plastikoveralls, und die Luft rund um den Ort des Geschehens war von Schweißgeruch erfüllt. Unterstützt von Ramino, hielten Bertozelli und Santolamazza schriftlich jedes Detail fest, wie es das Protokoll verlangte. Sie hatten mit den Rosen, der Torte und den auf dem Arbeitstisch und im Mülleimer gefundenen Gegenständen begonnen. Akribisch nummerierten sie alles und notierten die detaillierten Beschreibungen auf Karteikarten. Trotz intensiver Suche war das Handy des Opfers noch nicht gefunden worden. Eines stand fest: Gestohlen worden war nichts. Keine antiken Fundstücke, nichts, was der ermordeten Archäologin gehört hatte, wie ihre Rolex oder das noch verpackte iPad. Die Stunden zogen sich dahin und der Vizeinspektor hatte Mühe, die Augen offen zu halten. Zum Glück tauchte im Morgengrauen der Angestellte einer Bank im Nachbargebäude des Corso Vittorio Emanuele II. 207 auf, stinksauer, dass er seinen Urlaub unterbrechen musste. Zusammen mit dem Techniker einer Sicherheitsfirma, auch er nicht gerade erfreut. Sie hatten die Außenaufnahmen der Videoüberwachung der näheren Umgebung dabei. Kaum hatte der Bankangestellte die Festplatte mit den Aufzeichnungen mit einem lässigen: »Ich will los, wem soll ich das geben?« verkündet, dass er nicht vorhatte, sich länger als nötig am Tatort aufzuhalten, entbrannte ein Streit darüber, wem die Aufnahmen zustanden. Der Mordkommission oder der Spurensicherung? Ramino oder Bertozzelli?

»Nehmen Sie das Beweisstück, Ispettor Ramino«, hatte die Staatsanwältin entschieden und das »Vize« wohlweislich unterschlagen, um nicht noch Hierarchieprobleme heraufzubeschwören. Ramino wollte Konflikte vermeiden und sagte: »Ich mach dir eine Kopie und schick sie dir heute noch.« Er wusste ganz genau, dass Bertozzelli sauer war. Denn sie waren sich ähnlich: Sie wollten Fakten, die noch »warm« waren, Beweisstücke, die nach Blut und Tod rochen, dicke Wintermäntel, Zigarettenkippen, Kaffeeflecken. Ihre Stärke war die Intuition, ohne allerdings die technischen Hilfsmittel und die Wissenschaft zu vernachlässigen, wie Latexhandschuhe und Spezialoveralls, DNA-Profile, genetische Fingerabdrücke, Internetrecherchen und Laborauswertungen durch Chemiker und Biologen.

9

Fast alles, was in Rom gerade und rechtwinklig war, stammte von den Piemontesern. Vor Pius IX. war alles anders gewesen, verschnörkelt, schief und krumm. Doch das Militär braucht gerade Wege und klare Strukturen. In dieser Stadt mischte sich alles auf engstem Raum: das antike Rom, das Rom Mussolinis mit Foro Italico und EUR und das moderne Rom.

Daran dachte Fabio frühmorgens um halb fünf, als er auf der Ponte Regina Margherita stand, von der aus man in der Ferne die Lichter der Piazza Risorgimento und die imposante Silhouette des Vatikan erkennen konnte. Dieses Ensemble aus Militäranlagen und Profanbauten war mit Zirkel und Lineal geplant, hatte aber trotz aller Nüchternheit einen gewissen Charme, der womöglich auch den Piemontesern eigen war. Die Straßen trugen die Namen derer, die Rom wirklich zu dem gemacht hatten, was es war: Julius Cäsar, Octavian, Vespasian, Pompeius Magnus, Scipio und Tiberius Gracchus, ein Name auf den Fabio Gracco zu Recht besonders stolz war. Dazu Tacitus, Cicero, Horaz, Ovid, Plinius, Lucrezius und Quintus Fabius Maximus. Das Stadtviertel Prati war schachbrettartig angelegt worden, früher waren dort »Prati« gewesen, fruchtbare Wiesen. Und an einer dieser Ecken, zwischen der Via Fabio Massimo und der Via Cola di Rienzo, in einem stattlichen Palazzo in Pompejanischrot, befand sich der Sitz der Detektei Gracco, eines der ältesten privaten Ermittlungsbüros von Rom.

Er war von der Via Giuseppe de Notaris bis nach Parioli gegangen und hatte dabei davon geträumt, endlich die Bettcouch ausziehen zu können, die er im Büro nutzte, wenn er noch spät arbeiten musste. Was oft geschah. Es war bequem, im Büro zu schlafen. Zum ersten Mal hatte er diese Vorzüge entdeckt, als seine erste und einzige Ehe in die Brüche ging, und dann erst kürzlich wieder, als seine Beziehung zu Valeria schon nicht mehr zu retten war. Warum zu Fuß den langen Weg von West nach Ost machen, bis zu seiner Wohnung in der Via Muzio Scevola, das wäre nun wirklich des Guten zu viel gewesen. Fast ein Gewaltmarsch, wenn man bedachte, dass er einen Abendanzug trug. Außerdem wollte er sich nicht nur ausruhen, sondern auch das Material zum Fall Sivieri im Safe verstauen. Genau wie Silvias Scheck über 6000 Euro.

Er war schnell gegangen und endlich am Ziel. Im Innenhof des Palazzo war es kühl wie immer, aber um diese Uhrzeit fiel das nicht so auf. Die Sache tat ihm leid für Silvia. Ihr stand ein schwieriger Tag bevor. Wenn man auf den Fortbestand ihrer Ehe Wetten abschließen würde, wäre die Quote sicher eins zu zehn, vielleicht sogar eins zu fünfzehn. Fabio ignorierte den altmodischen Aufzug aus Eisen, Holz, Glas, Messing und dem Duft nach Vergangenheit, und nahm die zwei Treppen bis zum Büro. Er schaltete die Alarmanlage aus und betrat sein Reich. Es roch nach Tapete, Leim und Farbe, Zeichen der üblichen Sommerrenovierung, die Luft war warm und stickig, Stille umfing ihn. Ferragosto. Bis zum Ferienende am 26. August waren alle im Urlaub. Nur Dario Arese, die treue Seele, hielt die Stellung. Und er selbst natürlich. Im matten Licht der Straßenbeleuchtung, das durch die Fenster in den Flur drang, tastete sich Fabio bis zur ersten Tür links ins Bad. Nach dem Pinkeln ging er ins Nebenzimmer. Dort war es noch wärmer. Er griff nach der Fernbedienung und fuhr die Klimaanlage hoch. Dann verwandelte er die Couch in ein bequemes Bett, was ihn allerdings einige Mühe kostete. Endlich. Er zog die Schuhe aus und kickte sie weg, dann das Jackett, das Hemd und die Hosen. Danach schaltete er das rote Standby-Lämpchen am Fernseher aus, das er so hasste. Jetzt war alles schwarz, auch der Bildschirm. Er dehnte und streckte Arme und Beine, hörte aber auf, als er einen Krampf in der linken Wade bekam. Eigentlich hätte er noch duschen und die Zähne putzen sollen, aber er ließ sich aufs Bett fallen wie ein Stein. Übergangslos sank er in einen bleiernen Schlaf.

10

Der Airbus-A320 bohrte sich wie ein Pfeil durch die Troposphäre, und der Abgeordnete Nicola de Nicola erkannte zwischen den Mistral- und Kerosinwolken Torre Astura und die Landzunge von Anzio. Da es infolge der Sparmaßnahmen an Bord nicht einmal mehr Zeitungen gab, musste man aus dem Fenster schauen, um sich abzulenken. Er hatte nicht geschlafen. Hatte er vielleicht die sardische Suppe mit Schweinefleisch und Kichererbsen nicht vertragen? Sie lag ihm wie Blei im Magen. Zum Glück war Sonntag, und das Parlament hatte noch bis zum 2. September Ferien. Erst am 29. August stand sein nächster Termin an, ein informelles Treffen der Partei, um die Kandidaten für die parlamentarische Kontrollkommission der RAI zu bestimmen. Er würde die freien Tage nutzen, um die Sache mit Silvia in Ordnung zu bringen. Ihre emotionale, ja fast hysterische Reaktion hatte ihn überrascht und beunruhigt. Was wusste sie? Was konnte sie überhaupt wissen? Er und Carla waren äußerst diskret gewesen, hatten Anrufe und SMS immer sofort gelöscht, außerdem hatte er ein Smartphone, das nur per Stimmerkennung zu entsperren war. Selbst in Gegenwart von Federico Maini, seinem Fahrer und engsten Vertrauten, hatte er stets äußerste Diskretion walten lassen. Niemals waren sie gemeinsam im Dienstwagen unterwegs gewesen, auch das Autotelefon hatte er nur im Notfall benutzt. Es musste eine undichte Stelle geben. Aber wer? Außerdem wusste damit nicht nur Silvia Bescheid, sondern auch jemand anderer, nämlich ihr Informant. Oder war es eine Frau? Und das könnte gefährlich werden.

Der Airbus befand sich im Sinkflug über dem Porto di Roma, doch Nicola konnte seine neue Jacht unter all den Schiffen nicht ausmachen. Dann überflog der Jet einen stillgelegten Kanal, ein Sumpfgebiet und die flaggengeschmückte Autobahn, setzte auf und schaukelte ein bisschen, bis er schließlich punktgenau zum Stehen kam.

Da er nur Handgepäck hatte, war die Chance groß, als einer der Ersten ein Taxi zu ergattern. Vor ihm lag ein turbulenter Tag. Um keine Zeit zu verlieren, verzichtete er auf die gewohnten Tageszeitungen, obwohl er natürlich gespannt war, wie über den Unfall auf der Piazza Barberini berichtet wurde. Aber er musste sich sputen, denn er wusste, dass er nicht der einzige Fluggast aus Olbia war, der dringend ein Taxi brauchte. Er ging schneller und schlängelte sich fast im Laufschritt im Zickzack durch die Menschenmenge. Dann stand er vor dem Terminal 3. Es waren noch genügend Taxis da, und er war der Erste, der eines bekommen würde.

Gerade als er in ein Taxi eingestiegen war, klingelte sein Telefon: der Parteivorsitzende.

»Nicola, was machst du denn für Geschichten? Silvia hat gerade angerufen, sie war völlig aufgelöst. Du würdest sie betrügen. Ist da was dran?«, fragte er ohne Umschweife.

»Was hat Silvia gemacht?«, fragte er zurück und wusste im gleichen Moment, dass genau das eingetreten war, was nicht hätte eintreten dürfen. Er schickte ein fadenscheiniges Lachen hinterher, stieg wieder aus dem Taxi aus und versteckte sich hinter einer Betonsäule, als wäre ein Auftragskiller hinter ihm her. Dieses Gespräch sollte niemand mithören können.

»Meine Güte, Silvia war von Anfang an eifersüchtig, sie sieht immer und überall Rivalinnen«, fuhr er betont gelassen fort. »Da ist nichts, das versichere ich dir.« Er unterstrich seine Aussage mit einer ausholenden Armbewegung, obwohl ihn sein Gesprächspartner ja gar nicht sehen konnte. »Absolut nichts, wirklich nicht, das kann ich beschwören.« So ging es ein paar Minuten hin und her. Eher ein Geplänkel unter Freunden als Vorhaltungen eines politischen Ziehvaters an seinen Nachfolger, den künftigen Präsidenten der Region Lazio. Ein Glück, dachte Nicola, während er weiter log, dass er bei der Buchpräsentation in Neapel nicht mit Carla aufgetaucht war.

Der Parteivorsitzende liebte die Berge und nutzte sie oft als Metapher, um Mahnungen oder Vorwürfe zu formulieren: »Nicola, ich gebe dir einen guten Rat. Um den Gipfel zu erreichen, braucht es einen Mann, der mutig und moralisch unangreifbar ist, denn wenn er fällt, dann fällt auch die Partei. Enttäusche mich nicht«, sagte er. Nicolas wortreiche Beschwichtigungen hatten ihn wohl nicht überzeugt.

Am Ende des Gesprächs hatten sie vereinbart, sich so schnell wie möglich zu treffen. Danach hatte er nur noch ein Ziel: die Eroberung eines Taxis. Seine Augen brannten, kalte Schauer liefen ihm über den Rücken, er war völlig am Ende. Inzwischen waren auch die Flüge aus Palermo und aus Mailand angekommen, und die Schlange vor dem Taxistand schien endlos. So eine blöde Kuh, total durchgeknallt, dachte Nicola, während er sich anstellte. Seine Wartezeit schätzte er auf etwa zwanzig Minuten. Die heiße Phase des Wahlkampfs für die Regionalwahlen im Herbst stand unmittelbar bevor. Er hatte sich viel vorgenommen, um das Vertrauen der Wähler zu gewinnen, und jetzt stand seine politische Existenz wegen einer Dummheit auf dem Spiel. Ihm schnürte es den Hals zusammen, wenn er an die Schlagzeilen der

Presse und die Kommentare seiner politischen Gegner dachte. Er, der lautstark eine neue Moral gefordert hatte, der immer wieder die Zügellosigkeit der politischen Kaste angeprangert hatte, derjenigen, die in Amt und Würden und in der Öffentlichkeit standen. Und stets mit gutem Beispiel vorangegangen war. In der Warteschlange tat sich kaum etwas. Von den bestimmt zwanzig weißen Taxis, die eben noch neben dem Bürgersteig gestanden hatten, war nur noch eins übrig, alle anderen waren schon weg. Und immer noch waren Leute vor ihm. Er musste kühlen Kopf bewahren. Aber wie sollte das gehen, wenn Silvia zu einem Risiko würde? Er versuchte sie anzurufen. »Leider ist der Teilnehmer …«

»Verdammte Scheiße!« Am liebsten hätte er das Telefon auf den Boden geschleudert, darauf herumgetrampelt und es zu Staub zermahlen. Genau in diesem Augenblick klingelte es. Nicola zuckte zusammen, als hätte er einen elektrischen Schlag bekommen und hätte das Handy beinahe fallen gelassen. Er bekam es gerade so noch zu fassen und presste es ans Ohr. »Ja, hallo?« Er lauschte, dann knurrte er: »Sie haben sich verwählt. Hier ist nicht Federico!«, dann steckte er es wieder ein.

Er konnte hier nicht länger stehen bleiben und warten, sonst würde er anfangen zu schreien. Wenn es sein müsste, würde er eine Entschuldigung auf ein Plakat schreiben und es persönlich hochhalten. Alles würde er tun. Nicola de Nicola, der aufstrebende Stern der Demokraten, drängte sich resolut an der

Warteschlange vorbei nach vorne. Als er ganz vorne war, sondierte er die Lage. Jetzt war nur noch einer vor ihm, ein Hüne, der auch Boxer oder Ringer hätte sein können. Das Taxi kam, und Nicola ließ es ziehen, das Risiko war zu groß. Und jetzt? Das ältere Ehepaar neben ihm? Offenbar einfache Leute, die gutmütig wirkten. Seine Chance. Ein weiteres Taxi kam. Jetzt oder nie! Nicola schob den Mann zur Seite, riss die Autotür auf und ließ sich auf den Sitz fallen. »Beeilen Sie sich, meine Frau ist im Krankenhaus«, drängte er. Der Taxifahrer musterte ihn kritisch und blieb ungerührt. »Ich bezahle das Doppelte, bitte fahren Sie los.« Das funktionierte. Nicola hörte den Motor aufheulen, und sein Rücken wurde in den Sitz gedrückt. Das Taxi schoss los.

11

Das Klingeln des Handys mischte sich mit dem Läuten der Glocken der Chiesa di San Gioacchino, die zur Messe riefen. Fabio öffnete die Augen und fühlte sich wie auf einem Himalajagipfel. Im Raum war es eiskalt, höchstens 15 Grad. Er rollte sich auf die Seite und schaltete mit der einen Hand die Klimaanlage ab, mit der anderen tastete er nach dem Telefon. »Ja?« Sein Mund war staubtrocken.

»Dottor Gracco, hier ist Arese, entschuldigen Sie die Störung am Sonntag«, sagte sein Mitarbeiter in einem Atemzug.

Dario Arese arbeitete bereits seit sieben Jahren für ihn, er war Spezialist für Beschattungen und verdeckte Ermittlungen. Er siezte ihn noch immer und meldete sich stets mit Nachnamen. Fabio respektierte das: »Buongiorno, Arese, was gibt's?« Er setzte sich auf und wickelte sich in sein Laken, weil er ahnte, dass es keine guten Nachrichten waren.

»Haben Sie es noch nicht gehört?«

Fabio störte es, wenn eine Frage mit einer Gegenfrage beantwortet wurde: »Was soll ich denn gehört haben?«

Arese hielt kurz inne und begann dann zögernd: »Die Caggiani, die Archäologin …«

»Ich weiß, wer das ist.«

Pause.

»Sie ist tot. Wahrscheinlich ermordet.«

Fabio steckte den Schlag ein und taumelte. »Ermordet …?«, stammelte er, halb fragend, halb bestätigend.

»Ja. Es steht auf der Titelseite aller Zeitungen, Dottore. Sogar im Fernsehen haben sie darüber berichtet.«

Fabio atmete mehrmals tief durch.

»Wann?«

»Gestern. Sie wurde gestern Morgen gegen neun gefunden.«

»Wo?«

»Bei der Grabungsstätte.«

Fabio wusste, dass Arese sich dort gut auskannte, er hatte viele Stunden das Haus Nummer 207 am Corso

Vittorio Emanuele II. beschattet und dort den ersten Verdacht geschöpft, obwohl Nicola de Nicola und seine Geliebte alles getan hatten, um nicht aufzufallen. Trotz aller Vorsicht war ihnen Arese auf die Schliche gekommen. Diese Gegend hatte ihre eigenen Gesetze, war eine kleine Welt für sich, wie Fabio Gracco immer sagte. Sie hatte ihre eigene Sprache, und die musste man lesen können. Wer war wo, wann, wie oft und mit wem unterwegs? Diese Indizien galt es zu deuten.

»Hallo, Dottor Gracco, sind Sie noch dran?«, fragte Arese beunruhigt.

»Ja. Was haben sie denn sonst noch darüber berichtet?«

Dario begann zu erzählen, und in Fabios Kopf drehte sich alles.

»Gut, gut, es reicht«, sagte er irgendwann, als er genug hatte. »Vielleicht sprechen wir später noch mal darüber, ich rufe Sie an.«

Er legte auf und rief Silvia an. »Der Gesprächsteilnehmer… Sie können gerne eine Nachricht hinterlassen.« Sie war nicht zu erreichen.

12

Als Nicola die Wohnung betrat, wusste er sofort, dass Silvia ihre Drohung wahr gemacht hatte. Es war unerträglich heiß, ein Zustand, der ihr zutiefst zuwider war, sie hätte die Klimaanlage auf höchster Stufe laufen lassen. Er ersparte es sich, nach ihr zu rufen, sondern zog die Jacke aus und hängte sie vorsichtig an den Stummen Diener, ein Möbel von Thonet im Liberty-Stil, das unter der Last der Jacken und Mäntel einzuknicken drohte. Das Handy klingelte, er wühlte in der Jackentasche danach und kippte dabei den Stummen Diener um.

»Hallo? Ja, ich bin's. Hallo?« Nicola schaute auf das Display, unbekannte Nummer. Jemand aus der Partei? Er wartete. Nichts geschah. Also richtete er den Stummen Diener wieder auf, ging ins Wohnzimmer, griff nach der Fernbedienung und schaltete die Klimaanlage ein. Dann ließ er sich auf das weiße Sofa fallen. Er ertrug die leere Wohnung nicht. Wenn wenigstens Cristina da gewesen wäre mit ihrem üppigen Busen, die immer munter mit jedem plauderte, aber sie war bei ihren Kindern in Polen. Er dachte an seinen Sohn, an seine blitzenden hellblauen Augen, seine semmelblonden Haare, der Silvia wie aus dem Gesicht geschnitten war. An seine Launenhaftigkeit, die er ebenfalls von seiner Mutter geerbt hatte, welche sich aber besser im Griff hatte. Mit einer zweiten Fernbedienung schaltete Nicola den Flachbildfernseher ein, der zwischen den Bildern an der Wand hing, fremd und still. Er zappte zum Nachrichtenkanal von Sky, schaltete den Ton stumm und las die Bildunterschriften. Endlich nicht mehr isoliert von der Welt. Er hatte vergessen, dass der Zeitschriftenkiosk am Piazzale Don Giovanni Minzoni, der seinem Freund Alberto gehörte, geschlossen hatte. »Betriebsferien vom 14. bis 21. August« hatte auf dem blauen Zettel gestanden, daneben ein Sonnenschirm. Eine Woche Formentera, nicht schlecht. Nicola dachte an den australischen Touristen. No news is good news. Der Videotext lief weiter. »Dreijähriges Mädchen von ihrem Hund in der Provinz Rom totgebissen.« Sein Sohn Alessandro war neun und machte Ferien bei seinen Großeltern in Terminillo. Wann hatte er das letzte Mal mit ihm gesprochen? Er griff nach dem Festnetztelefon und wählte die Nummer seiner Schwiegermutter. Nach wenigen Klingeltönen nahm sie ab.

»Ich hoffe, ich störe nicht«, begann Nicola in förmlichem Ton. Seine Schwiegereltern waren ihm gegenüber immer sehr distanziert gewesen, deshalb hatte er sich diese Unverbindlichkeit angewöhnt, außerdem wollte er Zeit gewinnen, um sich gegen eventuelle Vorwürfe zu wappnen. Doch Silvias Mutter Irene reagierte freundlich, was ihn sofort misstrauisch machte. Sie sprach über das herrliche Wetter und den herrlichen Blick auf den Monte Terminillo, auf den sie schon mit Alessandro mit der Seilbahn gefahren waren. Nicola spürte, dass sie ihn einlullen wollte, um ihm die Chance zu nehmen, das Thema Silvia anzusprechen. Wahrscheinlich war sie bei ihren Eltern untergekrochen, um Trost und Verständnis zu suchen. Und die Nähe zu ihrem Sohn.

»Entschuldige bitte, Irene«, unterbrach er unvermittelt den Redeschwall. »Ich suche Silvia, ist sie vielleicht bei euch?«

Unüberhörbares Seufzen und tiefes Atmen. Nicola

wusste, dass er den Nagel auf den Kopf getroffen hatte, und wunderte sich deshalb nicht über die Reaktion: »Bei uns? Wie kommst du denn darauf? Ist sie denn nicht in Argentario?« Nicola antwortete mit einem kurzen Nein und erzählte dann von ihrer heftigen Auseinandersetzung. Irene seufzte erneut und meinte: »Nichts Ernstes hoffentlich.« Es klang wie eine unterschwellige Warnung. Nicola war klar, dass sie Silvia um jeden Preis schützen würden. Er würde nicht mit ihr sprechen können. Er änderte seine Taktik. Statt besorgter Ehemann war er jetzt fürsorglicher Vater: »Gibst du mir Alessandro? Ich möchte ihn kurz sprechen.« Seine Stimme klang ruhig und freundlich. Wieder ein Seufzer, dann rief sie: »Ale, Ale, komm mal, dein Vater ist am Telefon!«

»Ciao, Babbo!«, die heitere Stimme seines Sohnes zauberte ihm ein Lächeln aufs Gesicht. Seitdem er ihm abends immer *Pinocchio* vorgelesen hatte, nannte Alessandro ihn Babbo.

»Wie geht's dir, mein Junge? Hast du Spaß?«

Alessandro erzählte von der Seilbahnfahrt bis ganz nach oben auf den Gipfel, bis knapp unter die Wolken. Nicola unterbrach ihn. »Bist du froh, dass Mama gekommen ist?«

»O ja!«, jubelte Alessandro ahnungslos. Nicola fühlte sich schrecklich, dass er seinen Sohn so ausnutzte, aber manchmal heiligte der Zweck die Mittel.

»Wann kommst du, Babbo?«

»Sobald ich kann, mein Schatz, vielleicht morgen. Schauen wir mal.« Er hielt inne, dieses Lügen war wirklich belastend. »Gibst du mir Großmutter noch mal?«

»Oma, komm noch mal schnell!«, hörte er Alessandro rufen, dann wurde seine Aufmerksamkeit durch die nächste Topnews abgelenkt. Auf dem Bildschirm erschien ein Foto mit Trauerrand. Mit der distanzierten Neugier eines Kriegsberichterstatters, der fernab des Geschehens die Entwicklung beobachtet, blieb sein Blick an dem Foto hängen. Als er genauer hinsah, verschwamm alles vor seinen Augen, und seine Knie gaben nach.

Das Foto zeigte Carla an einem sonnigen Tag, strahlend schön, das leicht orientalisch anmutende Gesicht, ihr dunkelbrauner Pagenkopf. Darunter stand: *Neue Erkenntnisse im Fall Caggiani. DNA-Spuren des möglichen Täters gefunden.*

Nicola starrte reglos auf das Bild. Im ersten Moment hatte er unwillkürlich Freude bei ihrem Anblick empfunden, dann machte sich Entsetzen breit. Sein Herz raste, es drohte zu zerspringen, er musste sich auf dem Tisch abstützen, so fest, dass seine Fingerknöchel kalkweiß wurden. Als er die Bildunterschrift noch einmal las, wurde ihm klar, dass das kein Traum, sondern bittere Realität war. Seine Beine gaben endgültig nach, er sackte zusammen, als hätte ihn ein Schuss getroffen. Mit letzter Kraft kroch er zur Minibar, griff nach einem Fläschchen Camus Extra und nahm einen großen Schluck Cognac. Ein Feuerball schien in seinem Körper zu explodieren, sein Kopf drohte in tausend Stücke zu zerspringen. Dann schrie er.

13

Der Wind trug den penetranten Geruch nach Kebab und Holzofenbrot bis zu ihr herüber, begleitet vom nervtötenden Trommeln, den Trompeten und Geigen der Khorakhanè-Hochzeit im nahe gelegenen Romacamp. Staatsanwältin Lucia Campazzo war seit acht Tagen auf Diät, und es fehlten noch zwölf bis zum nächsten Termin bei ihrem Ernährungsberater. Sie war extra ins Schwimmbad gegangen, um der Versuchung zu entgehen, mit ihren Kollegen im Restaurant zu essen. Um sich abzulenken, musste sie schwimmen und tauchen. Zug um Zug. Bahn um Bahn. Am besten so lange wie möglich unter Wasser, denn sobald sie auftauchte, wehte ihr der Duft aus diesem verfluchten Camp etwas weiter flussaufwärts jenseits des Tibers entgegen. Dieses Lager gab es schon seit ihrer Kindheit. Seit Jahren protestierten die Anwohner, die Gerichte entschieden, die Polizei räumte, die Khorakhanè gingen und kehrten dann wieder zurück. An diesem Sonntag, ein Kilo und 800 Gramm leichter als vor einer Woche, überlegte Lucia an den Beckenrand geklammert, wie es wäre, zu dieser Hochzeit eingeladen zu sein. Eine verführerische Vorstellung: zwei dicke Scheiben Holzofenbrot, belegt mit kräftig gewürztem, saftigem Fleisch. Es war zum Verzweifeln, der Hunger trieb sie fast in den Wahnsinn. Im Mund hatte sie noch den Geschmack nach frisch gepresstem Karottensaft. Wie sollte sie unbeschadet den Tag überstehen? Sie tauchte wieder, schwamm, um zu vergessen, versuchte eine ganze Länge unter der Wasseroberfläche zu bleiben. Nach der Hälfte der Bahn kam sie wieder nach oben und schnupperte. In der Luft lag jetzt der Duft nach Strozzapreti-Pasta mit Tintenfischsud. Das Schwimmbad lag direkt gegenüber der Glasfront des Restaurants, wo die wenigen Gäste in der Augusthitze Muscheln, Gambas und frittierten Fisch verspeisten. Und am anderen Ende entdeckte sie Vizeinspektor Ramino, der mit dem Bademeister diskutierte. »Dottoressa Campazzo wird an der Rezeption erwartet«. So nannte der Bademeister die kleine Bude aus Aluminium und Glas neben dem aufgeheizten Parkplatz. Ramino hatte vor einer halben Stunde angerufen, um ihr mitzuteilen, dass er sie dringend treffen müsse. Es seien schwerwiegende neue Beweise aufgetaucht, über die er am Telefon nicht sprechen wollte. »Kommen Sie vorbei«, hatte sie gesagt.

Ramino war kreideweiß im Gesicht, wie ein Nachtclubsänger im Scheinwerferlicht, und über den sturen Bademeister ziemlich sauer. Sein brauner Anzug und das am Hals geöffnete schlammgrüne Hemd waren durchgeschwitzt, die dunkle Aktentasche ließ ihn aussehen wie einen Stasiagent aus der ehemaligen DDR. Was für ein Kontrast zur Staatsanwältin in ihrem schneeweißen Frottebademantel, mit Sonnenbrille, einem gelben Band im Haar und den geblümten Flip-Flops an den Füßen. Er hatte sie noch nie in diesem Aufzug gesehen und war schwer beeindruckt, denn sie sah aus wie eine Figur aus »Der große Gatsby« mit Leonardo DiCaprio und Carey Mulligan. Auch wenn der Tiber nicht Long Island war. Sie setzten sich unter den Holzpavillon, den Geräuschen und Gerüchen der Hochzeit ausgesetzt, mit Blick auf den Fluss, die Ruderboote und die Bäume am Ufer, unter denen Präservative und der Plastikmüll der vergangenen Vollmondnacht lagen. Ramino hatte den Tisch mit braunen und schlammgrünen Aktenmappen ausgelegt. Ton in Ton mit seinem Anzug und seinem Hemd. Zufall oder Absicht? Als Ergänzung zu seinem Material streute er immer wieder neue Informationen ein, wie ein Koch Zucker über ein Dessert. Francis Mogana, der Pförtner, war sauber, ein gläubiger Katholik und Kirchgänger, ehrenamtlich aktiv, ein Erinnerungsfoto zusammen mit dem Papst, bester Leumund und eine große Familie: Frau, Kinder, Enkel. Man könnte ihn ins »Fegefeuer stecken«, wie es der Vizeinspektor immer nannte, wenn er über mögliche Verdächtige sprach, und würde immer noch auf eine weiße Weste stoßen. Er hatte sogar eine Anfrage an die Polizei in Laoag auf den Philippinen geschickt, Moganas früherem Wohnort, aber noch keine Antwort erhalten. Im Palazzo am Corso Vittorio Emanuele II. 207 waren alle Büros wegen der Ferien geschlossen, nur die Handwerker für die Instandsetzungsarbeiten und die Putzkolonne waren vor Ort. Die Handwerker waren von Agente Filipponi einer nach dem anderen befragt und mithilfe des SDI, des elektronischen Sicherheitssystems des Innenministeriums, durchgecheckt worden. Im vierten und im sechsten Stock gab es noch zwei hochbetagte Bewohner und ihre rumänischen Betreuerinnen. Ein neunzigjähriger ehemaliger Beamter des Berufungsgerichts und ein siebenundsiebzigjähriger Professor, der früher Politik und Wirtschaft an der La Sapienza gelehrt hatte. Der Ehemann des Opfers, der Schauspieler Marcello Russo, war am Morgen der Tat in Terracina auf dem Set von »Mysteriöse Kriminalfälle« gewesen. Während Ramino sprach, hatte sein Gesicht eine aerodynamische Form angenommen, windschlüpfrig wie die Schnauze eines Überschallflugzeugs. Er war zufrieden, das war offensichtlich. Einfach nur zufrieden, in höchstem Maße, ohne Wenn und Aber.

»Soll ich gleich die Sektkorken knallen lassen oder am Anfang beginnen?«, hatte er mit einem breiten Grinsen gefragt, das von einem Ohr zum anderen reichte.

»Bitte von Anfang an«, hatte Lucia geantwortet und die Sonnenbrille abgenommen. Ihr Heißhunger war verflogen.

Ramino tippte auf seinem Smartphone herum und scrollte durch eine Filmsequenz: *Ausschnitt, Corso Vittorio Emanuele II., menschenleer*. Er schob das Smartphone in Richtung der Staatsanwältin. »Die hier hat die Überwachungskamera der Bank in der Nähe gemacht.« Eine Frau taucht auf dem Bürgersteig auf, geht unter der Kamera vorbei, dreht sich um und überquert dann die Straße. »Das ist das Opfer, erkennen Sie die Frau? Das war um 6.50 Uhr.«

»Die Arme, warum geht sie schon so früh zur Arbeit?«, murmelte Lucia Campazzo.

»Das habe ich mich auch gefragt«, erwiderte Ramino, nahm ein leeres DIN-A4-Blatt zur Hand und begann, Zahlen zu notieren, Linien zu ziehen und Pfeile zu malen. »Ich habe mir die Aufzeichnungen angesehen, von Mitternacht, als die Kamera aktiviert wurde, bis um zehn Uhr morgens, als sie sich wieder ausschaltete. Leider fängt sie nur einen Ausschnitt der Straße ein und zeigt nicht den Eingang zum Palazzo. Außer Francis Mogana, der um 8.50 Uhr an der Kamera vorbeigegangen ist, und unserer Einsatzgruppe, die um 9.10 Uhr vor Ort war, habe ich niemanden erkannt, der für uns interessant sein könnte.« Dann schob er das Blatt zu Lucia hinüber. »Das ist der Palazzo …«, erklärte er und zeichnete ein Rechteck, »und das der Corso Vittorio Emanuele II., der Haupteingang. Aber hier …«, er machte einen Pfeil zu einer Seitenstraße, »am Vicolo Savelli, gibt es eine schmale Tür, durch die früher die Kohlen für die Heizung geliefert wurden. Von dort gelangt man in den Keller, ohne dass es die Kamera bemerkt.« Er hielt inne und tippte mit der Bleistiftspitze aufs Papier. »Bleibt die Tatsache, dass Carla Caggiani etwa eine Stunde früher als sonst zur Arbeit gegangen ist. Musste sie vor ihrem Urlaub noch etwas Dringendes erledigen? Auf den ersten Blick nicht. Dottoressa Melodia hat ausgesagt, dass die Grabung am Vortag offiziell geschlossen wurde, und dass Carla Caggiani zu einer letzten Kontrolle dort war, aus freien Stücken.« Ramino betonte die letzten Worte und schaute dann die Staatsanwältin an. »Oder sie wollte, und dafür sprechen die am Tatort gefundenen Gegenstände, mit jemandem ihren Geburtstag feiern.« Auch diese Hypothese notierte er und blickte dann Lucia Campazzo erneut an. »Wir haben eine Torte, Champagner, zwei Plastikgabeln, zwei Plastikmesser, zwei Plastikteller sowie zwei Plastikgläser gefunden, dazu Spuren, die auf Geschlechtsverkehr hinweisen …, nicht zu vergessen den Rosenstrauß im Mülleimer. Muss ich noch mehr sagen?«

»Ein Rendezvous, das harmonisch begonnen und ein tragisches Ende genommen hat. Was sagt uns das?« Die Staatsanwältin verlor allmählich die Geduld.

»Das dachte ich auch«, Ramino machte eine Kunstpause und sprach dann weiter, wobei er jedes Wort betonte. »Aber das war nur der Aperitif, Dottoressa, das Menü kommt erst noch.«

14

Das Material lag immer noch auf dem Schreibtisch, genau dort, wo Fabio es hingelegt hatte. Silvia hatte weder zurückgerufen noch eine SMS oder eine E-Mail geschickt. Das machte ihm Sorgen. Immerhin war möglicherweise ein Mörder in ihr Leben getreten oder zumindest in ihr Umfeld. Seit Stunden trieben ihn diese Gedanken um, wobei einer immer mehr in den Vordergrund rückte: Was, wenn Nicola de Nicola seine Geliebte umgebracht hatte? Vielleicht wollte sie sich von ihm trennen. Aber sofort hatte er auch das Gegenargument parat, das andere Extrem, wie Ebbe und Flut: Wenn ein so erfolgreicher Mann eine Geliebte verlor, fand er eine neue. Und doch … Man sollte nichts ausschließen. Wenn die Hormone verrücktspielten, war alles möglich.

Fabio zog einige der 13 × 18-Fotos aus dem gelben Umschlag, alle zeigten den Palazzo Corso Vittorio Emanuele II. 207, allerdings zu verschiedenen Tageszeiten, was man an der unterschiedlichen Verteilung von Licht und Schatten, am Verkehr und am Wetter erkennen konnte, mal war die Straße trocken, mal nass. Auf einigen war zu erkennen, wie der Abgeordnete Nicola de Nicola sich duckte und durch den Seiteneingang im Vicolo Savelli ging. Diese Fotos stammten von Dario Arese, der ähnliche Schnappschüsse auch in digitaler Form gespeichert hatte. Er und Luciana Talio, seine zweite Mitarbeiterin, die gerade im Urlaub war, bevorzugten die modernen Medien, waren strikt gegen jedwede Papierverschwendung und die damit einhergehende Abholzung der Wälder. Fabio dagegen musste das Medium spüren, es in den Händen halten, zuweilen sogar streicheln können. Besonders bei Büchern. Er legte ein Lesezeichen oder die Klappe des Schutzumschlags zwischen die Seiten und beobachtete, wie seine Lektüre voranschritt.

An E-Books hasste er nahezu alles, die immer gleiche Form, das immer gleiche Gewicht, egal ob es sich um »Auf der Suche nach der verlorenen Zeit« von Marcel Proust, die Gebrauchsanweisung für die Spülmaschine oder das 54-bändige Treccani-Universallexikon handelte. Außerdem hatte er eine Abneigung gegen die glatte kühle Hülle und die fehlende Verlässlichkeit, wenn unvermittelt der Akku seinen Geist aufgab. Fabio war auch in diese Hinsicht Piemonteser, rechtwinklig, schnurgerade, punktgenau, schwarz auf weiß. Und doch … Er hätte es zwar niemals zugegeben, aber digitale Fotos boten viele Vorteile, man konnte sie am Computer heran- und wegzoomen, die Totale oder einen Ausschnitt wählen. Daran dachte Fabio, als er das Foto am PC vergrößerte, das den Abgeordneten zeigte, wie er sich durch den Seiteneingang zwängte. Denn trotz der schlechten Lichtverhältnisse, die bei einem analogen Foto dafür gesorgt hätten, dass man rein gar nichts mehr erkannt hätte, konnte man hier auch den Arbeitsoverall und das lächelnde Gesicht von Carla Caggiani erkennen. Wenn man sich an Dario Areses Fotos und seinen Beobachtungen orientierte, trafen sich de Nicola und Carla Caggiani regelmäßig gegen 7.30 Uhr, also eine halbe Stunde vor Arbeitsbeginn, zu einem Stelldichein. Der zeitliche Ablauf war immer der gleiche: De Nicola klopfte an die schmale Tür, die Archäologin öffnete, manchmal umarmten sie sich voller Ungeduld schon hier, dann verschwanden sie in ihrem Liebesnest im Souterrain. Genau dort hatten sie mithilfe einer hochsensiblen Minikamera die heißesten Liebesszenen aufgenommen. Er erinnerte sich noch genau daran, wie er eines Abends, bevor er essen gegangen war, dieses Wunderwerk der Technik vor einem der kleinen Kellerfenster installiert hatte.

Und die Glücksgöttin war ihnen hold gewesen: Die Aufnahmen waren ein Volltreffer, Kamasutra in Vollendung: ineinander verschlungene Körper, artistische Stellungen, fließende Bewegungen, Harmonie und Eleganz wie beim Bolschoiballett. Mit diesem Material musste er sehr sensibel umgehen, das wusste Fabio. Artikel 615 ff. war eindeutig: »Illegaler Eingriff in die Privatsphäre«. Er hatte die Bilder in den Safe gelegt, wo sie darauf warteten, irgendwann vernichtet zu werden. Ein Monat harter Arbeit lag hinter ihnen, die Geschichte einer Affäre, analysiert, archiviert, chronologisch geordnet. Zeugnisse einer intensiven, tief reichenden Beziehung, was dieses tragische Ende noch unverständlicher und widersprüchlicher erscheinen ließ. Wenn er diese Fotos betrachtete und daran dachte, was danach geschehen war, überkam Fabio wieder jenes verwirrende Gefühl, das er vor Jahren im Kino gehabt hatte, als der Filmvorführer die Rollen verwechselt und statt einer Komödie einen raffinierten Psychothriller gezeigt hatte. Ein Gefühl der Desorientierung, der gestörten Wahrnehmung. Damals war es ein verwechselter Film mit Publikumsprotesten, dieses Mal bittere Realität. Fabio war mehr und mehr davon überzeugt, dass sich Nicola und Carla nicht nur begehrt, sondern tatsächlich geliebt hatten, jeden Tag aufs Neue. Und dann so ein apokalyptisches Ende?

Während er so nachdachte, fiel Fabio auf, dass etwas nicht stimmte. Wenn er die digitalen Fotos auf dem Display seines Computers mit den Papierabzügen auf dem Tisch verglich, fehlten dort drei Bilder. Die Nummern 33, 34 und 35. Er suchte vergeblich danach. Und wenn diese drei fehlten, hatte das die gleiche Wirkung, wie wenn alle fehlen würden. Auf dem Foto 33 sah man Nicola und Carla auf einer Luxusjacht, die Sonne strahlte, sie verließen gerade den Porto di Roma, er stand am Steuerrad und hatte den Arm um sie gelegt. Nummer 34 zeigte das Paar bei einem leidenschaftlichen Kuss vor dem Seiteneingang am Vicolo Savelli. Auf dem Foto 35 waren sie im Halbdunkel des Kellers zu erkennen, eng umschlungen, ganz offensichtlich hatten sie Sex. Fabio suchte erneut in dem gelben Umschlag, in der Computertasche am Boden, zurück auf dem Schreibtisch, im Archiv und sogar im Kühlschrank. Dann ging er zurück zur Tür. Vielleicht waren sie auf den Boden gefallen, als er nach den Schlüsseln gesucht hatte. Vergebens, sie waren verschwunden. Er dachte an Silvia, an den lauen Sommerabend auf der Dachterrasse des Restaurants mit dem faszinierenden Blick auf das barocke Rom. Einmal war er aufgestanden und auf die Toilette gegangen, aber das hatte maximal zwei Minuten gedauert. Vielleicht hatte sie die Gelegenheit genutzt. Seine Bauchmuskeln verkrampften sich. Wenn sie die Fotos hatte, dann sicher nicht, um sie sich einzurahmen. Er griff nach dem Handy, wählte ihre Nummer und hörte »Bitte hinterlassen Sie eine Nachricht. Der Teilnehmer ...« Silvia nahm nicht ab. Oder wollte nicht abnehmen.

15

Monotone Stimme, den Blick auf das DIN-A4-Blatt geheftet: In knapp fünfzehn Minuten hatte Vizeinspektor Ramino das Papier mit Buchstaben, Zahlen, Linien, Kreisen und Pfeilen gefüllt und die Staatsanwältin informiert, wie ein Wissenschaftler, der im Fernsehen einem breiten Publikum etwas zu erklären versucht, was er womöglich selbst nicht versteht. Er war vom Hölzchen aufs Stöckchen gekommen, der akribisch genaue und unerschrockene Polizist, dann hatte er sich auf seine alte Honda Dominator geschwungen und halb Rom durchquert, um die letzten 48 Stunden des Opfers nachzuvollziehen. Die Torte samt Kerzen stammte aus der Pasticceria Cremoli auf der Piazza Ungheria, sie war am Freitag, den 12. August um 17.32 Uhr gekauft und bar bezahlt worden, laut Registrierkasseneintrag für 18 Euro und 60 Cent. Aber niemand erinnerte sich an den Käufer, eine Videoüberwachung gab es nicht. Ramino rekonstruierte den optimalen Weg und hatte auch beim zweiten Geschäft Glück: Etwa 200 Meter von der Pasticceria entfernt fand er am Viale Liegi eine Vinothek, die Einzige in der Gegend, die den sündhaft teuren

Krug-Rosé-Champagner in einer 375-ml-Flasche führte. Der Vizeinspektor tippte auf dem Handy herum.

»Hier ist unser Freund«, sagte er und präsentierte der Staatsanwältin eine Schwarz-Weiß-Aufnahme, die die Überwachungskamera von oben gemacht hatte. Sie zeigte einen Mann mit Sonnenbrille, Schirmmütze, Jogginganzug und Turnschuhen, der mit raschen Schritten aus Richtung der Piazza Ungheria kam, in der Hand hielt er eine Tortenschachtel. Die nächste Sequenz zeigte ihn in der Vinothek, wie er um 17.53 Uhr den Champagner kaufte.

»Vornehm geht die Welt zugrunde, was?«, ließ Ramino sich zu einer vertraulichen Bemerkung hinreißen. Dann hielt er das Bild an und vergrößerte es so weit wie möglich, deutete erst auf die raspelkurzen blonden Haare und dann auf den Herzfrequenzmesser am Unterarm. Männlich. Sportlich. Weiß. Etwa eins achtzig.

»Dann war er am Viale Somalia, dort wurde das Geschenk gekauft, das iPad.« Ramino zeichnete einen entsprechenden Pfeil auf das Blatt. »Es wurde am Donnerstagmorgen mit einer Kreditkarte bezahlt, die auf eine Genossenschaft ausgestellt ist, die Mondo Nuovo Duemila, die ihren Sitz ...«, der Vizeinspektor zog ein Blatt Papier aus einer Aktenmappe und hielt es der Staatsanwältin hin, »hier die entsprechende Kopie. Und schauen Sie mal, wo sie ihren Sitz hat.«

Lucia Campazzo blickte erst auf das Papier und dann zu Ramino. »Corso Vittorio Emanuele II. 207.«

»Im vierten Stock, Apartment Nummer acht«, fügte er hinzu. »Und jetzt kommt das Beste.« Er wurde direkt rosig, sein Gesicht, eben noch kalkweiß, sah aus, als hätte jemand in seinem Kopf einen starken Scheinwerfer eingeschaltet, der seinen Kreislauf und die Synapsen im Gehirn aktiviert hatte. Er lächelte. Das zufriedene Lächeln eines stolzen Kindes, während er Lucia Campazzo ein weiteres Blatt Papier reichte: »Die Kassiererin war nicht nur freundlich, sondern auch gewissenhaft.«

Die Staatsanwältin prüfte die Kopie eines Ausweises, ausgestellt auf Federico Maini, geboren am 10.11.1985 in Rom, wohnhaft in Marino-Frattocchie, in der Vicolo degli Orti.

»Jetzt wissen wir also, wer das iPad gekauft hat, sehr gut, Ramino.«

»Halt, nicht so schnell«, der Vizeinspektor griff nach einem schlammgrünen Ordner und zog einige zusammengeheftete Papiere heraus. »Ich habe den Namen Federico Maini in den Computer eingegeben und zack! Das ist die Webseite des *Messaggero*, mit dem Artikel über einen Verkehrsunfall auf der Piazza Barberini, gestern Morgen, etwa um acht Uhr. Eine schwere Limousine mit überhöhter Geschwindigkeit hat einen australischen Touristen erfasst, der immer noch im künstlichen Koma im Krankenhaus Umberto I. liegt. Am Steuer saß ein gewisser Federico Maini. Ich rufe jetzt die zuständige Polizeidienststelle an und lasse mir den Unfallbericht schicken.« Dann tippte er auf eine bestimmte Stelle des Blattes. »Und schauen Sie doch mal, auf wen der Lancia Thema zugelassen ist …«

Lucia Campazzo las laut vor: »Società Cooperativa Mondo Nuovo Duemila«. Dann wandte sie den Blick zu Ramino, der mit den Gedanken schon ganz woanders zu sein schien.

»Ich habe Informationen über Maini eingeholt. Er hat keine Vorstrafen, war drei Jahre bei der Polizei, beim Personenschutz, dann hat er den Dienst quittiert.«

»Warum?«, fragte die Staatsanwältin.

»Aus familiären Gründen, heißt es hier. Der Pförtner im Haus Corso Vittorio Emanuele II. 207 kennt ihn gut, er sagt, er sei verlässlich und diskret, der persönliche Fahrer von Nicola de Nicola. Der Lancia Thema wird üblicherweise von dem Abgeordneten benutzt.« Der Vizeinspektor schwieg gedankenverloren, während der Wind Musikfetzen aus dem Romacamp herüberwehte. Die Staatsanwältin musterte ihn eindringlich, irgendetwas schien ihn umzutreiben, etwas Elementares, so mächtig wie eine Welle, die sich an den Felsen brach. »Da ist doch noch was? Los, heraus damit, Ispettore.«

»Die eigentliche Sensation ist …«, Raminos Augen leuchteten, »dass ich mich heute Morgen mit Luchino Cento getroffen habe.« Er sprach leise und melodisch, fast im Plauderton, und wedelte dabei mit einer glänzenden CD-ROM herum, die er in den Laptop steckte. Während er auf der Tastatur herumtippte, berichtete er, dass Cento der Computerexperte seines

Vertrauens war, der die Daten von Carla Caggianis Telefon unter die Lupe genommen hatte. Sie waren von einem anonymen Informanten, einem Mitarbeiter der Telefongesellschaft, der extra seinen Urlaub unterbrochen hatte, um ihnen zu helfen (und dabei nicht zu kurz gekommen war). Wie Spürhunde hatten die beiden die ganze Nacht recherchiert, irgendwann Spuren von Carla Caggianis Handy gefunden und ihren Weg minuziös nachverfolgt, von ihrer Wohnung im Norden Roms bis zum Brunnen der Glücksgöttin Fortuna unterhalb des Palazzo Corso Vittorio Emanuele II. 207. In mühevoller Kleinarbeit war es ihnen gelungen, die Handynutzung zu rekonstruieren, und zwar in der Zeitspanne von zwanzig Stunden vor dem Tod der Archäologin bis zehn Stunden danach. Cento hatte die Suche ausgeweitet, sich durch eine Galaxie von Kontakten gewühlt, und dabei einen Glücktreffer gelandet. Aus der Aktenmappe mit den Telefonunterlagen zog der Vizeinspektor ein weiteres Blatt heraus und legte es Lucia Campazzo vor. Gelb markiert sprang ihr eine Nummer entgegen: der Anschluss der Società Cooperativa Mondo Nuovo Duemila.

»Maini?«, Lucia Campazzo hielt den Atem an.

»Noch etwas Geduld, Dottoressa«, unterbrach sie Ramino. »Die Mondo Nuovo hat vier Anschlüsse, zwei Festnetznummern und zwei Mobilnummern, alle bei der gleichen Telefongesellschaft«, dabei notierte er die gelb markierte Nummer und unterstrich sie. »In den zwanzig Stunden vor ihrem Tod ist Caggianis Handy siebenmal von diesem Anschluss kontaktiert worden, dreimal ging sie dran, zweimal nicht und zweimal wurden SMS verschickt. Der letzte angenommene Anruf wurde um 6.30 Uhr am Samstagmorgen registriert, etwa eine Stunde vor ihrem Tod. In den zehn Stunden danach und bis heute gab es Dutzende Anrufe und Nachrichten, aber keine mehr von dieser Nummer. Nicht mal eine SMS. Absolute Funkstille.«

»Als ob er oder sie gewusst hätte, dass sie nicht mehr antworten konnte«, sagte sie bedächtig.

Der Vizeinspektor lächelte: »Ganz genau. Der Mörder ist immer der Erste, der weiß, wer sein Opfer war. Das mag ein sehr schlichter Gedanke sein, aber mir ist er auch schon gekommen.« Er seufzte. »Und wissen Sie, was ich dann gemacht habe?« Es folgte eine Kunstpause.

»Jetzt spannen Sie mich doch nicht so auf die Folter.«

»Ich habe aus einer öffentlichen Telefonzelle diese Nummer angerufen. Eine Männerstimme hat geantwortet. Ich habe gesagt: ›Hallo, Federico …‹ und er hat ungehalten geantwortet: ›Hier ist nicht Federico‹ und sofort aufgelegt.« Wieder eine Kunstpause. »Wissen Sie, wer auf dem gleichen Stockwerk sein Wahlkampfbüro hat, direkt daneben, im Apartment Nummer sieben?«

»Sagen Sie nicht, dass es der Abgeordnete Nicola de Nicola ist«, sie tat ihm den Gefallen und gab sich überrascht.

»Volltreffer! Und die Mondo Nuovo ist für die Büroorganisation und die Auswahl seiner Mitarbeiter zuständig.« Ramino holte tief Luft, um zum nächsten Paukenschlag auszuholen. Aus einer weiteren Aktenmappe zog er eine Zeitschrift heraus und blätterte darin. »Die liest meine Frau immer«, erklärte er entschuldigend. »Schauen Sie hier … de Nicola.« Das Foto zeigte den Abgeordneten mit Schirmmütze, Jogginganzug, Turnschuhen und Herzfrequenzmesser am Handgelenk, während er auf dem Kiesweg im Parco Pincio seine Runden drehte. Im Hintergrund erkannte man die Skyline von Rom. Er wirkte gelassen und entspannt. Der Vizeinspektor hielt die Zeitschrift neben das Foto auf dem Computerbildschirm. »Was meinen Sie?«

»Eine gewisse Ähnlichkeit ist nicht zu leugnen«, Lucia Campazzos Antwort kam zögerlich, »aber diese Jogger sehen doch alle gleich aus. Wie die Fahrradfahrer.«

Ramino lächelte wissend: »Und genau aus diesem Grund habe ich was gemacht?«

Sie dachte einen Moment nach, dann sagte sie: »Sie haben die Nummer noch einmal gewählt und es antwortete Ihnen Nicola de …«

»Es ist mir stets eine Ehre und ein Vergnügen mit Ihnen zusammenarbeiten zu dürfen.« Ramino platzte fast vor Stolz.

»Er war es wirklich?«

»Ja, höchstpersönlich. Ich habe natürlich sofort wieder aufgelegt.«

Die Staatsanwältin musterte ihn. »Dann war also er es, der Caggiani so oft angerufen hat.«

»So sieht es aus.«

»Vielleicht eine Liebesbeziehung?«

»Genauer gesagt, Ehebruch!«

Im Romacamp war die Musik verstummt, man schien auf etwas zu warten. Am Himmel tauchte eine erste weiße Wolke auf, dann kamen in rascher Folge immer mehr, die Wolken verbanden sich, zogen sich wieder auseinander und wurden dünner wie ein im Wind wehender Brautschleier.

16

Es blitzte, aber Nicola dachte sich nichts dabei, schon gar nicht an ein Radargerät. Er saß selten selbst am Steuer, jedenfalls seit er Abgeordneter war. Und außerdem schwirrten ihm die Gedanken wirr im Kopf herum, unaufhörlich wiederholten sie sich wie ein Nachrichtenband unten am Fernsehbildschirm: Carlas Tod, das drohende Scheitern seiner Ehe und damit einhergehend das mögliche Ende seiner politischen Karriere. Doch als er die graue Säule mit den schwarzen Augen erkannte, die wie ein Totempfahl in Neuguinea auf der gegenüberliegenden Straßenseite stand – es fehlten nur die aufgespießten Köpfe der getöteten Feinde –, befürchtete er weiteres Unheil. Er sah auf den Tacho des Mercedes: 145 km/h. Erlaubt waren 70. Das hieß, 75 km/h zu schnell.

Artikel 142 Straßenverkehrsordnung. Geschwindigkeitsbegrenzung. Daran gab es nichts zu rütteln. Nicola de Nicola begann zu schreien. Das war sein Mittel zur Frustrationsbewältigung. Er brüllte wie ein Besessener und trommelte mit den Fäusten auf das Lenkrad. Den Impuls, das Gaspedal des Sechszylinders bis zum Anschlag durchzutreten und alle Regeln sausen zu lassen, konnte er nur mit großer Mühe unterdrücken. Er brüllte und brüllte, aber der Schmerz blieb. Dann kam ihm plötzlich ein säuerlich-herber Geschmack in den Mund wie von einer bitteren Karotte. Aber es war Tabak. Der Tabak seines Zigarillos, der jetzt um die Hälfte kürzer war. Er dachte sofort an Lungenkrebs, immerhin hatte er sich aus Angst davor das Rauchen abgewöhnt und kaute nur noch auf kalten Zigarillos herum. Ein Laster, das er von anderen Politikern übernommen hatte, vor allem aus dem demokratischen Lager, vielleicht beeinflusst von den Kubanern? Oder war das gar kein Laster mehr, sondern lediglich eine schlechte Angewohnheit? Selbst der Parlamentsarzt gehörte zu den »Kauern«, obwohl er ständig davor warnte. Nicola musste rechts heranfahren. Aber wo? Überall begrenzten hohe Leitplanken die Spur. Je mehr er kaute, desto mehr Speichel produzierte er. Er dachte an amerikanische Cowboys und an Kautabak. Und dann hielt er es nicht mehr aus, der Tabaksaft lief ihm aus dem Mund. Er versuchte so weit wie möglich nach rechts zu fahren, hielt an, öffnete die Tür und spuckte die braune Brühe aus. Eine Welle heißer Luft drang in den Wagen, wie eine schallende Ohrfeige, die ihn aus diesem Albtraum weckte. Er riss sich zusammen und stieg aus. Die Via Salaria führte von hier zwischen dicht belaubten Eichen und Kastanien den Berg hinauf. Mit Carla war er noch nie hier gewesen, es gab so vieles, was er noch nicht mit ihr gemacht hatte. Er war noch nie mit ihr im Flugzeug gereist, in keinem Hochgeschwindigkeitszug, in keiner Regionalbahn. Er hatte von Liebe gesprochen. Oft, sehr oft. Aber er hatte ihr nie direkt gesagt: »Ich liebe dich.«

»Ich liebe dich«, sagte Nicola zu den Eichen und den Kastanien, in der Hoffnung, dass Carla es hören würde. Er dachte daran, wie sie zum ersten Mal miteinander geschlafen hatten, auf der Segeljacht vor Ostia, wie sie es sich gewünscht hatte. »Auf dem Meer«, hatte sie geflüstert, »lass es uns dort das erste Mal tun. Auf dem Wasser.« Er war ihrem Wunsch gefolgt, war viel zu schnell gekommen, was ihm hinterher sehr peinlich gewesen war. Er hatte sich bei ihr entschuldigt. Carla hatte nur gelächelt und ihn zärtlich gestreichelt. Hier stand er nun, inmitten der Bäume, der Radarfallen und der Überlandbusse, die quälend laut und stinkend an ihm vorbeirauschten, und begriff: Carla hätte die Frau seines Lebens sein können. Sie war unabhängig, selbstbewusst und doch voller Liebe, im Geben wie im Empfangen. Sie hatte Kraft und Dynamik, aber auch Wärme ausgestrahlt. Und als ihm klar wurde, dass sie nicht zurückkommen würde, kamen ihm die Tränen. Und er weinte sonst fast nie.

17

Ohne Schnee sah der Monte Terminillo wie ein frisch geschorener weißer Pudel aus. Dort erwartete ihn niemand. Oder besser gesagt, alle warteten auf ihn, aber jeder tat so, als sei das nicht der Fall. Nicola hatte es sofort nach seiner Ankunft begriffen, als er erkannte, wie seine Schwiegereltern in hektische Betriebsamkeit verfielen und Alessandro abzulenken versuchten. Irene und Costantino waren sonst eher zurückhaltend, doch jetzt saßen sie in einem Plastikfort und schrien: »Die Indianer greifen an!«, »Ale, du musst schießen!«, »Wir rufen Verstärkung!«. Natürlich gab es nur einen Feind, und der war er. Ganz offensichtlich versuchten sie ihn zu ignorieren. Und das machte ihn wütend. Er dachte an Alessandro, er war noch zu klein, um über den braunen Plastikzaun des Plastikforts sehen zu können, während seine Großeltern ihm hasserfüllte Blicke zuwarfen. Costantino sah man das Alter merklich an, er war krumm und buckelig wie der Glöckner von Notre-Dame. Irene war noch rüstiger, und sie feuerte aus allen Rohren.

Er musste Ruhe bewahren, nur Alessandro war jetzt wichtig, er hatte nichts mit der ganzen Sache zu tun. Nicola stellte sich vor, er hätte seinen Sohn mit Carla gezeugt. Aber immerhin hatte er auch Silvia einmal geliebt.

Er blieb vor dem Zaun des Grundstücks stehen,

dem Holzzaun, den Ingegnere Costantino (der in Wirklichkeit Vermessungstechniker war und nie ein Studium absolviert hatte) eigenhändig gebaut hatte. Massive Eisenbahnschwellen, dicht an dicht, mit Winkeleisen und stabilen Schrauben verbunden, sah der Palisadenzaun aus wie ein hochgeklapptes Bahngleis. Die beiden Alten starrten ihn wortlos und abweisend an. Sie spielten ein Spiel, alles wirkte aufgesetzt, traurig und trotzdem irgendwie lächerlich. Nicola spielte mit. Er starrte wortlos zurück.

»Du bist hier nicht willkommen«, Costantino war der Erste, der aus der Deckung kam. Das Cowboy-und-Indianer-Geschrei verstummte.

»Daran habe ich keinen Zweifel«, sagte Nicola so laut, dass Alessandro es hören konnte. Vielleicht sogar Silvia.

Sein Sohn reagierte sofort: »Babbo, Babbo!« Die Zugbrücke des Plastikforts wurde rasselnd heruntergelassen, und Alessandro rannte glücklich auf ihn zu. »Nonna, mach das Tor auf, Papa ist da! Mama, Papa ist da!« Alessandro hüpfte aufgeregt auf und ab und freute sich. Aber nichts passierte. Nicola spürte, wie die Wut in ihm aufstieg, seine Geduld war am Ende. Aber er blieb ruhig, beugte sich nach unten und nahm seinen Sohn in den Arm. »Gefangen!«, rief er und spielte das Spiel mit. Alessandro wand sich und lachte aus vollem Hals. Nicola stimmte in sein Lachen ein, drückte ihn fest an sich und sondierte die Lage. »Könnte ich den Grund für diesen überaus herzlichen Empfang erfahren?«, fragte er provozierend, aber in gespielt heiterem Ton, um seinen Sohn nicht zu beunruhigen.

Costantino zitterte, was dieses Mal aber nicht an seiner Parkinsonkrankheit lag, und entgegnete: »Verschwinde, wir wollen dich hier nicht.«

Nicola war erschöpft, aber sein Körper ließ ihn nicht im Stich. Er war einem psychischen Zusammenbruch näher als einem physischen, und als er die abweisende Stimme des alten Mannes hörte, zog er sich mit letzter Kraft am Palisadenzaun hoch und landete auf dem englischen Rasen, mitten im feindlichen Gebiet. Mit einem »Auf zum Angriff!« stürmte er auf das Haus zu.

Alessandro war begeistert, aber als er das Pflaster auf seiner Stirn bemerkte, wurde er schlagartig ernst. »Was hast du da, Babbo?«, fragte er.

»Mich hat eine Mücke gestochen, eine echte Monstermücke.«

»Tut das weh?«

»Nein, überhaupt nicht.«

Alessandro war beruhigt: »Schau mal, Babbo, ich und die Nonna haben eine Schildkröte gefunden!« Und schon nahm er ihn an der Hand und zog ihn mit sich. Nicola wehrte sich nicht. Kurze Zeit später standen sie vor einem blau-rosa blühenden Hortensienstrauch.

»Da, siehst du sie? Dort!« Alessandro deutete nach unten.

Nicola konnte sie zwar nicht sehen, antwortete aber: »Wunderschön.«

»Sie heißt Sokrates«, ergänzte Alessandro und suchte den Boden ab. Sah er sie etwa auch nicht?

Dann deutete Nicola auf Costantinos in sich zusammengesunkene Gestalt.

»Ale, wir spielen gleich weiter, aber ich muss kurz mit Oma und Opa sprechen.«

Irene hatte sich zu ihnen gesellt, ihr Lächeln wirkte gezwungen, als hätte sie Zahnschmerzen. Sie nahm ihren Enkel an der Hand und ging mit ihm davon.

»Du solltest dich schämen …«, Costantinos Stimme zitterte. Er stützte sich auf einem Zaunpfahl ab, offensichtlich hatte er Schmerzen. Bei jedem anderen hätte er Mitleid erregt, doch Nicola war ungerührt. »Lange hast du nicht mehr! Wie wär's mal mit einer Entschuldigung für alles, was du dir so geleistet hast?«, hätte er ihm am liebsten entgegengeschleudert, aber stattdessen entschied er sich für eine Lüge: »Hören Sie, Ingegnere, ich nehme an, Silvia hat Ihnen von meiner vermeintlichen Beziehung zu einer anderen Frau erzählt.« Er fixierte seinen Schwiegervater. Sollte er weitermachen? Er fuhr fort: »Schauen Sie, Silvia hat sich da in etwas verrannt. Sie erzählt diese Geschichte überall, aber da ist nichts Wahres dran. Ich habe keine Geliebte, wie oft soll ich das denn noch sagen?« Er bemühte sich überzeugend zu wirken, obwohl er sich am liebsten auf die Zunge gebissen hätte, so schlecht war sein Gewissen. Er kam auf den Punkt: »Ruf Silvia! Ich will mit ihr reden, hier vor euch, von Angesicht zu Angesicht.«

Costantino verzog schmerzhaft das Gesicht, umklammerte mit seinen von Arthritis gezeichneten Händen den Palisadenzaun und versuchte sich aufzurichten. In einem ersten Impuls wollte Nicola ihm helfen und streckte ihm die Hand entgegen.

»Keinen Schritt weiter, fass mich nicht an, du Lügner!« Costantinos Reaktion war so heftig, dass ihm dabei ein Furz entwich. Entsetzt über diese Peinlichkeit warf er alle guten Vorsätze und Versprechen über Bord und rief: »Silvia, komm her! Diesem Herrn werden wir eine Lektion erteilen. Zeig ihm die Fotos! Hab keine Angst! Leg die Beweise auf den Tisch!«

Wieder spürte Nicola diese Enge in der Brust, dieses beklemmende Gefühl, das sich wie eine Schlinge um seinen Hals zog. »Welche Fotos?«, murmelte er mehr zu sich selbst als zu Costantino. Und als er Silvia aus der Haustür kommen sah, zog sich die Schlinge noch enger, bereit, ihn zu ersticken. Schritt für Schritt, Treppenstufe für Treppenstufe kam sie näher, ihr feierlicher Gesichtsausdruck ließ sie wie eine Märtyrerin auf dem Weg zum Schafott aussehen, gefasst und entschlossen. In den Händen hielt sie etwas Rechteckiges. Es war keine Reliquie, sondern ein Foto im Format 13 × 18.

Alles schien zu erstarren, fassungslos, nervös, in stummem Schmerz.

18

Dottor Sanremo hatte schon viele Leichen gesehen und kannte den Schmerz der Angehörigen. Derer, die übrig blieben. Und das »Ja, das ist sie« oder »Ja, das ist er«, Feststellungen, die per Gesetz von Angehörigen, Freunden oder Bekannten formuliert werden müssen, war ihm auch nur allzu vertraut. Der Schmerz des Wiedererkennens. Auch wenn es schlussendlich nicht nur einen, sondern viele Gründe für den Schmerz gab, und er sich auch ganz unterschiedlich äußerte. Die Menschen, die sich im Gerichtsmedizinischen Institut unweit des von schwarzen Zypressen gesäumten Friedhofs Verano einfanden, reagierten jeder auf seine Weise. Sanremo war der Meinung, dass der wahre Schmerz still war. Der lebenslange Schmerz. Und er konnte es beurteilen, denn er hatte seine Tochter verloren, Cristina, sein einziges Kind.

Der Mensch, der sich in diesem Moment den Schmerz aus der Seele schrie, war Carla Caggianis Freundin. Tränenüberströmt irrte sie durch den Flur, der den Kühlraum von den anderen Räumen trennte. Immer wieder murmelte sie: »Was mache ich denn jetzt ohne dich?« Erschöpft ließ sie sich in Marcello Russos Arme sinken, der sie mit Streicheln und besänftigenden Worten zu trösten versuchte. Sie weinte, schluchzte und stöhnte und störte mit ihrem Auftritt all die anderen, die sich hier in stiller Trauer versammelt hatten.

Domenico Ramino notierte sich den Namen der jungen Frau, *Elisabetta Lorenzi*. Maurizio Caggiani, der Bruder der Getöteten, hatte ihm den Namen genannt. Sein Schmerz war eher still. Dahinter schrieb er: *Freundin des Opfers, unbedingt befragen*. Natürlich nicht gleich. Er schaute auf die Uhr. Es war fast fünf, und Dottoressa Campazzo war immer noch nicht da. Nach einem vorzüglichen Mittagessen in der Kantine der Staatsanwaltschaft hatten sie sich in der Gerichtsmedizin verabredet, um das Ergebnis der Autopsie zu beraten und das weitere Vorgehen abzustimmen. Er hatte das Treffen vorgeschlagen, da er ohnehin bei der Identifizierung dabei sein wollte. Für ihn war die Identifizierung ein Schlüsselmoment des Ermittlungsprozesses, um mögliche Zeugen oder sonstige Informanten zu treffen und aus ihrem Verhalten Schlüsse hinsichtlich ihrer Glaubwürdigkeit ziehen zu können. Schon wiederholt hatte er bei diesem Anlass sachdienliche Hinweise erhalten, manchmal sogar am Grab oder während des Trauergottesdienstes. Heute zum Beispiel hatte er registriert – und natürlich notiert –, wie oft Elisabetta Lorenzi sich an Marcello Russo geschmiegt hatte, und zwar nur an ihn: neun Mal in einer Stunde, das hieß, alle sechseinhalb Minuten. Zwei Jugendliche, die mit ihren Eltern direkt vom Strand gekommen waren, um einen Verwandten zu identifizieren, der bei einem Arbeitsunfall ums Leben gekommen war, hatten Marcello Russo erkannt und geduldig auf einer Bank ausgeharrt, den Blick abwechselnd auf den TV-Star und ihre Handys gerichtet, auf denen sie mit flinken Fingern Nachrichten schrieben. Schließlich hatten sie es nicht mehr ausgehalten und ein paar Selfies mit ihm gemacht, mit Marcello, dem »Coolsten der Coolen«. Er hatte nichts dagegen gehabt, sogar gelächelt, wie der Vizeinspektor sich feinsäuberlich notierte.

Es läutete, dunkle Schatten waren hinter den Milchglasscheiben der Halle zu erkennen. Ramino versuchte, die Lage einzuschätzen: gestikulierende Hände, als ob jemand zu den anderen sprach. Vielleicht eine Frau, vielleicht sogar Dottoressa Campazzo. Ein Mitarbeiter der Rechtsmedizin betätigte den Schalter, die Glastür öffnete sich, und die Staatsanwältin betrat den Raum, wobei sie im Gehen mit Mario Ardizzone diskutierte, dem Untersuchungsrichter, massiger Körper, schwerer Schritt. Auch er wirkte noch recht jung. Als Ramino Santolamazza und Gualtieri von der Spurensicherung erkannte, spürte er ein gewisses Unbehagen und stellte sich vorsorglich auf ein ellenlanges Palaver ein. Die Autopsie konnte endlich beginnen.

Um Punkt sechs eröffnete Dottor Aldo Sanremo mit einem »Y«-Schnitt Carla Caggianis Leichnam. Ardizzone wandte den Kopf ab und verließ den Saal. Er war extra aus Arcinazzo gekommen, um seiner Lieblingsstaatsanwältin zur Seite zu stehen. Um 18.10 Uhr entfernte der Pathologe mit einer Art Geflügelschere das Brustbein und die angrenzenden Rippen, um an die inneren Organe zu gelangen.

Lucia Campazzo war, als erlebte sie die Prozedur am eigenen Leib. Die Vergänglichkeit des Lebens wurde ihr so deutlich vor Augen geführt, dass sie beschloss so schnell wie möglich, am besten gleich morgen, Ferragosto, in die Kirche zu gehen und die Beichte abzulegen. Auch sie verließ den Saal und stützte sich dabei an den Wänden ab. Ramino folgte ihr. »Alles in Ordnung, Dottoressa?« Sie nickte und brauchte einen Augenblick, bis sie den Knopf für die Paniktür am Ausgang drücken konnte. Um acht, als die Erkennungsmelodie der Fernsehnachrichten aus der Ferne zu hören war, rasierte der Pathologe dem Opfer die Haare ab, um den Schädel zu öffnen. Seine Handschuhe und der OP-Kittel waren inzwischen blutverschmiert. Von außen wies der Schädel keinerlei sichtbare Verletzungen oder Hämatome auf. Sanremo nahm die kleine Säge und durchtrennte den Schädelknochen. Gemeinsam mit Dottor Gualtieri löste er ganz vorsichtig das Gehirn aus dem Schädel, kappte die Verbindungen und nahm es heraus. Es wurde gewogen, dann begann die Sezierung. Um neun, als die Sonne glutrot hinter den Bäumen des botanischen Gartens verschwand, nähten Sanremo und Gualtieri den Leichnam wieder zu, dann brachten sie ihn in die Kühlkammer zurück. Immerhin hatte der tote Körper jetzt seine Würde zurück.

Die Sitzung in Sanremos Büro dauerte genau eine Stunde. Während sie auf die Ergebnisse des MRT und der anderen klinischen und toxikologischen Untersuchungen warteten, wurde das vorläufige Protokoll verfasst, das die erste Hypothese eines gewaltsamen Todes durch Ersticken zwischen sieben und acht Uhr morgens bestätigte. Um Punkt zehn erklärte der Untersuchungsrichter in der dramatischen Diktion, die man von seinen Prozessen kannte: »Meine Damen und Herren, Sie entschuldigen mich. Ich muss nach Arcinazzo zurück.« Die Erleichterung darüber, dass er die Gerichtsmedizin verlassen durfte, war nicht zu überhören. Er nahm die XL-Jacke von der Stuhllehne, warf sie sich über die Schultern wie ein Torero seine Mantilla und fügte hinzu: »Einen schönen Feiertag allerseits.«

Dann wandte er sich an die Staatsanwältin und flüsterte: »Das haben Sie gut gemacht. Aber lassen Sie sich von Ramino nicht das Heft aus der Hand nehmen. Ich weiß, wie er sein kann. Und bei möglichen Fragen rufen Sie mich an. Ansonsten sehen wir uns Dienstag in der Staatsanwaltschaft.« Dann verließ er den Raum, wobei er sich von jedem Einzelnen mit Handschlag verabschiedete. Die Staatsanwältin wirkte erleichtert, auf belehrende Ratschläge konnte sie in Gegenwart anderer gut verzichten. Meistens jedenfalls. Einen Moment lang herrschte Schweigen im Raum.

Domenico Ramino nutzte die Zeit, um seine Notizen noch einmal durchzugehen.

Identität der Toten: Caggiani, Carla, 25 Jahre alt. Todesursache: Ersticken. Nähere Umstände: Gewalttat, kurzer Todeskampf, sichtbare Hämatome im Ge-

sicht. Todeszeitpunkt: zwischen 7 und 8 Uhr morgens am Samstag, den 13.8. Geschlechtsverkehr kurz vor dem Tod. Mageninhalt gering (Torte und anderes). Untersuchung der inneren Organe, toxikologische Untersuchung, Ergebnisse voraussichtlich Dienstagabend (direkt per Mail von Gualtieri?). Dann fügte er hinzu: *Handy des Opfers beim Täter? Caggianis Computer suchen und analysieren.*

In der Zwischenzeit waren auch Santolamazza und Gualtieri gegangen, die persönlichen Gegenstände des Opfers und die übrigen Beweisstücke hatten sie mitgenommen. Ramino hatte ihnen bei ihrer Verabschiedung nur zugenickt, die Augen starr auf das Notizbuch geheftet. Dottor Sanremo hatte sie begleitet. Der Vizeinspektor und die Staatsanwältin waren allein zurückgeblieben und konnten endlich aussprechen, was sie bis dahin zurückgehalten hatten.

»Sie sollten …«, begann sie.

»Wir müssen …«, unterbrach er sie, danach herrschte Schweigen. Dann ließ er ihr mit einer höflichen Geste den Vortritt.

»Ich wollte sagen, dass Sie enger mit den Kollegen der Spurensicherung zusammenarbeiten und etwas netter zu ihnen sein sollten«, sagte sie gereizt. Das »netter« ließ die Kritik etwas versöhnlicher klingen. »In fünf Stunden haben Sie nicht ein Wort mit ihnen gewechselt.« Sie hielt inne und fuhr dann fort: »Bitte versuchen Sie, mich zu verstehen, es ist von fundamentaler Bedeutung, mit der Spurensicherung Hand in Hand zu arbeiten.«

»Sie haben recht«, gestand er spontan und rümpfte dabei die Nase, »aber das sind Wissenschaftler und keine Ermittler. Haben Sie das vorhin nicht wieder gesehen?«

Die Staatsanwältin lächelte resigniert: »Inspettore, bitte geben Sie sich wenigstens Mühe.« Dann wechselte sie abrupt das Thema: »Was wollten Sie mir sagen?«

Ramino schwieg eine Weile, die Worte der Staatsanwältin hallten noch in ihm nach. Dann entschied er sich, nicht noch mehr Öl ins Feuer zu gießen, und bemühte sich, seine Aussage abzuschwächen, indem er zur Konditionalform griff.

»Ich würde vorschlagen, wir sollten in dieser prekären Lage Artikel 266 auf de Nicolas Telefon anwenden.«

Sie schloss die Augen, als würde sie plötzlich von einem grellen Licht geblendet. Artikel 266 der Strafprozessordnung, Telefonüberwachung und Aufzeichnen von Gesprächen.

»Soll das ein Scherz sein? De Nicola abhören? Ohne stichhaltige Beweise? Er ist Abgeordneter, da brauchen wir die Zustimmung des Parlaments«, antwortete sie knapp, und um ihren Worten noch mehr Gewicht zu geben, packte sie ihre Akten zusammen.

»Ich bitte Sie, hören Sie mir zu!« Ramino ließ nicht locker.

»Keine Diskussion!«, unterbrach sie ihn. »Wenn da irgendetwas durchsickert, ist die Hölle los.«

»Lassen Sie mich doch ausreden«, der Vizeinspektor hob flehend die Hände wie zum Gebet. Sie schien nachzudenken, aber ihr Blick blieb misstrauisch. »Es geht um den Anschluss der Cooperativa Mondo Nuovo. Kein Gesetz verbietet explizit die Überwachung eines Telefons einer Genossenschaft oder einer sonstigen privaten Einrichtung. Und die Tatsache, dass ich dort angerufen habe und weiß, wer den Anschluss benutzt, lassen wir einfach unter den Tisch fallen.« Er machte eine Pause, um die Reaktion der Staatsanwältin abzuwarten. Sie wühlte wieder in ihrer Tasche herum, ordnete die Akten, die sie schon geordnet hatte, und vermied jeden Blickkontakt. Ramino fuhr fort: »Wir überprüfen den Anschluss einer Person, die dem Opfer nahestand. Oder im Klartext: Wir machen unsere Arbeit, und zwar gründlich.«

»Das ist illegal, Ispettore«, entgegnete die Staatsanwältin schließlich. »Sie wissen genau, dass wir dazu Ardizzones Einwilligung bräuchten.«

Ramino gefiel es, dass sie ihn Ispettore genannt und damit quasi befördert hatte. Auch sie hatte jetzt die Möglichkeitsform benutzt, was ganz neue Perspektiven eröffnete. Ramino interpretierte es als Mut machenden Fingerzeig und gab nicht auf.

»Wir haben es möglicherweise mit einem Kapitalverbrechen aus Leidenschaft zu tun und nicht mit Korruption oder Amtsmissbrauch, Dingen, die Zeit haben. Aber Sie wissen genau, dass es bei Tötungsdelikten um den Faktor Zeit geht, die ersten 48 Stunden sind entscheidend. Alle haben Urlaub, Ferragosto steht vor der Tür. Es gibt genügend Anzeichen für Gefahr im Verzug, Artikel 267, Absatz zwei, erlaubt …«

»Ich kenne die Rechtsvorschrift«, unterbrach Lucia Campazzo.

»Vierundzwanzig Stunden. Nur vierundzwanzig Stunden, Dottoressa. Da haben wir keine Zeit, Richter Ardizzone einzubeziehen. Sie haben es doch gehört, er ist wieder in Arcinazzo. Wenn alles gut geht, haben wir die Erlaubnis Dienstagabend und können am Mittwochmorgen anfangen, das ist eine Ewigkeit!«

Lucia Campazzo wirkte wie betäubt. Sie zog den Reißverschluss ihrer Tasche zu und blickte dem Vizeinspektor tief in die Augen. »Ramino, bitte bedrängen Sie mich nicht.« Sie stand auf, griff nach den Henkeln der Tasche und hob sie hoch. »Vielleicht rufe ich Sie später noch mal an, bis dahin einen schönen Abend.« Als sie den Raum verließ, begegnete ihr Dottor Sanremo, der höflich zur Seite trat. Ramino sah ihr nach. Noch war alles offen. Es war nur eine Frage der Zeit, bis sie nachgeben würde.

»War sie sauer?«, fragte Sanremo leicht provokant, seine massige Figur füllte die Türöffnung fast komplett aus. »Sie ist müde«, sagte Ramino und deutete ein Lächeln an.

19

Er war schnell gefahren, um die vorwurfsvollen Blicke der Götter im Himmel hatte er sich nicht gekümmert, Tempolimits und Radarfallen waren ihm egal gewesen. Die Tachonadel hatte ständig um die 200 gependelt. Als er in Rom ankam, ging gerade die Sonne unter. Silvias Gesichtsausdruck und die Fotos gingen ihm nicht aus dem Kopf. In der Autobahnausfahrt Fiano Romano hätte es ihn beinahe aus der Kurve getragen, fast wäre er mit dem Wagen in die Tiefe gestürzt. Trotzdem raste er weiter. Vierzig Minuten Horror, düstere Gedanken, Wut, ihm war alles egal, bis er endlich in Parioli war. Als er mit seinem Mercedes auf der Garagenrampe aufsetzte, rumpelte es, dann ein Scheppern, als er das Rollgitter streifte. Die Eiseskälte der Klimaanlage, die ihm beim Öffnen der Wohnungstür entgegenschlug, ließ seine Seele erstarren. Gleichzeitig hatte er das Gefühl, innerlich zu verbrennen. Er spürte keinen Hunger, keinen Durst, keine Müdigkeit. Er wollte nur seinen Seelenfrieden zurück, einfach die Augen schließen und weit weg von dem Chaos wieder aufwachen, in das er geraten war.

Der Ehebruch war das kleinere Übel, unter Mordverdacht zu stehen, wog ungleich schwerer. Das wurde ihm erst jetzt richtig bewusst. Nicola spürte, wie die Angst in ihm aufstieg. Hier ging es nicht mehr darum, die Wut der betrogenen Ehefrau zu besänftigen und einen Waffenstillstand mit ihr zu vereinbaren.

Hier ging es um einen ungeheuren Verdacht. Jeden Moment konnte die Polizei vor der Tür stehen. Der nächste Super-GAU. Die Erkenntnis traf ihn wie ein Keulenhieb. Hatte er nicht damit rechnen müssen? Er, der ehrenwerte Nicola de Nicola, hatte sich in ein Netz aus Lügen verstrickt, mit der Folge, dass er erst recht verdächtigt wurde. Um Carla ein letztes Mal vor den Ferien zu treffen und ihren Geburtstag feiern zu können, hatte er alle angelogen. Zum einen seine Frau, die er am Freitag angeblich aus dem Hotel Luna in Olbia angerufen hatte. Dann seinen Vater, dem er das Gleiche erzählt hatte, um nicht Gefahr zu laufen, sich in Widersprüche zu verwickeln. Seinen Vater belog er nur im äußersten Notfall. Dazu hatte er den Pförtner hinters Licht geführt, als er ihm wie jedes Jahr einen schönen Ferragosto gewünscht hatte. »Ich fahre nach Olbia, am Sonntag bin ich zurück«, hatte er ihm erzählt. Stattdessen hatte er auf dem Sofa in seinem Büro übernachtet, Corso Vittorio Emanuele II. 207, Appartment sieben, im vierten Stock. Er war erst spätnachts gekommen, damit ihn niemand sah, nicht mal der philippinische Pförtner. Sogar Federico Maini hatte er auf eine falsche Fährte geführt mit der Bitte, ihn am Samstagmorgen um acht in der Via del Corso abzuholen, hinter dem Palazzo Montecitorio, in dessen Nähe die Büroräume seiner Partei lagen. Jetzt würde alles ans Licht kommen, sogar die Tatsache, dass er bei dem Unfall auf der Piazza Barberini im Auto gesessen hatte und dann geflohen war. Und dass er seinen Fahrer zu einer

Falschaussage verleitet hatte. Die Ermittler würden kommen, früher oder später.

Wie oft hatte er selbst vor Gericht erlebt, wie Angeklagte sich im Laufe des Prozesses mehr und mehr in Widersprüche verstrickten und schlussendlich durch die unbestechliche Videoüberwachung überführt worden waren. Und Rom war voller Kameras. Gerade im Zentrum zwischen Regierungsgebäuden, Kaufhäusern, Banken und Luxusgeschäften.

Er musste das Gedankenkarussell stoppen, die Situation analysieren, das Auge des Orkans umschiffen und einen Weg finden, sich aus dem Schlamassel zu ziehen. Und er musste die Detektei finden, die Carla und ihn auf Zelluloid gebannt hatte. Das konnte nur ein Profi gewesen sein, so was schafften nur die Besten. Als Anwalt hatte er zur Genüge Fotos wie diese gesehen, aufgenommen aus sicherer Distanz, voller pikanter Details. Beweismittel in Scheidungs- und Arbeitsrechtsprozessen, bei Steuerhinterziehung, Wucher und Drogenhandel. Und auch wenn es noch andere Fotos gab, diese drei reichten aus, um ihn zum Hauptverdächtigen zu machen und seinen makellosen Ruf als integren Politiker, der uneigennützig seinem Land dient, zu beflecken. Er musste handeln und zwar sofort. Im Fall dieser Fotos wusste er, wo er ansetzen musste: unberechtigter Eingriff in die Privatsphäre, Artikel 615 ff. Strafgesetzbuch und Belästigung oder Störung des Individuums, Artikel 660.

Während Nicola in seiner eiskalten Wohnung saß, kam ihm Silvias Computer in den Sinn. Ihr E-Mail-

Archiv, Verstoß gegen Artikel 616 Strafgesetzbuch, Briefgeheimnis. Aber in diesem Augenblick hätten ihn nicht mal lebenslange Haft oder der elektrische Stuhl davon abgehalten, da nachzusehen. Mit solchen Gedanken betrat Nicola Silvias Refugium, das in englischem Stil eingerichtete Arbeitszimmer. Die Wände waren mit hellem Nussbaumholz verkleidet, durch das Erkerfenster konnte man die mächtigen Kastanienbäume sehen. Bis hier drang der Lärm der Stadt nicht durch, an manchen Tagen hatte man das Gefühl, unter einer dicken Schneedecke begraben zu sein, so still war es. Auf einem antiken Fratino-Tisch stand Silvias Mac. Nicola fuhr das Notebook hoch und schaltete den Ton aus. Kein Passwort. Er klickte auf das Mail-Icon. Dann scrollte er sich durch den E-Mail-Eingangsordner. 611 Nachrichten. Die erste von vor eineinhalb Jahren, *denicolanicola@…* Die Nachricht stammte von ihm, er hatte geschrieben: *Gefällt er dir, mein Schatz?* Sie war von dem Tag, an dem er ihr den Mac geschenkt hatte.

Zu dieser Erinnerung gesellte sich eine zweite: Etwa zur gleichen Zeit hatten Arbeiter unter dem Palazzo am Corso Vittorio Emanuele II. Nummer 207 den Brunnen der Glücksgöttin Fortuna entdeckt. Und eines Morgens war ihm zufällig die Archäologin Carla Caggiani begegnet, im weißen Arbeitsoverall, den gelben Helm locker an die Hüfte gehängt. Sie hatten sich angesehen, ihre Augen hatten sich gesucht und gefunden, sein Herz hatte stürmisch zu schlagen begonnen.

Er wischte die Erinnerung beiseite und wandte sich wieder den Mails zu. Keine stammte von einer Detektei. Dann prüfte er den Postausgang. Wieder kein Treffer. Er schüttelte den Kopf. Silvia war kein Computerfreak, sie nutzte den Mac als Kommunikationsmittel, zur Recherche und als Archiv. Dann fiel sein Blick auf den Firefoxbutton, und er klickte darauf. Das Fenster »häufig besuchte Seiten« öffnete sich. Er widmete sich zunächst der Chronik der letzten sechs Monate. Keine Recherche nach Detekteien. Nein, er musste einen anderen Weg finden.

Er beschloss, sich einen Caffè zu machen. Die neue vollautomatische Kaffeemaschine, die er zu Weihnachten bekommen hatte, benutzte er nie. Er griff nach der altbewährten Moka-Espressokanne. Im Filter war noch der feuchte Kaffeesatz von vor zwei Tagen, da war Carla noch am Leben gewesen. Die Erinnerung überwältigte ihn, drang in jede Faser seines Körpers. Er brach in Tränen aus und klopfte den Filter am Spülsteinrand aus.

Irgendwann hatte ihn sein Sohn einmal gefragt: »Babbo, weinst du eigentlich nie?« Doch, er weinte auch. Selten, aber es kam vor. Und dieser verdammte Alufilter wollte einfach nicht sauber werden. Aus der Trauer wurde Wut. Er schleuderte den Filter in die Spüle, drehte den Wasserhahn auf, formte die Hände zu einer Schale und spritzte sich das kalte Wasser ins Gesicht.

Als er wieder nach dem Filter griff, kam ihm eine Idee. Er ging ins Büro zurück, setzte sich und klickte auf den Papierkorb-Button des Mailprogramms. Und dort fand er, was er suchte: Achtunddreißig Nachrichten, drei davon stammten von f.graccoinvestigazioni@…

Zweiter Teil

1

Als an Ferragosto die Sonne aufging und ihre Strahlen auf die Einsamen, die Obdachlosen und diejenigen fielen, die zwar ein Dach über dem Kopf hatten, aber trotz des Feiertags arbeiten mussten, gab Francis Mogana seiner noch schlafenden Frau einen Kuss auf die Wange. Wie jeden Tag verließ er um halb sieben das Haus und war zehn Minuten später pünktlich an der Metrostation Torre Angela. Und wie immer erreichte er um 7.10 Uhr die Bushaltestelle am Bahnhof Termini. Obwohl wegen des Feiertags weniger Busse fuhren, stand Francis um 7.30 Uhr vor dem Portal des Palazzo am Corso Vittorio Emanuele II. Er schloss die Tür auf, trat ein und schloss sie gleich wieder ab, denn es war ja Feiertag. Dann ging er hinunter in den Keller und überprüfte die Siegel der Polizei. Sie waren intakt. In der Pförtnerloge nahm er den Schlüsselbund vom Haken und den gelben Lappen, auf den er einige Tropfen Sidol gab. Dann griff er nach der Gießkanne, ging in den Hof und versorgte die drei Ficus-Benjamini-Töpfe mit Wasser. Danach betrat er den altehrwürdigen Aufzug aus Mahagoni, Messing und Glas, überprüfte die Funktionsfähigkeit, drückte auf den Knopf zum sechsten Stock und ließ sich nach oben bringen. Während der Fahrt polierte er die Messingteile mit dem Lappen.

Er arbeitete wie ein Matrose: Bevor der Anker gelichtet wird, muss das Boot überprüft und auf Hochglanz gebracht werden. Im sechsten Stock wässerte er die Hortensien von Signora Pallavicino, die in Nizza Monferrato Urlaub machte, außerdem den Drachenbaum und das weiß blühende Scheidenblatt von Signor Silvestri in der Wohnung gegenüber, ebenfalls im Urlaub, allerdings mit unbekanntem Ziel. Dann trat er ans Geländer und überprüfte die Beleuchtung im Treppenhaus, wobei ihm ein wenig schwindlig wurde. Und das ihm, einem Mann, der doch immer in der Höhe gelebt und gearbeitet hatte. Alles funktionierte, wie es sollte. Dann stieg er die braun gestrichene Eisentreppe hinauf, die auf die Gemeinschaftsterrasse führte, suchte den passenden Schlüssel und öffnete die Metalltür.

Die Terrasse war in das orangefarbene Licht der noch flach am Himmel stehenden Sonne getaucht, und Rom lag majestätisch und ruhig zu seinen Füßen. Er liebte es an Feiertagen zu arbeiten, denn nur dann war es so wunderbar still, die Luft war klar und das Licht flirrend hell. Die ganze Stadt schien stillzustehen. Etwa zehn Schritte vor ihm, in einem gemauerten Turm mitten auf der Terrasse, befanden sich die ehemaligen Wasserspeicher. Tauben hatten dort ihre Nester gebaut und alles verdreckt, aber die Hausbewohner konnten sich nicht einigen, wenn es darum ging, Netze vor den Fenstern anzubringen und Nagelbretter, um die Vögel am Landen auf den Mauervorsprüngen und -überhängen zu hindern.

Francis Mogana ging zu dem Turm, zog den passenden Schlüssel heraus, öffnete die Tür und trat ein, was die Tauben empört gurrend aufflattern ließ. Die kleine Leiter, die er zum Wechseln der Glühbirnen benutzte, stand am üblichen Ort, sie lehnte unter einer Plastikplane an der Wand. Das Seil, das die Dachdecker liegen gelassen hatten, als sie das alte Eternitdach gegen eine Stahlabdeckung ausgetauscht hatten, lag zusammengerollt daneben.

Francis Mogana klappte die Leiter auf, stellte sie in die Mitte des Raumes und band sie mit dem Seil an einem Dachbalken fest. Aus dem anderen Seilende knüpfte er eine sich zuziehende Schlinge und probierte den Knoten aus. Perfekt. Er stieg auf die Leiter und legte sich die Schlinge um den Hals. Er dachte an seine Frau, an die Kinder, ihre Unschuld und den Schmerz, den er ihnen zugefügt hatte. Dann sprang er von der Leiter, sein Körper schaukelte hin und her, ohne dass die Füße den Boden berührten. Er löste die gefalteten Hände, dachte an Gott und murmelte *kapatawaran*, das auf Tagalog »Vergebung« bedeutet. Und dann dachte er gar nichts mehr und blieb leblos hängen, wie ein Mantel an einem Kleiderhaken.

2

Der 166er war alt und klapprig, zählte aber immer noch zur Königsklasse der Alfa-Romeo-Modelle. Der Wagen hatte seinem Vater gehört. Fabio liebte diesen schnittigen Benzinfresser. Er rollte gleichmäßig schnurrend dahin, aber wenn es darauf ankam und man das Gaspedal durchtrat, ging er ab wie eine Rakete.

An diesem Morgen döste sein »Schätzchen« auf dem großen Parkplatz an der Via Albano vor sich hin, auf der Windschutzscheibe klebten verdreckte Werbeprospekte, die Karosserie war von einer dicken Schicht Saharastaub bedeckt, so dass man den silbergrauen Lack kaum noch erkennen konnte. Fabio startete den Motor und fuhr am Olympiastadion vorbei auf die Via Aurelia, immer gen Westen. Diese Straße schien extra für Alfa-Fahrer mit fingerlosen Lederhandschuhen gebaut worden zu sein. Fast unmerklich ließ sie die Stadt hinter sich und führte durch Hügel und Ebenen, eine ländliche Umgebung, durchsetzt von Einkaufszentren, Auto- und Möbelhäusern, dann wieder Gärtnereien, Wäldchen, Weizenfelder. Am Straßenrand warteten schöne Frauen aus Osteuropa. Wäre der 166er eine Katze, hätte er leise geschnurrt, während er mit entspannten 90 km/h auf der Landstraße dahinglitt, begleitet von den allgegenwärtigen Kameras der Radarfallen. Von den Hügeln hinter Aranova hatte Fabio das friedlich daliegende Meer sehen können, davor im Nordwesten die Landzunge von Santa Marinella und die Tolfaberge. Und so angenehm seine Reise auch war, der tragische Tod der Archäologin, Silvia Sivieris Schweigen und die verschwundenen Fotos lasteten schwer auf ihm.

Das Mittagessen im Kreis der Familie an Ferragosto war Tradition. Doch dieses Mal hatte es für Fabio auch etwas von einer Strafe, denn er hatte gerade andere Probleme. Die Kalauer seines Schwagers Alfredo und die Bemühungen seiner Mutter Paola, ihm noch mehr Fettuccine auf den Teller zu häufen, waren dieses Mal besonders anstrengend.

Immerhin hatte ihn der Anblick des Hauses in Santa Marinella ein wenig entschädigt. Es lag auf einem Felsvorsprung hoch über dem Meer. Rechts und links der weiß gestrichenen Trutzburg wuchsen Schatten spendende Palmen, und der Südwestwind brach sich in den Tamarisken davor. Sein Großvater Ubaldo hatte das Haus in den 1950er Jahren gekauft, von einem Freund, der sich beim Pokern ruiniert hatte. Traditionell wurde es am 24. Mai geöffnet – dem Tag, an dem Italien in den Ersten Weltkrieg eingetreten war, in dem auch sein Großvater gekämpft hatte – und am 7. Oktober wieder geschlossen, der Tag der siegreichen Seeschlacht von Lepanto gegen die Türken. In diesem Jahr saßen sie zu sechst unter der von Glyzinien überrankten Pergola rund um den imposanten Tisch aus weißem Marmor und Schmiedeeisen, der damals in den Jahren des Wohlstands nach Maß gefertigt worden war und um den sich oft an die zwanzig Gäste geschart hatten. Paola und ihre Schwester Lidia verbrachten jeden Sommer hier am Meer und blieben bis in den Herbst hinein. Neben ihnen saß Fabios Schwester Gabriella mit ihrem Mann Alfredo, einem ehemaligen Hochleistungssportler, jetzt Journalist, der nach einem zu waghalsigen Sprung in eben dieses Meer querschnittsgelähmt war. Und dann war da noch Dario Arese. Fabio hatte es nicht übers Herz gebracht, ihn an einem Feiertag allein in Rom zurückzulassen. Arese war elegant gekleidet, blauer Anzug, weißes Hemd, genauso steif und überkorrekt wie seine Angewohnheit, Bekannte wie Unbekannte gleichermaßen zu siezen. Aber wortkarg war er nicht, im Gegenteil. Nachdem er sich vorgestellt und ein Glas kühlen *Dei Castelli* – Weißwein getrunken hatte, erzählte er von seinem Vater, einem professionellen Trüffelsucher aus den Langhe im Piemont, und seinem Trüffelhund Oscar, einem der besten seiner Art. Es hagelte Fragen über Fragen. Alfredo wollte alles über die Trüffelsuche wissen, Arese kam ins Schwärmen und war schon beim Paprikahühnchen beschwipst. Aber er hatte für Stimmung gesorgt, und die Wehmut am Tisch war verflogen. Hier und heute war kein Platz für Nostalgie und auch nicht der richtige Anlass, um die Toten und die Abwesenden zu betrauern. Das brauchte Fabio nicht, ebenso wenig wie den sauren Wein, den der penetrant lustige Alfredo mitgebracht hatte, ein »Tröpfchen, das Tote aufwecken konnte«. Wie recht er damit hatte.

»Ich hole die Wassermelone«, sagte Fabio, nachdem er gewartet hatte, bis Arese seine Geschichte beendet und den letzten Bissen Paprikahuhn heruntergeschluckt hatte. Die Wassermelone, die wie immer an der Rotunde von Santa Severa gekauft worden war, war Teil der Tradition. Gabriella folgte ihm ins Haus. »Ich helfe dir.«

Drinnen war es luftig und kühl. Der Fußboden war mit blauen Majolikakacheln aus Vietri gefliest, die rauen Wände waren weiß gekalkt. Die wenigen Möbel waren aus Nussbaum oder Esche, massives Holz, typisch für die 1960er Jahre, ein stiller Protest gegen die Plastikmode, die damals aufkam. Als einziges Überbleibsel aus der Zeit, als das Haus gebaut worden war, um 1920, gab es noch einen Wurzelholzschrank.

Fabio kam es eigenartig vor, dass Gabriella ihm helfen wollte, das tat sie sonst nie. Wahrscheinlich wollte sie mit ihm reden. Und er hatte recht. Kaum hatten sie die helle Resopal-Küche betreten und er die Hand auf den Griff der Kühlschranktür gelegt, verkündete sie: »Alfredo und ich trennen uns.« Fabio drehte sich um und sah sie an. »Es ist schmerzhaft, aber nicht zu ändern«, fügte sie hastig hinzu, als wolle sie die Sache schnell hinter sich bringen. Zumindest in den ersten Jahren nach Alfredos Unfall hatte Fabio vermutet, dass das früher oder später ohnehin passieren würde, dass sich Lellina ein neues Leben mit einem anderen Mann aufbauen würde. Seine Schwester war eine attraktive tatkräftige Frau, der man ihre vierzig Jahre nicht ansah, trotz aller Schwierigkeiten, die die damalige Tragödie nach sich gezogen hatte. Alfredo war mit Giacomo einer von Fabios ältesten Freunden. Sie hatten sich bei der Qualifikation für das italienische Junioren-Schwimmteam kennengelernt. Sechs Tage Training in der Woche, Entbehrungen, Schinderei, zwei aufstrebende Talente, die oft gemeinsam auf einem Podium gestanden hatten. Dann hatte Fabio früh geheiratet, aber die Freundschaft mit Alfredo hatte gehalten. Und er war es gewesen, der seinem Freund seine Schwester Gabriella vorgestellt hatte.

»Das tut mir leid«, sagte er.

Gabriella hatte Tränen in den Augen und umarmte ihn.

»Ich kann es noch gar nicht fassen«, schluchzte sie und man hörte ihrer Stimme an, wie sehr sie sich zusammenriss. »Wir hatten noch so viel vor …«

Fabio versuchte sich vorzustellen, was sie damit meinte: Reisen, den Umbau des Hauses, ein neuer Job? Aber die Frage, die ihm wirklich auf den Nägeln brannte, war: Wer war für das Scheitern der Ehe verantwortlich? Er hatte die beiden beim Essen beobachtet, und wenn ihn nicht alles täuschte, war sie die Betrogene. Sie hatte deprimiert und abwesend gewirkt.

»Alfredo hat eine andere Frau kennengelernt«, sagte Gabriella, und Fabio beneidete sie um die Fähigkeit, ein Problem in sechs Worten zusammenzufassen, über das er lange gegrübelt, es aber nicht über die Lippen gebracht hätte. Er löste sich aus der Umarmung und sah sie fragend an.

»Eine junge Schwimmlehrerin. Alfredo hat sie im Schwimmbad kennengelernt. Er war so fair, es mir sofort zu erzählen«, fügte sie hinzu.

Die brutale Wahrheit löste in Fabio ein Gefühl tiefer Leere aus, in der jedes Wort widerhallte, eine

Leere, aus der aber auch Wut aufstieg, Wut darüber, auf welch gemeine Weise Alfredo Gabriella für all die Opfer dankte, die sie über die Jahre hinweg für ihn gebracht hatte. Aber dieses Argument war jetzt fehl am Platz. Gabriella brauchte Zuwendung und nicht noch mehr Nackenschläge.

»Seit wann?«, fragte er.

Sie nahm ein Taschentuch und schnäuzte sich die Nase. »Schon fast fünf Monate.«

»Warum hast du mir das nicht früher gesagt?«

»Überleg doch mal! Du hattest dich gerade von Valeria getrennt.«

Fabio strich sich mit der Hand über das Gesicht und seufzte.

Genau in diesem Moment spürte Dario Arese, der unter der Pergola saß und fast eingenickt wäre, ein Vibrieren auf Höhe des Herzens. Immer noch leicht benommen, dachte er erst an Kammerflimmern. Doch als er seinen Oberkörper abtastete, spürte er das Diensthandy der Detektei in der Hemdtasche. Er spielte kurz mit dem Gedanken, es einfach nicht zu beachten. Immerhin war Ferragosto, und er hatte es sich gerade gemütlich gemacht. Aber er war ein pflichtbewusster Piemonteser, dessen Beruf keine Sonn- und Feiertage kannte. Er zog das Telefon heraus, auf dem Display war »private Nummer« zu lesen. »Detektei Gracco«, meldete er sich und starrte zu Fabio, der gerade mit der aufgeschnittenen Wassermelone zurückkam. »Nein, hier spricht Arese, sein Mitarbeiter.« Er gab Fabio ein Zeichen, der das Tablett in der Mitte des Tisches abstellte und zu ihm kam. »Herr Abgeordneter, ich reiche Sie an Dottor Gracco weiter«, sagte Arese und hielt ihm das Smartphone hin.

»Ja?« Fabio ließ Gabriella nicht aus den Augen, die ihm ein leeres Lächeln schenkte und dann zu den Tamarisken am Geländer ging, das den Garten der Villa begrenzte. Dahinter begannen die Klippen und das Meer. Zwei Schnellboote pflügten durch die Wellen und wühlten das Wasser auf, sie lieferten sich eine Verfolgungsjagd. Der Wind trug das Dröhnen der Motoren und die platschenden Geräusche der Boote bis zu ihnen. »Nein, ich bin in Santa Marinella und komme erst heute Abend zurück«, sagte Fabio mit kontrollierter, fast abweisender Stimme. In Gedanken war er immer noch bei Gabriella, und Nicola de Nicolas scharfer Ton überforderte ihn. Der Abgeordnete verlangte, dass er sofort nach Rom zurückfuhr, um ihn zu treffen. Fabio wunderte das zwar nicht, aber er tat trotzdem überrascht: »Jetzt gleich?«

3

Auch in Frattocchie war Ferragosto. Von seiner dreijährigen Dienstzeit bei der Kriminalpolizei Neapel, Abteilung »Raub und Diebstahl«, war Domenico Ramino nur die Honda Dominator geblieben, zusammen mit der Freude, die Maschine unter sich zu spüren. Für Ramino war das Motorrad unverzichtbar, mit ihm konnte er sich durch den Verkehr schlängeln und musste nicht in der Enge einer dieser im Stau stehenden Blechdosen verharren. Im Auto saß er höchstens während eines Einsatzes und auch da nur als Beifahrer. Sonst thronte er auf dem Sattel der Dominator, über Funk mit der Questura San Vitale verbunden. Motorradfahren bedeutete für ihn auch, seine Umgebung mit allen Sinnen wahrnehmen zu können. An diesem Morgen fuhr er von seiner Wohnung in Ottavia im Norden Roms die Via Trionfale entlang bis ins Stadtzentrum und sog dabei die bittersüße Luft der Stadt tief in sich ein. Er durchschnitt Rom wie eine Hochzeitstorte, um nach Frattocchie zu gelangen, erst nach San Giovanni und dann auf der Via Appia Nuova am Flughafen Ciampino vorbei, um schließlich an der Grenze der Castelli Romani anzuhalten. Fratocchie war durch Privatinitiative und kreative Ideen zu einem richtigen Schmuckstück geworden. Freunde und Verwandte hatten bei der Verwirklichung mit angepackt, und nach getaner Arbeit (vor allem an Ferragosto natürlich) wurde mit Spanferkel, Brot und literweise Weißwein ausgelassen gefeiert. Getrennt natürlich, jeder für sich.

Das Haus von Federico Maini lag im Vicolo degli Orti, inmitten eines großen Gemüsegartens, wie es der Straßenname vermuten ließ. Auf der einen Seite war das Grundstück durch Weinstöcke, auf der anderen mit Olivenbäumen begrenzt. Ein idyllischer Ort, wenngleich etwas chaotisch. Es duftete nach unverfälschter Natur, hier lebten bodenständige Menschen. Ramino fuhr am Grundstück vorbei, parkte in der Nähe und ging dann zu Fuß zurück, um die Lage in Ruhe einschätzen zu können.

Die Familie Maini war noch beim Mittagessen, zusammen mit Verwandten und Freunden saßen sie in trauter Runde unter der mit Weinlaub bewachsenen Pergola. Insgesamt etwa zwanzig, vielleicht fünfundzwanzig Personen, sie erzählten, lachten, hatten Spaß. Der Vizeinspektor kannte Federico Maini nicht persönlich, hatte sein Foto aber in den Personalakten der Polizei gefunden, es gab aber auch Bilder auf Facebook und im Internet. Deshalb erkannte er ihn sofort. Vielleicht hatte er etwas zugenommen. Er hatte sich gerade vom Tisch erhoben und versuchte einem kleinen Jungen beizubringen, wie man eine Drohne fliegen lässt. Ramino hätte den beiden gerne noch etwas Zeit gegönnt, als ein bedrohlich wirkender Mischlingshund laut bellend zwischen den Weinstöcken auftauchte. Die Gespräche am Tisch verstummten, und die Gäste drehten sich suchend um, weil das Gekläffe nicht aufhörte.

»Suchen Sie wen?«, fragte jemand, wer, konnte Ramino nicht genau sagen. Er hob grüßend den Arm und sagte mit lauter Stimme: »Entschuldigen Sie die Störung, ich suche Federico …« Den Nachnamen erwähnte er nicht, das hätte nur Misstrauen geweckt und alles verkompliziert. In der eingetretenen Stille, die nur durch das wütende Bellen des Hundes unterbrochen wurde, hörte man, wie die Drohne butterweich auf der Einfassung des Brunnens landete. Federico Maini drehte sich zu Ramino um, den Kopf leicht zur Seite geneigt, den Mund ein wenig geöffnet. In seinem Gesicht war die unausgesprochene Frage zu lesen: »Was zum Teufel hast du hier zu suchen?«

»Ciao!«, begrüßte ihn der Vizeinspektor mit gespielter Vertrautheit. Maini schaute ihn einen Moment lang einfach nur an, ohne sich zu bewegen. Vielleicht wusste er, was ihn erwartete, zumindest interpretierte Ramino es so. Dann kam er zum Tor. Ramino wartete einen Augenblick, bis er sicher war, dass man ihn vom Tisch aus nicht hören konnte. »Vizeinspektor Domenico Ramino, Mordkommission, ich muss mit Ihnen sprechen«, und holte dabei seine Polizeiplakette heraus und wartete auf die Reaktion. Maini stutzte, dann drehte er sich zu den Gästen am Tisch um. »Ich rede ein paar Takte mit meinem Freund hier!«, rief er, packte den Hund am Halsband und befahl: »Ab ins Haus, sofort!« Der Hund gehorchte und trollte sich. Maini öffnete das Tor und kam zu ihm hinaus.

»Worum geht es?«, fragte Maini, bemüht, seinen Dialekt zu unterdrücken.

»Gehen wir ein Stück?«, schlug Ramino vor.

Nach kurzem Zögern stimmte Maini zu. Während sie nebeneinander hergingen, versuchte Ramino das Eis zu brechen, indem er ihn daran erinnerte, dass sie Exkollegen waren. »Warum haben Sie damals den Dienst quittiert?« Maini begann zu erklären, dass es ihm nicht um die Bezahlung oder die Arbeitszeit gegangen war, sondern um sein Privatleben. »Wie soll man als Polizist eine Familie gründen?«, und das Eis war gebrochen.

Der Vicolo degli Orti war eine Zufahrtsstraße der Via Appia, aber trotz des Tempolimits von 60 km/h war der Verkehrslärm so laut, dass man fast schreien musste, um sich zu verständigen. Ramino wartete bis sie an dem kleinen Platz waren, wo er das Motorrad geparkt hatte, dann legte er die Karten auf den Tisch. Sein eben noch lächelndes Gesicht wurde ernst, und er fragte mit lauter Stimme: »Kennen Sie Carla Caggiani?«

»Wen?«

»Carla Caggiani, die Archäologin, die in dem Haus ermordet wurde, in dem Sie ein und aus gehen, Corso Vittorio Emanuele II. 207. Davon haben Sie sicher gehört?«

Maini zögerte mit der Antwort und fragte: »Warum wollen Sie das wissen?«

»Kannten Sie sie oder nicht?«

Federico Maini starrte ihn herausfordernd an, dann antwortete er lapidar: »Die arme Frau. Ich habe es im Fernsehen gesehen.«

»Verschwenden Sie nicht meine Zeit. Ja oder nein?«

»Ja. Wenn wir uns begegnet sind, haben wir uns gegrüßt. Mehr nicht. Attraktive Frau.« Eine Gruppe von Motorrädern knatterte vorbei. Maini musste sehr laut sprechen.

»Ich meine es ernst«, sagte Ramino und senkte die Stimme drohend, so dass sie beinahe im Verkehrslärm unterging. »Ehemaliger Kollege hin oder her, wir haben hier ein echtes Problem: Sie kannten diese Frau, Sie haben ihr sogar zum Geburtstag ein iPad geschenkt…«

»Was soll ich gemacht haben?«, unterbrach ihn Maini.

»Sie haben ihr ein iPad für 800 Euro gekauft. Ein großzügiges Geschenk, keine Kleinigkeit.« Er hielt inne. »Wir haben es am Tatort gefunden. Noch verpackt. So etwas schenkt man niemandem, den man kaum kennt. Oder irre ich mich?«

Das war seine Strategie, er kam gern direkt zur Sache, klar und deutlich. Und jetzt wartete er auf die Reaktion.

»Was reden Sie denn da? Das ist totaler Blödsinn!«

Ramino verschränkte die Hände und ließ die Fingergelenke knacken, dann zog er ein gefaltetes Blatt Papier aus der Tasche. »Sehen Sie, das ist die Rechnung. Auf Ihre Firma ausgestellt, die Mondo Nuovo Duemila. Bezahlt mit einer Kreditkarte, die ebenfalls den Namen der Genossenschaft trägt.« Er präsentierte ein zweites Dokument. »Und das ist eine Kopie Ihres Ausweises. Das sind Sie doch, oder?«

Federico starrte auf das Papier, sein Blick irrte hin und her.

»Ja, und? Und wo ist der Beweis, dass ich ihr das iPad geschenkt habe?« Er war jetzt sichtlich nervös. »Was wollen Sie von mir?«

»Ganz ruhig, Maini.«

»Ganz ruhig? Sie haben gut reden. Erst schleimen Sie sich ein, und jetzt kommen Sie mir so?«

Raminos Blick wurde eisig, dann schlich sich ein Lächeln auf seine Lippen: »Schon gut, Federico. Essen Sie erst mal in Ruhe zu Ende. Heute ist Ferragosto. Morgen bekommen Sie eine Vorladung. Besorgen Sie sich schon mal einen Anwalt, und vergessen Sie das Schmiergeld nicht, mein Freund.« Den letzten Satz sagte er im römischen Dialekt, obwohl er aus Kampanien kam. Dann klopfte er ihm auf die Schulter und ging zu seinem Motorrad.

Federico Maini blieb kopfschüttelnd stehen, die Kiefer fest aufeinander gepresst. Dann drehte er sich um und ging den Vicolo degli Orti zurück zum Haus, vorbei an den liebevoll angelegten Gärten und den hübschen Häusern. Er fühlte sich einsam, umhüllt vom intensiven Geruch der warmen Erde und dem bitteren Beigeschmack drohenden Ruins.

4

Wie so oft im Sommer war das Wetter plötzlich umgeschlagen. Die Sonne war verschwunden, der Himmel über dem Meer hatte sich schwarz verfärbt, und im Hintergrund war Donnergrollen zu hören. Fabio hatte Arese zu Hause abgesetzt. Er wohnte in Primavalle, im Westen von Rom, dort, wo sich die Häuser über Kalksteinhügel bis nach Prati zogen. Deshalb war er weitergefahren und hatte den Alfa in der Via Cola di Rienzo geparkt, genau unterhalb der Detektei. Auch dafür liebte Fabio diese Zeit im Jahr: Wer zwischen dem 13. und dem 20. August in Rom blieb, der konnte sich ohne Staus durch die Stadt bewegen und fand überall einen Parkplatz. Er ging zu Fuß weiter, anderthalb Kilometer von der Engelsburg bis zur Chiesa Santa Maria Nuova und noch ein Stück weiter. Nach zwanzig Minuten maximalem Kalorienverbrauch stand Fabio pünktlich um 18 Uhr vor dem Palazzo Corso Vittorio Emanuele II. 207, wo der Abgeordnete Nicola de Nicola schon auf ihn wartete.

Auf der Sprechanlage stand »Komitee für Nicola«. Fabio klingelte. »Vierter Stock, Apartment sieben«, hatte eine Stimme gesagt, dann war die Tür aufgegangen. Auf einem Schild stand »Achtung, Videoüberwachung«, und als Fabio nach oben sah, entdeckte er eine blinkende Kamera. Er zog den Kopf ein und quetschte sich durch die schmale Tür. Die kühle Luft im Innenhof schlug ihm wie ein eiskalter Gruß entgegen. Weitere, erst kürzlich angebrachte Kameras überwachten die Umgebung, zum Beispiel die beiden Camcorder die Metalltür, durch die man in den Keller gelangte. Rot-weiße Plastikbänder mit dem Aufdruck »Kriminalpolizei« und an die Tür geklebte Blätter mit der Aufschrift »Tatort, Raum gesperrt« wiesen darauf hin, dass man hier nicht hineindurfte. Die Tür war zudem versiegelt. Man hatte das Gefühl, sich in einem hermetisch geschützten Denkmal zu befinden, der letzten Ruhestätte der in diesem altehrwürdigen Palazzo verstorbenen Bewohner. Die Messinggriffe am Aufzug glänzten, Fabio fasste sie an, dann schnupperte er an seinen Fingern: Sidol. Er drückte auf den Knopf für den vierten Stock, und der Fahrstuhl setzte sich in Bewegung, langsam und träge wie ein Lastenaufzug.

Das hatte ihm gerade noch gefehlt. Mit dem Strafverteidiger Fabrizio Soana Teti hatte Fabio schon öfter zu tun gehabt, auch in schwierigen und komplexen Fällen. Allerdings hatte er ihn noch nie in Hawaiihemd, Bermudas und Flip-Flops erlebt, er sah aus wie ein aus Honolulu eingeflogener Surfer. Er stand an der Tür des Apartments Nummer sieben, tief gebräunt und hypernervös, eigentlich untypisch für einen Anwalt.

»Kommen Sie«, drängte er, ohne Begrüßung, ohne ihm die Hand zu geben. Fabio ahnte, was ihn erwartete.

Das geräumige Büro des »Komitee für Nicola« war elegant eingerichtet und wirkte mit seinen frisch gestrichenen weißen Wänden kühl, trotz des roten Teppichs auf dem Boden. Es roch nach Zigarren und Wandfarbe. Soana Teti deutete auf eine Tür, hinter der ein Staubsauger zu hören war.

Doch es war kein Staubsauger, sondern ein Aktenschredder, in den Nicola de Nicola Dokumente hineinsteckte, die unten als winzige Schnipsel herauskamen. Er trug einen dunkelblauen Anzug, ein weißes Hemd und eine graue Krawatte, in den Fingern hielt er einen kalten Zigarillo. »Vielen Dank, dass Sie gekommen sind«, sagte er, als er Fabio erkannte. Dann stellte er sich auf einen Ledersessel, seine schwarzen Mokassins versanken in den Polstern, und ließ den Blick über die Bücher auf dem obersten Brett des Bücherregals schweifen. »Ich kann das Buch über Makrobiotik nicht finden«, war sein zweiter Satz. Er suchte hektisch danach, bis er schließlich einen schmalen Band herausfischte. »Hier ist es ja, Gott sei Dank.« Er schlug die erste Seite auf und murmelte: »Eine Widmung von Carla, verdammt.« Er sprang vom Sessel, zeigte Teti den Eintrag und schredderte auch dieses Buch.

Danach schaltete er den Aktenvernichter aus, reichte Fabio die Hand und kam sofort auf den Punkt. Er betonte jedes Wort: »Meine Frau will die Scheidung. Ich habe sie gestern getroffen. Sie hat mir drei Fotos gezeigt …« Er sog die Luft ein, als hätte er eine heiße Kartoffel im Mund, dann fuhr er fort. »Sie zeigen mich in Gesellschaft einer anderen Frau.« Er machte eine Pause und schaute Fabio in die Augen. »Silvia hat mir den Namen des Fotografen nicht genannt. Deshalb frage ich Sie, Dottor Gracco, waren Sie es? Bitte sagen Sie mir die Wahrheit.«

Der Abgeordnete stellte die Frage ruhig und sachlich, ohne jede Aggressivität. Fabio traute dieser Ruhe zwar nicht, beschloss aber ehrlich zu antworten. »Signora Sivieri hat mir den Auftrag erteilt, Nachforschungen anzustellen. Verdacht auf Untreue.« Das »ehelich« vermied er.

Nicola de Nicola schien beeindruckt.

»Diese Fotos stellen einen illegalen Eingriff in die Privatsphäre des Abgeordneten de Nicola dar«, unterbrach der Anwalt brüsk. »Sie hatten kein Recht, diese Aufnahmen zu machen. Und noch weniger, sie Signora Sivieri zu übergeben!«

Es wirkte skurril, wie Soana Teti da in Bermudas und Hawaiihemd einen Ton anschlug, als würde er vor Gericht ein Plädoyer halten.

»Über die strafrechtlichen Aspekte können wir diskutieren«, antwortete Fabio, »aber ich habe Signora Sivieri keine Fotos ausgehändigt. Ich habe sie ihr gezeigt und wollte sie dann vernichten. Leider gab es einen unangenehmen Zwischenfall …«

»Einen Zwischenfall?«, hakte der Anwalt nach.

Fabio machte ein verlegenes Gesicht. »Die Fotos sind mir abhandengekommen«, das Wort »gestohlen« vermied er wohlweislich und unterdrückte den Impuls, die Augen niederzuschlagen.

»Sie wurden gestohlen? Und das nennen Sie einen unangenehmen Zwischenfall?« Die Stimme des Anwalts klang jetzt aggressiv.

»Beruhig dich, Fabrizio«, unterbrach ihn de Nicola, ganz offenbar lief hier ein abgekartetes Spiel ab, das Fabio an die »Good cop, bad cop«-Strategie der Polizei erinnerte. »Dottor Gracco ist ein Profi, ich habe viel Gutes über ihn gehört und bin sicher, dass er sich der schwerwiegenden Folgen durchaus bewusst ist.«

»Ich gebe zu, dass ich etwas zu nachlässig war. Ihre Frau und ich kennen uns seit dem Studium …« Er sprach nicht weiter, die Verlegenheit überkam ihn wie eine auflodernde Glut. De Nicola blieb stehen, in Gedanken versunken.

»Die Fotos müssen wieder auftauchen, Dottor Gracco«, Soana Tetis Stimme war unerbittlich, »und zwar schnell. Lassen Sie sich was einfallen. Sprechen Sie mit Silvia, lösen Sie das Problem. Morgen will ich das Material auf meinem Schreibtisch liegen haben.«

Sie duellierten sich mit Blicken, keiner sagte etwas. Fabio überlegte, ob er sich umdrehen und einfach gehen sollte. Dann schob Teti eine Warnung hinterher: »Sonst geraten Sie in echte Schwierigkeiten.«

Wieder war es de Nicola, der zu beschwichtigen versuchte: »Dottor Gracco, Ihnen ist sicher bewusst, dass diese Fotos ein Faustpfand sind, um mich zu erpressen.« Er hielt jetzt ein rubinrotes Plastiketui in der Hand, auf dem mit goldenen Lettern »Wittner Taktell Super Mini« geschrieben stand. Er klappte es auf, und ein kleines Metronom kam zum Vorschein. Er zog es auf, regulierte das Gewichtsstück und setzte es in Gang. Dann stellte er es auf den Schreibtisch, beobachtete fasziniert das Hin- und Herpendeln und sagte: »Das war ihr letztes Geschenk. Carla wollte, dass ich Klavierspielen lerne. Aber ich habe kein Talent.« Dann hielt er inne, das einzige Geräusch im Raum war das Ticken des Metronoms, durchdringend, präzise, unerbittlich. Dann hielt de Nicola das Pendel an und fuhr fort: »Für Samstagmorgen hatte ich einen Flug nach Olbia gebucht, aber es war Carlas Geburtstag, und ich wollte wenigstens ein Stündchen mit ihr feiern. Alles war perfekt organisiert. Ich habe hier im Büro übernachtet und bin dann in den Keller gegangen, wo wir uns immer getroffen haben. Ich dachte, dort wären wir sicher.« Wieder hielt er kurz inne, dann sprach er weiter: »Sehen Sie, nur um kurz mit ihr zusammen sein zu können, habe ich mich in all diese Lügen verstrickt. Deshalb habe ich auch kein Alibi, im Gegenteil, ich habe mich sogar verdächtig gemacht.« Er seufzte. »Gerade eben, kurz bevor Sie gekommen sind, hat mich mein Fahrer angerufen. Ein Polizist hat ihn befragt, und das sicher nicht zum letzten Mal. Von ihm zu mir ist es nur ein kleiner Schritt. Alle werden sich auf mich einschießen: die Zeitungen, das Fernsehen, meine politischen Gegner und ganz besonders meine Parteifreunde. Die Öffentlichkeit wird aufgehetzt werden, die ohnehin nur darauf wartet, einen Politiker demontieren zu können.« Er schloss die Augen und fuhr sich mit der Hand über die Stirn. Dann öffnete er die Augen wieder und sprach weiter: »Mein Mandat, die Partei, das ist mir alles egal. Meine Ehe auch, wenn ich ehrlich sein soll. Wichtig ist mir nur mein Sohn Alessandro. Ich will nicht, dass er das erfährt.« Er zerbröselte den Zigarillo im Aschenbecher, den Blick weiter auf Fabio gerichtet. »Was ich von Ihnen will, Dottor Gracco, weshalb ich Sie um dieses Treffen gebeten habe: Finden Sie denjenigen, der Carla getötet hat, um jeden Preis. Ich will die Wahrheit. Für meinen Sohn, für Carla und für mich und meine Würde, die man mir nehmen will«, seine Stimme klang dramatisch, doch seine

Darstellung wirkte aufgesetzt und theatralisch. Das mochte ja alles stimmen, das wollte er gar nicht bestreiten, aber der Verdacht, dass de Nicola ihm etwas vorspielte, wollte bei Fabio nicht weichen. Wo waren seine Aggressivität, sein Sarkasmus und seine selbstgefällige Art geblieben? Nein, das war nicht der Abgeordnete, den er aus seinen öffentlichen Auftritten kannte. Vielleicht hatte de Nicola auch in Weihwasser gebadet, um dieses Wunder zu bewirken? Eine reine Seele schadet nicht, wenn man gerade durchs Fegefeuer geht.

»Wollen wir uns nicht setzen?« De Nicola zeigte auf das weiße Sofa. »Und jetzt«, fuhr er fort, »sprechen wir mit meinem Anwalt darüber, welche Möglichkeiten es gibt, uns außergerichtlich zu einigen.« Er schien jetzt wieder ganz der Alte zu sein. Eins war Fabio klar: Egal, ob schuldig oder unschuldig, Nicola de Nicola war ein Riesenarschloch.

5

Die freiwilligen Helfer hatten die Tische für das traditionelle Mittagessen an Ferragosto im Kreuzgang des Klosters aufgebaut, inmitten von Orangen- und Zitronenbäumen. Die Ärmsten der Armen waren in Scharen gekommen, Obdachlose, Immigranten, vor allem Afrikaner, aber auch Rentner und Arbeitslose, Männer und Frauen, Junge und Alte, Italiener und Nichtitaliener. Es waren so viele, dass der Padre Don

Giancarlo Sguazzo zehn Kirchenbänke nach draußen tragen ließ, damit alle Platz fanden. Die Tische stammten vom nahegelegenen Restaurant Gallo Giallo, das auch das Essen spendierte. Das erste Mal seit fünfzehn Jahren fehlte Francis Mogana unter den Helfern, die ihn ehrfurchtsvoll »Duca Francesco« nannten, weil er die Gäste mit unnachahmlicher Eleganz und Freundlichkeit bediente. Der Padre hatte erst versucht ihn auf dem Handy zu erreichen, dann hatte er zu Hause angerufen. Francis' Frau Anita war am Apparat gewesen, sie kannten sich von diversen Freiwilligeneinsätzen. Auch sie hatte sich vergeblich um Telefonkontakt bemüht und nur die Nachricht bekommen, dass ihr Mann im Moment nicht erreichbar sei. Danach hatte Anita Freunde und Bekannte angerufen, doch niemand wusste, wo er war. Für sie gab es nur eine Erklärung: Francis war noch einmal in den Palazzo am Corso Vittorio Emanuele II. gegangen, um die Pflanzen der Mieter zu gießen, die im Urlaub waren. Wahrscheinlich hatte ihn dort etwas aufgehalten. Deshalb hatte sie Richter Pellegrino angerufen, der ebenfalls dort wohnte. Anita war ausgebildete Krankenschwester und kannte den Richter, weil sie ihm seine Spritzen gab. Die rumänische Pflegerin hatte abgenommen, doch auch sie hatte nichts von Francis gewusst. Erst als sie nicht mehr weiterwusste, hatte sie ihre Kinder angerufen, die mit ihren Familien am Meer feierten. Auch sie hatten nichts von ihrem Vater gehört. Schließlich war Anita an der Haltestelle Torre Angela in den Zug gestiegen, nach Termini gefahren und hatte von dort den Bus genommen. Für die zwölf Kilometer bis zur Chiesa Santa Maria hatte sie fast anderthalb Stunden gebraucht. Als sie um fünf Uhr nachmittags ankam, waren die freiwilligen Helfer gerade dabei, aufzuräumen und sauber zu machen, bevor der angekündigte Regen einsetzte. Nein, »Duca Francesco« war nicht mehr aufgetaucht. Anitas bange Vorahnung verwandelte sich in Angst, als Beniamino, ein Obdachloser mit zusammengebundenen Haaren, grauem Bart und zerfurchtem Gesicht, erzählte, dass er den Duca in Termini in den 64er-Bus hatte einsteigen sehen. Jetzt hielt sie nichts mehr, sie musste der Sache auf den Grund gehen. Zu Fuß ging sie zum nur einen Kilometer entfernten Palazzo am Corso Vittorio Emanuele II. 207. Es musste etwas im Palazzo passiert sein, bei dem ihr Mann dringend gebraucht wurde. Auch wenn die Pflegerin am Telefon nichts davon erwähnt hatte. Jeden anderen Gedanken verbot sie sich.

6

Von dem üblichen Verkehrschaos auf der Piazza Venezia waren nur schwarze Reifenspuren auf dem Kopfsteinpflaster geblieben, wie Mascara auf den Wangen einer weinenden Frau. Vizeinspektor Ramino saß auf seiner Dominator, schaltete vom fünften in den vierten Gang herunter, umklammerte die Lenkergriffe und bretterte über den rauen Straßenbelag. Die Vibrationen der Maschine setzten sich über die Hände bis ins Gehirn fort. Eine wahre Tortur. Schnurgerade zog sich die Via del Corso anderthalb Kilometer bis zur Piazza del Popolo hin, gesäumt von Bürgersteigen und Giebeldachhäusern mit fensterbrettartigen Gesimsen, direkt auf den Flaminio-Obelisk und die Porta del Popolo zu.

Ramino gab noch einmal Gas, so dass das Vorderrad seiner Honda kurz vom Boden abhob. Am Palazzo Chigi bog er rechts in die Via del Tritone ein. Alle Ampeln standen auf Grün, ein weiterer positiver Nebeneffekt der leeren Stadt im August. Er raste auf die Piazza Barberini zu und musste ziemlich in die Eisen gehen, um rechtzeitig zum Stehen zu kommen. Hier war der Unfall passiert. Er drehte den Zündschlüssel, schaltete den Motor ab und parkte die Maschine.

Auf dem Asphalt waren immer noch Reste der Kreide zu sehen, mit der die Verkehrspolizei die Spuren markiert hatte. Der Unfall hatte sich um 8.05 Uhr ereignet. Ramino schaute sich um: An dem Palazzo an der Ecke Via delle Quattro Fontane war eine schwenkbare Überwachungskamera installiert. Er machte ein Foto. Über dem Eingang einer Bank erkannte er eine weitere Kamera, die er ebenfalls fotografierte. Vielleicht hatten sie etwas aufgenommen, was ihnen helfen konnte. Er blickte die Straße hoch, dabei fiel ihm die Apotheke an der Ecke auf, die selbst am Feiertag geöffnet hatte. Aber das wunderte ihn nicht. Die Questura war nicht weit, und seine Kollegen waren dort Stammkunden, nicht zuletzt wegen der langen Öffnungszeiten quasi rund um die Uhr. Vielleicht konnte er dort noch etwas erfahren, was nicht im Bericht stand. Er ging zu der Stelle, wo der australische Tourist vom Auto erfasst worden war, dabei blickte er die Via del Tritone hinunter: freie Sicht, nur eine leichte Kurve, schwer vorstellbar, hier einen Fußgänger zu übersehen. Vielleicht war Maini abgelenkt gewesen, fatal bei der überhöhten Geschwindigkeit. Oder hatte ihn einfach die Sonne geblendet? Er betrat die Apotheke, im Moment war keine Kundschaft da. Hinter dem Tresen standen die Apothekerin in ihrem weißen Kittel und eine Verkäuferin mit asiatischem Aussehen. Ramino kannte die Apothekerin, eine freundliche, gut aussehende Frau mit kurzen blonden Locken und wunderschönen blauen Augen. Sie wirkte wie eine Skandinavierin, aber wenn er sich recht erinnerte, kam sie aus Palermo.

»Buon Ferragosto, Dottoressa.«

Die Apothekerin drehte sich um, zwei Shampooflaschen in der Hand.

»Buon Ferragosto, ich bin gleich bei Ihnen«, ihr sizilianischer Akzent war unverkennbar. Sie reichte der Angestellten die Flaschen und wandte sich an den Vizeinspektor. »Was kann ich für Sie tun?«

»Ich brauche eine mittelharte Zahnbürste und fünf Minuten Ihrer kostbaren Zeit, wenn möglich.«

Die Apothekerin lächelte ihn an. »Aber gerne.« Sie ging zum Regal mit den Zahnpflegeprodukten, Ramino folgte ihr.

»Vorgestern, am Samstagmorgen, so gegen acht, gab es genau hier vor Ihrer Tür einen schweren Verkehrsunfall. Hatten Sie an diesem Tag Dienst, Dottoressa?«

Die Apothekerin, die gerade die infrage kommende Zahnbürste aus dem Regal nehmen wollte, drehte sich um, als hätte sie schon auf diese Frage gewartet: »Ja, sicher, ich war hier.« Ihre Stimme flatterte etwas, vielleicht weil ihr die Erinnerung unangenehm war.

»Darf ich fragen, was Sie gesehen haben?«

Sie zögerte, um ihre Gedanken zu ordnen. »In erster Linie habe ich etwas gehört, quietschende Bremsen, dann einen lauten Knall…« Sie hielt ihm mehrere Zahnbürsten hin. »Suchen Sie sich bitte die passende aus…«. Sie ging zur Tür und trat nach draußen. Ramino folgte ihr. Sie deutete auf die Kreidemarkierungen am Boden: »Schauen Sie, hier sieht man noch die Spuren. Da stand ein Auto, und quer davor lag ein Mann unbeweglich am Boden. Erst dachte ich: ›Der ist tot.‹« Sie schwieg und schaute zu Ramino, als ob sie auf eine weitere Frage wartete.

Ramino überlegte, ob er gleich auf den Punkt kommen sollte, aber dann bat er sie weiterzuerzählen. »Und dann?«

Sie erzählte, dass die Frau des Opfers völlig verzweifelt gewesen sei, aber sonst hätte sich nichts getan. Wie in Schockstarre. Dann hätte sich die Fahrertür geöffnet, und ein junger Mann sei ausgestiegen, ein gut aussehender noch dazu, der sich mit den Fingern durch die Haare gefahren war.

Sie blickte zu Ramino. Reichte das?

»Verstanden«, sagte der Vizeinspektor seufzend. »Erinnern Sie sich zufällig, ob noch jemand im Auto gesessen hat?« Die Apothekerin schien die Bedeutung der Frage abzuwägen, vor allem aber, wie sie antworten sollte. Ihr Blick löste sich von ihm und irrte herum.

»Ehrlich gesagt, es ist schon noch jemand ausgestiegen …«, antwortete sie zögernd, offenbar war sie misstrauisch geworden.

Ramino hatte solche Situationen bei Befragungen schon oft erlebt, er spürte, dass er jetzt nachhaken musste. Er zog seine Dienstmarke und sein Notizbuch heraus. »Ich bin Polizist, Vizeinspektor Ramino vom Revier San Vitale, Dottoressa, und bearbeite den Fall.«

Sie seufzte tief, und ein Lächeln umspielte ihre Lippen. »Aber ich kenne Sie doch, Dottore …« Wieder hielt sie inne.

»Können Sie mir die Person beschreiben?«, fragte er weiter.

Sie riss die blauen Augen auf und legte den Kopf schief. »Sie kennen ihn auch, man sieht ihn oft im Fernsehen. Es war der Abgeordnete de Nicola.«

Kaum hatte sie den Satz zu Ende gesprochen, donnerte es. Zufall? Nein, das musste ein Zeichen des Himmels sein, da war Ramino sicher.

7

Sich auf seine parlamentarische Immunität zu berufen, würde das Ende seiner politischen Karriere bedeuten. Wie oft hatte der Abgeordnete Nicola de Nicola den moralischen Zeigefinger gehoben und genau das angeprangert. Die Aufhebung der Immunität ist eine Gewissensentscheidung jedes Einzelnen. Es gibt Befürworter und Gegner. Wie eine Abstimmung darüber ausging, war völlig offen. Denn es gibt nicht nur integre Parlamentarier. Es gibt Heckenschützen, käufliche Verräter, Feiglinge, Lügner und diejenigen, die ihr Fähnchen in den Wind hängen. Das politische Gemetzel konnte Monate, ja sogar Jahre dauern. Kostbare Zeit für Abgeordnete, die wegen Korruption, Amtsmissbrauch, Erpressung, Betrug, Steuerhinterziehung, Spekulation, Mitgliedschaft in einer mafiösen Vereinigung oder Begünstigung angeklagt waren, deren Urteil aber noch ausstand. Sie konnten die Hängepartie nutzen, um zu handeln, zu vertuschen, zu bestechen, und sich dadurch eine bessere Ausgangsposition verschaffen. Auf Entlastung, Verjährung oder schlichtweg die Resignation der Entscheidungsträger setzen, die die Vorwürfe nicht weiterverfolgten.

Aber eine Anklage wegen Mordes war ein anderes Kaliber. Wenn ein Abgeordneter unter einem solchen Verdacht stand, bot sich für die anderen die Chance, von ihren eigenen Verfehlungen abzulenken und in der Öffentlichkeit besser dazustehen.

Nach genauer Analyse blieb Nicola de Nicola nur ein Weg, um den Schaden zu begrenzen: Artikel 374, Absatz 1 der Strafprozessordnung. Er musste morgen früh zur Staatsanwaltschaft gehen und bei der ermittelnden Beamtin Lucia Campazzo eine Erklärung im Fall Caggiani abgeben. Über den Inhalt dieser Erklärung musste er noch nachdenken, da musste alles stimmen. Und hier kam Fabio Gracco ins Spiel.

Fabrizio Soana Teti schien von dieser Strategie weniger überzeugt zu sein. Wenn sein Mandant und brüderlicher Freund nach dieser Erklärung im Bericht der Staatsanwaltschaft über Carla Caggianis gewaltsamen Tod namentlich genannt wurde, wenn sie offiziell Ermittlungen gegen ihn einleiten würden, dann bestand die Gefahr, dass de Nicola zum Sündenbock für all die Volksvertreter in der Abgeordnetenkammer und im Senat gemacht wurde, die selbst Dreck am Stecken hatten und sich hinter ihrer Immunität versteckten. Von diesem Moment an wäre sein Freund in der Zwickmühle zwischen deren Zweifel an seiner Kollegialität und der Verachtung des italienischen Volkes, das, aufgehetzt von Presse und Fernsehen, nur auf eine solche Gelegenheit wartete. Im Grunde schon vor der Verhandlung verurteilt, das hohe Gericht der öffentlichen Meinung hätte bereits gesprochen. Unabhängig davon, ob er letzten Endes schuldig oder freigesprochen würde, wäre Nicolas Karriere, vielleicht sogar sein ganzes Leben, ruiniert.

»Denk gut darüber nach«, mahnte Soana Teti nochmals.

»Das habe ich schon.«

Sie kannten die Gesetze, mehr musste nicht gesagt werden.

Ein Summen ertönte, das von ganz weit her zu kommen schien. Wer konnte das sein?

»Die Gegensprechanlage«, sagte Nicola de Nicola emotionslos, als ging ihn das alles nichts an.

Es summte erneut.

»Schau nach, wer das ist«, drängte Soana Teti.

»Es ist Ferragosto.«

»Schau nach!«

Nicola zögerte, dann stand er auf und schlurfte über den roten Teppich zur Tür. Gracco und der Anwalt sahen ihm nach. »Hallo, wer ist da?«, hörten sie de Nicola leicht genervt fragen. »Aber natürlich, kommen Sie nur hoch«, fügte er deutlich freundlicher hinzu. Dann kam er zurück und blieb auf der Türschwelle stehen. »Die Polizei«, verkündete er leicht verblüfft, »sie kommen hoch.«

8

Das zarte Pflänzchen Hoffnung kann auch aus wenig feuchter Erde wachsen. So war es auch im Fall von Anita Balveo, der Frau von Francis Mogana. Prüfend betastete sie die Erde des Ficus Benjamini, der neben der Pförtnerloge im kühlen Innenhof des Palazzo

Corso Vittorio Emanuele II. 207 stand. Ihr Gesicht hellte sich auf, sie drehte sich zu den jungen Polizisten um, ein Mann und eine Frau, und sagte erleichtert: »Die Erde ist feucht. Mein Mann hat die Pflanzen gegossen. Verstehen Sie? Er muss hier irgendwo sein.«

»Bald kommen Kollegen, die sich die Videoüberwachung ansehen. Wenn Ihr Mann hier war, dann haben die Kameras ihn erfasst«, erwiderte der Polizist. »In der Zwischenzeit sprechen wir mit den Bewohnern.«

Er drückte alle Klingelknöpfe gleichzeitig, und während er wartete, beobachtete er, wie sich auf dem Asphalt des Bürgersteigs dunkle Flecke bildeten. Tief sog er den feuchten Geruch ein, der sich zwischen den Marmorfassaden der Häuser ausbreitete. Dann hörte der Regen schlagartig auf, als hätte jemand den Wasserhahn zugedreht.

Die beiden Polizisten stiegen mit Signora Anita die Treppe nach oben. Im vierten Stock hatte die rumänische Pflegerin des pensionierten Richters Pellegrino die Tür einen Spaltbreit geöffnet, ohne die vorgelegte Kette zu lösen. Sie misstraute allem, was Uniform trug. Erst als sie Anita erkannte, sagte sie in ihrem kaum verständlichen Kauderwelsch aus Italienisch und Rumänisch: »Ach, Sie sind es! Ihren Mann habe ich nicht gesehen.«

Mittlerweile kam ihnen Signora Lunatti aus dem sechsten Stock auf der Treppe entgegen, eine pensionierte Universitätsdozentin. »Was ist denn jetzt schon wieder los?«, fragte sie, als sie die Polizei sah.

Als ihr Anita erklärte, dass es um ihren Mann ging, entspannte sie sich. Dazu könne sie nichts sagen, da sie das Haus gegen acht verlassen habe, um Freunde in Sutri zu besuchen, und gerade erst zurückgekommen sei.

»Was ist denn los?«, fragte Soana Teti, der hinter de Nicola auftauchte.

»Es geht um den Pförtner, er ist verschwunden«, antwortete der Polizist.

Sie gingen zum Treppenabsatz, Fabio gesellte sich zu ihnen. Sofort entstand eine für Mehrfamilienhäuser typische Situation. Treppenabsätze und Hauseingänge sind ja häufig Schauplatz von Klatsch und Tratsch und Streitigkeiten, und hier war es nicht anders. Fabio sondierte die Lage und blickte die Treppe nach oben, die im sechsten Stock endete und dann als schmale Wendeltreppe zum Oberlicht führte. Er hörte Signora Lunattis Absätze klappern und bemerkte die Tropfen, die in regelmäßigen Abständen vom Dachboden auf den obersten Treppenabsatz fielen. »Hier ist ja alles nass, wo kommt denn das Wasser her?«, war Signora Lunattis laute Stimme von oben zu hören. Fabio ging die Treppe hoch, um der Sache auf den Grund zu gehen. Wenn zwei eher unwahrscheinliche Dinge gleichzeitig passierten, stimmte etwas nicht. Eine goldene Regel, die auf alle Ermittlungen zutraf.

Er nahm immer zwei Stufen auf einmal, bis ganz nach oben. Signora Lunatti stand da oben mit ausgebreiteten Armen knöcheltief im Wasser und starrte auf die metallene Wendeltreppe. Dann wanderte ihr Blick weiter zur offen stehenden Tür, die auf die Gemeinschaftsterrasse führte. Sie schien wie gelähmt, unfähig auch nur einen Schritt weitergehen zu können. Das Wasser schwappte mit den Böen ins Treppenhaus, im Durchgang hatten sich bereits große Pfützen gebildet, deren Wasseroberfläche vom Wind gekräuselt wurde. Zwei unvorhersehbare Fakten und viele offene Fragen, kombinierte Fabio. Eine Frau sucht verzweifelt nach ihrem Mann, und eine Tür, die verschlossen sein sollte, stand offen. Hier stimmte etwas nicht. Er fragte nicht mal nach einem Schirm, der ihm bei diesem Unwetter ohnehin nichts genutzt hätte, und ging auf die Terrasse. Er hatte das Gefühl unter der Dusche zu stehen. Ein Wasserschleier umgab ihn, Rom war verschwunden, selbst das Gebäude auf der anderen Straßenseite war nur schemenhaft zu erkennen. Die Abflusslöcher gurgelten, sie konnten die vom Himmel herabstürzenden Wassermassen kaum bewältigen. Die ganze Terrasse stand knöcheltief unter Wasser, auf der Oberfläche schwammen Holzstücke, Vogelfedern, ein vertrockneter Taubenflügel, Blätter und Blüten der Kübelpflanzen. Fabio versuchte jenseits des Regenvorhangs etwas zu erkennen. Und dann entdeckte er eine offen stehende Tür in einem gemauerten Turm. Er ging näher heran. An einem Dachbalken hing ein lebloser Körper, der von Weitem wie eine Schaufensterpuppe wirkte. Starr und unbeweglich. Und die Puppe hatte einen Strick um den Hals.

9

Der Wolkenbruch war vorbei, alles roch nach feuchter Erde, der Asphalt des Corso Vittorio Emanuele II. glänzte vor Nässe. Der Arzt spritzte Anita Balveo vier Milligramm Lorazepam, um sie zu beruhigen. Als ihr die Polizisten die Nachricht überbracht hatten, war sie zusammengebrochen: »Wir haben Ihren Mann gefunden, Signora Anita. Auf der Terrasse, er hatte einen Unfall, Sie müssen jetzt stark sein, Signora Anita.« Anita hatte verstanden, konnte aber weder Kraft aufbringen noch die Fassung bewahren. Sie hatte sich auf den abgewetzten Sessel in der Pförtnerloge fallen lassen, auf dem ihr Mann immer gesessen hatte, und vergeblich versucht, sich mit langem, tiefem Atmen zu beruhigen. Hinter ihr standen die Polizistin und andere Menschen, die sie nicht kannte, und beobachteten sie. Als sie die Hand der jungen Frau auf ihrer Schulter spürte, griff sie danach und begann sie zu streicheln, weil sie sie für die Hand ihrer Tochter hielt. Erst nach und nach wurde ihr die ganze Tragweite bewusst: Francis war tot. Sie würde ihn nie wiedersehen. Der über alles geliebte Mann war nicht mehr da. Sie würde seine Stimme nie mehr hören, seine Blicke nie mehr spüren. All das und noch viel mehr war für immer fort. Ihr aufgestauter Schmerz bahnte sich endlich in einem wortlosen Schrei den Weg nach draußen. Ein lang gezogenes Heulen, das sich erst in jeden Winkel drängte und dann zum Himmel stieg.

Vizeinspektor Domenico Ramino war sofort klar gewesen, dass Anita Balveo ihren Mann sehen und von ihm Abschied nehmen wollen würde. Aber vor dem Eintreffen der Staatsanwältin und des Gerichtsmediziners war das nicht möglich. Außerdem mussten zeitnah die Spuren am Tatort gesichert werden. »Lasst sie nicht nach oben«, befahl er, während sein Blick über die zuckenden blauen Lichtreflexe auf dem Hauseingang wanderte, den Wänden und sogar den Gesichtern der Menschen.

10

Ein Selbstmord wie aus dem Lehrbuch. Tatort, Strick und Schlinge, alles war perfekt. Ein Henker hätte es nicht besser machen können.

»Kann ich das bitte noch mal sehen?«

»Sofort, Dottoressa.«

Lucia Campazzo saß am Tisch der Pförtnerloge und rückte ein wenig zur Seite, damit der Techniker der Spurensicherung die Tastatur eines Laptops bedienen konnte, um die Aufzeichnung der Überwachungskamera auf 7.29 Uhr zurückzuspulen. Die Aufnahmen zeigten deutlich, wie Francis Mogana am Tor ankam, den Schlüssel ins Schloss steckte und eintrat, wie an jedem anderen Arbeitstag auch. Dann öffnete er die Glastür zur Pförtnerloge und kam kurz darauf mit einem Lappen in der Hand wieder heraus. Danach goss er die Pflanzen im Hof, gründlich und sorgsam. Ein Kontrollblick zur Kellertür, dann ging er zum Aufzug, ruhig und bedächtig. Es war Lucia Campazzos erster Selbstmord. Die letzten Lebensmomente eines Toten zu sehen, rührte sie, sie hätte gerne Richter Ardizzone an ihrer Seite gehabt.

»Halten Sie hier an.«

Der Techniker stoppte die Aufnahme, auf dem Bild war zu erkennen, wie Francis Mogana sich umwandte, um die Außentür des Aufzugs zu schließen.

»Bitte vergrößern Sie das.«

Der Techniker zoomte das Bild heran, ohne dass es unscharf wurde. Von einem Seil war nichts zu sehen, das Gesicht des Pförtners wirkte entspannt. Ein zufriedener Mann, der voller Zuversicht einem neuen Tag entgegensah. Die Staatsanwältin musste an seine Frau Anita denken, die noch unter dem Einfluss des Beruhigungsmittels im Krankenwagen immer wieder gemurmelt hatte: »Francis ist ein guter Mann, er hat nie jemandem etwas zuleide getan.«

»So bringt man sich um: mit Absicht oder betrunken.«

Domenico Raminos Erklärung gab Lucia Campazzo eine plausible Antwort auf ihre Zweifel. Der Vizeinspektor stand ein paar Schritte von ihr entfernt, den Strick mit der Schlinge in den mit Latexhandschuhen geschützten Händen. »Ich soll Ihnen sagen, dass Dottor Sanremo und sein Kollege von der Rechtsmedizin mit der ersten Inaugenscheinnahme der Leiche fertig sind. Alles deutet auf Suizid hin. Der Tod ist vor zehn, elf Stunden eingetreten. Im Laufe des morgigen Tages erhalten wir die Ergebnisse der toxikologischen Untersuchung und der Autopsie. Wie wollen Sie vorgehen? Sollen wir den Leichnam wegbringen lassen?«

Die Staatsanwältin senkte den Kopf ein wenig, als wollte sie ein Nicken andeuten, und antwortete dann wie benommen: »Ja, bevor die Presse kommt.« Sie hielt inne. »Komisch, dass noch niemand aufgetaucht ist.«

»Sie werden kommen«, erwiderte Ramino knapp. »Im August lecken die sich nach so was alle Finger.« Er deutete auf den Strick. »Ich habe mit Martini, dem Hausverwalter, gesprochen, er war gerade auf dem Weg nach Apulien, als ihn die Nachricht erreichte, der Arme. Der Strick stammt aus dem Haus, die Dachdecker haben ihn liegen lassen. Schauen Sie sich das an, einfach perfekt…« Er hielt der Staatsanwältin den Knoten vor die Nase, die erschreckt zurückwich. »So etwas habe ich bisher nur in Filmen gesehen, wenn es um eine professionelle Hinrichtung ging.«

Die Staatsanwältin blickte ihn misstrauisch an: »Was ist daran so wichtig?«

Den Blick noch immer auf den Strick gerichtet, antwortete er zögernd: »Wissen Sie, spontane

Selbstmörder habe ich viele gesehen, sie knüpfen die Schlinge so gut es eben geht. Manchmal nehmen sie eine ungeeignete Schnur oder einen Gürtel, ja sogar Strümpfe, und ersticken qualvoll. Aber das hier ist ein perfekter Strick, in der Länge und in der Stärke. Wie aus dem Lehrbuch.« Aus seinen Worten sprach fast so etwas wie Bewunderung. »Mogana war sofort tot, er hat sich das Genick gebrochen. Dottor Sanremo hat keinerlei Zweifel.«

Die Staatsanwältin musterte Ramino ernst: »Glauben Sie an eine Inszenierung? An einen vorgetäuschten Selbstmord? Denken Sie an Mord?« Die Frage kam wie aus der Pistole geschossen. »Das habe ich auch schon in Erwägung gezogen«, fügte sie vorsichtig hinzu.

Der Vizeinspektor runzelte die Stirn und biss sich auf die Lippe. »Unwahrscheinlich. Ich weiß nur, dass ich hier zum ersten Mal einen perfekten Suizid gesehen habe. Das ist alles.«

»Mogana war ein exakter Mensch und mit der gleichen Präzision hat er auch seinen Tod geplant.«

»Aber man muss auch wissen, wie.« Domenico Ramino schaute Lucia Campazzo durchdringend an und wollte noch etwas hinzufügen, doch der warnende Blick des Kollegen von der Spurensicherung hielt ihn zurück. Er wechselte das Thema: »Entschuldigen Sie, Dottoressa, aber wenn Sie die amtliche Erlaubnis zum Abtransport der Leiche erteilen wollen, dann sollten Sie das jetzt machen.«

»Sie haben recht«, sagte sie und stand auf. Dann

wandte sie sich an den Techniker: »Können Sie mir die Aufnahmen der letzten 24 Stunden zur Verfügung stellen?«

»Natürlich, ich mache Ihnen eine Kopie«, antwortete er und setzte sich vor den Laptop.

Als sie die Pförtnerloge verließen, sagte Ramino doch noch etwas: »Trotzdem kommt mir dieser Suizid merkwürdig vor, Dottoressa.« Er flüsterte, während sie durch den kühlen Hof in Richtung Treppe gingen. »Eine Liebesbeziehung zwischen Mogana und Caggiani können wir ausschließen … aber was, wenn er sie insgeheim begehrt und den Kopf verloren hat? Und deshalb erst sie und dann sich selbst umgebracht hat?«

»Das wäre nicht das erste Mal, dass so etwas passiert«, erwiderte die Staatsanwältin, allerdings wenig überzeugt. »Sie sah gut aus, stets ein Lächeln auf den Lippen, immer ein freundliches Wort für ihn, vielleicht hat er das missverstanden …«

»Dottoressa, selbst wenn es so wäre, Sie wissen sehr wohl, dass jemand, der im Affekt einen Mord begeht, sich in der Regel unmittelbar nach der Tat selbst tötet. Erweiterter Suizid, der Klassiker. Es kann sein, dass den Mörder der Mut verlässt und er sich stellt. Aber ein Suizid zwei Tage nach einem Mord im Affekt erscheint mir doch seltsam und ist statistisch gesehen eher unwahrscheinlich.«

»Da wäre ich nicht so kategorisch. Statistik hin oder her, keine Regel ohne Ausnahme, das wissen Sie doch. Und außerdem spreche ich nicht von Liebe, sondern von einem krankhaften Geschehen.«

»Sie meinen, Mogana war irgendwie verrückt?«

»Warum nicht?«

Ramino dachte nach und ließ seine bisherigen Erfahrungen Revue passieren.

»Nach allem, was ich bisher erlebt habe, begeht ein Verrückter keinen Suizid, zumindest nicht im zeitlichen Zusammenhang mit der Tat. Er hängt sich höchstens später auf, im Gefängnis an einem Bettlaken. Außerdem haben wir bisher keinerlei Hinweise auf irgendeine Störung bei Mogana ermitteln können. Sein Leben war mustergültig, keine Laster, keine seltsamen Verhaltensweisen, nicht einmal ein Strafzettel für Falschparken. Und in den ganzen dreißig Jahren ist er nur zweimal nicht zur Arbeit erschienen. In beiden Fällen hatte es in Rom geschneit, und er hatte warme Mahlzeiten und Decken an Bedürftige ausgeteilt. Das hat mir der Hausverwalter erzählt. Ermordet ein solcher Mensch Ihrer Meinung nach jemanden und tötet danach sich selbst?«

Die Staatsanwältin blieb in der Mitte des Hofes unvermittelt stehen, direkt neben der versiegelten Tür, die in den Keller führte. »Ich analysiere die Fakten und versuche den wahrscheinlichen Tathergang zu rekonstruieren, Ispettore«, sagte sie, hatte allerdings selbst Zweifel an ihrer Hypothese. Und dieser Ramino, dachte sie, war der beste Polizist, den sie bis dato kennengelernt hatte. Auch als Mann hatte er durchaus seinen Charme. Wenn er sich nur ein bisschen besser anziehen würde … und nicht verheiratet wäre, natürlich. Lucia Campazzo drehte sich um und deutete auf die Tür, ohne Ramino aus den Augen zu lassen. »Vor etwas mehr als 48 Stunden hat Francis Mogana hier unten Carla Caggianis Leiche gefunden, heute Morgen gegen acht legt sich derselbe Francis Mogana einen Strick um den Hals und hängt sich auf. Es liegt doch nahe, dass es eine Verbindung zwischen diesen beiden Ereignissen gibt, oder?« Und dann schritt sie entschlossen auf die Treppe zu, ohne seine Antwort abzuwarten.

»Also ist Ihrer Meinung nach der Fall geklärt?«, fragte der Vizeinspektor zurück.

Die Staatsanwältin fuhr herum: »Habe ich das gesagt?«

Schweigend standen sie einen Moment auf der Treppe, nur durch ein paar Stufen getrennt. Ramino versuchte einzulenken: »Es muss eine Verbindung zwischen beiden Todesfällen geben, so viel ist klar, aber vielleicht eine andere, als wir vermuten.« Er hatte »wir« gesagt, um nicht respektlos oder besserwisserisch zu wirken.

Insgeheim teilte die Staatsanwältin seine Meinung, aber da sie sich immer noch über die Schwäche ärgerte, die sie mit ihrer emotionalen Reaktion vorhin gezeigt hatte, war sie gereizt. Sie wartete, bis Ramino fast auf gleicher Höhe war, und konfrontierte ihn mit einem Gedanken, der ihr gerade eben erst gekommen war. »Seien Sie ehrlich, Sie haben sich doch schon auf Nicola de Nicola eingeschossen, oder?«

Ramino zögerte ein wenig zu lange, um nein sagen zu können.

Lucia Campazzo lächelte und nickte vielsagend. »Ich weiß, dass Sie von Politikern nicht viel halten«, sagte sie ein wenig von oben herab, obwohl sie ihn in diesem Moment am liebsten geküsst hätte. »Lassen Sie es mich so sagen: Moganas Selbstmord hat Ihre Theorie ins Wanken gebracht. Für mich stellt sich die Frage nach dem Motiv. Ist es möglich, dass Mogana sich aus Reue umgebracht hat?«

Er erkannte das Blitzen in ihren Augen, ließ sich davon aber nicht beeindrucken und kam noch näher und forderte sie mit seinem Schweigen heraus.

Die Staatsanwältin war jetzt in Fahrt gekommen: »Lassen Sie uns kurz rekapitulieren und eins und eins zusammenzählen: Am frühen Samstagmorgen trifft sich Carla Caggiani mit ihrem Liebhaber de Nicola. Mogana weiß von der Beziehung, schließlich ist er der Pförtner und bekommt alles mit. Er beobachtet, wie sie Zärtlichkeiten austauschen und miteinander schlafen. Er muss nur noch abwarten, bis de Nicola gegangen ist. Jetzt gilt es, die Gunst der Stunde zu nutzen. Die Archäologin ist alleine im Keller, zu dem er als Einziger den Schlüssel hat. Wie jeden Morgen geht er hinunter, um Quellwasser in Flaschen abzufüllen. Als er die junge Frau sieht, bricht seine lange unterdrückte Leidenschaft aus ihm heraus, er ist nicht mehr Herr seiner Sinne. Er wird zudringlich. Als sie sich wehrt, packt er sie am Hals und …« Sie holt tief Luft und fährt dann fort: »Völlig verwirrt ergreift er die Flucht. Als ihm klar wird, was er getan hat, packt ihn nacktes Entsetzen, er ist vollkommen verzweifelt und sieht nur noch einen Ausweg: Selbstmord. Was halten Sie davon, Ispettore?«

Ramino hüllte sich zunächst weiter in Schweigen, wiegte nachdenklich den Kopf hin und her und antwortete dann: »Nun ja, ich weiß nicht recht.«

»Aber warum?« Die Staatsanwältin wirkte entmutigt.

»Zuerst einmal fehlt der räumliche und zeitliche Zusammenhang: Mogana ist ungefähr um neun an seinem Arbeitsplatz angekommen, wir haben die Videoaufzeichnung …«

»Ja, ja, die Überwachungskameras«, unterbrach sie ihn seufzend. »Es gibt eine Lücke von zwei Stunden, zwischen dem Verlassen seiner Wohnung und seiner Ankunft am Corso Vittorio Emanuele II. Und Mogana hatte auch den Schlüssel für den Hintereingang am Vicolo Savelli, wo keine Kameras installiert sind.« Sie legte den Kopf leicht schief und straffte die Schultern, wie sie es als junges Mädchen immer getan hatte. Dabei wunderte sie sich über sich selbst. Warum benahm sie sich so komisch?

»Ah, da sind Sie ja endlich!«

Lucia Campazzo schaute nach oben und erkannte Dottor Sanremo, der die Wendeltreppe herunterkam. Der Gerichtsmediziner hielt ein Zettelchen zwischen den in blauen Latexhandschuhen steckenden Fingern und streckte es der Staatsanwältin entgegen. »Das hatte Mogana in der Hosentasche«, sagte er, »in der linken, um genau zu sein.«

Obwohl es nicht Aufgabe einer Staatsanwältin ist, Beweisstücke zu prüfen, wollte sie unbedingt wissen, was darauf stand. Sie streifte sich die Handschuhe über, nahm den Zettel mit spitzen Fingern und las: »Verzeihung« und daneben »kapatawaran«.

Ihr Gesicht hellte sich auf, dann hielt sie Ramino den Zettel mit zitternder Hand hin. »Schauen Sie mal, was er uns hinterlassen hat.« Sie wartete, bis Ramino den Text gelesen hatte, dann fragte sie: »Reicht Ihnen das?«

»Schön und gut«, erwiderte er ungerührt, »aber was heißt ›kapatawaran‹?«

11

Die Erleichterung über Moganas Selbstmord linderte Nicola de Nicolas schmerzliche Trauer. Er begann sogar wieder eine gewisse Zuneigung zu seiner Frau zu entwickeln. Nur der lästige Vizeinspektor und die übergewichtige Staatsanwältin gingen ihm auf die Nerven. Sie ließen nicht locker und beharrten auf einer Aussage. Was für eine Zeitverschwendung! Er war wieder ganz der Alte, die Angst wich der gewohnten Überheblichkeit. Seine Gedanken drehten sich und rangen miteinander. Die arme Silvia. Er hatte ihr Leid zugefügt. Das musste er wiedergutmachen, seine Ehe, seine Familie und sein Vermögen retten. Vor allem für Alessandro. Wieder sah er das verängstigte Gesicht seines Sohnes vor sich, gestern in Terminillo. Ein Wahnsinn, sich in seiner Position auf eine andere Frau einzulassen. Aber die Lösung lag auf der Hand, er musste nur an die Fotos kommen und Silvias Herz zurückerobern. Um seinen Schwiegervater machte er sich keine Sorgen, die Ärzte gaben ihm nur noch wenige Monate, sein Parkinson war weit fortgeschritten. Und wenn er einmal tot war, würde seine Schwiegermutter aus ihrem Elfenbeinturm herabsteigen müssen, ihrer Tochter und ihrem Enkel zuliebe.

Er atmete tief durch, fasste sich ans Handgelenk und zählte. Fünfzehn Pulsschläge in fünfzehn Sekunden. Perfekt. Genau so fühlte sich Nicola de Nicola in diesem Moment auch. Der Suizid des Pförtners wirkte wie ein Wundermittel. Seit ihm Fabio Gracco am Handy gesagt hatte: »Ich habe den Pförtner gefunden, er hat sich auf der Dachterrasse erhängt«, war alles wieder gut. Er hatte den Satz wortwörtlich an seinen Anwalt weitergegeben und Soana Teti hatte gejubelt: »Nicola, wir sind aus dem Schneider!« Dann hatte er satt und zufrieden gelächelt und ihn in seinem Hawaiihemd an einen bunt gefleckten Kürbis erinnert. Er war wieder auf dem richtigen Kurs, war in ruhigeres Fahrwasser zurückgekehrt.

Doch aller Genugtuung zum Trotz spürte Nicola de Nicola einen gewissen Groll auf Fabio Gracco. Während er auf seinem Zigarillo kaute und den Flur auf und ab tigerte, steigerte er sich mehr und mehr in dieses Gefühl hinein. Der Detektiv musste Silvia gegen ihn aufgehetzt haben. Allein wäre sie niemals auf eine solche Idee gekommen. Aber wer wusste das schon. Vielleicht war es auch nur Zufall gewesen, dass sich die beiden nach so langer Zeit wiedergetroffen hatten. Immerhin hatten sie sich einmal sehr nahe gestanden. Sie hatte sich ihm anvertraut, und er hatte das ausgenutzt, Misstrauen gesät, ihr die schlimmsten Ehebruchsgeschichten erzählt, in denen er ermittelt hatte, und dann Silvia Hilfe angeboten. So konnte es gewesen sein. Und wenn zwischen den beiden wieder etwas lief? Ich bin doch ein Idiot, dachte er. Was für eine schwachsinnige Idee, sich Gracco anzuvertrauen und von ihm abhängig zu machen. Und das alles wegen drei Fotos. Aber was tat man nicht alles, wenn man unter Mordverdacht stand. Doch jetzt hatte Francis Mogana Selbstmord begangen, und das Blatt hatte sich gewendet. Die Zeit war der beste Richter, und dieses Mal hatte sie – im Unterschied zu den Gerichten – schnell entschieden.

»Nicola, hast du mir zugehört?« Die Stimme schien aus weiter Ferne zu kommen. Soana Teti stand auf der Türschwelle und musterte ihn.

»Aber sicher«, sagte de Nicola zerstreut.

Sein Freund schluckte die Lüge und wiederholte: »Ich sagte gerade, dass wir den Selbstmord des Pförtners als Trumpf nutzen können, also kehrt marsch, Kommando zurück! Sag den Termin bei der Staatsanwaltschaft morgen ab. Ein Restrisiko bleibt allerdings, die Fotos. Die musst du unbedingt sicherstellen, bevor sie bei der Presse landen.«

Und wie so oft fühlte sich Fabio wie ein Schüler vor seinem Lehrer und konnte den väterlichen Ton des Anwalts kaum ertragen, diese zur Schau getragene Unfehlbarkeit. Ihm reichte es, am liebsten hätte er ihm hier und gleich mal ordentlich die Meinung gegeigt, doch dann überlegte er es sich anders. Erst mal abwarten.

»Aber Vorsicht«, fügte der Anwalt hinzu, »die Campazzo versteht ihr Handwerk und weiß genau, dass wir uns hier heute ganz gewiss nicht zum Mittagessen getroffen haben.« Er deutete erst auf de Nicola und dann auf Gracco: »Wenn sie uns nach dem Grund fragt, dann sagen wir, dass dieses Haus nach dem Mord nicht mehr als Wahlkampfzentrale geeignet ist. Wir haben das Für und Wider einer Verlegung an einen anderen Standort abgewogen, wobei für de Nicola und seine Team die Rund-um-die-Uhr-Überwachung am wichtigsten war. Sicherheit geht vor. Jetzt kommen noch der Selbstmord des Pförtners und die Sensationsgier der Journalisten, Fotografen und TV-Reporter dazu. Ein Chaos, das uns noch lange begleiten wird. Wollen wir das so kommunizieren?«

De Nicola und Gracco signalisierten stillschweigendes Einverständnis.

»Gut«, stellte Soana Teti fest und suchte Nicolas Blick. »Und nun zu dir: Du kanntest die Caggiani, du hast ihre Arbeit geschätzt und alles daran gesetzt, Sponsoren zu finden, damit die Grabungen weitergehen können. In der Nacht vor dem Mord hast du hier im Büro geschlafen, weil du noch die Rede für die Eröffnung des Zentrums für Schwerstbehinderte in Olbia vorbereiten musstest und es spät geworden war. Das klingt glaubhaft. Sehr glaubhaft. Du hast Caggiani am Samstag ganz früh getroffen, gegen sieben, vielleicht Viertel nach sieben, weil du ihr persönlich die Nachricht überbringen wolltest, dass du einen Sponsor gefunden hast, und bist dann gleich gefahren. Im Taxi.«

Es klingelte.

»Das werden sie sein!«, verkündete er aufgeregt. »Und keine Fehler.« Dann wandte er sich noch einmal an de Nicola. »Sie haben die Anruflisten, sie wissen, dass du hier warst. Versuch erst gar nicht, es zu leugnen.« Dann fiel sein Blick auf das Pflaster an der Stirn seines Freundes. »Verdammt, der Unfall, die Verletzung!«, stieß er zwischen den Zähnen hervor. »Was sagen wir, wenn sie danach fragen?« Unsicher strich er sich über den Kinnbart und gab sich dann selbst die Antwort: »Häuslicher Unfall. Aber du wirst sehen, die Staatsanwältin hat ganz andere Sorgen. Gehen wir mal davon aus, dass mit dem Suizid auch der Mord aufgeklärt ist, dann wird sie den Fall schnell zu den Akten legen.« Es klingelte wieder. »Los, beeil dich und lass sie rein.«

De Nicola nickte und verschwand im Flur. Während Soana Teti zum Fenster ging, es öffnete und von der Ferse auf die Zehenspitzen hin und her zu wippen begann, blieb Fabio Gracco einfach stehen, in der vagen Vorahnung, dass die Dinge nicht so glatt ablaufen würden, wie der siegesgewisse Anwalt sich das vorgestellt hatte.

Die resolute Stimme der Staatsanwältin drang vom Flur bis ins Büro: »Herr Abgeordneter, verzeihen Sie, dass Sie warten mussten.«

»Kein Problem, bitte kommen Sie doch herein«, hörten sie ihn antworten.

»Danke. Was haben Sie denn da an der Stirn?«

Soana Teti hörte auf zu wippen und ging zur Tür, seine Zuversicht geriet ins Wanken.

»Ach nichts, ein kleines Missgeschick, ist beim Toben mit meinem Sohn passiert«, log de Nicola dreist.

12

Jenseits der Absperrung vor dem Palazzo am Corso Vittorio Emanuele II. leuchteten die Scheinwerfer der Fernsehkameras für die 20-Uhr-Nachrichten. Etwas abseits bereiteten sich Reporter auf ihren Auftritt vor, betrachteten sich im Spiegel, trockneten sich den Schweiß ab und tupften sich mit einem Pinsel Puder auf Stirn und Wangen. Danach war an mehreren Stellen nahezu gleichzeitig ein Countdown zu hören. »Fünf, vier, drei …« und die Nachrichten begannen. Zwar auf verschiedenen Kanälen, aber immer mit der mehr oder weniger gleichen Einleitung: »Ein Selbstmord, der wie ein tragisches Geständnis wirkt …«

Auch Padre Don Giancarlo Sguazzi stand in der Menge im gleißenden Licht der Scheinwerfer, die den Schauplatz des grausigen Geschehens stimmungsvoll in Szene setzten. Er war nicht aus Sensationslust hier wie viele andere, sondern lauschte bestürzt der Reporterin neben ihm. »Francis Mogana ist tot, er hat sich selbst gerichtet. Weil er Carla Caggianis Mörder ist? Noch schweigt die Polizei. Aus gut unterrichteten Kreisen ist zu hören, dass der Pförtner mit philippinischen Wurzeln einen Zettel hinterlassen hat, auf dem er die Angehörigen der Toten um Verzeihung bittet …«

Don Giancarlo, der es gewöhnt war, über Tod, Trauer und Sünden zu sprechen, war wie vor den Kopf geschlagen: »Francis ein Mörder? Was reden Sie denn da?« Hinter ihm hatten sich Freunde und Bekannte von Francis Mogana gruppiert. Unter ihnen auch Beniamino, dessen Falten sich noch tiefer ins Gesicht eingegraben zu haben schienen. Er starrte die Reporterin an, die weiter über die Hintergründe des Falles spekulierte und auf die Fragen antwortete, die ihr über Kopfhörer aus der Redaktion gestellt wurden.

»Schwachsinn«, murmelte Beniamino vor sich hin, »alles Quatsch.« Und irgendwann hielt er es nicht mehr aus. Aufgeputscht von diversen Caffè corretto mit mehr Rum als Espresso darin, drängelte er sich durch die Menge der Schaulustigen, bis er direkt vor der Reporterin stand. Die Kameras fingen live ein, wie er sich das Mikro schnappte, sein runzliges Gesicht zwischen ihre üppigen Brüste drückte und brüllte:

»Das ist alles Quatsch! Das stimmt vorne und hinten nicht! Mein Freund Francis war ein guter Mensch! Er ist kein Mörder!« Und die Millionen an den Bildschirmen wurden Zeuge, wie ein Polizist ihm Handschellen anlegte und er abgeführt wurde.

Aber was man nicht sah, waren die Faustschläge des Polizisten und den zusammengekrümmt am Boden liegenden Beniamino. Und auch nicht, wie der Priester bei dem Versuch, ihm zu helfen, am Ende ebenfalls in Gewahrsam genommen wurde.

13

Sie mussten warten. Es gab keine andere Lösung. Fabio Gracco war sofort klar, dass der durch das Fernsehen ausgelöste Ausnahmezustand mindestens bis zu den Spätnachrichten um 23 Uhr anhalten würde. Soana Teti hatte sich wieder erholt, die Frage der Staatsanwältin nach dem Pflaster war ihm doch gehörig unter das Hawaiihemd und in die Bermudas gefahren. Aus dem Verhör war ein sommerliches Geplauder geworden, zumal sich Lucia Campazzo der Brisanz der Situation bewusst war, zum einen angesichts von Francis Moganas tragischem Selbstmord, zum anderen aufgrund von de Nicolas parlamentarischer Immunität. Alles hatte sich so entwickelt, wie der Anwalt es geplant hatte, nach einer guten halben Stunde war es überstanden, noch einige Fragen über Carla Caggiani und Francis Moganas Persönlichkeit, und das war's. Fabio hatte nicht einmal seine Anwesenheit im Büro des Abgeordneten erklären müssen. Vielmehr hatten sie über den Kongress gesprochen, auf dem sie sich kennengelernt hatten, und über die neuen gesetzlichen Regelungen für Privatermittler und die Tatsache, dass dieser Beruf in Italien noch immer höchst problematisch und voller Risiken war. Am Ende waren sie sich einig, dass eine stärkere Zusammenarbeit der staatlichen Organe mit privaten Ermittlern der richtige Weg sein könnte, ähnlich wie es in den angloamerikanischen Ländern jetzt schon üblich war. Hatte die staatliche Seite etwa Angst davor?

Gegen halb neun klingelte es erneut, und Vizeinspektor Domenico Ramino stand in der Tür. Er wirkte ernst und angespannt. Da er alle Anwesenden kannte, kam er gleich auf den Punkt: »Ich brauche Sie, Dottoressa.« Ohne weiteres Zögern verabschiedete sich Lucia Campazzo und folgte dem Polizisten.

»Ein gut aussehender Mann und ein begabter Lügner, unser Herr Abgeordneter«, war das Erste, was sie sagte, als sie neben Ramino die Treppe hinunterging. Mit dem »gut aussehend« wollte sie ihn ein wenig provozieren, mit dem »begabter Lügner« wollte sie zum Ausdruck bringen, dass sie gemerkt hatte, dass de Nicola sie wegen des Pflasters belogen hatte, was Ramino in seiner kritischen Haltung bestätigte. Und dann fügte sie hinzu: »Und Glück hat er auch«, um auf die aktuelle Entwicklung hinzuweisen.

»Sie werden sehen, er wird bald wieder zu den Mordverdächtigen gehören«, erwiderte der Vizeinspektor, den Blick starr auf die Treppenstufen gerichtet.

Lucia Campazzo blieb abrupt stehen. »Gibt es was Neues?«

»Kommen Sie mit und urteilen Sie selbst, Dottoressa.« Dieses Mal blickte er sie an, fast ein wenig triumphierend.

Sie erreichten den Hof. Die Pförtnerloge glich der Cafeteria der Staatsanwaltschaft zur Mittagszeit, vier, fünf Polizisten in Uniform und etwa ebenso viele in Zivil standen um den kleinen Tisch herum, an dem zwei Männer saßen.

»Bitte.« Ramino sorgte dafür, dass Lucia Campazzo die Loge betreten konnte. »Würden Sie uns bitte allein lassen?«, sagte er laut, die Frageform wählte er aus Höflichkeit gegenüber den Kollegen. Umgehend leerte sich der Raum, und die Tür wurde von außen geschlossen, die beiden am Tisch Sitzenden erhoben sich.

»Das ist Don Giancarlo Sguazzi, der Priester der Chiesa di Santa Maria«, stellte Ramino vor und deutete auf den Geistlichen, »und das ist Signor Beniamino …« Er hielt inne, und der andere Mann verbeugte sich höflich und sagte: »Huber, Dottoressa, Benni Huber.« Dann fügte er hinzu: »Mein Vater war Schweizer, meine Mutter stammt aus Cremona.«

14

Gegen 21 Uhr verließ ein hawaiianischer Surfer den Palazzo am Corso Vittorio Emanuele II. Nummer 207 und sorgte für einiges Aufsehen. Die Reporterin eines Privatsenders, begleitet von einem Kameramann und einem Beleuchter, sprach ihn an: »Entschuldigen Sie, darf ich Ihnen ein paar Fragen stellen?«

»Nein«, blaffte Soana Teti sie an und ging auf eine schnittige Limousine zu, die auf dem Bürgersteig geparkt war. Unter dem Scheibenwischer hatten sich mehrere Strafzettel angesammelt. Er warf sie achtlos weg, als seien sie nichts als lästige Werbeprospekte.

Sie hatten beschlossen, das Haus einzeln zu verlassen, zuerst der surfende Anwalt, wie ihn Lucia Campazzo genannt hatte, und Fabio etwas später. Wären sie zusammen herausgekommen, hätte es vielleicht den Eindruck erweckt, als würden sie gemeinsame Sache machen. Nicola de Nicola sollte die Nacht im Büro verbringen, auf dem Schlafsofa, und war darüber nicht einmal unglücklich. Zum einen würden ihn die »Schmeißfliegen ohne zu zögern ans Kreuz nageln«, wie er mit Märtyrerausdruck im Gesicht jammerte, zum anderen könnte er in der verlassenen Wohnung in Parioli, so ganz ohne Alessandro und Silvia, ohnehin nicht gut schlafen. Und das Aufwachen würde noch schlimmer sein.

Fabio war der Nächste. Er ging zu Fuß die vier Stockwerke hinunter in den Hof und versuchte die Situation so zu nehmen wie sie war. Das üppige Mittagessen in Santa Marinella hielt noch vor, Hunger hatte er keinen. Er hätte gerne geduscht, aber erst musste er sich um Silvia und die Fotos kümmern. Er hoffte, dass sie ihn zurückgerufen hatte, deshalb kramte er in der Tasche nach seinem Handy und schaltete es ein. Sofort begann es, ihn mit diversen akustischen Signalen und Vibrationen auf eingegangene Nachrichten und verpasste Anrufe aufmerksam zu machen. Zwei waren von Gabriella. Ein Anruf und eine SMS. »Kannst du mich anrufen?«, hatte sie geschrieben. Das würde er machen, aber erst nachdem er den Palazzo verlassen hatte, der ganz sicher nicht der richtige Ort war, um sich über ihre kriselnde Ehe zu unterhalten. Dann war da noch ein Anruf von Arese und einer von Luciana Talio, einer waschechten Sizilianerin und anerkannten Expertin für Kriminologie und Grafologie, die seit einem Jahr in der Detektei arbeitete. Luciana hatte ein sonniges Gemüt, war stets gut gelaunt und hatte einen untrüglichen Instinkt für komplizierte Fälle. Sie hatte eine ihrer unverwechselbaren Nachrichten hinterlassen: »Chef, ich habe in den Nachrichten vom Tod der Archäologin gehört. Soll ich zurückkommen?« Er lächelte. Auch ihr würde er antworten. Aber: Keine Nachricht von Silvia. Es blieb ihm nichts anderes übrig, als nach Terminillo zu fahren.

Der Hof war voller Polizisten. Das Tor war geschlossen und durch die Gitter hörte man die aufgeregten Stimmen der Journalisten auf der Straße, die noch vom Verkehrslärm übertönt wurden. Fabios Aufmerksamkeit war auf die Pförtnerloge gerichtet, die durch das dicke Glas wie ein Aquarium wirkte. Offensichtlich fand dort eine Besprechung statt. Ramino und Campazzo kannte er, die beiden anderen nicht. Wahrscheinlich hatte Ramino die Staatsanwältin deswegen abgeholt. Er rechnete kurz nach, sie sprachen seit ungefähr einer Stunde miteinander. Es musste wichtig sein. Aber er konnte nicht länger stehen bleiben, ohne Verdacht zu erregen. Deshalb ging er langsam weiter und konzentrierte sich auf die beiden Unbekannten. Ihm blieben etwa zehn Meter, um sie abzuschätzen.

Der eine war ein Priester, so viel war sicher, er erkannte es an dem weißen Kragen und dem glänzenden Kreuz auf der Brust. Er war noch ziemlich jung, etwa um die vierzig. Sonst trug er Zivilkleidung, wahrscheinlich war er karitativ tätig. Was machte er hier? Etwas Karitatives sicher nicht. Er hatte Sandalen an den Füßen, wie die Franziskaner, aber mit Socken, dunklen Socken, um genau zu sein.

Jetzt war Fabio direkt auf Höhe der Pförtnerloge, die Staatsanwältin nickte ihm lächelnd zu. Er grüßte zurück und konzentrierte sich dabei auf den anderen Unbekannten. Ein interessanter Typ: lustiges Gesicht, ein Auge blau geschwollen, wahrscheinlich ein Andenken an eine Schlägerei, strähnige lange Haare, Zottelbart. Zwischen den Füßen ein abgewetzter

Rucksack und eine zusammengerollte Isomatte. Ein Obdachloser, dachte Fabio. Einer, den der Priester unter seine Fittiche genommen hatte. Auch Ramino musste ihn bemerkt haben, aber der lächelte nicht. Fabio wandte den Blick ab, ging weiter und nickte dem Polizisten zu, der ihm das Tor öffnete.

Draußen empfing ihn ein Blitzlichtgewitter, Reporter stürmten auf ihn zu und bombardierten ihn mit Fragen, ein unverständliches Stimmengewirr, doch alle Fragen liefen auf das Gleiche hinaus: War Francis Mogana wirklich der Täter? »Ich weiß nichts. Kein Kommentar. Bitte, lassen Sie mich durch.« Die üblichen Floskeln. »Fabio!« Er erkannte die Stimme. Er hätte sie ignorieren können, es gab genug gute Gründe dafür, aber er drehte sich um. Seine Exfreundin Valeria. Sie stand etwas abseits und war immer noch so attraktiv, wie er sie in Erinnerung hatte, ein wenig schlanker vielleicht.

»Fabio, was machst du hier?« Die Frage lag nahe. Vor allem wenn man Journalistin war und einen Privatdetektiv an einem Tatort traf.

15

Schließlich landeten sie im Gallo Giallo, einem Restaurant in der Via del Governo Vecchio, das üblicherweise eher von Touristen als von Einheimischen besucht wurde. Fabio hätte einen Spaziergang vorgezogen, denn wenn man sich am Tisch gegenübersaß, musste man reden, ob man wollte oder nicht. Er wäre viel lieber mit ihr die Via della Lungaretta entlanggegangen bis nach Trastevere, wohin sie mit dem »Opa« hingezogen war, einem über sechzig Jahre alten Journalisten, der ursprünglich aus Paris stammte. Aber nach ein paar belanglosen Sätzen wie »Valeria, schön dich zu sehen. Wie geht's dir?«, einem breiten Lächeln und Küsschen rechts, Küsschen links, war ihre Miene ernst geworden, und sie hatte mit überraschender Eindringlichkeit gesagt: »Es ist gerade nicht einfach.« Fabio hatte gespürt, dass Valeria eine Aufmunterung guttun würde: »Lass uns was essen gehen, was hältst du davon?«, hatte er vorgeschlagen, obwohl er gar keinen Hunger hatte.

Und so waren sie im Gallo Giallo gelandet. Zwei Caprese aus dem Kühlschrank, mit wässrigen Tomaten, gummiartigem Mozzarella, welkem Basilikum und Olivenöl, das nur auf dem Etikett Extra Vergine war. Dazu eine Flasche Wasser. Anfangs tauschten sie Höflichkeiten aus, ihr Gespräch über die Augusthitze wurde von einer aufdringlichen Rosenverkäuferin unterbrochen, die sich einfach nicht abwimmeln lassen wollte. Fünf Euro für eine rote Rose, dann räumte sie endlich das Feld. Der Small Talk ging weiter, Fragen nach der Gesundheit, nach gemeinsamen Freunden und Bekannten. Nachdem das Eis gebrochen war, hatte Valeria ihre ursprüngliche Frage wiederholt: »Kannst du mir sagen, was du in diesem Haus gemacht hast?«

Nach sieben bewegten gemeinsamen Jahren kannte er sie gut genug. Er wusste, dass sie früher oder später zum Thema kam. Sie war Profi, genau wie er. Sie als Journalistin, er als Privatdetektiv. Sie mussten beide ermitteln, den Dingen auf den Grund gehen und im Leben von fremden Menschen herumwühlen.

»Seit wann kümmerst du dich denn um Kriminalfälle?«, versuchte er abzulenken. Aber sie würde nicht lockerlassen, das wusste er.

»In der Redaktion sind alle im Urlaub«, erwiderte Valeria und bohrte weiter. »Also, was hattest du da zu suchen? Wohnt dort ein Klient von dir, der in den Fall Caggiani verwickelt ist?«

Er lächelte nur.

»Aha. Und wer ist es?«

»Das sage ich dir nicht.«

»Ich behandle es vertraulich, versprochen.«

Er schaute sie an. Im Sommer war ihr Haar noch lockiger, die Spitzen waren ausgebleicht. Ihr Gesicht war gebräunt, der Körper straff, offensichtlich hatte sie einige Zeit am Meer verbracht. Und ihre vollen weichen Lippen: Wie oft hatte er sie voller Hingabe geküsst.

»Na gut, ich werde es schon herausfinden.« Zur Strafe entschloss sich Valeria, ihn zu provozieren: »Im Juli war ich auf Tilos. Erinnerst du dich an Tilos?«, fragte sie in einem Ton, als ob sie die Antwort schon kannte.

Fabio zuckte zusammen. Auf dieser idyllischen griechischen Insel nahe dem türkischen Festland hatten sie zwei traumhafte Sommer verbracht. Sie hatte das nicht zufällig erwähnt, sie wollte ihn reizen, ihn dazu verleiten zu fragen, mit wem sie dort gewesen war. Aber er würde nicht in die Falle tappen. Er kannte die Antwort.

»War's schön?«

Valeria presste die Lippen aufeinander und runzelte die Stirn, die unter den Locken halb verborgen war. »Nun ja.« Aber dann besann sie sich und fügte hinzu: »Ich habe mich ständig mit Patrick gestritten, nichts hat ihm gepasst: Das Hotel, das Essen, das Meer, der ständige Wind, er war sogar eifersüchtig, weil ich schon mit dir dort gewesen war. Unerträglich.«

»Und wie hast du reagiert? Hast du das erste Schiff genommen und bist abgehauen?«, fragte er scherzhaft.

»Ehrlich gesagt war es Patrick, der das Schiff genommen hat«, antwortete sie kühl. Fabio war betroffen, er hatte nur witzig sein wollen und machte einen Rückzieher: »Oh, das tut mir wirklich leid.«

Valerias Gesicht hellte sich auf. »Das muss es nicht. Danach ging es mir dort richtig gut.« Aha, darum ging es. Dann wechselte sie das Thema. »Und was machst du so, abgesehen von der Arbeit?«, fragte sie mit ironischem Unterton.

Fabio glaubte ein Zucken in Valerias Fingern erkennen zu können. Wollte sie ihre Hand auf seine legen? »Du solltest mich doch kennen«, antwortete er betont gelassen. »Du weißt doch, wie sehr ich Rom im August liebe. Ich mache lange Spaziergänge, arbeite ein bisschen …« Er spürte, wie er in Phrasen abglitt, und suchte nach einem Ausweg. Er blickte zum Kellner, der auf der Türschwelle des Lokals stand und den Eindruck vermittelte, als würde er nach Gästen Ausschau halten, obwohl er bestimmt lieber nach Hause gegangen wäre. »Möchtest du noch etwas?«, fragte Fabio.

Valeria schien enttäuscht: »Nein, danke.« Dann sah sie auf die Uhr und fuhr fort: »Ich gehe jetzt besser, ich bin müde.«

Fabio winkte dem Kellner und schrieb etwas in die Luft. Spontan sagte er: »Logariasmo, parakalo«, die Rechnung bitte, auf Griechisch, wie passend. Der Kellner lächelte, er hatte verstanden.

Valeria berührte jetzt tatsächlich seine Hand. Fabio zuckte zusammen, konnte seine Hand aber nicht lösen, obwohl er wusste, dass es besser wäre. Jeder wartete darauf, dass der andere den ersten Schritt machte. Valeria tat es, und zwar auf überraschende Art und Weise. Sie löste ihre Hand, legte den Kopf schief und blickte über seine Schulter. »Aber der …«, murmelte sie und brach ab.

Fabio drehte sich um und erkannte im Halbdunkel eine Gestalt, die ein wenig schwankend die Via del Governo Vecchio entlangschlich und ab und zu von den Lichtern der Schaufenster erhellt wurde. Als er näher kam, erkannte er ihn an seinen langen Haaren, dem Zottelbart, dem blauen Auge und dem zerschlissenen Rucksack, der ihm schief über eine

Schulter hing. Ja, das war der Mann, den er zusammen mit dem Priester in der Pförtnerloge gesehen hatte.

»Kennst du ihn?«, fragte Fabio und starrte Valeria an.

»Natürlich. Er hat sich heute Abend vor die laufende Kamera gedrängt, mitten in den 20-Uhr-Nachrichten, und hat davon geredet, dass der Pförtner ein guter Mensch sei, der niemanden umgebracht hätte. Dann haben sie ihn weggebracht. Hast du das wirklich nicht gesehen?«

»Ich hatte dienstlich dort zu tun und war im Haus. Als ich gegangen bin, habe ich nur gesehen, dass man ihn verhört hat, zusammen mit einem Priester.«

»Nach allem, was wir wissen, ist der Mann ein Obdachloser, der Geistliche ist der Priester der Chiesa Santa Maria, wo die Armenspeisung stattfindet.«

In der Zwischenzeit hatte sich der Mann dem Gallo Giallo auf zehn Schritte genähert. »Ciao, Benni«, grüßte ihn der Kellner herzlich. »Ach du liebe Güte, was für ein Veilchen!« Dann hielt er ihm ein Glas mit einer dunklen Flüssigkeit hin, wahrscheinlich Kaffee oder irgendein Magenbitter.

»Halb so schlimm«, sagte Benni und kippte das Glas auf einen Zug herunter.

»Die Chance muss ich nutzen«, murmelte Valeria und war schon halb aufgestanden, jetzt wieder ganz Journalistin auf der Jagd nach einer exklusiven Story.

16

Es herrschte eisige Stille, Rom war erstarrt wie sonst nur, wenn es geschneit hatte. Es genügten wenige Zentimeter, um die Stadt lahmzulegen, mehr aus Verblüffung als aufgrund echter Probleme. In dieser Stille war Schnelligkeit von entscheidender Bedeutung. Vizeinspektor Ramino hatte an alles gedacht, er und Sergente Filipponi, den er für die Aktion ausgewählt hatte. Der in die Jahre gekommene graue Fiat Brava stand mit laufendem Motor vor dem Palazzo am Corso Vittorio Emanuele II. Nummer 207. Und während die Polizisten eine Kette bildeten, kam wieder Leben in die Fernsehteams, die Scheinwerfer flammten auf, die Tür öffnete sich. Als Erster kam der junge Filipponi heraus, gefolgt von Lucia Campazzo und Ramino, Anita Balveo Mogana im Schlepptau, die zusätzlich von einer Polizistin abgeschirmt wurde. Sie stiegen in das Polizeiauto, Filipponi rief den Reportern zu: »Platz da, zurück!«, setzte sich ans Steuer und brauste mit quietschenden Reifen davon, unnachahmlich, wie es nur Polizisten konnten. Bevor die Fernsehleute die Situation erfasst hatten, waren sie weg.

Erst als sie die Uferstraße am Tiber erreicht hatten, verlangsamte Filipponi das Tempo in der Gewissheit, dass sie hier, am Lungotevere Tor di Nona, vor Paparazzi auf Motorrädern sicher waren.

»Signora Anita, sind Sie sicher, dass wir Sie nach Hause bringen sollen?«, fragte Lucia Campazzo.

»Wäre es nicht besser, bei Verwandten unterzukommen?«

»Ich will nach Hause zu meinen Kindern.« Ihre Stimme stockte, dann fuhr sie fort: »Da ist noch etwas, das ich Ihnen sagen muss ...« Sie brach ab, während die anderen im Wagen gespannt den Atem anhielten. Filipponi beobachtete das Geschehen im Rückspiegel.

»Nur Mut, Signora Anita«, ermunterte sie die Staatsanwältin.

»Es ist nicht wichtig.«

»Bitte sagen Sie es uns trotzdem.«

Anita Balveo schauderte. »Gestern Nacht, sehr spät, hat das Telefon geklingelt. Francis hat abgenommen. Ich bin im Bett geblieben, aber ich habe gehört, dass er mit dem Anrufer gesprochen hat. Ich konnte aber nichts verstehen und bin aufgestanden. Er sprach auf Tagalog, unserer alten Sprache. Als er mich bemerkte, legte er auf. Ich bekam Angst und fragte, wer das gewesen sei, aber er hat nichts gesagt. Dann meinte er: Einer, der sich verwählt hat, er hat aus Manila angerufen und suchte ein Hotel.«

Ramino wandte den Blick ab und schaute zu Lucia Campazzo. Die Staatsanwältin wusste Bescheid. Die Anruflisten.

17

»Signora, ich sage es noch einmal: Duca Francesco war ein Mensch, der anderen geholfen hat, auch mir. Im Winter, bevor die Denkmalschutzbehörde den *Unglücksbrunnen* entdeckt hat, hat er mich im Keller des Palazzo schlafen lassen. Mir reicht's jetzt, ich habe alles gesagt.« Seine Stimme war freundlich, aber bestimmt.

Valeria griff nach ihrer Tasche, nahm die Brieftasche heraus und hielt ihm einen 50-Euro-Schein hin. »Kommen Sie, nur noch ein paar Fragen.«

Die Spannung war mit Händen zu greifen, Beniamino drohte die Beherrschung zu verlieren. Fabio spürte das und machte einen Schritt nach vorne, um Valeria zu schützen. Beniamino atmete tief durch und gab dem Kellner das leere Glas: »Ciao, Peppe. Danke für den Kaffee.« Dann drehte er sich um, ging ein wenig schwankend in Richtung Via dei Banchi Nuovi und von da ins Nirgendwo. Valeria sah ihm nach, bis er hinter einer Straßenecke verschwand.

»Lass.« Fabio stellte sich neben sie und spürte, dass sie ihm am liebsten gefolgt wäre.

»Der Herr hat recht«, schaltete sich der Kellner ein. »Benni ist ein freundlicher Zeitgenosse, aber man sollte seine Geduld nicht überstrapazieren. Und was Francis Mogana angeht, so kann ich das nur bestätigen: Er war ein guter Mensch, wie kaum ein anderer.«

»Kannten Sie ihn?« Valeria nahm erneut Witterung auf.

»Wer kannte ihn hier im Viertel nicht? Alle nannten ihn Duca Francesco, ein ganz besonderer Mensch, gütig und immer höflich, hat immer zuerst an seine Mitmenschen gedacht«, sagte er mit fester Stimme. »Er ist mit gutem Beispiel vorangegangen. Auch dieses Jahr hat er gemeinsam mit Don Giancarlo von der Chiesa di Santa Maria und anderen Freiwilligen das traditionelle Ferragostofest organisiert. Wir haben das Essen geliefert. Für hundertvierzig Bedürftige. Sie wurden genauso bewirtet wie sonst unsere Stammgäste.« Er schwieg kurz, dann nahm seine Stimme einen traurigen Unterton an: »Das machen wir seit fünfzehn Jahren, und Francis Mogana war immer dabei. Wie soll es ohne ihn nur weitergehen? Gott sei seiner Seele gnädig.«

Das war das Schlussgebet. Valeria begriff und fragte nicht weiter. Sie würde ihren Artikel mit dem schreiben, was sie hatte.

»Gut, ich gehe dann«, sagte sie zu Fabio. Er bot an, sie nach Hause zu bringen. Sie lehnte dankend ab, sie wollte am Largo Argentina ein Taxi nehmen. »Sehen wir uns wieder?«, fragte sie.

»Bestimmt«, antwortete Fabio ohne wirkliche Überzeugung. Sie verabschiedeten sich mit einem flüchtigen Kuss.

Danach hörte er ihre raschen Schritte auf dem Kopfsteinpflaster, während der Kellner die Stühle übereinanderstapelte und die Rollläden herunterließ.

Dann erloschen die Lichter im Gallo Giallo, eins nach dem anderen, wie in jeder Nacht.

18

Die Sommerhitze trocknete den Tiber aus, er war inzwischen kaum mehr als ein stinkendes Rinnsal. Fabio war überzeugt, dass es für alles eine Lösung gab, dass man nur das richtige Mittel finden musste. Er war es gewohnt, mit Unwägbarkeiten umzugehen, und sich der jeweiligen Situation anzupassen. Ein privater Ermittler war kein Beamter mit Polizeimarke und Dienstausweis, keine Autorität, vor der ein Bürger Respekt haben oder der er Auskunft geben musste, egal, ob sie nun richtig oder falsch war. Ein Detektiv war vor allem ein Beobachter, einer der Ereignisse registrierte und bewertete, ein bisschen Analytiker und ein bisschen Psychologe. Im Grunde war er eher ein verdeckter Ermittler als ein Polizist. Er agierte im Ungewissen, musste sich auf seinen Instinkt verlassen, um im richtigen Moment am richtigen Ort zu sein. Und in dieser Nacht hatte sich Fabio in den Kopf gesetzt, Beniamino zu finden und sich noch einmal erklären zu lassen, warum er so sehr von Moganas Unschuld überzeugt war. Auch aus diesem Grund hatte er Valeria gebremst, um den Mann nicht völlig vor den Kopf zu stoßen. Denn Beniamino war eine Schlüsselfigur, von seiner Aussage konnte das Schicksal des Abgeordneten Nicola de Nicola abhängen.

Der Zettel, auf dem Mogana um Verzeihung bat, war ein gewichtiger Hinweis, der nur schwer zu entkräften sein würde. Ein gutes Zeugnis von Freunden, von Menschen, denen Mogana geholfen hatte, reichte da nicht aus, auch nicht die Aussage eines Priesters. Aus Erfahrung wusste Fabio, dass der Wahnsinn, wenn er sich erst einmal ausgebreitet hatte, eine Eigendynamik gewann, dass das Wohl und Wehe eines Menschen auf einem schmalen Grat wandelte und das Schicksal sich jeden Moment wenden konnte. Auf jeden Fall würde es ein wasserdichtes Alibi brauchen, um dieses vermeintliche Schuldeingeständnis zu entkräften und Polizei und Staatsanwaltschaft davon zu überzeugen, dass es einen anderen Grund für diesen Zettel mit dem Wort »Verzeihung« und den Selbstmord geben musste. Falls Beniaminos Aussage die Polizei von der Unschuld des Pförtners überzeugt hatte, würde der Verdacht wieder auf Nicola de Nicola fallen, parlamentarische Immunität hin oder her. Deshalb musste Fabio handeln, und zwar schnell, schließlich hatte er einen Auftrag: »Setzen Sie alles daran, den Mörder von Carla zu finden.« An de Nicolas Worte erinnerte er sich genau.

Mit raschen Schritten eilte Fabio bis zur Via del Banco di Santo Spirito, die von der Via dei Banchi Nuovi abzweigte und die Rom Ruhm und Ehre schenkte, weil man von hier aus einen herrlichen Ausblick auf die Engelsburg und die gleichnamige Brücke über den Tiber hatte. Von Beniamino keine Spur. Fabio ging von Laterne zu Laterne, bis er schließlich am Ende der Straße angekommen war und den fauligen Gestank des Flusses wahrnahm. Dort stand das Denkmal für Gian Luigi Pascale, ein Piemonteser, der zum Calvinismus übergetreten war. Er war 1560 von der heiligen römischen Kirche zum Tode verurteilt und als Märtyrer öffentlich hingerichtet worden. An der angrenzenden Uferstraße, bei dem ohrenbetäubenden Getöse der über das Kopfsteinpflaster rumpelnden Autos, würde ein Obdachloser wohl kaum nach einem ruhigen Schlafplatz suchen. Fabio dachte kurz nach, überholt haben konnte er ihn eigentlich nicht. Vielleicht war Beniamino in eine Seitenstraße abgebogen, möglicherweise in die Via dei Coronari. Er musste umdrehen und in den Bars und Trattorien suchen. Fabio wusste, dass jemand, der auf der Straße lebte, sein Quantum Alkohol brauchte, um ohne zu frieren einschlafen zu können, sogar im Sommer. Außerdem schliefen Obdachlose meist in Grüppchen, was einen gewissen Schutz gegen Diebe und Plünderer bot. Und zwar immer an denselben Plätzen, an denen man tagsüber bettelte, um zu überleben, und die Polizeistreifen, die Geschäftsleute und die Anwohner einen kannten. Fabio kannte sich im Milieu aus, seit er damals den Auftrag bekommen hatte, nach einem verschwundenen Mädchen zu suchen, Tochter aus reichem Hause, die alles hinter sich gelassen hatte und mit einem Stadtstreicher durchgebrannt war. Er hatte sie gefunden. Am beliebtesten war das Stadtzentrum, das Dreieck zwischen dem Pantheon, der Piazza

Augusto Imperatore und Sant'Agostino. Dort lebten reiche Leute, zum Beispiel Politiker, von denen der eine oder andere ein Herz für Arme hatte. Die Großzügigsten waren die der gemäßigten Rechten, die geschickter als die extremen Rechten agierten, aber nicht so knauserig wie die Demokraten waren. Sie verteilten Almosen an die Bedürftigen, Zigeuner natürlich ausgenommen, in der Hoffnung, sich dadurch Absolution verschaffen und das Gewissen erleichtern zu können.

Auf die andere Tiberseite war Beniamino sicher nicht gegangen, denn am dortigen Ufer und in den Gassen und Parks rund um die Engelsburg war das Hoheitsgebiet der Typen aus Osteuropa, immer betrunken und gefährlich. Fabio ging die Straße wieder zurück und steuerte auf die einzige Bar zu, die noch geöffnet hatte. Und seine Intuition hatte ihn nicht getrogen. Zuerst sah er den Rucksack, dann ihn, wie er rückwärts aus dem Lokal kam, ein Alutablett und eine Bierdose in den Händen. »Danke, Carletto, vielen Dank«, rief er jemandem zu, der noch drinnen war.

Fabio überlegte: Auf dem Tablett war bestimmt etwas zu essen. Die Zeit würde er ihm gönnen, denn er wusste, dass Beniamino sich beeilen würde, um nicht mit anderen teilen zu müssen. Das war eine weitere Obdachlosenregel. Man schlief in der Gruppe, man trank zu zweit, aber man aß immer allein, irgendwo an einem geschützten Ort. Sonst musste man das wenige auch noch teilen und wurde womöglich noch krank davon. Er behelligte ihn nicht, behielt ihn aber im Auge. Beniamino ging etwa zwanzig Schritte in Richtung Vicolo del Curato und setzte sich auf die unterste Treppenstufe eines Mietshauses. Dann zog er eine Gabel aus dem Rucksack und verspeiste seine Lasagne. Er aß mit Appetit und guten Manieren, kleine Häppchen, die er sorgfältig kaute. Dann öffnete er die Bierdose und nahm kleine Schlucke, ohne Hast und Gier. Als er fertig war, ging er zu einem *Nasone*, einem der vielen Brunnen, die bis zur Staatsgründung Italiens allen Einwohnern das Trinkwasser geliefert hatten. Die Zeit war reif.

»Buonasera«, sagte Fabio und hielt wenige Schritte Abstand, als ob er darauf wartete, bis er an der Reihe war.

»Buonasera«, murmelte Beniamino, spülte seine Gabel und trocknete sie mit einem Tuch ab.

»Bitte.« Er trat ein wenig zur Seite und machte ihm Platz. Fabio wollte nicht mit der Tür ins Haus fallen, ging zum Brunnen, formte seine Hände zu einer Schale, hielt sie unter den Wasserstrahl und trank. Das Wasser war frisch und kühl, Quellwasser aus den Bergen. Er musste den richtigen Einstieg finden. Beniamino war ein Typ, der ohne Umschweife zum Punkt kam, so hatte er ihn erlebt, und so würde er auch vorgehen.

»Ich habe dich heute gesehen, als du zusammen mit dem Priester von Santa Maria mit der Polizei gesprochen hast …«

Beniamino musterte ihn misstrauisch von oben bis unten, während er seinen Rucksack wieder einräumte.

»Bist du Journalist?«

»Nein.«

»Jetzt weiß ich es wieder, du warst mit dieser Nervensäge im Gallo Giallo. Du bist doch ein Journalist.« Er griff nach einem Träger und hob den Rucksack hoch. »Lasst mich endlich in Ruhe!«, schimpfte er, schulterte den Rucksack und ging am Palazzo del Banco di Santo Spirito vorbei davon.

Schlimmer hätte es nicht kommen können, aber er durfte nicht aufgeben. »Hör zu, ich versuche rauszufinden, wer Carla Caggiani umgebracht hat«, rief er Beniamino hinterher, der schon ein gutes Stück entfernt war. »Ich bin Privatdetektiv, und wenn du mir sagst, warum du Francis Mogana für unschuldig hältst, finde ich vielleicht den wahren Mörder.« Es schien zu funktionieren, denn Beniamino verlangsamte sein Tempo, blieb stehen und drehte sich um: »Was bist du? Ein Schnüffler?« Er sprach jetzt mit norditalienischem Akzent und wirkte überrascht, jedenfalls kam es Fabio so vor.

»Ja, ich habe ein Detektivbüro.«

»Und du verarschst mich auch nicht?«

»Warum sollte ich?«

»Journalisten behaupten einen Haufen Mist.«

Fabio zog sein Handy heraus und zeigte es ihm: »Ich wähle die Nummer, frag meinen Mitarbeiter Arese, wenn du mir nicht glaubst.«

Beniamino schien sein Misstrauen aufzugeben. Warum hatte gerade der Hinweis auf seinen Beruf das Eis gebrochen?

19

Wenn man Rom auf der Via Casilina verließ, verlor die Stadt nach und nach ihren urbanen Charakter. Immer wieder tauchten Felder und Wäldchen auf, unterbrochen von zinnenbewehrten antiken Mauern. Dann kamen plötzlich wieder Wohnblöcke mit maroden Balkonen und kaputten Fenstern, die wiederum von Feldern und Baumgruppen abgelöst wurden. Als würde sich die Natur zurückerobern, was ihr die Stadt geraubt hatte. Die Klimaanlage des Fiat Brava funktionierte nicht, deshalb hatte Lucia Campazzo das Fenster ein wenig geöffnet, und der Duft von reifen Feigen und Lindenblüten drang ins Wageninnere. Sie kam selten in den Bereich jenseits des Stadtrings und war immer wieder aufs Neue überrascht, wie Rom sich auf so engem Raum von einer Weltstadt in ein Dorf verwandeln konnte. Der Fiat bog nach links ab und verließ die Via Casilina. Auf dem rechteckigen weißen Straßenschild mit schwarzem Rand stand in großen schwarzen Lettern: »Torre Angela«. Und dann, etwas kleiner: »Gemeinde …«, das Wort Rom war überstrichen worden. Hier hatten viele Autos polnische, ungarische und rumänische Kennzeichen, die Bars waren noch geöffnet, und viele Menschen gingen in der Abendkühle spazieren oder saßen mit ihren Stühlen auf dem Bürgersteig an der Straße. Alle beobachteten den vorbeifahrenden Brava, alle wussten, dass es ein Polizeiauto war. »Hey, die Bullen!« Lucia Campazzo hatte es genau gehört. Von Torre Angela aus sah man die beleuchteten Fenster der Hochhäuser von Tor Bella Monaca, und auf den Hügeln dahinter die Lichter der Gemeinden der Castelli Romani. Irgendwo musste ein Fest sein, am Himmel waren die lautlosen Blitze eines Feuerwerks zu sehen. In einem hell erleuchteten Schaufenster hingen duftige weiße Hochzeitskleider, im nächsten standen Autoreifen im Scheinwerferlicht. Auf einem Streifen Grün war ein kleiner Vergnügungspark aufgebaut, auch er in gleißendes Licht getaucht, Musik dröhnte, Autoscooter und Kettenkarussell waren in Betrieb, überall wuselten Kinder herum. Lucia Campazzo war fasziniert von diesem pulsierenden prallen Leben, sie fühlte sich wie in einer anderen Welt, weit weg von der römischen Innenstadt, die im August wie ausgestorben war. Torre Angela dagegen war voller Leben, mit verwinkelten Häusern, Parabolantennen auf den Dächern, inmitten von Gärten und wogenden Getreidefeldern. Sie kam sich vor wie in einem botanischen Garten. Eukalyptusbäume wie in Australien, Tannenwäldchen wie in den Alpen, Magnolien wie im tropischen Regenwald, Pinien wie am Mittelmeer und Palmen wie in einer Oase inmitten der Sahara.

»Etwas weiter noch, vor der Tankstelle«, meldete sich Anita Balveo zu Wort. Etwa hundert Leute, vielleicht sogar noch mehr, belagerten den Bürgersteig bis auf die Straße und sorgten dafür, dass die Autos langsamer fahren mussten. Als hätte es einen Verkehrsunfall gegeben und alle wollten wissen, was los war. Der Brava hielt etwa zwanzig Meter entfernt. Ramino stieg aus. Dann Lucia Campazzo, die Polizistin, und schließlich Anita.

»Danke«, murmelte sie erschöpft.

»Ich bringe Sie noch nach Hause«, bot Lucia Campazzo an und reichte ihr den Arm.

»Nein, nein, nicht nötig, vielen Dank«, sagte Anita. Die Menge teilte sich, und ihre Kinder kamen auf sie zu, ein junger Mann und eine junge Frau mit dichten schwarzen Haaren. Dahinter scharten sich noch mehr Menschen, meistens Filipinos, aber auch viele Italiener. Schluchzen war zu hören, Weinen. Alle wollten Anita umarmen. Sie verschwand in der Menge. Alle diese Menschen hatten Francis Mogana geschätzt und trauerten jetzt um ihn.

20

Es stank nach Fäulnis und Moder, überall standen Plastiktüten mit Fischresten herum. Beniamino kannte Rom wie seine Westentasche und wusste, dass es in der Via della Pace, ein paar Schritte vom Chiostro del Bramante entfernt, eine Trattoria gab, die immer ein paar Tische und Stühle für Nachtschwärmer draußen stehen ließ. Er stellte den Rucksack auf einen Tisch und öffnete ihn ganz vorsichtig, wie ein Priester, der das Tabernakel aufsperrt. Behutsam nahm er ein Buch heraus, hielt es hoch und legte es hin, andächtig wie der Priester, wenn er den Messkelch auf dem Altar bereitstellt. Dann das nächste, das übernächste, und noch eins. Immer mit der gleichen Andacht. In diesem Rucksack befanden sich viele Bücher. Einige waren in gutem Zustand, fast neu, andere abgegriffen, mit eingerissenen Umschlägen und losen Seiten, die mit einer Kordel zusammengehalten wurden, verschnürt wie ein Paket. Bücher, die immer wieder gelesen wurden. Beniamino zog eines der offenbar am häufigsten gelesenen heraus. »Kennst du Scerbanenco?«, fragte er und hielt Fabio das Buch hin, voller Liebe, wie eine Mutter ihr Kind. Dann sah er ihn erwartungsvoll an.

Fabio war Giorgio Scerbanenco sehr wohl vertraut, und »Das Mädchen aus Mailand« hatte er sogar mehrmals gelesen. »Was für eine Figur, dieser Duca Lamberti«, antwortete Fabio mit leisem Lächeln. »Scerbanenco ist ein ganz Großer. Hast du alle Romane mit Duca Lamberti gelesen?«, fuhr er fort und sah Beniamino vertrauensvoll an.

Beniaminos Gesicht hellte sich auf, die Falten glätteten sich, die Haare wirkten geschmeidiger, der Bart nicht mehr ganz so struppig. Er begann den Kopf hin und her zu bewegen, die Schultern zu rollen, wie bei einem afrikanischen Tanz, nur im Sitzen. Er wollte etwas sagen, aber es drang nur ein Seufzen aus seinem Mund. Er schien tief bewegt. Und er war es auch. Erneut kramte er aufgeregt in seinem Rucksack herum und entschied sich schließlich für drei weitere Bücher. *Die Verratenen*, *Der lombardische*

Kurier und *Ein pflichtbewusster Mörder*. Dann gelang es ihm, trotz seiner Aufregung etwas zu sagen. »Weißt du, dass ich es war, der Francis Mogana den Namen Duca Francesco gegeben hat? In Anspielung auf Duca Lamberti und Scerbanenco.« Jetzt war er in seinem Element. »Ein genialer Ermittler«, schwärmte er. Dann schwiegen sie, mehr gab es nicht zu sagen. Nach einer Weile zog Beniamino ein mit einem roten Gummiband zusammengehaltenes Bündel Papiere aus dem Rucksack. Er blätterte sie durch und zog ein Dokument heraus. Es war sein Ausweis, und er sah brandneu aus.

»Lies«, sagte er zu Fabio, »das ist der Beweis, dass Duca Francesco unschuldig ist.«

Fabio nahm den Ausweis, überrascht von dieser plötzlichen Wendung. Dann schlug er ihn auf und las. Beniamino hatte eine fiktive Adresse gewählt, die Via Modesta Valenti, die es in Rom überhaupt nicht gab, die es seiner Meinung nach aber geben sollte. Die Straße trug den Namen einer obdachlosen Frau, die lange Jahre im Bahnhof Termini gelebt und sich eines Tages nicht gut gefühlt hatte. Der Notarzt hatte sich geweigert, sie im Rettungswagen zu behandeln, weil sie so stank, und deshalb war sie auf einer grauen Steinbank liegend gestorben. Ihr zu Ehren hatte die Stadt Rom beschlossen, dass alle Obdachlosen dort ihren Wohnsitz haben konnten, in der Via Modesta Valenti. »Ein gültiger Pass, und weiter?« Fabio sah Beniamino ratlos an.

»Schau noch mal genauer hin, Herr Detektiv.«

Fabio fühlte sich herausgefordert, die Spannung stieg. Verbarg sich die Lösung des Falles in diesem Dokument? Er studierte den Ausweis gründlich, schließlich blieb sein Blick am Datum unter dem Foto hängen. »Am gleichen Tag!«, sagte er. »Der Ausweis ist vorgestern ausgestellt worden, am Tag des Mordes …« Er sprach bedächtig, betonte jedes Wort, obwohl ihm der Zusammenhang noch nicht klar war, das konnte kein Zufall sein.

Beniamino lächelte. »Komm schon. Das heißt … ?«

Ja, was hieß das? Fabio ließ den Sachverhalt vor seinem inneren Auge ablaufen. Vor einigen Jahren hatte er seinen Pass verloren und musste einen neuen beantragen. Da er kein anderes amtliches Dokument hatte, um sich auszuweisen … jetzt war alles klar. Er holte tief Luft und sagte: »Er hat dich zum Passamt begleitet. Als Carla Caggiani ermordet wurde, war Francis Mogana bei dir, denn du hast einen Gewährsmann gebraucht, um deine Identität nachzuweisen. Sogar zwei: Mogana und den Priester von Santa Maria. So war es, oder?«

Beniamino nickte: »Aber du darfst es niemandem verraten, sonst krieg ich Prügel.«

»Du kannst beruhigt sein, ich gebe dir mein Wort«, Fabio streckte ihm die Hand entgegen. Dann fügte er hinzu: »Übrigens, ich heiße Fabio. Fabio Gracco.«

Beniamino betrachtete erst die ausgestreckte Hand, dann sah er Fabio in die Augen. Es kam nicht oft vor, dass ihm jemand die Hand reichte. »Beniamino«, sagte er und drückte sie fest. »Aber du kannst mich Benni nennen. Benni Huber!« Seine Stimme klang stolz. »Mein Vater war Schweizer, meine Mutter stammte aus Cremona.«

Dritter Teil

1

Dienstag, 16. August, acht Uhr morgens. Das Leben ging wieder seinen gewohnten Gang. Mit einem bequemen blauen Trainingsanzug, Laufschuhen und einem Herzfrequenzmesser. Gegen ein Uhr nachts war die Medienmeute abgezogen. Nur der Laster von Sky TG24 stand noch da, die weiße Parabolantenne zusammengeklappt auf dem Dach, aber wahrscheinlich nur, weil der Fahrer eingeschlafen war. Deshalb ging der Abgeordnete Nicola de Nicola jetzt laufen, das ebenmäßige Gesicht dem Wind zugewandt, den Körper gestrafft, die Schritte leicht und locker, von aller Last befreit, abgesehen von dem kleinen Kilo, das er sich während des Aufenthalts in Olbia angefuttert hatte. Die Via del Corso lag um diese Zeit größtenteils noch im Schatten und wirkte wie verwaist, bis auf einen leeren 160er-Bus, der seine stinkenden Abgase in die Luft blies. Nicola zuckte zusammen und achtete nicht auf den schwarzen Rauch, der sich auf den noch feuchten Asphalt legte. Denn auf der linken Seite, schon von der Sonne beschienen, war der Palazzo Chigi aufgetaucht, das Zentrum der Macht. Als er ihn erblickte, spürte er ein Zucken in den Beinen, und sein Herz flatterte mit einem Mal wie der Flügel eines Sperlings. Er beschleunigte, weit über das Tempo eines Hobbyläufers hinaus, das Ziel fest vor Augen. Nach seiner Wahl ins Regionalparlament, nach seiner Amtszeit, in der er sich bewähren, Allianzen schmieden und epochale Entscheidungen treffen würde, konnte sein Marsch bis ganz nach oben beginnen. Und er zögerte nicht, seinem Ziel einen Namen zu geben. Er sah das Eingangsportal. Er sah die beiden an den Masten baumelnden Flaggen, die italienische und die europäische, und spürte, wie Adrenalin durch seine Adern schoss und seine Beine zum Wirbeln brachte: Er war zu allem bereit. Er dachte an das Drama von gestern, an das Damoklesschwert, das über ihm geschwebt hatte. Als alles vorbei zu sein schien. Und dann, wie ein Wunder, hatte ihn der Selbstmord dieses Mannes vor dem Sturz ins Bodenlose gerettet. Er stellte sich die Heldentaten des Mark Aurel vor, dem die in den azurblauen Himmel ragende Ehrensäule gewidmet war. Er war sein großes Vorbild: kämpfen, kämpfen, kämpfen und niemals aufgeben. Mut, Kreativität, Entschlossenheit. Er lief weiter, rhythmisch, raumgreifend, ausdauernd.

Die Via del Corso wurde enger und weitete sich am Largo Carlo Goldoni wieder, einem altehrwürdigen Palazzo an der Einmündung der Via dei Condotti, der nach dem venezianischen Komödiendichter benannt ist, der dort neun Monate gewohnt hatte. Er malte sich aus, wie eines Tages an seinem Haus in der Via de Notaris eine Gedenktafel prangen würde, die an sein ruhmreiches Wirken erinnerte. Er schwelgte in dieser Vorstellung wie sein Sohn im Spiel mit seinen Spielzeugsoldaten, schauderte vor Ehrfurcht und Begeisterung.

Vor der Chiesa di San Carlo spürte er, wie das Tempo allmählich seinen Tribut forderte, und er verlangsamte den Schritt. Von dort war es nicht mehr weit bis zum ehemaligen Sitz der Sozialistischen Partei, einem Gebäude aus blassrotem Backstein und stumpfem grauem Marmor. Seinen Parteigenossen hatte er es nie erzählt, aber er war ein Verehrer Bettino Craxis gewesen, dieses charismatischen Politikers, dieses Mannes von Format, der überall angeeckt war, weil er den maroden Staat voranbringen wollte. Aber wehe, man sprach das laut aus! Nur die Mittelmäßigen ohne Machtinstinkt bleiben bis zum Ende auf ihrem Posten. Nicolas Füße trugen ihn weiter, zusammen mit seinen Gedanken. Bis zur Piazza del Popolo, an dem Juwelier vorbei, bei dem er ein Vermögen für Carlas Ohrringe ausgegeben hatte. Er wandte den Blick ab, um nicht daran erinnert zu werden. Er überquerte den Platz, die Fußgängerampel war zum Glück grün, ein Wink des Schicksals, die Stadtmauer zu überwinden. Auf der Via Flaminia nahm er den rechten Bürgersteig, weil er breiter war. Er sah auf die Uhr, wenn er dieses Tempo bis zum Viale Bruno Buozzi halten würde, wäre er um halb neun zu Hause. In diesem Moment klingelte sein Handy. Ohne anzuhalten nahm er es aus der Tasche der Trainingsjacke, denn er war sicher, dass es Silvia war, die sich mit ihm arrangieren wollte. Er blickte nicht mal auf die Nummer.

»Ja«, meldete er sich zuversichtlich, aber als er die Stimme erkannte, blieb er abrupt stehen.

»Ciao, de Nicola.« Der Parteivorsitzende. Dass er ihn mit Nachnamen begrüßte, war kein gutes Zeichen, da stimmte etwas nicht. »Hast du es schon gesehen?«

»Nein, was denn?« Nicola überlief es kalt.

»Im Internet kursiert ein Foto von dir auf deinem Boot, zusammen mit der ermordeten Archäologin.«

Sein Magen verkrampfte sich, Schlangen schlängelten sich darin. »Wie bitte?«, stammelte er, seine Gedanken rasten, er rang nach Luft.

»Und das ist erst der Auftakt: In der neuen Ausgabe von *Per te* soll es noch mehr davon geben …« Er hielt inne. »Machen wir's kurz. Wir können uns so einen Skandal nicht leisten. Ich erwarte, dass du dich zurückziehst, Nico.« Auch der freundschaftliche Ton änderte nichts am Gewicht seiner Worte.

Nicola lehnte sich gegen die gelbe Wand des Kindermuseums, in dem sie einmal mit Alessandro gewesen waren. Er war nicht mal überrascht. »Ich kann alles erklären«, versuchte er eine halbherzige Rechtfertigung, aber er spürte, wie ihm der Boden unter den Füßen wegzubrechen drohte.

»Silvia hatte recht, du hast sie betrogen.«

»Nein, das stimmt so nicht. Carla war nur eine Freundin, eine begeisterte Seglerin …«

Der Vorsitzende fiel ihm ins Wort: »Und dann noch dieser ominöse Mord.«

»Aber damit habe ich nichts zu tun«, stammelte

Nicola. »Das war der Pförtner, dieser Filipino, der sich danach umgebracht hat. Das war doch sogar in den Fernsehnachrichten.« Die Worte sprudelten aus ihm heraus.

»Wie auch immer, aber mit einem solchen Fleck auf der Weste kann man nicht Präsident werden.«

Dann kehrte tiefes Schweigen ein. Nach einer Weile fragte Nicola: »Was soll ich machen?«

Erneut Stille, diesmal aber nur kurz. »Du lässt deine Mitgliedschaft ruhen und verzichtest auf die Kandidatur zum Wohle der Partei. Es tut mir leid, Nico.«

Nicola de Nicola ließ sich an der Wand entlang in die Hocke gleiten und blieb auf den Fersen sitzen, den Rücken immer noch an der Wand wie ein ausgepumpter Läufer nach einem Marathon.

2

Wieder hatte Fabio im Büro geschlafen. Das Telefon hatte ihn geweckt. »Dottor Gracco, hier ist Arese, ich habe geklingelt, ich stehe vor dem Haus und warte.« Während das Handy auf dem Schreibtisch vibrierte und das wahrscheinlich schon wer weiß wie lang, fand Fabio in die Realität zurück und erinnerte sich daran, dass er nach Terminillo fahren musste, um die brisanten Fotos zu holen. »In fünf Minuten bin ich unten.« Er bemühte sich um einen energischen Tonfall, dabei war er todmüde und fühlte sich, als wäre sein Kopf in einen Schraubstock gezwängt. Schuld war die Flasche Fusel, die er mit Beniamino bis zwei Uhr morgens geleert hatte. Er duschte kalt und hörte im Radio die Nachrichten. Der Fall Caggiani schien mit Moganas Selbstmord gelöst zu sein. Er trocknete sich ab, rasieren musste er sich nicht, aber er brauchte ein neues Hemd. Zum Glück fand er in der Schublade noch ein sauberes weißes. Alle anderen rochen nach Arbeit, Stress und Schweiß.

»Können Sie fahren?«, fragte er und hielt Arese die Autoschlüssel mit dem Inter-Mailand-Anhänger hin. Es war Viertel nach acht an einem Werktag in den Sommerferien, und Fabio fiel wieder ein, dass er seine Schwester anrufen wollte. Die Via Cola di Rienzo war fast menschenleer, trotzdem waren bereits zwei Hilfspolizisten in neongelben Warnwesten unterwegs, um Strafzettel zu verteilen.

Der Alfa hustete und spuckte kurz, dann ergab er sich seinem neuen Fahrer.

»Terminillo?«, fragte Arese.

»Terminillo«, bestätigte Fabio, und schon rumpelten die Reifen über das Kopfsteinpflaster der Via Cola di Rienzo.

Man hatte den Eindruck, auf einem ruhig fließenden Strom dahinzugleiten, so glatt und eben war die Via Olimpica, die Schlaglöcher ausgebessert, alles frisch asphaltiert. Fast überkam einen die Angst um diese wunderbare schwarze Decke, noch nicht ganz erkaltet und nach Bitumen stinkend, die irgendwann wieder ruiniert sein würde, traktiert von gnadenlosen Autoreifen. Und weil es so herrlich still war, hielt Fabio die Augen geschlossen. Auch Arese am Steuer schwieg, um den Zauber nicht zu stören. Sie fuhren bis zum Tunnel, dann bogen sie auf eine mit Schlaglöchern übersäte Seitenstraße ab. Eine harte Landung, wie nach einem Flug voller Turbulenzen, die von den erleichterten Passagieren mit dankbarem Applaus quittiert wurde. Das Rattern der Räder und das Ächzen der Karosserie riss Fabio aus dem Halbschlaf. Als Erstes kam ihm der Satz aus dem Film *Der Pate* in den Sinn, der alles, was am gestrigen Ferragosto passiert war, perfekt zusammenfasste: »Wir werden auf die Matratzen gehen, Arese, auf die Matratzen.« Arese, der den Film offenbar nicht gesehen hatte, schaute seinen Chef schräg von der Seite an und dann wieder auf die Straße und fragte: »Was wollen Sie damit sagen?«

Fabio hatte nicht vor, die Handlung des Films und die Bedeutung des Satzes zu erklären, stattdessen berichtete er über den Stand der Dinge: Vom Ultimatum, die drei Fotos wieder zu beschaffen, über die merkwürdige Kleidung von Soana Teti, um das Ganze ein bisschen aufzulockern, bis zum Selbstmord von Francis Mogana und den Aktivitäten von Polizei und Staatsanwaltschaft. Obwohl Arese nicht auf dem Laufenden war, kam er ebenfalls zu dem Schluss, dass mit dem Suizid des philippinischen Pförtners der Fall Caggiani wohl abgeschlossen sein dürfte. Doch dann erzählte ihm Fabio von Moganas Alibi, das ihm Beniamino Huber und Don Giancarlo Sguazzi geliefert hatten. Sie unterhielten sich bis zur Auffahrt auf die Autostrada A90, und als sie die Schnellstraße bei der Ausfahrt 10 zur A1 Richtung Florenz wieder verließen, waren sie immer noch ins Gespräch vertieft.

Sie waren sich einig darüber, dass in der Staatsanwaltschaft eine Bombe hochgehen würde, wenn Moganas Alibi durch die beiden Zeugen bestätigt würde. Lucia Campazzo müsste von Amts wegen zur Abklärung des weiteren Vorgehens Untersuchungsrichter Mario Ardizzone einschalten. Und schließlich würde der Fall nach Recht und Gesetz, Kompetenzgerangel und persönlichen Eitelkeiten auf dem Schreibtisch von Silvano Infascelli landen. Und dem Oberstaatsanwalt, der Gerichtsmedizin und den Experten der Spurensicherung den Blutdruck hochjagen und sie ins Schleudern bringen. Wie den Alfa auf der Ausfahrt auf die Via Salaria Richtung Rieti unter den Händen eines zu übermütigen Fahrers.

»Langsam, Arese, fahren Sie langsamer.«

»Entschuldigen Sie«, Arese nahm den Fuß vom Gas und fädelte sich behutsam in den fließenden Verkehr ein.

Fabio überlegte weiter. So ein perfektes Alibi, der Traum eines jeden Verdächtigen, mit zwei Zeugen, einer davon sogar ein Priester, würde die auf Indizien fußende Strategie der Polizei und der Staatsanwaltschaft wie ein Kartenhaus in sich zusammenfallen lassen. Wenn Francis Mogana nicht Carla Caggianis Mörder war, würde auch die auf der Hand liegende Begründung für den Suizid wegfallen, die Ermittlungen mussten wieder bei null beginnen. Auch die Spekulationen über den Abgeordneten Nicola de Nicola würden erneut angefacht werden. Der vermeintliche Freitod des Pförtners könnte sich sogar als Mord herausstellen, mit dem ein lästiger Augenzeuge hatte zum Schweigen gebracht werden sollen. Eine nicht von der Hand zu weisende Hypothese, die zu weiteren Thesen führen konnte, die aus einem Verbrechen aus Leidenschaft (oder Femizid, wie es die Journalisten nannten, um dem Ganzen einen geschlechtsspezifischen Stempel aufzudrücken) einen kaltblütigen Mord eines zu allem bereiten Täters oder gar eines Wahnsinnigen machten.

Fünfzig, vielleicht hundert Meter vor dem Abzweig nach Passo Corese vibrierte es in Dario Areses rechter Hosentasche. Das Diensthandy. Er zog es heraus und schaute auf das Display: unbekannte Nummer.

»Lassen Sie nur, das mache ich«, sagte Fabio und griff nach dem Telefon. »Hallo, Agentur Gracco«, setzte er an. »Hier ist de Nicola«, hörte er eine wütende Stimme und danach nur noch wüste Beschimpfungen. Ein Vokabular, das selbst ihn als hartgesottenen Ermittler sprachlos machte.

3

Und sprachlos war auch Domenico Ramino, und zwar nicht, weil ihm nichts einfiel, sondern weil er mit weit geöffnetem Mund beim Zahnarzt saß, der ihm gerade den zweiten Backenzahn oben betäubte. Um sich abzulenken, versuchte er die seit dem Mord vergangenen Stunden zu zählen. Am Samstagmorgen um 9.03 Uhr hatte er den Anruf der Zentrale bekommen, mit dem Befehl, sich sofort zum Corso Vittorio Emanuele II., Hausnummer 207, zu begeben. Er sah auf die große Uhr im Behandlungszimmer und begann zu rechnen, verlor aber immer wieder den Überblick. Vielleicht lag es an der Betäubung. Dabei war die Rechnung einfach, es waren genau 73 Stunden und 17 Minuten vergangen. Weit mehr, als die 48 Stunden, in denen man einen Mord aus Leidenschaft aufgeklärt haben sollte.

»Bitte spülen«, sagte der Schlächter, die Zahnärztin seines Vertrauens war im Urlaub.

Ramino nahm das Glas mit blauer Flüssigkeit von dem Gerät, das vor der Armlehne des Behandlungsstuhls stand, einem Spucknapf für Astronauten nicht unähnlich, nahm einen Schluck, spülte die Mundhöhle und spuckte das Wasser dann wieder aus. Dann legte er sich erneut zurück, öffnete den Mund, und der Bohrer surrte und pfiff erneut, die Tortur ging weiter. Um elf musste er zu einer dringenden Sitzung des »Führungsstabs« in der Staatsanwaltschaft sein. »Bitte seien Sie pünktlich«, hatte Lucia Campazzo gesagt. Außer ihnen beiden würden auch Oberstaatsanwalt Infascelli sowie Felice Angarano, Chef der Kriminalpolizei, der Gerichtsmediziner Sanremo und die sympathischen Sonderermittler der Spurensicherung anwesend sein. Auch Richter Ardizzone würde kommen. Ramino hätte so einiges zu sagen, aber die Betäubung lähmte seine Zunge, die Lippen und den Oberkiefer, nur leider nicht die Zahnwurzel. Das Gehirn dagegen funktionierte. Es hatte sogar die ganze Nacht funktioniert und ihn gequält: Der dumpfe Schmerz am Backenzahn und die Gedanken über den Selbstmord und über das, was ihm Don Giancarlo Sguazzi und Beniamino Huber erzählt hatten. Er erinnerte sich, gegen Mitternacht die Zahnärztin auf ihrem Handy angerufen zu haben, die nach langem Warten sogar abnahm und ihn mit unterdrücktem Groll daran erinnerte, dass sie im Urlaub war und zwar am Strand von Pachino. Er hatte es mit Schmerzmitteln und einer Wasser-Salz-Essig-Knoblauch-Mundspülung versucht, was seine Frau Roberta, die von ihrem Kurzurlaub in Pozzuoli zurück war, dazu veranlasst hatte, ins Kinderzimmer zu flüchten. Nichts half. Der Schmerz blieb, er konnte nicht schlafen, grübelte und schwitzte bis zum Morgengrauen, als sein Handy piepte.

»Rufst du mich an, wenn du wach bist?«, eine SMS. Nein, es war nicht die Zahnärztin seines Vertrauens, die sich aus Sizilien meldete, sondern Luchino Cento, der Informatiker seines Vertrauens.

Ramino hatte sofort angerufen, ohnehin wach durch den Schmerz und die quälenden Gedanken. »Ciao, mach dir keine Gedanken, ich war sowieso wach. Was gibt's?« Und Cento hatte berichtet. Der nächtliche Anruf am Montag, den 15. August um 3.05 Uhr an die Nummer +39620186***, der Anschluss von Anita Balveo, kam vom Flughafen in Laoag, einer Stadt im Norden der Philippinen, und hatte drei Minuten und fünfzehn Sekunden gedauert. Außerdem waren die angeforderten Telefonlisten da, mit Rufnummer, Datum, Uhrzeit und Dauer eingehender und ausgehender Gespräche. Ramino hatte es ihm zwar nicht gesagt, aber auch Nicola de Nicola stand darauf. Ihm war auch wieder eingefallen, dass Francis Mogana in Laoag geboren war. Dann hatte der Schmerz ihn wieder übermannt, und er hatte Cento gebeten, um neun bei ihm in San Vitale vorbeizukommen und das Material mitzubringen. Zum Zahnarzt würde er erst danach gehen.

»Bitte noch mal spülen.«

Das würde ein langer Dienstag werden, er spürte es, denn dieser Anruf von den Philippinen konnte nichts mit dem Mord an Carla Caggiani zu tun haben, jedenfalls auf den ersten Blick nicht. Der Selbstmord allerdings schon. Wahrscheinlich sogar. Dieser Schmerz. Diese Benommenheit. Von zu Hause über den Monte Mario bis zum Einwohnermeldeamt in der Via Petroselli war er mit dem Motorrad gefahren, den Mund weit aufgerissen, in der Hoffnung, dass der Fahrtwind den Zahn betäuben und Klarheit in seine Gedanken bringen würde. Das Zahnfleisch hatte wie wild pulsiert, der ganze Oberkiefer wehgetan, und er hatte an den Anruf gedacht. Er war dumm gewesen, ja noch schlimmer, nicht gründlich genug. Seit den Budgetkürzungen waren Telefonüberwachungen stark eingeschränkt worden. Er hatte sich entscheiden müssen, entweder die Anschlüsse von de Nicola und Maini bei der Mondo Nuovo Duemila, und den von Marcello Russo, dem Ehemann des Opfers, oder den von Francis Mogana. Lucia Campazzo hatte den Pförtner als möglichen Täter zwar nicht ausgeschlossen, trotzdem hatte er auf die Überprüfung seiner Verbindungsdaten verzichtet. Verständlich, aber ein Fehler. Denn dann war das Alibi von Don Sguazzo und Beniamino gekommen, das von der Beamtin Miranda Taccabreschi vom Einwohnermeldeamt Rom I, Abteilung Passangelegenheiten, bestätigt worden war. Seine Nachlässigkeit war mit den Zahnschmerzen, seiner Abneigung gegen de Nicola und seiner Sympathie für Mogana zu erklären. Zudem hatte er sein Bauchgefühl überschätzt. Dazu kam, dass sein Vater ebenfalls Pförtner gewesen war und er ihm oft bei der Arbeit geholfen hatte, bevor er die Beamtenlaufbahn eingeschlagen hatte. Die Nostalgie der Pförtnerloge. Unverzeihliche Nachlässigkeit für einen Polizisten.

Der entzündete Nerv gab keine Ruhe, fühlte sich an, als hätte man ihm eine glühende Nadel durch die Nase ins Hirn gesteckt.

»Ah …«, der Schmerzenslaut drang unwillkürlich aus seiner Brust.

»Hat das wehgetan?«, fragte Zahnarzt Grobklotz, als wäre er überrascht.

Heilige Muttergottes, dachte Ramino, aber wie jeder reuige Sünder murmelte er nur: »Ein bisschen.«

4

Die Isolatoren der Hochspannungsleitung brutzelten wie Bratkartoffeln in der Pfanne, während sich über Terminillo ein Gewitter zusammenbraute. Sie hatten den Alfa 166 in einem Feldweg geparkt, genau vor dem Ristorante Al Banchetto dei Diavoli, wie es de Nicola ins Telefon gebrüllt hatte. Dario Arese war nervös und hatte zu einer Erklärung angesetzt, warum die Isolatoren zu brutzeln begannen, wenn ein Gewitter im Anzug und die Luft feucht war. Im Grunde war das nicht uninteressant, aber Fabio war mit seinen Gedanken bei dem Foto auf dem Bildschirm seines Handys. Er vergrößerte und verkleinerte es immer wieder. Eines war klar: Das Bild war an einem Wintertag aufgenommen worden, die Kleidung und das graue Meer ließen daran keinen Zweifel. Und auch Arese war sich sicher: »Auf unseren Fotos trugen de Nicola und die Caggiani immer Sommerkleidung, am Strand standen Sonnenschirme.« Und um sich von seiner Angst abzulenken, hatte er mit den Isolatoren angefangen. Das Einzige, was Fabio auf dem Handyfoto unzweifelhaft erkannte, waren die Jacht und die verschwommene Silhouette des Abgeordneten am Steuer und Carla Caggiani neben ihm. Die stets gut informierte Internetplattform »AugeumAuge« hatte das Foto mit der Überschrift »Der Abgeordnete und die ermordete Archäologin« versehen. Und darunter stand: »Ab morgen am Kiosk. In der neuen Ausgabe von *Per te* exklusive Fotos von Carla Caggiani auf der Jacht von Nicola de Nicola.«

Um 10.40 Uhr war das Warten vorbei. De Nicola kam in einer Staubwolke zum Stehen, die sein Mercedes hinter sich aufgewirbelt hatte. Er parkte ein paar Meter hinter dem Alfa, und die Wolke löste sich auf, wie alle Wolken sich irgendwann auflösen. Der Zorn des Abgeordneten hingegen hatte sich noch nicht aufgelöst.

»Ein Wahnsinn! In einem zivilisierten Land, unerhört!«, waren seine ersten Worte, während er die Autotür aufriss, wie ein Westernheld die Tür eines Saloons. Er kaute auf einem Zigarillostummel herum. »Für dieses Scheißfoto werden Sie teuer bezahlen, Gracco!« Sein Ton und sein Auftreten waren so aggressiv, dass Fabio vorsorglich einen Schritt zurücktrat.

»Darf ich etwas sagen?«

»Nein, jetzt rede ich!« Ohne Arese auch nur wahrzunehmen, schoss de Nicola auf ihn zu, baute sich vor ihm auf und starrte ihm in die Augen. Er warf den Zigarillo weg und wütete weiter über seine Frau, die nichts anderes im Sinn hätte, als ihn mit diesem Foto in den Dreck zu ziehen. Er würde sie damit konfrontieren, ihr seine ganze Abscheu entgegenschleudern und mit rechtlichen Schritten drohen. Dann schimpfte er auf die Partei, diese falschen Schlangen, die ihn im Stich ließen, vom Vorsitzenden angefangen, dieser Verräter, dieser Pontius Pilatus, dieser heuchlerische Pharisäer. Und so weiter und so fort. Fabio holte tief Luft und unterbrach die Tirade: »Herr Abgeordneter! Dieses Foto stammt nicht von uns! Verstehen Sie das?«

De Nicola verstummte wie vom Blitz getroffen.

»Diese Fotos haben wir nicht gemacht«, wiederholte Fabio betont ruhig, »weder ich noch Arese.« Dabei drehte er sich zu seinem Mitarbeiter um.

Nicola de Nicola schaute in die von Fabio angedeutete Richtung und schien erst jetzt Areses Anwesenheit zu bemerken. Der lächelte ihn an, eher mitleidig, sicher nicht aus Sympathie. Dann nickte er schweigend.

»Nicht von Ihnen?«, fragte de Nicola und schnappte mühsam nach Luft.

»Nein. Unsere Fotos sind von Mitte Juli, da war es warm, Badegäste tummelten sich am Strand. Das Bild im Netz stammt aus dem Winter, vielleicht auch dem Frühjahr. Sehen Sie das nicht?« Er deutete auf das Handydisplay.

De Nicola zuckte zusammen und schwankte ein wenig. In der eingetretenen Stille hörte man nur das Knistern der Isolatoren, und in der Ferne, über den Bergen, donnerte es.

»Von wem ist es denn dann?«

Fabio antwortete nicht direkt. Im Grunde tat ihm der Mann leid. Wer auch immer dieses Foto gemacht hatte, hatte nur auf den richtigen Zeitpunkt gewartet, es aus dem Hut zu zaubern. »Das lässt sich sicher herausfinden«, sagte er ausweichend und fügte dann hinzu: »Waren Sie denn im Frühjahr mit Carla Caggiani auf dem Boot?«

De Nicola starrte ihn an: »Ja, im März, am Gründonnerstag. Ich hatte ein Tablett mit Kaffee und Castagnole mitgebracht, die fetten Krapfen sind mir auf der Teakholzbrücke runtergefallen und haben dort Flecken hinterlassen. Wir haben versucht sie wegzubekommen«, aus seinen Worten klang wieder die übliche Ironie. »Aber was ändert das?«

Eines hatte der Fotograf erreicht, dachte Fabio. Wenn der Pförtner durch das Alibi als Verdächtiger ausschied, wurde es für den Abgeordneten eng, sehr eng. Und die Fotos wären ein hieb- und stichfestes Beweismittel für die Polizei und die Staatsanwaltschaft, von der Presse und dem Fernsehen ganz zu schweigen. Das Ganze roch nach einem Komplott. Fabio musste die Karten auf den Tisch legen und erzählen, was er von Beniamino wusste. Obwohl er ihm sein Wort gegeben hatte. Es wäre sowieso nur noch eine Frage von Stunden, bis es der Abgeordnete ohnehin erfuhr.

»Es gibt noch etwas, was Sie wissen müssen, Herr Abgeordneter«, begann Fabio, und ihm war klar, dass er ihm damit einen Schlag versetzen würde. Er berichtete ihm von Moganas Alibi. De Nicola hörte schweigend zu, fast geistesabwesend. Dann schaute er nach oben und breitete die Arme aus, als wolle er den herabstürzenden Himmel auffangen, ging zu seinem weißen Mercedes und trat gegen die Tür.

»Das kann nicht sein, das glaube ich nicht«, brüllte er, »das ist die Aussage eines psychopathischen Penners!«

»Und die eines Priesters.«

»Dieses verlogene Pack! Die würden doch alles tun, um ihr wohltätiges Gesicht zu wahren!«

»Und wenn das Alibi wasserdicht ist?«

De Nicola dachte nach, jetzt weniger aggressiv. Dann erwiderte er fast kleinlaut: »Der Pförtner hat doch eine Nachricht hinterlassen, einen Zettel, auf dem steht, dass man ihm verzeihen soll. Ja oder nein?«

»Ja.«

»Also? Dann ist die Sache doch klar!«

Das elektrische Knistern in der Luft wurde wieder lauter, und de Nicola spürte es bis ins Herz. Er drehte sich um und stützte sich an seiner Limousine ab, sein Körper versteifte sich, er sah jetzt aus wie ein verhafteter Gangster in einem amerikanischen Film. Er versuchte die Fassung wiederzugewinnen und atmete tief und gleichmäßig ein und aus. Als sich sein Herzschlag beruhigte, sprach er weiter und schlug bei jedem Wort mit der flachen Hand auf das Autodach: »Ich habe meinen Anwalt damit beauftragt, *Per te* die Veröffentlichung von Fotos und Texten zu verbieten, die meine Privatsphäre verletzen und andeuten, dass ich etwas mit dem Mord zu tun haben könnte. Und die Redaktion hat bereits reagiert. Es ist ihnen egal.« Dann fuhr er mit drohender Stimme fort: »Morgen verklage ich das Schmierblatt wegen übler Nachrede und Verletzung meiner Privatsphäre. Ich kenne den

Chefredakteur, Michele Rugatino. Ich habe versucht ihn heute früh anzurufen. Er ist immer in einer Besprechung. Aber dafür wird er büßen.«

»Und nun?«, war das Einzige, was Fabio dazu sagte.

De Nicola wartete ab, bis der Donner verklungen war. »Sie kehren nach Rom zurück und ermitteln weiter. Ich fahre nach Terminillo zu meinem Sohn. Sie können mir nicht verbieten, ihn zu sehen. Und ich versuche mit Silvia zu sprechen.« Er öffnete die Wagentür, setzte sich ans Steuer, startete den Motor und ließ die getönte Scheibe auf der Fahrerseite herunter: »Ich bin unschuldig, diese Gewissheit kann mir keiner nehmen. Und morgen gehe ich zur Staatsanwaltschaft und spreche mit Lucia Campazzo wie vereinbart.« Er winkte und fuhr langsam los, die Steine knirschten unter den Reifen, als der Wagen über die Schlaglöcher des Feldwegs den Bergen entgegenholperte, die noch immer mit mächtigen Gewitterwolken verhangen waren.

5

Lucia Campazzo sah aus dem Fenster ihres Büros Richtung Monte Mario. Sie war nervös und musste sich ablenken. Sie erkannte die silbern glänzenden Kuppeln des Observatoriums, die zwischen den Pinienwipfeln hervorschauten. Seitdem sie auf Diät war und wann immer es die Arbeit erlaubte, war der Park am Monte Mario ihr bevorzugter Zufluchtsort, hier kam sie körperlich aber auch seelisch wieder in Form. Seit zwei Monaten war sie hier fast täglich unterwegs und kannte jeden Weg, jeden Aussichtspunkt, jeden Baum und jeden Busch, und jeden Hundehaufen. Auch der historische Hintergrund des Hügels kam bei ihren Ausflügen nicht zu kurz. Denn im Mittelalter, so erzählte es der deutsche Historiker Gregorius, hatten hier die großen Herrscher Halt gemacht, die über die Via Francigena nach Rom kamen. Von Karl dem Großen über Barbarossa bis zu Friedrich II. und dem unglücklichen Konradin von Hohenstaufen. Die Staatsanwältin überlegte, dass Italien nur deshalb in so viele kleine Provinzen unterteilt war, dieses seltsame stiefelförmige Gebilde auf der Landkarte, weil es den Staufern nicht gelungen war, die Kurie und das Papsttum in den Griff zu bekommen, mit all ihren Intrigen, Ablassbriefen und der Vetternwirtschaft. Doch dann war im 16. Jahrhundert Kardinal Carlo Borromeo gekommen, ein guter Christ, der den Beichtstuhl eingeführt hatte mit der Folge, dass man seine Sünden beichten musste, um ein guter Christ zu sein, und es einen Priester gab, der einem vergeben konnte.

Es war fast elf und von Ramino noch immer keine Spur. Sie überlegte, ob sie ihn anrufen sollte, aber sie wusste ja, dass er beim Zahnarzt war. Der Arme. Aber dieser Tag nach dem Feiertag war ohnehin kein Tag der Pünktlichkeit, auch Richter Ardizzone war noch nicht da. Es klopfte, endlich kam jemand. »Herein!« Es war die Sekretärin des Oberstaatsanwalts, die immer pünktlich war. »Dottoressa, der Präsident erwartet Sie schon, bitte folgen Sie mir.« Sie war es gewohnt, Anweisungen zu geben, selbst Staatsanwälten.

Sie gingen hinunter statt hinauf. Auch das sagte schon einiges, normalerweise residierten die Vorgesetzten in den oberen Etagen. Das Büro war geräumig und zweckmäßig eingerichtet. Die italienische und die europäische Fahnen hingen schlaff an den Tischflaggenständern. Die Einrichtung aus dunklem Nussbaumholz war perfekt aufeinander abgestimmt, Schrank, Regal, Schreibtisch. Am Besprechungstisch standen ein stoffbezogener Sessel und etwa ein Dutzend Stühle, denn bei wichtigen Entscheidungen wollte der »Präsident« seine engsten Mitarbeiter immer um sich haben. An der Wand hingen das gerahmte Foto des Staatspräsidenten, dazu die Wappen und Standarten der verschiedenen Abteilungen der Staatspolizei, der Kriminalpolizei und der Finanzpolizei, die ihn beim Kampf gegen das Verbrechen unterstützten. Davor stand ein Tisch mit einem in die Jahre gekommenen Röhrenfernseher und einem Bilderrahmen mit amaranthrotem Passepartout, in dessen Mitte ein Projektil zu erkennen war. Die erste Kugel, die ihm die Mafia in einem versiegelten Umschlag geschickt hatte, damals, als Silvano Infascelli noch ein junger, stellvertrender Staatsanwalt war. Private Fotos gab es keine, keine Ehefrau, keine Kinder. Dabei hatte er drei, doch niemand kannte ihre Namen und ihr Alter und niemand wusste, ob es Jungen oder Mädchen waren.

Es waren bereits einige Personen im Raum.

»Willkommen, Dottoressa.« Infascelli ging ihr entgegen. »Sollte nicht auch Vizeinspektor Ramino hier sein?«, fragte er und reichte ihr die Hand.

»Er hat mich gerade angerufen«, log sie. »Ihm ist etwas dazwischengekommen, aber er wird gleich da sein«, riskierte sie sogar noch mehr, während sie ihm die Hand schüttelte und danach die des Chefs der Kriminalpolizei Angarano und die von Dottor Sanremo. Ardizzone winkte sie kurz zu, und die drei Spezialisten von der Spurensicherung, Santolamazza, Gualtieri und Bertozelli, bedachte sie mit einem sparsamen Lächeln. Dann richtete sich ihre Aufmerksamkeit auf den vierten Mann im Raum, den sie noch nicht kannte. »Enzo Galassi, Abteilung Identifizierung, sehr erfreut«, stellte er sich vor. Endlich hatte Lucia Campazzo ein Bild von dem Mann, der häufig die Berichte über die ausgewerteten Fingerabdrücke unterschrieb. Ein Profi, zu hundert Prozent. »Ganz meinerseits«, antwortete sie. »Ich schätze Ihre Arbeit sehr und nutze die Gelegenheit, mich dafür zu bedanken.«

»Dann sind wir ja fast vollzählig«, sagte der Oberstaatsanwalt und setzte sich in den Sessel. »Ich habe sie hierher gebeten, um über den Selbstmord von Francis Mogana zu sprechen, eine Tragödie, die bereits ein großes Medienecho hervorgerufen hat, das sich aber noch steigern wird, wenn morgen die Zeitungen erscheinen. Deshalb brauche ich den neuesten Stand der Ermittlungen.« Er sah sich um. »Wir müssen unbedingt vermeiden, dass die Medien den Prozess beeinflussen, erste Bestrebungen sind ja bereits erkennbar. Sie kennen mich, solange ich keine felsenfesten Beweise habe, werde ich keinen Haftbefehl ausstellen. Ich akzeptiere im Zweifel eher einen Schuldigen in Freiheit als einen Unschuldigen im Gefängnis. Aber ich halte es für geboten, schnellstmöglich eine Pressekonferenz über den aktuellen Stand der Ermittlungen einzuberufen, davor allerdings möchte ich eine Pressemitteilung an die Nachrichtenagenturen, die Zeitungen und das Fernsehen herausgeben, und zwar unmittelbar nach diesem Treffen. Gibt es Einwände?« Das nur durch das Summen der Klimaanlage unterbrochene Schweigen reichte ihm als Zustimmung. »Gut, bitte, Dottoressa Campazzo, fassen Sie für uns kurz die Fakten zusammen.«

Lucia Campazzo war ein bisschen nervös, denn sie war noch nie eine gute Rednerin gewesen, und so spontan zu sprechen, fiel ihr schwer. Sie zog ihre Notizen aus der Tasche, aber es waren zu viele, sie musste sich auf das Wesentliche beschränken. Zum Glück ertönte da ein zögerliches Klopfen an der Tür, das nur von der Sekretärin stammen konnte. »Entschuldigen Sie«, sagte sie bedauernd, während hinter ihr Domenico Ramino auftauchte, unverkennbar mit dem schlammfarbenen Hemd, der rostroten Krawatte und dem braunen Anzug im Sowjetstil. Silvano Infascelli winkte, und der Vizeinspektor trat vorsichtig ein, die schwarze Aktentasche in der einen Hand, in der anderen ein Bündel Akten. Sein Gesicht war leichenblass, unter der einen Wange schien sich eine Aprikose zu verstecken. Lucia Campazzos Nerven hatten sich inzwischen beruhigt, Ramino tat ihr leid. Sie überlegte, ob sie ihm nicht zu Weihnachten eine neue Krawatte und ein schickes Hemd schenken sollte. Doch jetzt war nicht der richtige Zeitpunkt, über so etwas nachzudenken.

»Gut, jetzt sind wir ja endlich komplett. Bitte, Dottoressa«, forderte der Oberstaatsanwalt sie erneut auf. Sie räusperte sich und begann.

6

»Kannst du dich mal wieder beruhigen?« Mit einem gewaltigen Knall hatte der Berg in der Nacht auf Ferragosto Feuer zu spucken begonnen. Er hatte sich wirklich Mühe gegeben, den Himmel leuchten zu lassen und die Erde mit Asche zu überziehen, bis hinunter zum Meer, bis nach Catania, und dann war der Flughafen Fontanarossa geschlossen worden. Luciana Talio kam nicht weg. Nach langem Überlegen hatte Fabio Gracco sie gebeten zurückzukommen. Denn Luciana, die gerade ihr Psychologiestudium abgeschlossen hatte, war ein außerordentliches Ermittlungstalent, eine Spürnase voller kreativer Ideen. Und es gelang ihr stets, ihrer Umgebung ein Lächeln abzuringen. Eine offene und fantasievolle Persönlichkeit, die ideale Ergänzung zu dem verschlossenen, formalen und rational gesteuerten Arese.

Fabio war stolz auf die beiden, die mit Leidenschaft und Hingabe ihrer Arbeit nachgingen, er blieb sogar im August im Büro, und sie war bereit, ihre Ferien abzukürzen. Doch dann war *a muntagna,* der Ätna, dazwischengekommen.

Deshalb konnte sie an diesem Mittwoch bei der Sitzung im Büro nicht persönlich dabei sein. Aber Fabio Gracco und Dario Arese hatten sie via Skype dazugeschaltet.

»Morgen nehme ich den Zug, Chef.«

»Aber das sind zehn Stunden!«

»Na und? Italien ist doch so schön!«

Er hätte sie am liebsten geküsst und Ja gesagt, wenn er diese Reise nicht selbst schon gemacht hätte, die ohne Zweifel reizvoll, aber auch anstrengend war. Allerdings hatte es damals den Hochgeschwindigkeitszug nach Salerno noch nicht gegeben.

Sie hatten sich schließlich geeinigt: Bis sich der Ätna wieder beruhigt hatte, würde er ihr aus Rom das relevante Material per Mail schicken, mit Presseartikeln und allen wichtigen Hintergrundinformationen, außerdem würden sie sich via Skype über den Fall austauschen. »Wow!«, war ihre Antwort gewesen, einmal wegen der sensationellen Entwicklung, aber auch weil sie gerne helfen wollte, Licht ins Dunkel zu bringen und den Fall zu lösen. »Schau dir inzwischen die Fotos auf der Webseite ›AugeumAuge‹ an. Morgen holen sie zum nächsten Schlag aus«, hatte Fabio zum Abschied gesagt, bevor er sich zur Tafel umgedreht und schweigend das Organigramm betrachtet hatte.

Nach dem Treffen mit de Nicola waren Arese und er ins Büro zurückgekehrt, um eine »Tafelrunde« zu starten. Wie bei jedem neuen Fall, eine Tradition, ein lieb gewonnenes Ritual. Sie versammelten sich vor der Schiefertafel im Buchenholzrahmen von zwei mal ein Meter, die Fabios Vater Adriano an der Wand des Besprechungsraums montiert hatte. Mit bunten Tafelkreiden hatten sie innerhalb einer Stunde das Organigramm des Falles auf den anthrazitgrauen Untergrund gezeichnet. Es erinnerte an die Bilder der Pflastermaler, die Bürgersteige in Kunstwerke verwandeln. Es war das dritte Mal, dass sie mit einem so komplexen Todesfall konfrontiert waren. Bei den beiden ersten hatten die Verbrechen wie Selbstmord aussehen sollen, Hintergrund waren jeweils Erbschaftsangelegenheiten gewesen.

Arese war während der Skype-Konferenz sehr vorsichtig gewesen und hatte zu bedenken gegeben, ob es nicht besser wäre, die Finger davon zu lassen. In derart vielschichtigen Fällen waren Telefonüberwachungen, Laboranalysen, Verhöre und Lokaltermine nötig, Methoden, die den staatlichen Stellen vorbehalten waren. Die Möglichkeiten einer Detektei waren begrenzt und das Risiko hoch, viel Geld, viel Zeit und am Ende den Fall zu verlieren. »Ich sage das in unserem ureigenen Interesse. Wir haben genug zu tun, wir müssen noch den Erbfall Spezia abschließen und den Fehlbeträgen im Kaufhaus Faitelli auf den Grund gehen.«

Arese hatte nicht unrecht. Denn als »halbe Polizisten« liefen sie ständig Gefahr, gegen das Strafgesetzbuch oder das Datenschutzgesetz zu verstoßen. Um es kurz zu machen: Um alle Klippen zu umschiffen, musste man den Verstand schärfen und mit Köpfchen arbeiten. Man musste die Fakten checken, analysieren, kluge Fragen stellen, Verhaltensstudien anstellen, spekulieren, in Archiven stöbern und im Internet surfen, das hilfreiche und weniger hilfreiche Informationen über alles und jeden liefert.

»Wer ist Carlas Mörder?«, hatten sie mit gelber Kreide über das Organigramm geschrieben, in Großbuchstaben. Von der Überschrift ausgehend hatten sie Linien gezogen und ans Ende jeder Linie jeweils ein rechteckiges Kästchen gezeichnet. In einem stand in roter Kreideschrift »Francis Mogana?«. Im genau entgegengesetzten Kästchen stand »Marcello Russo/ Ehemann des Opfers«, ohne Fragezeichen. Nicola de Nicola war in Grün geschrieben, links oben und darunter der Satz: »Nicola de Nicola ist nicht der Täter.« Damit waren sie Polizei und Staatsanwaltschaft schon mal einen Schritt voraus, die ihn noch alle unter Verdacht hatten. Natürlich war diese Feststellung spekulativ, aber der vorläufige Ausschluss eines Hauptverdächtigen und das Zurückstellen des Falles Francis Mogana verschaffte Fabio Gracco und seinen Mitarbeitern Zeit, in der sie sich dem anderen Hauptverdächtigen widmen konnten, Marcello Russo. Da ging es einem Privatdetektiv nicht anders als einem Strafverteidiger – sie handelten beide im Auftrag. Es spielte keine Rolle, ob der Mandant schuldig oder unschuldig war, sondern es ging darum, alles zu tun, um ihn zu entlasten. Loyal und professionell. Und genau darin lag das Risiko, und das wusste Fabio auch. Die Gerichtsakten waren voll von Fällen, in denen ein wohlhabender Angeklagter, gegen den schwerwiegende Anschuldigungen vorlagen, einen Privatdetektiv damit beauftragte, die Beweise und Indizien der Anklage Stück für Stück zu zerpflücken. Eine weitere Verteidigungsstrategie war ein zäher Grabenkrieg zwischen den Parteien, eine Taktik, die oft am Geschworenengericht angewandt wurde, mit Gegengutachten zu jedem Gutachten und Gegenbeweisen zu jedem Beweis, um die Geschworenen zu überfordern. Ein psychologischer Stellungskrieg. Moral und Ethik hatten da keinen Platz.

7

Die Möwen segelten mit ausgebreiteten Flügeln gegen den Wind, still und reglos. Dann entschieden sie sich urplötzlich anders, und stürzten sich spiralförmig nach unten. Nach fast fünfstündiger Sitzung gingen Lucia Campazzo und Domenico Ramino zwischen den Pinien am Monte Mario spazieren. Wie sie schweigend und mit entrückten Blicken nebeneinander hergingen, erinnerten sie an ein Liebespaar, das über seine erloschenen Gefühle sinnierte. Der Vizeinspektor war die Anstrengung nicht gewohnt, er schnaufte schwer. Auf seinem Jackett zeichneten sich unter den Achseln und auf dem Rücken Schweißflecken ab, seine Schuhe waren staubig. Er sah aus wie ein Landstreicher. Aber das war der Staatsanwältin egal, sie liebte diesen Park, dessen Wege durch die vielen Spaziergänger von Unkraut sauber gehalten wurden, unter einer Decke aus Piniennadeln kam immer wieder der lehmige Boden durch. Ihre Gedanken drehten sich um Beweise, Indizien und das weitere Vorgehen, denn nach den Worten des Oberstaatsanwalts würde der erste Punkt auf der Tagesordnung der Pressekonferenz die Feststellung sein, dass es trotz aller Spekulationen um Francis Mogana nach aktuellem Ermittlungsstand noch keinen Verdächtigen gab. Dass diese Erklärung zu drängenden Fragen der Journalisten führen würde, lag auf der Hand. Darauf müssten sie schlüssige Antworten finden, um nicht zu weiteren Spekulationen einzuladen.

Algor mortis. Ein schwieriges Kapitel. Der Oberstaatsanwalt hatte geduldig den Ausführungen von Dottor Sanremo und seinem Kollegen Dottor Gualtieri zugehört. Denn der Zeitpunkt von Carla Caggianis Tod war der Dreh- und Angelpunkt des Falles, ein Fehler bei der Leichenschau hätte fatale Folgen für die weiteren Ermittlungen. Francis Mogana hatte für die Zeit zwischen 7.30 Uhr und 8.50 Uhr ein Alibi, andererseits belastete ihn seine Bitte um Verzeihung. Der Beweis seiner Schuld oder Unschuld lag nun allein in den Händen der Gerichtsmediziner, die den exakten Todeszeitpunkt der Archäologin bestimmen mussten. Gab es da womöglich Ungereimtheiten? Infascelli hatte die Frage nicht explizit gestellt, aber sie stand unausgesprochen im Raum. Und Ramino gefiel es, Lucia Campazzo ein wenig zu provozieren. Das Problem lag in der auf den Newton'schen Gesetzen basierenden Beziehung zwischen der Raumtemperatur im Brunnen der Glücksgöttin Fortuna und der Körpertemperatur des Opfers: Die Körpertemperatur eines Toten passt sich der Umgebungstemperatur an. Ohne in die Details zu gehen, hatte Infascelli den beiden Ärzten schließlich doch die entscheidende Frage gestellt: Konnte man mit Sicherheit davon ausgehen, dass die Temperatur und die Luftfeuchtigkeit am Brunnen zum Zeitpunkt von Caggianis Tod die gleichen waren wie bei der ersten Inaugenscheinnahme der Leiche?

Untermauert wurden diese Zweifel durch Raminos Auswertung der Daten des Elektrizitätswerks zum Stromverbrauch im Keller des Palazzo am Corso Vittorio Emanuele II. 207. Am niedrigsten war er um 6.58 Uhr und 8 Sekunden am Samstag, den 13. August gewesen, als nur Alarmanlage und Videoüberwachung in Betrieb waren. Dann kam die Archäologin, schaltete beides aus und dafür das Licht und die Lüftung ein. Der Verbrauch stieg an bis 7.50 Uhr und 34 Sekunden. Dann fiel er schlagartig wieder ab bis Punkt 8.59 Uhr, als Francis Mogana das Licht und die Lüftung wieder angeschaltet und die Tote entdeckt hatte. So hatte er es ausgesagt. Warum war das Licht ausgeschaltet worden, ohne die Alarmanlage und die Videokamera wieder einzuschalten? Hatte die Archäologin kurz den Raum verlassen? Oder der Mörder etwas vertuschen wollen? Der Notarzt hatte zwar den Tod festgestellt, die rektale Messung der Körperkerntemperatur war allerdings erst durch Dottor Sanremo um 13.15 Uhr erfolgt. Danach waren durch die Spezialisten der Spurensicherung noch weitere Untersuchungen durchgeführt worden, die mit speziellen Thermometern und Messmethoden zusätzliche Daten ermittelten und durch ein eigens dafür entwickeltes Auswertungsprogramm laufen ließen. Unter Berücksichtigung einer Toleranzspanne war festgestellt worden, dass der Todeszeitpunkt zwischen 7.00 Uhr und 8.00 Uhr morgens liegen musste, wobei die durch den Geschlechtsverkehr leicht erhöhte Körpertemperatur des Opfers mit eingerechnet worden war. Aber welchen Einfluss hatten die Belüftungsanlage, das Licht und der Luftentfeuchter gehabt? Selbst eine Abweichung um nur ein halbes Grad konnte den Todeszeitpunkt um eine Stunde nach vorne oder hinten verschieben. Und wenn man noch weitere Faktoren in Betracht zog, wollten die Pathologen ihre Hände nicht dafür ins Feuer legen, dass die Schätzung exakt war. Es war nicht ganz auszuschließen, dass der Tod zwischen acht und neun Uhr eingetreten war. Theoretisch konnte auch Francis Mogana der Mörder sein.

Um diese Thesen und Mutmaßungen kreisten die Gedanken von Domenico Ramino und Lucia Campazzo, als sie am Monte Mario spazieren gingen. Die Aussicht von hier oben war atemberaubend. Man konnte fast ganz Rom sehen, das sich in der Ebene ausbreitete und durch den Tiber in zwei Teile geteilt wurde. Ihr Blick blieb an den vertrauten Dächern des altehrwürdigen Palazzo della Cassazione direkt neben der Engelsburg hängen und schweifte dann zur Cittadella Giudiziaria, wo die Strafkammer, das Geschworenengericht und das Berufungsgericht untergebracht waren.

Die Spurensicherung hatte ganze Arbeit geleistet. Das musste sogar Ramino zugeben, nicht laut natürlich. Sie hatten in kurzer Zeit ein enormes Pensum geschafft, was in der Pressemitteilung entsprechend gewürdigt worden war. Das galt besonders für die Auswertung der am Tatort gefundenen Gegenstände und ganz speziell für die »Geburtstagsausrüstung«, wie sie sie getauft hatten. Die Fingerabdrücke auf dem iPad, den Gabeln, Messern, Tellern, Gläsern und der Champagnerflasche hatten bewiesen, dass Carla Caggiani mit einer zweiten Person ihren 25. Geburtstag gefeiert hatte. Einige der Abdrücke gehörten dem Opfer, die zweite Person war noch nicht identifiziert. Mit Sicherheit stammten sie jedoch nicht von Francis Mogana, auch wenn seine Abdrücke im Keller, auf dem Treppengeländer und auf der Leiter in den Brunnen überall zu finden waren. Ebenfalls ausschließen konnte man de Nicolas Chauffeur Federico

Maini, dessen Fingerabdrücke in der Personalabteilung des Polizeipräsidiums gespeichert waren. Gleiches galt auch für die vier Angestellten, die an diesem Samstagmorgen im Palazzo Dienst gehabt und sich freiwillig einer DNA-Analyse unterzogen hatten, um gar nicht erst in Verdacht zu geraten.

Während der ganzen Sitzung hatte Ramino einen Namen im Kopf und auf der Zunge liegen gehabt, ihn aber nicht ausgesprochen. Nicola de Nicola. Lucia Campazzo hatte ebenfalls geschwiegen. Sie hatte Bedenken, dass etwas nach draußen dringen und die Presse Wind davon bekommen konnte. Aber sie hatte dem Vizeinspektor versprochen, mit dem Oberstaatsanwalt unter vier Augen darüber zu sprechen.

Wertvolle Informationen lieferten auch die biologischen Spuren am Körper der Leiche, womöglich Sperma. Ein Indiz dafür, dass am Morgen des 13. August neben dem Brunnen der Göttin Fortuna ein intimes Geburtstagsfest stattgefunden hatte, das leidenschaftlich begonnen und in einer Tragödie geendet hatte. Es war aber auch möglich, dass der Geliebte danach gegangen war und Carla Caggiani ihren Mörder erst später getroffen hatte. Auch das hatte die Staatsanwältin nicht ausgeschlossen. Und in diesem Szenario spielte Francis Mogana wieder eine Rolle.

Sie hatten auch über den Laptop der Archäologin gesprochen, der spurlos verschwunden war. Zwischen Zahnschmerzen und dem Durcheinander um Francis Moganas Selbstmord hatte Ramino Sergente Filipponi und zwei weitere Polizisten zu ihrer Wohnung nach Manziana geschickt, die in Anwesenheit von Maurizio Caggiani, dem Bruder des Opfers, alles auf den Kopf gestellt, aber nichts gefunden hatten. Nach den Aussagen des Bruders und von Kollegen handelte es sich um ein 13- Zoll-Notebook, das die Archäologin für die Arbeit benutzte. Deshalb hatte der Vizeinspektor alle notwendigen rechtlichen Schritte eingeleitet, um beim Provider den Zugang zu ihrem E-Mail-Account zu bekommen. Und Lucia Campazzo hatte die Erlaubnis erteilt. Aber es würde wohl einige Zeit dauern, hatte Luchino Cento, ihr IT-Experte, zu bedenken gegeben.

Ramino hielt auf eine Bank zu, was Lucia Campazzo ein Lächeln entlockte. »Wollen wir uns hier setzen?«, fragte er. Eine rhetorische Frage, denn das war die einzige Bank weit und breit, die dem allgegenwärtigen Vandalismus noch nicht zum Opfer gefallen war. Er hatte den Satz noch nicht beendet, als sie schon Platz genommen hatte. Er setzte den Rucksack ab und zog einen Ordner mit den Listen der Telefonüberwachung heraus. Die Gedanken an Nicola de Nicola ließen ihn nicht los.

»Hier steht alles drin, Dottoressa.« Er wedelte mit zwei eng beschriebenen Blättern. Dann hob er die rechte Hand. »Das ist der Beweis, dass der Anschluss der Mondo Nuovo Duemila, der von de Nicola benutzt wird, von Freitag, den 12. August um 23.10 Uhr, bis Samstag, den 13. August um 8.00 Uhr, in den Palazzo am Corso Vittorio Emanuele II. umgeleitet war.

Der Abgeordnete hat demnach die Nacht dort verbracht, genau wie er es gesagt hat.« Dann hob er die linke Hand. »Hier haben wir die Daten von Carla Caggianis Ehemann Marcello Russo. Er war in Terracina und hat sich nicht von dort wegbewegt, von Mittwoch bis Samstag war er bei Dreharbeiten für eine TV-Serie.« Er hielt inne und atmete tief durch, eine Wohltat in dieser frischen Luft. »Was meinen Sie, wenn die Fingerabdrücke und biologischen Spuren einen engeren Kontakt de Nicolas mit dem Opfer nahelegen, sollten wir ihn dann nicht doch zum Kreis der Verdächtigen zählen?« In seiner Frage lag ein leicht polemischer Unterton.

Lucia Campazzo musterte ihn kopfschüttelnd. »Sie können es einfach nicht lassen.«

»Bitte beantworten Sie meine Frage.«

»Erklären Sie mir bitte, wie wir ohne richterliche Erlaubnis an de Nicolas Fingerabdrücke und eine Speichelprobe von ihm kommen sollen?«

»Nun ja, da gäbe es schon Möglichkeiten«, meinte er und senkte den Blick. »Natürlich nur um die Ergebnisse ausschließlich für unsere Ermittlungen zu nutzen, Richter Ardizzone und der Oberstaatsanwalt würden davon nichts erfahren. Aber es ist von elementarer Bedeutung zu wissen, ob de Nicola eine sexuelle Beziehung zu Carla Caggiani hatte.«

»Sie sind wirklich hartnäckig, Ramino. Wenn Sie sich mal in etwas verbissen haben, machen Sie mir richtig Angst«, sagte sie mit einem sanften Unterton in der Stimme.

Raminos Handy klingelte. »Entschuldigen Sie, Dottoressa, da muss ich ran.« Dann nahm er ab. »Was gibt's, Filipponi?« Nach einer Weile sagte er: »Behalte ihn da. Biete ihm einen Kaffee an. Ich komme.«

8

Sie hatten sich die Aufgaben geteilt und arbeiteten in zwei getrennten Räumen, jeder vor einem Bildschirm, die Jalousien ein wenig heruntergelassen, damit die Sonne sie nicht blendete. Dario Arese saß vor dem 21-Zoll-Monitor und durchforstete das Internet, Seite um Seite, er suchte nach Informationen über Marcello Russo. Hier und da wurde er fündig, kopierte, fügte ein und machte Vermerke. Fabio Gracco dagegen schaute sich am 40-Zoll-Fernseher Folgen von *Berühmte Kriminalfälle* an. Ein bisschen Action in einem römischen Polizeirevier mit vielen Schießereien, ein bisschen Sex und schwülstige Musik. In einem Elektromarkt hatte er einen DVD-Koffer mit zwölf Episoden erstanden. Die Serie war mühsam gestartet, 12 % Einschaltquote, aber dann hatte sie sich auf 35 % gesteigert, neun Millionen Zuschauer, ein Riesenerfolg für einen bisher mehr oder minder erfolglosen Sender, die Werbeeinnahmen explodierten, und eine zweite Staffel war in Auftrag gegeben worden. Eine Geschichte aus verschiedenen Perspektiven, es ging um Betrug, Diebstahl, arglistige Täuschung, Messerstechereien, leicht bekleidete Schönheiten und kernige

Männer. Anspruchslose Texte, ein paar mehr oder weniger witzige Dialoge, ein bisschen Liebe, einige bekannte Schauspieler, wie der Commissario und sein Stellvertreter, ein paar neue Gesichter und solche, die man schon länger nicht mehr gesehen hatte, wie Marcello Russo, der sich bis vor zwei Jahren mit kleinen Theaterproduktionen über Wasser gehalten hatte. Aber er war nicht schlecht, hier eine kleine Rolle in einer Soap, da ein Werbespot. Am Anfang der ersten Staffel hatte er nur eine Nebenrolle gehabt, den Vizeinspektor Biagio Palma gespielt. Doch mit dem wachsenden Zuschauerinteresse wuchs auch die Bedeutung seiner Rolle. Die Auswertung der Umfragen hatte ergeben, dass Marcello Russo streckenweise höhere Sympathiewerte erreichte als die beiden Protagonisten. Dario Arese hatte ein aufschlussreiches Interview mit dem Regisseur Lorenzo Lorenzi aus dem Netz gefischt. Und Fabio versuchte sich auf seine Weise ein Bild von Russo zu machen. Denn eines war klar: Egal ob im Fernsehen, im Kino oder auf der Bühne, er spielte nicht nur eine Rolle, er gab auch immer etwas von seiner Persönlichkeit preis. Und am Ende der ersten Staffel, als die Sonne hinter dem Vatikan unterging, hatte Fabio begriffen, dass Marcello Russo eine zwiegespaltene Persönlichkeit war. Er wirkte getrieben, war schwer einzuschätzen, wechselte zwischen Gelassenheit und Wutausbrüchen. Er war immer häufiger in Großaufnahme zu sehen, seine Ausstrahlung beeindruckte vor allem das weibliche Publikum. Ab dann gab es auch die erste Fanpost.

»Dottore …«

Fabio drückte die Pausentaste, als Arese mit einigen Blättern wedelnd in der Tür auftauchte. »Ich habe Ihnen etwas zusammengestellt«, sagte er fast schüchtern, »auch wenn es nur ein paar Informationen mit Copy-and-Paste sind, gibt es etwas, das immer wieder im Zusammenhang mit Marcello Russo auftaucht …« Er hielt inne und reichte Fabio die Ausdrucke. »Wann immer es um seine Vergangenheit geht, erzählt er von einer bewegten und schwierigen Phase, an die er nicht gerne zurückdenkt, aber er geht nie ins Detail. Schauen Sie sich das doch mal an.«

Fabio war nicht überrascht. Er bedankte sich, und Arese deutete eine Verbeugung an, wie ein Zimmerkellner, wenn er das Frühstück gebracht hatte. Fabio musste lächeln. Dann ließ er *Ein perfektes Alibi* weiterlaufen. Biagio Palma, schwarze Lederjacke, hochgeklappter Kragen, dunkle Sonnenbrille, die Pistole schussbereit im Gürtelholster, optisch eher ein Gangster als ein Polizist, hatte wie durch ein Wunder eine Schießerei unbeschadet überstanden, legte einem der Bösewichte Handschellen an und führte ihn ab, dann war die Episode zu Ende. Abspann. Schlussmusik. Fabio wartete absichtlich bis ganz zum Ende, er hasste es, wenn die Zuschauer sofort nach Ende des Films fluchtartig den Saal verließen. Dabei fiel ihm ein Name auf, der im Abspann nach den Schauspielern und dem Regisseur, aber noch vor der Kostümbildnerin kam. Ton: Paolo Lomezzoni.

9

Ramino hatte es zwar probiert, aber große Hoffnung, dass Lucia Campazzo zustimmen würde, hatte er nicht gehabt. Doch sie hatte ihn verblüfft, hatte ohne zu zögern und voller Überzeugung Ja gesagt, und dabei noch gelächelt. Sie hatte den Helm aufgesetzt, den er unter der aufklappbaren Sitzbank seiner Honda Dominator aufbewahrte, sich hinter ihn gesetzt und an ihm festgehalten. In zehn Minuten hatten sie es vom Pinienwäldchen am Monte Mario bis zur Dienststelle San Vitale geschafft, und dabei diverse rote Ampeln und Vorfahrtsregeln missachtet. Seine rote Krawatte flatterte im Wind und kitzelte Lucia Campazzo an der Nase. Sie sog den Geruch eines zu allem entschlossenen Mannes ein. Diese Nähe war ihr nicht unangenehm. Sie hatten Federico Maini einbestellt und im mit Einwegspiegeln versehenen Verhörraum Platz nehmen lassen, um ihn zu verunsichern. Denn Maini kannte diesen Raum. Kaum hatte Ramino ihm gegenüber Platz genommen, fragte er provokant: »Und dahinter sitzt jetzt Ihr Chef?« und zeigte dabei auf die Glasscheibe.

Ramino zögerte nur einen Augenblick und sagte dann: »Vielleicht sollten Sie Ihr Auftreten hier nochmal überdenken.«

Und Maini hatte ihn angestarrt und die Zähne zusammengebissen, war aber aggressiv und angriffslustig geblieben. Dann hatte er wieder auf die Glasscheibe gestarrt. Natürlich saß Lucia Campazzo dahinter und fühlte sich unbehaglich, auch wenn er sie nicht sehen konnte.

»Haben Sie darüber nachgedacht? Wissen Sie jetzt, wem Sie das iPad gegeben haben?«, begann der Vizeinspektor das Verhör. »Dass Sie es gekauft haben, daran besteht ja kein Zweifel.«

Maini wartete eine Weile, dann sagte er fast heiter: »Ich glaube, ich habe es Susanna, der Sekretärin, gegeben.«

»Gut«, der Vizeinspektor nickte, zog das Protokoll des Unfalls auf der Piazza Barberini heraus und legte es vor sich auf den Tisch. »Am Samstag, den 13. August um 8.05 Uhr, hatten Sie einen Autounfall auf der Piazza Barberini, Ecke Via delle Quattro Fontane. Einen schweren Unfall. Steht alles hier. Das ist doch Ihre Unterschrift, oder?« Er hielt ihm das Protokoll unter die Nase.

Maini schaute nur kurz darauf, das Protokoll kannte er zur Genüge. »Ja und?«

Ramino schwieg einen Moment, dann ging er zum Angriff über: »Und warum haben Sie gelogen?«

»Was hab ich?«

»Sie haben ausgesagt, Sie hätten allein im Auto gesessen. Aber das stimmt nicht.«

Mainis Selbstsicherheit geriet kurz ins Wanken. »Ich war allein.«

Ramino fuhr ihn an: »Für wie blöd halten Sie uns eigentlich? In den drei Jahren bei der Polizei scheinen

Sie ja nicht viel gelernt zu haben.« Dann klappte er den Laptop auf und zeigte ihm die Bilder der Überwachungskamera an der Piazza Barberini, schräg stehende Sonne, lange Schatten auf dem Asphalt, wenig Verkehr, ein paar Passanten, ein langsam fahrender Bus, ein Auto, das an der Ampel anhielt. Dann eine schwere graue Limousine, die mit überhöhter Geschwindigkeit auf die linke Spur wechselte und abbiegen wollte, gerade als zwei Fußgänger die Straße überquerten, ein Mann und eine Frau. Der Mann wurde voll erfasst und flog durch die Luft, drehte sich wie eine Puppe.

In diesem Moment wandte Maini den Blick ab.

»Interessiert Sie das nicht? Das Entscheidende kommt noch.«

Auf dem Bildschirm war nun gut zu erkennen, wie sich die rechte Tür des Lancia Thema öffnete, ein Mann ausstieg, einige Augenblicke stehen blieb und dann davonging, völlig ungerührt, als wäre er gerade aus einem Taxi gestiegen. Der Vizeinspektor hielt den Film an und blickte Maini durchdringend an. »Warum reitest du dich so in die Scheiße?«

Maini hielt seinem Blick nicht stand. Er drehte den Kopf hin und her, dann kratzte er sich an der Nase. »Gut, ja, er war auch dabei«, gestand er mit dem resignierten Lächeln eines Jungen, der wusste, dass er zu weit gegangen war.

Domenico Ramino jubelte innerlich, hielt sich aber zurück. »Wer er? Sprechen Sie Klartext.«

»De Nicola.«

»Der Abgeordnete Nicola de Nicola?«, Ramino schaute ihn an, als hätte er nicht richtig verstanden.

»Ja, genau der.«

In diesem Moment öffnete sich die Tür, und Filipponi kam in den Verhörraum. »Dottoressa Campazzo, Ispettore«, sagte er. Ramino stand auf: »Dottoressa, kommen Sie doch bitte herein …« Er gab sich überrascht und ging ihr freudestrahlend entgegen, und die Staatsanwältin spielte mit. Federico Maini blieb sitzen, er hatte das Theater sofort durchschaut. Doch der Vizeinspektor blickte ihn auffordernd an und Maini erhob sich widerwillig, er hatte schon genug Ärger. »Sehr erfreut«, sagte er knapp und streckte der Staatsanwältin die Hand entgegen.

Lucia Campazzo schaute ihn nur an: »Es ist Ihre Entscheidung, Signor Maini«, sagte sie kühl und hielt einen Schritt Abstand. »Entweder wir setzen uns, und Sie beantworten meine Fragen, oder wir sehen uns in der Staatsanwaltschaft wieder.«

Sie schaute ihn streng an.

Maini zögerte kurz, wiegte den Kopf hin und her, schaukelnd wie ein kleines Boot in der Brandung. »Ich erzähle Ihnen, was ich weiß, aber viel ist es nicht.«

10

Bevor er die Klimaanlange anschaltete, riss Fabio alle Fenster auf, um die frische Brise hereinzulassen. Die Wohnung in der Via Muzio Scevola lag in Ost-West-

Richtung, in freier unverstellter Lage. So konnte der kühlende Ponentino aus Westen hereinwehen und die abgestandene Luft durch die Ostfenster mit hinausnehmen. Die Abenddämmerung setzte ein, der Verkehr war abgeebbt, man hörte nur Musikfetzen und diffuse Fernsehgeräusche aus geöffneten Fenstern. Die Via Appia Nuova murmelte leise in der Ferne, aber auch dort waren nicht mehr viele Autos unterwegs. Er schaute von oben auf das Dach des Alfa 166, der unter den Bäumen am Straßenrand geparkt war. Nur im August fand er einen Parkplatz direkt vor dem Haus. Gabriella würde bald da sein. Es fiel ihm schwer, sich auf das Treffen mit seiner Schwester vorzubereiten, und das lag nicht daran, dass er das Bett in ihrem Zimmer frisch beziehen musste, wo an den Wänden noch die Poster von Massimo Troisi und Eros Ramazzotti hingen und die Nintendo-Plüschtiere auf dem Regal saßen, sondern an ihrem Anruf: »Alfredo hat mich verlassen, kann ich bei dir schlafen?«

Die Bettlaken dufteten nach Lavendel, und man sah noch, wo sie zusammengefaltet gewesen waren. Fabio hatte sich die Arbeit mit nach Hause genommen und den Fernseher angeschaltet, um die Nachrichten zu sehen. Hin und wieder ging er ins Arbeitszimmer und kontrollierte seine Mails. Er hatte Milch gekauft und Gentilini Osvego, die Kekse, die Gabriella so mochte. Seine Gedanken fuhren Karussell, er hatte sich sechs Folgen von *Berühmte Kriminalfälle* angeschaut, und der Gedanke, dass Marcello Russo nicht nur im Film, sondern auch im wahren Leben ein Getriebener war, wurde für ihn immer plausibler. Vor allem durch seine wiederholten Hinweise auf eine »bewegte Vergangenheit«. Was sollte das bedeuten? Gefängnis? Psychiatrie?

Da musste noch mehr sein, etwas, das Fabio noch nicht greifen konnte. Aber als er sich die Serie angesehen hatte, war er das Gefühl eines gewissen Déjàvu oft nicht losgeworden. In *Das perfekte Alibi* räumte zum Beispiel der betrogene Ehemann seine Frau aus dem Weg und lenkte danach den Verdacht auf ihren Liebhaber. Das war natürlich nichts Neues. In einer anderen Folge mit dem Titel *Die Glücksgöttin*, ein merkwürdiger Zufall auch das, wurde Biagio Palma in einem Brunnen in der Nähe der Trajansmärkte eingemauert und von einer attraktiven jungen Archäologin gerettet. Auch das sicher Zufall, immerhin war diese Episode bereits vor zwei Jahren gedreht worden, und trotzdem konnte sich Fabio des Gedankens »Sieh mal einer an« nicht erwehren. Er war so vertieft in seine Überlegungen, dass ihn Gabriellas Läuten fast überraschte. Er betätigte den Türöffner, um sie hereinzulassen. Der Aufzug setzte sich zischend in Bewegung und stoppte schließlich wieder. Die Tür ging auf, und Gabriella stand vor ihm, eine große Tasche in der Hand, ihr Gesicht war vom Weinen geschwollen. »Fabio ….«, sagte sie und fiel ihm in die Arme.

11

Um 21.30 Uhr, eine halbe Stunde früher als geplant, setzte die Boeing 777 der British Airways, die zwanzig Stunden zuvor in Manila gestartet war, auf der Landebahn Nr. 3 in Roma-Fiumicino auf. Der Rückenwind hatte geholfen. Während das Großraumflugzeug ausrollte, rückte sich Victor Peralta, ein hoher Beamter des philippinischen Innenministeriums, die Krawatte zurecht und hörte dem Kapitän zu, der den Passagieren auf Englisch die üblichen Informationen gab. Er stellte seine Uhr auf italienische Ortszeit um und sammelte die auf dem geräumigen Business-Class-Sitz verstreuten Papiere zusammen. Er brauchte dringend frische Luft, eine Dusche und ein bequemes Bett. Und zwei Melatonintabletten und etwas Übergangszeit, um den Jetlag zu überwinden. Danach könnte er sich an die Arbeit machen. Er war lange Flüge gewohnt, aber diesmal hatte er kein Auge zugemacht. Und das hatte nicht an den Turbulenzen gelegen, sondern das passierte ihm jedes Mal, wenn er eine Akte der philippinischen Sicherheitspolizei aufschlug. Ein Sammelbecken von Militärs, die das blutige diktatorische Regime von Präsident Marcos gestützt hatten. In den Schreckensjahren zwischen 1972 und 1986 war Widerstand nicht geduldet worden, 35 000 Oppositionelle waren gefoltert und in Militärlagern inhaftiert worden, weitere 3200 waren spurlos verschwunden oder irgendwo am Straßenrand gefunden worden, missbraucht, verstümmelt, tot. Als abschreckendes Beispiel für alle anderen.

Victor Peralta fiel es schwer, die Zeugenaussagen der Überlebenden zu lesen. Er verstand immer noch nicht, wie sich gebildete Führungskräfte aus der Militärakademie in zynische und menschenverachtende Folterknechte hatten verwandeln können, die ihre Opfer gequält, missbraucht und getötet hatten. Victor Peralta wusste alles über Ferdinand Marcos und seine Schergen, vor allem durch die Erzählungen seines Vaters, eines rechtschaffenen Arbeiters und Kommunisten. Für ihn waren diese schwarzen Jahre in seiner Heimat ein Verbrechen gegen die Menschlichkeit, und er tat alles, um die noch lebenden Täter vor Gericht zu bringen. Diese späte Gerechtigkeit war man den Opfern schuldig. So wie es Simon Wiesenthal mit den Naziverbrechern gemacht hatte.

Nach Marcos' Sturz war es vielen der Täter gelungen, wieder in den Staatsdienst zu gelangen, andere waren untergetaucht und arbeiteten aus dem Untergrund gegen die neue Regierung, wieder andere waren ins Ausland geflohen und hatten versucht alle Spuren zu verwischen. Ferdinand Marcos und seine Frau Imelda waren ins Exil nach Hawaii gegangen. Auf der Rangliste der grausamen Erfüllungsgehilfen war Oberleutnant Adolfo Alvarez, der »sanfte Verhörer«, sicher nicht ganz oben zu finden. Seine Verantwortlichkeit war gering, er hatte Befehle ausgeführt. Und doch war Alvarez wie vom Erdboden verschluckt gewesen, trotz jahrelanger Suche. Jedenfalls bis gestern, als sich die Tür geöffnet und seine gut gelaunte Chefin Tina Moises sein Büro betreten hatte. »Pack die Koffer, Victor, du hast drei Stunden, dann fliegst du nach Rom. Wir haben möglicherweise den ›sanften Verhörer‹ aufgespürt.«

12

Sie war ganz früh schwimmen gegangen, da war das Wasser kristallklar und nach der Kühle der Nacht angenehm frisch. Lucia Campazzo war ins Schwimmbecken des Circolo Magistrati eingetaucht, mit dem Ziel, die Träume der Nacht zu verscheuchen und mindestens 300 Gramm Fett pro Kilometer zu verbrennen.

Gut, dass sie mit zehn Bahnen Kraul begonnen hatte, denn bei einem der vielen Atemzüge hatte sie ihr Handy klingeln gehört. Die stählerne Leiter war nur zwei Züge entfernt, der Liegestuhl vier Schritte über die Wiese. Sie trocknete sich die Hände ab und wischte über das Display. Am anderen Ende hörte sie die resolute Stimme der Sekretärin des Oberstaatsanwalts: »Sie müssen sofort ins Büro kommen. Der Abgeordnete de Nicola ist hier. Im Moment noch bei Dottor Infascelli, aber er möchte mit Ihnen sprechen.«

Ihr blieb nicht einmal Zeit, um sich richtig die Haare zu trocknen, also steckte sie sie zu einem Knoten zusammen, kein Problem bei diesen Temperaturen. Sie warf die Tasche mit den Schwimmsachen in ihren Smart und fuhr zügig los, am Olympiastadion vorbei in Richtung Piazzale Clodio. Dann zog sie das Handy heraus und rief Domenico Ramino an. »Ispettore, de Nicola ist in der Staatsanwaltschaft, ich bin auf dem Weg. Kommen Sie auch?«

13

Auch Fabio Gracco war an diesem Morgen früh aufgestanden, die aufgehende Sonne hatte die Hügel der Castelli Romani rosa gefärbt. Eine Tasse Kaffee, ein paar Kekse und ein Zettel für Gabriella »Essen wir zusammen zu Mittag?« gut sichtbar auf dem Tisch. Sie hatte einiges an Schlaf nachzuholen, um ihren Schmerz zu lindern. Er zog die Laufschuhe an und joggte nach Cinecittà. Am ersten offenen Zeitungskiosk kaufte er drei Ausgaben von *Per te* und drei Tageszeitungen, darunter *Il Messaggero*. Die Zeitungen rochen noch nach frischer Druckerschwärze, die an seinen Fingern kleben blieb. Fabio warf einen Blick auf die Schlagzeilen. Nach Ferragosto waren die Zeitungen voll von Neuigkeiten, aber die erste Seite gehörte bei allen dem Mord an Carla Caggiani und der aufsehenerregenden Wendung, die der Fall durch Francis Moganas Selbstmord genommen hatte. Er dachte an Beniamino, an Don Sguazzi und an die Bedürftigen, die die Selbstlosigkeit dieses Mannes geschätzt hatten, der nun in den Augen der Öffentlichkeit als Mörder galt. Dann blätterte er durch das Klatschmagazin. Es gab vier Fotos mit de Nicola, drei davon im Hafen von Rom, die den Abgeordneten mit seiner »neuesten Flamme« zeigten, Carla Caggiani. Wie sie aus dem Auto stieg, wie sie über den Bootssteg ging. Das vierte, das schon im Internet kursierte, auf der Jacht bei der Ausfahrt aus dem Hafen, in inniger Umarmung. Im Grunde banale Fotos, die Geschichte dahinter lag auf der Hand. Der Artikel daneben hatte nicht mehr als fünf Zeilen, darüber prangte das Wort »EXKLUSIV!«, das von gelben Sternen umrahmt war, wie die europäische Flagge. Die Fotos waren im März aufgenommen und zurückgehalten worden, bis sich jetzt, fünf Monate später, ein Anlass bot, sie zu veröffentlichen. Seltsam. Normalerweise war Aktualität oberstes Gebot dieser Art von Journalismus, einhergehend mit Mutmaßungen und Gerüchten. Dann musste man meist nur warten. Vielleicht waren die Fotos aber auch extra gemacht worden, um de Nicolas Wahlkampf zu torpedieren.

Von der Via Muzio Scevola bis Cinecittà waren es etwa fünf Kilometer. Fünf Kilometer auf der Via Tuscolana, zwischen Mietskasernen, Einfamilienhäusern und Gärten hindurch, am Aquädukt Felice vorbei, hoch über der canyonartigen Eisenbahnstrecke, die von turmhohen Mauern begrenzt war, die vor Sonne und Wind schützten. An der Kreuzung mit der Via Togliatti schien die Stadt zu Ende zu sein, wie abgeschnitten, und man konnte die Sonne, den Himmel und die Ebene wieder sehen. Man hatte den Eindruck, Rom zu verlassen, jenseits des Pinienwäldchens ragte die Silhouette des fast tausend Meter hohen Monte Cavo in den azurblauen Himmel, die höchste Erhebung der Castelli Romani. Rechter Hand stand das Polizeipräsidium, die Zentrale der Kriminalpolizei, unweit der Filmstudios von Cinecittà. Mit den Palmen neben dem Eingang fühlte man sich fast nach Florida versetzt. Linker Hand erkannte man die Grenzmauer und die ersten roten Gebäude der Filmstadt, überragt von einzeln stehenden Pinien. Welch ein Kontrast: Die Polizei versuchte, das Falsche zu entlarven, um die Wahrheit herauszufinden, in Cinecittà bemühte man sich, das Falsche als wahr zu verkaufen.

Der Tontechniker Paolo Lomezzoni erwartete ihn pünktlich am Tor. Ein Ausweis, ein Schritt, und Fabio betrat das Gelände. Am Eingang stand die überdimensionale Büste der Venusia, der halbe Kopf aus dem Fellini-Film »Casanova«, mit ihrer riesigen Krone auf dem Kopf, der dunklen Haut und den weit aufgerissenen weißen Augen. Zwischen roten Blumen und dem kurz geschnittenen Rasen schien die Meeresgöttin direkt aus dem Mittelpunkt der Erde aufzusteigen. Nebeneinander gingen sie den von Pinien gesäumten Weg entlang, eingehüllt in harzigen Duft.

»Ich brauche deine Hilfe, Paolo.«

»Gerne, um was geht's?«

»Die Sache ist heikel.«

Sie hatten eine stillschweigende Übereinkunft, die auf absoluter Diskretion basierte. Fabio sagte, um was es ging, Paolo versuchte ihm zu helfen. Er war ein hervorragender Tontechniker, der auf seinem Gebiet wahre Wunder vollbringen konnte. Er stellte keine Fragen und verlangte auch keine Erklärungen, denn er wusste, dass er Fabio vertrauen konnte und die Informationen nur innerhalb der Detektei verwendet wurden. Immer am Rande der Legalität, manchmal darüber hinaus.

»Du kennst doch Marcello Russo, oder?«

Wer kannte ihn nicht, nach zwei Staffeln *Berühmte Kriminalfälle*? Paolo hatte sein Atmen, seine Seufzer, seine Schreie und sein Stöhnen aufgezeichnet. Natürlich hatten sie sich häufig am Set gesehen, aber bei den Außenaufnahmen hatten sie sich besser kennengelernt, zusammen gegessen, Spaziergänge gemacht, sich auch privat erlebt.

»Was ist er für ein Mensch?« Fabio kam die Frage geradezu absurd vor an einem Ort, wo alle daran arbeiteten, Illusionen überzeugend als Realität zu verkaufen.

Paolo brauchte eine Weile, bis er reagierte, die Antwort schien ihm schwerzufallen. Mittlerweile waren sie am Studio 8 angekommen, der Kulisse für das Kommissariat.

»Irgendwie merkwürdig«, begann Paolo und öffnete die Sicherheitstür. »Er kann wegen Nichtigkeiten ausrasten und sogar handgreiflich werden. Aber wenn er in Stimmung ist, kann er richtig nett sein, er lacht gerne und bringt andere zum Lachen. Und er ist großzügig.«

Das Studio war eher bescheiden, nicht vergleichbar mit Halle 5, wo Fellini die meisten seiner Filme gedreht hatte. Trotzdem fand in diesem vierzig Meter langen und zwanzig Meter breiten Rechteck ein ganzes Kommissariat Platz. Es gab verschiedene Räume, mit Türen und Fenstern, Schreibtischen, Stühlen, Lampen, Schränken, Computern, Telefonen, einem Archiv. Alles genau wie in der Realität, nur dass es keine Decken gab und die Wände aus Pappmaschee waren und man sie für jede Szene passend verschieben konnte.

»Gefällt's dir?«

Fabio sah sich um und versuchte eine Logik hinter diesem Wirrwarr aus Kameras und Scheinwerfern zu finden, für ihn war das Ganze ein einziges Chaos aus Stimmen und Geräuschen, wie eine Baustelle.

»Komm, ich zeig dir meinen Platz«, sagte Paolo und verließ die Kulisse des fiktiven Kommissariats. Sein Arbeitsplatz befand sich etwa zehn Meter hinter den Kameras, zwischen Kabelbündeln, Masten und Gerüsten. Er hatte einen Klappstuhl und einen Rollwagen mit digitalen Geräten vor sich, man fühlte sich ins Cockpit eines Kampfjets versetzt, um ihn herum ein Wald aus Antennen. Paolo gab seinem Assistenten ein Zeichen, der gerade die Mikrofone am Set installierte.

»Kaffee?«, fragte er Fabio.

Sie bedienten sich aus der großen Thermoskanne, ein beliebtes Ziel zu dieser frühen Stunde.

»Ich weiß, dass Russo am Set in Terracina war, als ihn die schreckliche Nachricht erreichte. Hast du ihn gesehen?«

»Aber klar, ich stand direkt neben ihm.« Paolo hielt inne. »Wir haben gerade die Ausrüstung im Lastwagen verstaut, wir hatten die ganze Nacht Aufnahmen im antiken Anxur oberhalb von Terracina gemacht. Es war zwischen halb elf und elf am Samstagmorgen. Er war zutiefst erschüttert und kam tränenüberströmt aus dem Hotel. Dann ist er mit Lorenzo Lorenzi, dem Produzenten, ins Auto gestiegen und verschwunden. Elisabetta, die Produktionssekretärin, kam und hat uns erklärt, was passiert war, dann ist auch sie nach Rom gefahren. Heute will Marcello wieder einsteigen. Er sollte eigentlich schon hier sein, immerhin hat er eine komplizierte Szene zu drehen, aber wir wissen nicht genau, wann er kommt.«

Fabio zeigte ihm den Artikel in *Per te*. »Heute erschienen.«

Paolo Lomezzoni warf den Plastikbecher in einen Mülleimer und griff nach der Zeitschrift. Er überflog den Text und blickte kurz auf die Fotos, dann sagte er: »So eine Sauerei.« Er schien auf einen Kommentar zu warten. »Denen ist doch jedes Mittel recht!«

Fabio reagierte nicht, sondern fragte: »Hast du Carla Caggiani auch gekannt?«

»Ich glaube, ich habe sie einmal getroffen, bei der Präsentation der ersten Staffel.«

»Aber hier zum Set ist sie nie gekommen?«

»Nie. Aber das war auch besser so.«

Fabio starrte ihn verblüfft an.

»Marcello ist ein Frauenheld, nicht gerade der Typ treu sorgender Ehemann.« Er wiegte den Kopf. Dann deutete er auf eine junge Frau, die gerade mit einem Kameramann sprach. »Siehst du die?«

Fabio sah sie näher an. Eine hübsche Frau, lange dunkle Haare, die ihr auf die Schultern fielen, orientalische Züge, sie hatte einen Haufen Papiere in der Hand und eine Stoppuhr.

»Das ist Elisabetta Lorenzi, die Tochter des Produzenten, Fotografin am Set und Produktionssekretärin.«

»Und Russo hatte eine Affäre mit ihr?«

»Nun ja, ich denke schon, dass da was lief. Es heißt, er hätte ihr die Rolle zu verdanken. Sie sind sich zumindest sehr nah. An Weihnachten waren sie zusammen auf den Malediven. Was sagst du dazu?«

Sie schwiegen eine Weile, dann löste Fabio den Blick von der jungen Frau und wandte sich wieder Paolo zu: »Ich möchte dich um drei Dinge bitten: Notiere bitte alles, was dir zu Marcello Russo einfällt. Besorge mir etwas, das er selbst geschrieben hat, vielleicht eine Widmung auf einem Autogrammfoto. Und ich brauche den Drehplan vom vergangenen Freitag und Samstag.«

Paolo fuhr sich übers Kinn. »Bis wann?«

»Bis heute Abend. Schaffst du das?«

Paolo verzog den Mund zu einem schiefen Lächeln. »Ich versuch's.«

»Komparsen auf Position für einen Test!«, hörte

man eine männliche Stimme durch ein Megafon sprechen, und im Studio 8 kehrte Stille ein. »Komparsen auf Position, bitte!«, wiederholte die Stimme jetzt lauter. Wie von Zauberhand tauchten Polizisten in der Kommissariatskulisse auf, die so echt wirkten, als seien sie gekommen, um Marcello Russo zu verhaften. Die perfekte Illusion.

14

Solche Unterwäsche hatte Nicola de Nicola bei einer Staatsanwältin nicht erwartet. Wohlgefällig ruhte sein Blick auf dem Stringtanga, der sich deutlich unter der weißen Leinenhose abzeichnete. Er ging in zwei perfekte Rundungen über, die bei jeder Bewegung vibrierten. Sein unverschämter Blick war der Anspannung geschuldet, und als er sich dessen bewusst wurde, wandte er sich peinlich berührt ab. Lucia Campazzo blieb vor dem Fenster stehen, schaute auf den Monte Mario und atmete ein paarmal tief durch, dann hielt sie das Gesicht in den Strom kalter Luft aus der Klimaanlage, bevor sie sich de Nicola zuwandte. Er hielt den Kopf gesenkt, sein von Stress gezeichnetes Gesicht war unrasiert, auf der Stirn klebte ein Pflaster, er wirkte apathisch, wie er in sich zusammengesunken auf dem Stuhl saß. Einen Moment lang hatte sie fast Mitleid mit ihm. Aber nur einen Moment, denn dann kehrte die Verachtung für dieses widerliche Schauspiel zurück, das er erst bei Infascelli und jetzt bei ihr veranstaltete. Denn auf ihrem Schreibtisch lag ein aufgeschlagenes Exemplar von *Per te* mit den Fotos, die sein wahres Gesicht zeigten. Aber de Nicola versuchte immer noch zu leugnen. Seit mehr als einer halben Stunde redete er auf sie ein, schwor, dass er und Carla Caggiani einfach nur gute Freunde gewesen waren, begeisterte Segler, ihre Leidenschaft für das Meer war es, was sie verbunden hatte, mehr nicht. Was den Groll der Staatsanwältin noch vergrößerte, war die Aussage von Federico Maini, der im Rückspiegel des Dienstwagens die Telefonate des Abgeordneten verfolgt und seinen geflüsterten Liebesschwüren gelauscht hatte. Und auch die Dinge, die er für seinen Chef gekauft hatte, die Digitalkamera, den Laptop und das iPad, hatten ihn stutzig gemacht, denn früher hatte er sich für so was nicht interessiert. Für Maini war die Sache klar gewesen.

De Nicola hatte erzählt, er hätte Carla am Morgen des Tattags gegen sieben Uhr getroffen, um ihr persönlich zu gratulieren und ein kleines, aber »feines« Fest auszurichten, dieses Wort hatte er tatsächlich gebraucht, damit sie keine falschen Schlüsse zogen. Aber das kleine Fest war in der Tat »fein« gewesen: Ein iPad als Geburtstagsgeschenk und eine Spende in Höhe von 300 000 Euro von privaten Sponsoren, damit die Grabungen am Brunnen zu Ende geführt werden konnten. Es tat Lucia Campazzo in der Seele weh, wenn sie an die roten Rosen dachte, die danach im Müll gelandet waren. Nein, so leicht wollte sie es diesem verlogenen Heuchler nicht machen, der genau wusste, was er tat, und ganz bewusst ohne Anwalt zu ihr gekommen war. Aber sie wollte aus diesem Treffen auch kein Verhör machen, ohne Beweise, mit denen sie die Geschichte der »wunderbaren Freundschaft« zerpflücken konnte. Dazu wog der Verdacht gegen Francis Mogana zu schwer. Denn natürlich konnte der Pförtner, nachdem er vom Einwohnermeldeamt zurück war, Carla Caggiani getroffen und sie in den Keller gelockt haben, das war genauso logisch oder unlogisch wie die Indizien, die für oder gegen den Abgeordneten sprachen. Aber sie wollte ihn reden lassen, egal ob er log oder die Wahrheit sagte. Zwischendurch überlegte sie, ihm Kaffee, Fruchtsaft oder irgendetwas anderes anzubieten. Und zwar nicht aus reiner Höflichkeit.

»Haben Sie noch ein wenig Geduld, Herr Abgeordneter, kommen wir noch mal auf die tragischen Ereignisse von Samstag zurück«, nahm sie den Faden freundlich wieder auf und verbarg ihre Abneigung geschickt. »Versuchen Sie mir möglichst genau zu schildern, wann Sie was gemacht haben. Sie könnten der Letzte gewesen sein, der Carla Caggiani lebend gesehen hat, vom Täter einmal abgesehen.« Sie schaute wieder aus dem Fenster, so dass de Nicola wieder auf ihren String blickte, und er begann zu sprechen. Sie drehte sich ruckartig um. »Einen Augenblick, bevor Sie weitersprechen, möchten Sie vielleicht einen Kaffee, einen Fruchtsaft oder einen Eistee? Ich lasse etwas aus der Bar holen.«

»Ja, einen Fruchtsaft nehme ich gerne, danke.« Dabei schenkte er ihr ein schüchternes, fast verlegenes Lächeln in der Hoffnung, damit ihre Sympathie zu gewinnen. Er hatte keine Ahnung. Die Staatsanwältin hingegen spürte, wie ihr Jagdinstinkt sich regte, Adrenalin schoss durch ihre Adern. Sie ging zum Schreibtisch und bestellte per Telefon einen Fruchtsaft und einen Kaffee.

Domenico Ramino zog das Handy aus der Tasche und lächelte, er fühlte sich zehn Jahre jünger. Gemeinsam mit Filipponi durchforstete er die Akten im Keller, ein Dickicht aus amtlichen Dokumenten, Protokollen und Listen. Nach dem Anruf jedoch gingen sie in die Bar, die letzte Bastion derer, die im August die Stellung halten mussten. Hier war noch ein bisschen was los, Gläser klirrten, Tassen schepperten, die üblichen Witze und schlauen Sprüche schwirrten hin und her. Der Vizeinspektor bezahlte erst und ging dann mit seinem Kassenzettel an den Tresen. »Einen Fruchtsaft und einen Kaffee, bitte«, sagte er und schob den Zettel zwischen drei vor ihm stehenden uniformierten Finanzpolizisten vorbei. Filipponi sprach mit dem Mann hinter dem Tresen, der nickte und lächelte.

15

Valeria war sehr zuvorkommend gewesen. Das »Empfangskomitee«, ein sorgfältig rasierter junger Mann mit dunklem Anzug und Krawatte, der nach Kaffee roch, hatte Gracco durch ein Großraumbüro bis zu einem Schreibtisch in der Ecke geführt, direkt neben dem Fenster, von dem aus man auf die Bahngleise von San Lorenzo sehen konnte. Der junge Mann hatte den Computer hochgefahren und ihm gezeigt, wie er ins Archiv der Zeitung kam.

»Schauen Sie, hier geben Sie das Passwort ein und hier steht alles nach Sachthemen geordnet, aber auch chronologisch, alles, was ab 1995 bis heute veröffentlicht wurde. Wenn Sie noch etwas brauchen, wählen Sie die acht, dann haben Sie mich direkt am Apparat«, hatte er hinzugefügt und auf das Telefon gedeutet, dann hatte er ihm Glück gewünscht und war gegangen.

Fabio hasste Großraumbüros. Er hasste sie noch mehr als die saalähnlichen Restaurants der Autobahnraststätten oder die Lesesäle in Bibliotheken. Wie sollte man sich unter diesen Umständen konzentrieren? Zum Glück war es 10.00 Uhr morgens an einem 17. August, und die Redaktion wirkte wie verwaist. Außer ihm war nur eine dunkelhäutige Putzfrau in einem afrikanischen Gewand zu sehen, gelb, rot, grün, mit Blumenmuster, die auf der anderen Seite des Raumes Schreibtische abstaubte und sich zu den Klängen der Musik in ihren Kopfhörern hin und her wiegte.

»Hallo, Schatz. Rufst du mich an, wenn du da bist?« Das gelbe Post-it klebte unter dem Bildschirm und versetzte Fabio einen Stich. Die Zeit und der Text deuteten darauf hin, dass der Zettel erst vor

Kurzem geschrieben worden war. War er etwa für ihn gedacht? Gut, das »Schatz« war natürlich übertrieben. Nach dem gemeinsamen Abendessen hatten sie nur noch einmal Kontakt gehabt, als Fabio sie angerufen und gebeten hatte, einen Blick ins Archiv der Zeitung werfen zu dürfen. Valeria war gerade auf dem Weg nach Porto Cervo, wo sie den Gesundheitsminister interviewen wollte. Schluss mit den Illusionen. Er zog den Zettel mit Valerias Passwort aus der Tasche und gab es ein. Der Bildschirm wechselte die Farbe auf Weinrot, dann gab er den Namen ins Suchfeld ein: Marcello Russo.

Es gab elf Treffer. Sechs Artikel hatten nichts mit dem Schauspieler zu tun, aber fünf erwähnten zumindest seinen Namen, zwei thematisierten den Erfolg von *Berühmte Kriminalfälle*, einer war Biagio Palma gewidmet, der Figur, die Russo in der Serie spielte. Die beiden anderen waren bereits acht Jahre alt.

Fabio vergaß das Post-it, das Großraumbüro und das Rattern der Räder der vorbeifahrenden Züge und tauchte in die Geschichte von zehn jungen Menschen ein, die dank einer Theatertherapie in Viterbo dem Drogensumpf entkommen waren. Ihre erste Aufführung war *Othello*. Auf dem Foto erkannte man den langhaarigen Marcello Russo als Jago und Elisabetta Lorenzi als Emilia, seine Frau. Fabio hatte sie nur an der Bildunterschrift erkannt, denn sie war völlig abgemagert und nur ein Schatten ihrer selbst.

16

Das Glas, aus dem Nicola de Nicola getrunken hatte, wurde sofort in einem Behälter gesichert, den Ramino bereitgehalten hatte. Er war sogar im Fiat Bravo mitgefahren, seine geliebte Dominator hatte er stehen lassen. Wie jeden 17. im Monat und in Schaltjahren, hatte er den korallenroten »Curniciello« dabei, den neapolitanischen Glücksbringer in Peperoniform, den seine Frau ihm geschenkt hatte. Er trug ihn mehr aus Tradition als aus Überzeugung. Auf dem Stadtring hatte sich ein Megastau gebildet, auf der rechten Spur wurde die Fahrbahndecke erneuert, der Verkehr war nahezu lahmgelegt. In der flirrenden Hitze hatte sich das Wageninnere aufgeheizt, die Klimaanlage funktionierte nicht richtig, es roch verbrannt, und der Wind, der durch die geöffneten Fenster drang, sorgte auch nicht für Abkühlung. Filipponi schwitzte Blut und Wasser, hatte er doch die glorreiche Idee gehabt, den Stadtring zu nehmen, um auf schnellstem Wege zum Piazzale Clodio zu kommen. Es war ihm peinlich, Verkehrsmeldungen gab es keine, auch über Funk war nichts zu hören. Vielleicht war das Gerät geschmolzen.

Ramino hatte die Augen geschlossen und tat so, als würde er schlafen. In Wahrheit versuchte er zu überleben. Seit dem Mord waren jetzt hundert Stunden vergangen. Er spürte, wie ihm die Lage entglitt, sein einziger Trost war das Beweisstück Nr. 62, das der

Spurensicherungsexperte untersuchen und auswerten sollte. Nicht einmal die Vorstellung von Santolamazzas Mondgesicht konnte ihn jetzt noch schrecken. Er umschloss den Behälter auf seinem Schoß mit beiden Händen wie einen wertvollen Schatz. Endlich hatten sie Fingerabdrücke und DNA von Nicola de Nicola.

Zwischen einem Operationssaal und dem Labor der Spurensicherung gab es nur wenige Unterschiede. Der Raum war in gleißend helles Licht getaucht, LED-Lampen blinkten und die Luft war frisch und klar, sie schien direkt aus dem alpinen Hochwald zu kommen. Es war nicht das erste Mal, dass Ramino das Labor betrat, aber er war immer wieder fasziniert. Tief beeindruckt. Natürlich sprach er das nicht laut aus. Er trug einen speziellen Schutzanzug, Handschuhe und Überschuhe und hatte eine Gesichtsmaske mit Kapuze übergestreift. Als Filipponi ihn in diesem Aufzug sah, hatte er es vorgezogen, in der Bar zu warten, anstatt sich ebenfalls auszustaffieren. Er hatte ein Glas eiskalte Cola genossen, wie ein Lastwagenfahrer, nachdem er seine Fuhre gemacht hatte. Santolamazza und Bertozzelli, der zuständige Biologe, begannen mit der Untersuchung des Speichels am Glasrand. Dann fixierten sie das Glas in einer besonderen Apparatur, um die Fingerabdrücke zu sichern. Ramino hatte bei seinem Ersuchen nicht ganz die Wahrheit gesagt, immerhin galt für Abgeordnete parlamentarische Immunität, natürlich auch für de Nicola.

Das Beweisstück Nr. 62 bekam die Bezeichnung »Neue Belege aus einem Ortstermin im Palazzo am Corso Vittorio Emanuele II. Nummer 207 am 17. August. Keller und angrenzende Räume«. Domenico Ramino hatte Filipponi alles genauestens erklärt, der Name de Nicola durfte auf keinen Fall zur Sprache kommen.

Der Glasrand war voller Zellen und Organismen. Das DNA-Analysegerät BioRobot EZ1 hatte die Proteine im Speichel und ihren genetischen Code identifiziert, so dass man die DNA einer männlichen Person zuordnen konnte, die »derzeit noch unbekannt« war. So hatte es Bertozzelli beschrieben. Das Wunderwerk der Technik hatte dazu gerade mal eine halbe Stunde gebraucht. Und es würde ein oder zwei Tage dauern, um festzustellen, ob das genetische Profil des »Unbekannten« zu der Samenflüssigkeit passte, die man am Körper der Toten gefunden hatte. Alles lief wie am Schnürchen.

Die Fingerabdrücke wurden mittels Daktyloskopie sichtbar gemacht: Dafür wurde das Material in einem gasdichten Behälter mit Cyanacrylat bedampft, die Abdrücke begannen zu leuchten und waren innerhalb von Sekunden zu erkennen. Dann kam Enzo Galassi ins Spiel, der Daktyloskopieexperte, mit all seiner Erfahrung und seiner Analysesoftware. Er nahm die Fingerabdrücke vom Glas ab und verglich sie mit dem Beweisstück Nr. 00, der Plastikverpackung des iPads. Das Ergebnis ließ nicht lange auf sich warten.

Mit höchster Wahrscheinlichkeit stimmten die Abdrücke überein.

Als das Ergebnis feststand, schien etwas in Raminos Brust zu explodieren, verbunden mit dem Reflex, sofort die Staatsanwältin anzurufen, um ihr diese großartige Nachricht mitzuteilen. Aber er hielt sich zurück. Das Risiko war zu hoch. Denn der Vergleich mit den Abdrücken, die auf insgesamt 47 Objekten im Keller des Palazzo am Corso Vittorio Emanuele II. 207 gefunden worden waren, würde noch Stunden dauern.

Ramino zwang sich zur Ruhe, trotz des immer stärker werdenden Jagdtriebs, den er immer dann verspürte, wenn die Puzzleteile einer Ermittlung allmählich ein Bild ergaben. Er durfte Nicola de Nicola nicht vorverurteilen. Er durfte sich nicht in eine fixe Idee verrennen. Denn genau wie in der Liebe verschwimmen bei einem hoch motivierten Ermittler leicht die Grenzen zwischen Wunsch und Realität. Sich allzu sehr auf den eigenen Instinkt zu verlassen, konnte am Ende fatale Folgen haben. Ob er wollte oder nicht: Er musste die Ergebnisse der weiteren Analysen abwarten, die Spur Francis Mogana weiter verfolgen, die Durchsuchung der Wohnung in Torre Angela beantragen und Druck auf die philippinischen Behörden ausüben, um mehr Informationen über Moganas Vergangenheit zu bekommen.

17

In Parioli stand die Sonne bereits hoch am Himmel, aber der Zeitungskiosk auf dem Piazzale Don Minzoni war immer noch geschlossen. Sich die Sonne in Formentera auf den Bauch scheinen zu lassen, war sicher erstrebenswerter, dachte de Nicola, als er das »Geschlossen«-Schild an der Tür las. Was würde er darum geben, jetzt auch dort zu sein. Auch am Taxistand war die Augustflaute zu spüren, und die Fahrer jammerten wie immer um diese Zeit über die ausbleibenden Fahrgäste. Er bog nach links in die Via de Notaris ab, eine enge Einbahnstraße, die bergauf führte. Wenn er hier einbog, fühlte er sich schon wie zu Hause, er mochte die gemütliche Atmosphäre. Die stattlichen Ein- und Zweifamilienhäuser, die das Wohngebiet prägten, die Terrassen und Balkone, die schmiedeeisernen Tore, die Messingbeschläge, die geschmackvollen Vorhänge, die farbenprächtigen Blumenkübel, die auch in einem schicken Viertel von Lausanne, Monte-Carlo oder an der Strandpromenade von Cannes oder Rapallo stehen könnten. Er stand politisch eher links, was nicht so recht zu dieser Umgebung passen wollte, Arbeiterwohnungen waren das gerade nicht. Aber seine Familie hatte immer schon hier gewohnt, sein Vater, sein Großvater, sein Urgroßvater. Er war hier geboren worden, seit Generationen waren die de Nicolas hier verwurzelt wie das Efeu und die blühenden Glyzinen, die die Mauern und Gitter hochrankten.

Diese angenehmen Gedanken wechselten sich mit bedrückenden ab. Nach dem Treffen mit der Staatsanwältin hatte ihn das schlechte Gewissen eingeholt. Er hatte nicht wirklich gelogen, er hatte aber auch nicht die ganze Wahrheit gesagt. Eine »wunderbare Freundschaft«, da hatte er es ein bisschen übertrieben. Aber jetzt war es zu spät, und er versuchte sich einzureden, dass er keine andere Wahl gehabt hatte. Er hatte den Unmut in ihren Augen gesehen, genauso deutlich wie ihren Stringtanga. Normalerweise spielte es keine Rolle, ob der Staatsanwalt einen Verdächtigen sympathisch oder unsympathisch fand, in der öffentlichen Meinung zumindest. Das galt besonders für Politiker, bei denen sowieso alles in der Presse landete. Der Direktor seiner Bank hatte ihn zweimal angerufen. Das erste Mal hatte de Nicola ihn weggedrückt, das zweite Mal das Handy ausgeschaltet. Er brauchte Ruhe, nicht mal mit seinem Anwalt und Freund Soana Teti, der auf Informationen wartete, wollte er sprechen. Er wollte nur noch duschen und schlafen, wenn es sein musste, auch mithilfe einer Schlaftablette. Einfach abwarten, was passierte.

Aber es kam anders. Als er nach der letzten Kurve das Tempo verlangsamte, sah er sie: eine Traube schwarz gekleideter Menschen. Vielleicht eine Beerdigung? Die Mitarbeiter des Beerdigungsinstituts? Aber als er näher kam, erkannte er die roten Absperrbänder und die Polizisten, die versuchten, die Fotografenmeute in Schach zu halten. Hier ging es um ihn. Darauf hätte er auch früher kommen können. Er war ein Idiot. Hastig versuchte er den Rückwärtsgang einzulegen, das Getriebe krachte, die Fotografen witterten ihr Opfer und rannten auf ihn zu. De Nicola wollte nur noch weg. Im Augenblick war ihm alles egal, auch der Mercedes. Auf seiner Flucht streifte er am Straßenrand parkende Autos, rasierte Außenspiegel ab und beschädigte Scheinwerfer und Rückleuchten. Ein wütendes Konzert aus Alarmanlagen begleitete seinen Weg. Aber es gelang ihm, den Piazzale Don Minzoni zu erreichen und im fließenden Verkehr zu verschwinden. Erst vor einer Telefonzelle auf der Piazza dei Carracci in Flaminio hielt er wieder an. Er steckte einen Euro in den Schlitz, klappte sein Notizbuch auf und tippte eine Nummer.

»Ciao, Mario, hier ist Nicola«, sagte er, dabei schaute er zu einem alten Paar hinüber, das unter der Markise eines Cafés saß und Händchen hielt. »Entschuldige, aber ich muss dich treffen.« Die Blätter der Platanen im Zentrum der Piazza begannen sich gelb zu färben. »Es ist dringend, sonst würde ich nicht anrufen.« Es hupte, er drehte sich um, das Auto, das er zugeparkt hatte, wollte wegfahren. »Gut, in einer Stunde, bei der Servianischen Mauer. Danke.« Er hängte den Hörer ein, ging auf seinen ramponierten Mercedes zu und winkte. »Komme schon«, rief er. »Ihr Arschlöcher«, fügte er leise hinzu.

18

Das Treffen im Außenministerium sollte um zwölf stattfinden. Der schwarze Lexus mit dem Diplomatenkennzeichen glitt sanft schnurrend an den weißen Marmorpalästen der EUR vorbei über die Via Cristoforo Colombo, alle Ampeln standen auf Grün. Der uniformierte philippinische Fahrer war die Ruhe in Person, er widerstand dem Impuls, aufs Gas zu drücken, und hielt exakt die vorgeschriebene Höchstgeschwindigkeit von 50 km/h ein. Victor Peralta fühlte sich frisch und ausgeruht. Es machte ihm Spaß, jede grüne Ampel beschwörend anzustarren wie ein kleines Kind, als ob er damit bewirken könnte, dass auch sie grün blieb.

Eine freundlich lächelnde Botschaftsangestellte namens Annie Sarmiento de la Cruz hatte ihn im Hotel abgeholt und erstattete ihm Bericht. Es war die Botschafterin selbst gewesen, die den »sanften Verhörer« Adolfo Alvarez erkannt hatte, von dem es hieß, er habe als junger Soldat seine weiblichen Opfer vor dem Foltern gestreichelt. Er war ihr durch Zufall im Fernsehen aufgefallen, in einem Bericht über einen Mordfall in Rom. Ein Reporter versuchte vergeblich einem philippinischen Pförtner, der am Tatort arbeitete, Informationen zu entlocken. Die Einblendung war kurz gewesen, doch der Botschafterin hatte sie genügt, um seine Augen wiederzuerkennen. Dieser Mann hatte sie vor vierzig Jahren monatelang an einem unbekannten Ort festgehalten, verhört und gefoltert. Viktor Peralta kannte das Dossier über die Grausamkeiten von Adolfo Alvarez nur zu gut, da bedurfte es keiner weiteren Erklärung. Natürlich hatte sich die Botschafterin direkt an den Außenminister gewandt, der wiederum umgehend Kontakt mit dem philippinischen Innenministerium aufgenommen hatte. Fast gleichzeitig war von Manila aus ein hoher Beamter nach Rom geflogen, der neben diversen Papieren auch die Antwort auf das Rechtshilfeersuchen der römischen Polizei an die Kollegen in Laoag dabeihatte. Es ging um Informationen über einen gewissen Francis Mogana, geboren in Laoag, inwischen italienischer Staatsbürger mit Wohnsitz in Rom. Die philippinische Polizei bestätigte, dass es tatsächlich einen in Laoag geborenen Mann dieses Namens gegeben hatte, einen Priester, der 1986 in Manila von der Bildfläche verschwunden und zehn Jahre später für tot erklärt worden war. Er hatte dem linken Widerstand angehört. Der Botschafterin hatte es fast das Herz gebrochen, als sich herauskristallisierte, dass auch hier Adolfo Alvarez seine Finger im Spiel gehabt haben könnte.

Nach ihrem Bericht händigte die Botschaftsangestellte Victor Peralta noch eine Mappe mit Pressemitteilungen zum Mordfall Caggiani und dem Suizid von Francis Mogana aus. Während sie versuchte, ihm die wichtigsten Schlagzeilen zu übersetzen, schaute Peralta aus dem Fenster und genoss die Fahrt durch die Ewige Stadt. Er hatte wichtige Unterlagen für die italienischen Sicherheitsbehörden dabei. Verhörfotos und Fingerabdrücke von Adolfo Alvarez, die seit Jahren im Archiv der Abteilung zur Neustrukturierung der philippinischen Armee lagerten. Außerdem ein aus dem Tagalog ins Englische übersetztes Protokoll eines Telefonats, das von der Zollstelle des Flughafens Laoag mit einem Anschluss in Rom geführt worden war. Mit einer in Italien eingebürgerten Filipina: Anita Balveo.

19

Das von Kastanien und Eichen gesäumte Häuschen in der Via Civitavecchia lag im Dunkeln, die Fensterläden waren geschlossen, es herrschte absolute Stille. Es stand in Manziana, einem von den Etruskern gegründeten Dorf nördlich von Rom. Gabriella unterstützte ihren Bruder gern bei der Ermittlungsarbeit, ganz besonders bei Observationen. Schon öfter hatten sie und Fabio ein Paar gespielt, so fiel man weniger auf. Sie waren im Alfa 166 ganz langsam am Domizil von Marcello Russo und Carla Caggiani vorbeigefahren. Am Tor prangte ein Polizeisiegel, auf dem niedrigen, mit Efeu bewachsenen Mäuerchen hatten Nachbarn und Bekannte Blumen niedergelegt. Manche waren frisch, andere welkten in ihren Plastikverpackungen dahin, aber niemand hatte sie entfernt. Nicht einmal der Wind hatte sie davongetragen. Aus Respekt vor Carla, der verlorenen Tochter Manzianas, die immer freundlich zu allen gewesen war. Ein brauner Boxer mit einem weißen Fleck auf der Brust und einer schwarzen Schnauze betrachtete sie von jenseits des Zaunes und jaulte. Vielleicht Carlas Hund? Fabio konnte sich vorstellen, wie verzweifelt das Tier sein musste. Der Rasen war nicht gemäht, die Büsche waren nicht geschnitten. Der früher bestimmt einmal schöne Garten wirkte vernachlässigt. Wie der einstmals farbenprächtige Sonnenschirm, der jetzt zusammengebunden, und dort, wo er nach Norden zeigte, voller Moos und Dreck war. Im Nachbargarten tollten Kinder in einem Planschbecken herum und spritzten sich nass. Sie lachten und kreischten, unberührt von der Trauer und Trostlosigkeit des Nachbargrundstücks.

Sie ließen den Alfa am Ende der Via Roma stehen. Das Zentrum von Manziana war nur ein paar Schritte entfernt, zwischen den für die Gegend typischen schlichten Ziegel- und Tuffsteinhäusern erkannte man den Brunnen, die mächtigen Bäume und den hochherrschaftlichen Palazzo Tittoni. Gabriella hatte sich bei ihrem Bruder untergehakt, die beiden sahen aus wie ein zufriedenes Touristenpaar, das sich den Ort ansehen wollte. Wenn man etwas erfahren will, bleibt man besser unauffällig, mischt sich ins Geschehen und lässt die anderen reden, ohne selbst Fragen zu stellen.

Die Bar Gelateria lag zentral zwischen der Kirche und dem Palazzo. Neben den Tischen waren Sonnenschirme aufgespannt, aber darunter saß niemand.

Davor zweigte die Straße zum Bahnhof ab, die Carla Caggiani jeden Tag genommen haben musste, wenn sie mit dem Zug nach Rom gefahren war. Es war kurz nach dem Mittagessen, die Zeit für einen Digestif oder einen Caffè corretto, und aus der Bar drangen laute Stimmen nach draußen. Dem Dialekt nach, Leute aus dem Dorf. Die perfekte Gelegenheit. Der perfekte Ort. Die perfekte Zeit. Nach dem Essen, bei einem Glas Wein und bevor die Verpflichtungen des restlichen Tages erneut die Gedanken beanspruchten. Fabio und Gabriella betraten die Bar, schlagartig wurde es still, alles verstummte wie Grillen, die bei ihrem Gesang gestört worden waren.

»Buongiorno«, sagte Fabio und bekam undefinierbares Gemurmel zur Antwort. Gabriella ging auf die Eistheke zu, wo sie die Bedienung erwartungsvoll anblickte.

An der Decke hing ein robuster Ventilator, der die Luft im Raum fast lautlos verteilte. Es waren insgesamt etwa zehn, zwölf Gäste im Lokal, ausschließlich Männer, die eine Hälfte sechzig und älter, die andere um die zwanzig. Die Jungen spielten Karten, wie ihre Väter und Großväter es in ihrem Alter auch getan hatten. Fabio sah sich um, bis sein Blick auf einen Typen in Arbeitskleidung fiel. An seinem Gürtel war ein Sichelmesser befestigt, die Füße steckten in grünen Militärstiefeln, an denen Grasreste klebten. Ihm gehörte bestimmt der Kleintransporter mit den Gartengeräten, der direkt vor dem Eingang parkte. Als Fabio die abwartenden Gesichter der Leute am

Tisch bemerkte, war ihm klar, dass vor ihrem Eintreffen eine lebhafte Diskussion im Gang gewesen sein musste. Sein Blick schweifte weiter durch den Raum. An der hinteren Wand befanden sich der Aushang der Lottozentrale und ein Zeitungsständer. Die Schlagzeilen des *Il Messaggero* und anderer Blätter sprangen ihm ins Auge:

»Der Francis-Mogana-Selbstmord! Sensationelle Wendung im Fall Caggiani!«

Daneben steckte die letzte Ausgabe von *Per te*: »Exklusive Fotos des Abgeordneten und der Archäologin!«

Fabio zog einen *Il Messaggero* aus dem Ständer und bezahlte die Zeitung und die Eisbecher, die Gabriella bestellt hatte. Dann setzten sie sich an einen strategisch günstigen Ecktisch, unauffällig, aber trotzdem nah am Geschehen. Fabio schlug die Zeitung auf, gerade als die Bedienung das Eis brachte.

»Die Arme«, seufzte Gabriella, ihr Blick war fest auf die Zeitung gerichtet. »Ach was, die Ermordete kam hier aus Manziana?«, fügte sie mit gespielter Überraschung hinzu.

»Nein, sie kam aus Rom«, sagte die Bedienung. »Sie ist erst vor ein paar Jahren hergezogen. Aber wir hier mochten sie alle.«

Fabio warf einen Blick in die Runde, die Gesichter waren voll ungesagter Worte. Man müsste nur ein bisschen drücken, und sie würden sprudeln wie ein Wasserfall. Er tauchte die Waffel zwischen die Kugel Waldfruchteis und die Sahne und lauschte. Kleidung raschelte, Füße scharrten, die Gespräche wurden wieder aufgenommen. Er wartete.

»Man sollte die Todesstrafe wieder einführen«, erregte sich ein schmächtiger Mann um die sechzig, dessen gerötetes Gesicht verriet, dass er zu viel trank. Er musste ein Stammgast sein, in Händen hielt er eine Zeitung.

»Zum Glück hat der Bastard das selbst erledigt«, ergänzte einer der Kartenspieler.

»Schluss damit, so was sollten wir nicht mal denken«, wies ihn die Bedienung zurecht, während sie schmutziges Geschirr in die Spülmaschine räumte.

»Diese Ausländer müssen weg, die gehören hier nicht hin«, regte sich ein anderer auf und knallte eine Karte auf den Tisch.

Die Spannung im Raum war jetzt mit Händen zu greifen, man spürte förmlich das tief Luftholen, jemand, der bisher geschwiegen hatte, wollte etwas sagen. Während Fabio und Gabriella ihr Eis löffelten und zuhörten, nahm das Unerwartete seinen Lauf.

»Erst denken, dann reden! Schon mal gehört?« Der Gärtner rutschte auf seinem Stuhl herum und schaute die Kartenspieler und den Rotgesichtigen an. Dann räusperte er sich ein paarmal und sagte: »Dieser Filipino hat nichts damit zu tun. Kapiert ihr das nicht? Die haben ihm das nur untergeschoben, dem armen Hund.«

Fabio fühlte eine gewisse Zuneigung für diesen Mann in sich aufsteigen, der eine ganz neue Perspektive aufgezeigt hatte. Er blickte Gabriella fragend an.

Beide hatten den gleichen Gedanken: Hoffentlich sprudelt die Fontäne weiter.

20

Das Untergeschoss im Bahnhof Termini war in grelles Licht getaucht, es roch nach Kaffee, Gewürzen, Toast und Pizza, die an jeder Ecke angeboten wurden. Pendlerströme wälzten sich aus den U-Bahn-Ausgängen, vermischten sich und trennten sich wieder. Wer spät dran war, rannte, wer noch Zeit hatte, schlenderte zu seinem Zug. De Nicola versuchte das Gewimmel mit den Augen zu durchdringen. Sie hatten sich an den Mura Serviane verabredet, dem ältesten Teil der römischen Stadtmauer, die seit mehr als 2500 Jahren in all der Hektik geduldig stehen blieb und Ruhe bewahrte. Die Mauer war zuerst da gewesen, dann waren die Piemonteser gekommen, dann hatte man den Bahnhof gebaut. Und dann war das glanzvolle Italien gekommen, berauscht von der Illusion eines neuen Imperiums und hatte alles umgestaltet. Aber die Überreste der Mura Serviane waren immer noch da, rau, unbeweglich und unverwüstlich.

De Nicola sah ihn schon von Weitem, wie er die Rolltreppe hinunterfuhr, inmitten einer Gruppe von lächelnden Asiaten. Er eilte ihm entgegen. Mario Ardizzone, der Untersuchungsrichter, grüßte nicht einmal. Er ging einfach neben ihm her.

»Du bringst mich in Schwierigkeiten«, waren seine

ersten Worte. »Ich bin nur hier, weil ich mit dir und deinem Vater befreundet bin.«

»Das weiß ich, und dafür danke ich dir.«

Sie drängten sich durch die Menschenmenge, schauten starr nach vorne und unterhielten sich leise.

»Komm zur Sache, das Risiko liegt auf meiner Seite«, zischte der Richter. Er hatte es offensichtlich eilig.

»Heute Morgen war ich bei Staatsanwältin Campazzo, wie du sicher weißt«, begann de Nicola. »Aus freien Stücken.«

»O ja, und ich versichere dir, dass sie ziemlich sauer war. Sie meinte, du verschweigst etwas und leugnest das Offensichtliche. Wenn ich dich nicht kennen würde, würde ich sagen, du bist komplett verrückt geworden.«

»Das habe ich mit Absicht gemacht.«

Ardizzone wandte sich zu ihm, gespannt, aber nicht überrascht.

»Ich habe falsche Fährten gelegt, Mario, so konnte es nicht weitergehen. Die Zeitungen, das Fernsehen, die nehmen mich auseinander. Hast du die Fotos in diesem Schmierblatt gesehen? Mit jeder Stunde entstehen neue Gerüchte. Für die Presse bin ich doch der Sündenbock.«

»Was hast du denn gedacht? So steigert man die Auflage!«

»Genau. Wenn das so weitergeht, muss ich in einer Woche das Land verlassen und mir irgendwo weit weg ein neues Leben aufbauen. Warum kümmert sich die Campazzo nicht um diesen Pförtner? Es ist doch klar, dass er der Täter ist!« Er war laut geworden.

»Pssst, sprich leiser. Und rede nicht so einen Unsinn.«

»Das liegt doch auf der Hand, aber das kümmert die gar nicht. Die hat mich auf dem Kieker, weil ich Politiker bin.« De Nicolas Stimme war nicht leiser geworden.

Der Richter ließ sich nicht aus der Reserve locken und schaute ihn schräg von der Seite an. »Pass auf, was du sagst, Nicola. Leg dich nicht mit der Staatsanwaltschaft an. Einen solchen Grabenkrieg kannst du nur verlieren.«

»Ich will eine offizielle Anklage. Ich will sofort einen offiziellen Ermittlungsbescheid. Ich will ein offizielles Verhör, bei dem mein Anwalt anwesend ist. Ich will, dass die Staatsanwaltschaft die Karten auf den Tisch legt, damit ich mich verteidigen und Beweismittel zu meinen Gunsten vorbringen kann. Und du kannst mir dabei helfen. Die Campazzo ist noch jung, auf dich hört sie. Mach ihr klar, dass das der richtige Weg ist. Und sprich mit dem Oberstaatsanwalt darüber.«

Mario Ardizzone blieb abrupt stehen. Die Menschenmenge schob sich an ihnen vorbei.

»Das ist also deine Strategie?«

»Ja. Ich habe heute alle politischen Ämter niedergelegt und werde nicht bei den Wahlen kandidieren. Und wenn es der Wahrheitsfindung dient, gebe ich auch meine parlamentarische Immunität auf.« Während de Nicola das sagte, wurde sein Blick weit und verlor sich im Nichts.

»Du trittst eine Lawine los, beschwer dich hinterher nicht über die Folgen.«

»Für mich rollt sie schon. Und das ist alles besser, als langsam im Sumpf zu versinken.«

Der Richter antwortete nicht, drehte sich um und verschwand zwischen den Menschen, die über die Rolltreppen zur U-Bahnstation hinunterfuhren.

De Nicola blickte sich um, suchte nach dem Toilettenschild. Ihm war kalt, er war mit seiner Kraft am Ende. Sämtliche Kabinen waren besetzt. Er begann zu zittern, endlich, eine graue Tür öffnete sich. Der Uringestank gab ihm den Rest. Er presste die Hände gegen die Plastikwand und übergab sich.

21

Erregte Worte waren gewechselt worden, wüste Beschimpfungen hin und her geflogen, hier kannte jeder jeden, und man duzte sich. Bei dieser Hitze hatte sich kein neuer Gast mehr in die Bar verirrt, an Fabio und Gabriella hatte man sich inzwischen gewöhnt. Die Streithähne hatten sich in zwei Gruppen geteilt, »schuldig« und »unschuldig«, die sich, typisch italienisch, nichts schenkten. Die zahlenmäßig größere Gruppe wurde von dem Rotgesichtigen angeführt, einem gewissen Memmo, ehemaliger Drucker, den das Blei und das Leben vergiftet hatten, einer »der

Bescheid wusste«. Er war sicher, dass der Filipino die Archäologin umgebracht hatte und Ausländer ohnehin an allem schuld sind. Darin wurde er insbesondere von den Jüngeren unterstützt. Die zweite Gruppe war heterogener, ihr Wortführer war der Gärtner, Signor Ulderico. Sie waren davon überzeugt, dass der Pförtner unschuldig und selbst Opfer des Caggiani-Mörders geworden war. Doch ab da teilten sich die Meinungen in dieser Gruppe.

Wer war denn nun der Mörder? Der Gärtner fasste die wilden Spekulationen zusammen: »Die einen sagen so, die anderen sagen so.« Er sei sicher, dass der Ehemann der Täter war. Dieser »Schmierenkomödiant«, wie er ihn nannte, ohne den Namen zu nennen. Ein gewalttätiger Typ, dem auch mal die Hand ausrutschte, vielleicht sogar bei Carla. Die Frau hinter dem Tresen und zwei Gäste ergriffen Partei für Russo und meinten, er sei ein großer Schauspieler, der seine Frau geliebt habe. Für sie lag die Schuld bei dem Abgeordneten, diesem de Nicola. Fabio und Gabriella hörten interessiert zu, saugten jedes Wort auf, gaben sich aber unbeteiligt. Ein Spektakel auf großer Bühne, die Akteure überboten sich gegenseitig mit dem wenigen, was sie wussten, was aber immerhin mehr war als die »Fakten« aus den Zeitungen, bei denen es sich zum Teil um reine Spekulation handelte. Zum Beispiel meinte der Gärtner, dass Marcello Russo sich schon seit sechs Monaten nicht mehr in Manziana habe blicken lassen. Und als er sich noch um ihren Garten kümmerte, habe er einmal gehört, wie er seine Frau angeschrien hatte, und gesehen, wie sie weinend und mit geschwollenem Gesicht aus dem Haus gerannt war.

Doch die Bedienung widersprach. Carla habe ihr damals erzählt, dass sie auf der glatten Kellertreppe ausgerutscht und gestürzt sei. Und am letzten Sonntag im Juli, vor etwa drei Wochen also, hätte sie Russo aus einem Taxi steigen sehen, er habe ein brandneues Fahrrad aus dem Kofferraum gehoben, mit einer großen Schleife darum, bestimmt ein Geschenk für seine Frau. Gut, es könne schon sein, dass die Ehe kriselte, weil Marcello ein Schürzenjäger war, aber sie liebten sich noch immer und sahen sich regelmäßig. Untermalt wurde das Plädoyer für den Ehemann von Signor Memmo und seinen Gesinnungsgenossen mit ihren mantraartigen Anschuldigungen gegen den Filipino und das ganze Ausländerpack.

»Eine so schöne Frau hat etwas Besseres verdient als diesen Junkie«, meldete sich der Gärtner wieder zu Wort, »diesen Kokainschnupfer, der selbst in Manziana mit Drogen gehandelt hat.« Die Diskussion verstummte schlagartig. Damit hatte keiner gerechnet. Alle Augen waren auf Ulderico gerichtet, der mit einem Mal ziemlich verlegen wirkte. Das waren schwerwiegende Anschuldigungen, die er wohl am liebsten wieder zurückgenommen hätte. Aber es war zu spät. Und doch: vielleicht war da was dran. In jedem Gerücht steckt ja bekanntlich ein Körnchen Wahrheit.

22

Der Brava hatte den Parkplatz des Polizeipräsidiums verlassen, und fünf Minuten später standen Ramino und Filipponi vor dem Eingang der Filmstadt. In riesigen Lettern prangte dort »CINECITTÀ«. Der Vizeinspektor war noch nie hier gewesen. In dieser von Pinien geprägten Umgebung, zwischen roten Mauern und Kulissen, befand sich die Produktionsstätte einer glorreichen Epoche, als der italienische Film Weltruhm genoss. In den nicht enden wollenden Fluren der Gebäude erinnerten Hochglanzfotos an die längst vergangene große Zeit. Mittlerweile wurden hier vor allem Fernsehproduktionen gedreht: Soaps, Reality Shows, Spielshows und Werbespots. Ramino wollte Elisabetta Lorenzi von Bossa Nova Production befragen, die hier ihre Büros hatten. Man kam sich vor wie in einem Kinofilm. Wenn man aus dem Fenster blickte, befand man sich in der Antike, im Alten Rom aus Holz, Styropor und Pappmaschee. Das Ganze sollte eher ein informelles Gespräch sein, keine offizielle Zeugenvernehmung. Nach Aussagen von Verwandten war Elisabetta Carlas beste Freundin gewesen, und nach dem, was er gerade im Leichenschauhaus gesehen hatte, auch die von Marcello Russo, zu dem er gerade ein Dossier mit Fakten zusammenstellte.

Nach den Telefonlisten war Russos Handy vom Mittwoch, den 10. August, 8.34 Uhr und 23 Sekunden, bis zum Samstag, 13. August, 10.37 Uhr, ausschließlich im Bereich der latinischen Küste geortet worden, an den Drehorten Terracina und Gaeta. Mit seiner Frau Carla hatte er das letzte Mal eine Woche zuvor telefoniert. Die seltenen Kontakte zwischen den Eheleuten hatte Maurizio Caggiani, der Bruder des Opfers, damit erklärt, dass die Ehe seit Monaten kriselte und Russo sogar aus der gemeinsamen Wohnung ausgezogen war. Außerdem sei ihm Russo »ziemlich auf den Sack« gegangen.

Schließlich tauchte Elisabetta Lorenzi auf, in Begleitung eines Polizisten. Das Warten hatte den Vizeinspektor nervös gemacht, und als er seinen Kollegen in Turnschuhen und ungepflegter Uniform sah, stieg sein Adrenalinspiegel noch höher. Er wollte gerade lospoltern, als ihm wieder einfiel, wo er sich befand. Natürlich, hier war alles nur Schau, nur er war echt. Elisabetta sagte zu dem falschen Polizisten: »Kommen Sie bitte später wieder.« Der ging achselzuckend davon.

»Entschuldigen Sie, aber am Set gibt es immer irgendwelche Probleme.« Sie reichte Ramino die Hand.

»Keine Sorge, es wird nicht lange dauern«, entgegnete er.

Sie setzte sich auf ein Sofa, er auf einen Sessel, auf dem seit *Ben Hur* schon viele gesessen haben mussten.

»Das mit Ihrer Freundin tut mir sehr leid«, begann Ramino und kam dann gleich zur Sache, »aber wir werden den Mörder finden.«

Sie sprachen etwa eine Stunde miteinander. Ab und zu klopfte es an der Tür, oder jemand schaute herein, und Elisabetta bat um Verständnis, sie sei gerade verhindert. Im Gespräch blieb sie sachlich, nur hin und wieder überwältigten sie ihre Gefühle. Ramino versuchte, behutsam zu sein, und schrieb nicht mit, sondern ließ ein Band mitlaufen. Alles ohne zu drängen, ohne Fangfragen, im Gegenteil, durch eingestreute Fragen zu Fernsehsendungen versuchte er die Atmosphäre zu lockern. Sie sprachen über ihre Freundschaft mit Carla, die schon in der Grundschule begonnen und bis zur Universität Bestand gehabt hatte, danach hatten sich ihre Wege getrennt. Carla hatte Archäologie studiert, Elisabetta war in die USA gegangen und hatte alles über die Welt des Kinos gelernt.

Dann kam das Gespräch auf Marcello und wie sich die beiden kennengelernt hatten. Elisabetta hatte mit ihm auf der Bühne eines Theaters gestanden, Carla hatte im Zuschauerraum gesessen.

»Ach, Sie waren auch Schauspielerin?«, fragte Ramino.

»Nur kurz«, antwortete sie knapp.

»Und die Ehe der beiden war gut?«

»Ja, von kleineren Streitereien mal abgesehen, wie bei allen«, sagte sie nach kurzem Zögern. Sie hatten geheiratet, nachdem Marcello nicht mehr nur Nebenrollen spielte, sondern einen festen Vertrag für die Serie *Berühmte Kriminalfälle* bekommen hatte. Dann lenkte Ramino das Thema auf die Fotos, er wusste genau, was er tat. Er präsentierte eine Ausgabe von *Per te*.

»Haben Sie diese Fotos schon gesehen?« Noch bevor er die Zeitschrift aufschlagen konnte, nickte Elisabetta bereits. »Furchtbar«, sagte sie und erzählte dann, wie Marcello sich in seiner Garderobe eingeschlossen hatte und nicht am Set erscheinen wollte. Die Bilder hatten ihn schockiert.

»Dann wusste er nichts von dieser Beziehung? Hatte er vielleicht einen Verdacht? Hat er mit Ihnen nie darüber gesprochen?«, bohrte Ramino nach. Sie schüttelte den Kopf: »Nein, darüber hat er nie gesprochen.« Dann fragte Ramino, ob sie denn etwas von der Beziehung gewusst hatte. »Bitte antworten Sie ehrlich.«

Elisabetta wandte den Blick ab. In ihren Augen standen Tränen. Dann begann sie zu erzählen. Von Marcellos Karriere, den immer häufigeren Drehterminen, er war ja kaum noch zu Hause. Elisabetta hatte gespürt, dass etwas nicht stimmte. Und dann hatte Carla ihr Schweigen gebrochen. »Sie wissen ja, wie das ist. Carla war immer schon eifersüchtig und Marcello, als Schauspieler …« Sie schluchzte auf und schlug die Hände vors Gesicht.

»Entschuldigen Sie«, brachte sie gerade noch heraus. Ramino wartete ab. Sein Blick fiel auf den Schreibtisch, wo eine Flasche Wasser und Gläser standen.

»Trinken Sie einen Schluck«, sagte er und goss ihr ein Glas ein.

Sie trank, atmete tief durch und hörte auf zu weinen.

»Sie müssen mir versprechen, dass Marcello nichts von dem erfährt, was ich Ihnen jetzt sage.«

Ramino nickte, und sie erzählte weiter. Marcello hatte eine Affäre mit einer Schauspielerin in der Serie gehabt. Carla hatte es herausgefunden (»Fragen Sie mich aber nicht wie«), und ihre Ehe war am Ende gewesen, obwohl sie anfangs noch im gleichen Haus wohnten. Dann hatte Marcello eine Wohnung in Pigneto gemietet, in der Via Casilina, und war ausgezogen. Als die Affäre zu Ende war, hatte Marcello alles versucht, um seine Frau zurückzugewinnen. Aber da war nichts mehr zu machen gewesen, denn Carla hatte in der Zwischenzeit de Nicola kennengelernt.

»Aber davon wusste Marcello nichts«, fuhr Elisabetta fort, und ihre schönen Augen glänzten. »Die beiden waren schon fünf, sechs Monate zusammen, hielten die Beziehung aber geheim; klar, er war verheiratet und dann die politische Karriere.«

»Haben Sie ihn kennengelernt?«

»Nicht wirklich, nur auf Fotos.«

»Und dann?«

Elisabetta hielt kurz inne und seufzte. »Carla meinte, die Sache würde ihr zu ernst. De Nicola wollte für sie seine Familie verlassen, und das wollte sie wiederum nicht. Und außerdem hatte sie Marcello noch immer nicht vergessen. Deshalb hatte sie etwa Mitte Juli Schluss gemacht …« Sie seufzte erneut. Ramino wartete geduldig. »Aber er wollte sie nicht gehen lassen …«

»Wer? De Nicola?« Der Vizeinspektor sprach den Namen betont laut und deutlich.

»Ja, de Nicola. Carla machte sich Sorgen, weil er sie ständig anrief und sie mit Geschenken überhäufte, er schien völlig den Verstand verloren zu haben.« Erschreckt hielt sie sich die Hand vor den Mund. »Aber deswegen jemanden umbringen? Carla hat mir gesagt, dass sie Nicola an diesem Samstagmorgen treffen wollte, um Klarheit zu schaffen…« Elisabetta verstummte und starrte ins Nichts.

Ramino dachte nach, dann fragte er: »Sie sind Produktionssekretärin, das heißt, Sie kümmern sich auch um die Organisation und die Logistik am Set, oder?« Elisabetta nickte. Der Vizeinspektor bat sie, so genau wie möglich zu rekonstruieren, was an diesem Samstagmorgen und in der Nacht davor bei den Aufnahmen geschehen war. Sie öffnete einen Ordner mit dem Ablaufplan und las vor.

Gedreht wurde am Tempel des Jupiter Anxur in Terracina und an der Panoramastraße, die dorthin führte. Marcello war an vier aufwendigen Actionszenen beteiligt. Der erste Dreh war um 22 Uhr gewesen, der letzte um 4 Uhr morgens. Um sechs waren die meisten Schauspieler im Hotel gewesen und hatten geschlafen, während die Mechaniker, die Elektriker und die Kameraleute das Set abbauten und die Lastwagen beluden, um alles wieder nach Cinecittà zurückzubringen.

»Und Sie sind sicher, dass Russo mit den anderen ins Hotel gefahren ist?«

»Zu hundert Prozent.«

Ramino musterte sie, das war der entscheidende Punkt ihrer Aussage.

»Darf ich fragen, warum Sie sich da so sicher sind?«

»Er hat mit mir und anderen Schauspielern im Bus gesessen.«

»Aha, aber zwischen sieben und zehn haben Sie ihn nicht gesehen.«

Einen Moment senkte Elisabetta den Blick, dann schaute sie Ramino an: »Marcello war die ganze Zeit bei mir. Wir haben zusammen in meinem Zimmer geschlafen.«

Obwohl Ramino berufsbedingt ständig mit den dunkelsten Seiten der Menschen konfrontiert wurde, war er im Grunde seines Herzens konservativ. Werte wie Treue, Respekt und Würde waren für ihn unverzichtbar. An diese Leitbilder klammerte er sich, sie gaben ihm Trost.

»Entschuldigen Sie, wollen Sie damit sagen, dass Sie eine Beziehung mit Marcello Russo haben?«

Sie zögerte, dann sagte sie: »Wir mögen uns. Und in diesen schwierigen Zeiten sind wir uns nähergekommen.«

»Ah, ich verstehe«, erwiderte Ramino, der Elisabettas Verlegenheit spürte. »Gibt es noch jemanden, der bestätigen kann, dass Marcello Russo an diesem Morgen bei Ihnen war?«

Elisabetta schüttelte den Kopf. »Warum fragen Sie mich das alles?«

»Reine Routine.« Er wartete einen Moment. »Also, kann jemand Ihre Aussage bestätigen?«

Sie verzog gequält das Gesicht: »Ja, mein Vater, er hat Marcello gesucht, aber nirgends gefunden. Als er nicht mehr weiterwusste, ist er zu mir gekommen.«

»Und jemand außerhalb Ihrer Familie?«

Elisabetta Lorenzi wirkte überrascht. »Die junge Frau, die uns das Frühstück aufs Zimmer gebracht hat. Sie können Sie fragen.« Sie seufzte. »Reicht das?«, fragte sie dann mit leicht ironischem Unterton.

23

Die Sonne ging allmählich unter, aber der Wind, der über die Felder hinter dem Polizeipräsidium wehte, war immer noch warm. Auf den zweihundert Metern Fußweg zwischen Cinecittà und der Kriminaltechnik hatte Ramino versucht, Lucia Campazzo das Ergebnis der informellen Befragung von Elisabetto Lorenzi zusammenzufassen, hatte dabei aber ins Telefon brüllen müssen, um den Verkehrslärm auf der Via Tuscolana zu übertönen. Danach hatte er noch die Genehmigung für eine Dienstreise Filipponis nach Terracina eingeholt.

Aber sein Kollege war nur schwer zu finden gewesen. Filipponi hatte sich verkrochen wie eine Katze, die ein nahendes Unwetter spürt. Ramino fand ihn schließlich im kühlen Labor von Santolamazza, seinem Lieblingsfeind. Die beiden schienen bester Laune zu sein. Lachten sie etwa über ihn?

»Filipponi«, rief er und verharrte auf der Türschwelle, diesen Ort würde er nur im Notfall betreten. Der Sergente sprang auf: »Ispettore«, fast hätte er die Hacken zusammengeschlagen und salutiert. Auch Santolamazza stand auf, aber mehr aus Misstrauen als aus Höflichkeit.

»Filipponi, du musst was für mich erledigen, quasi Mission Impossible«, sagte Ramino in vertraulichem Ton, während der Sergente nickte, ohne zu wissen, um was es überhaupt ging. »Ich habe grünes Licht von Dottoressa Campazzo bekommen. Du nimmst den Brava und fährst nach Terracina …«, fuhr er fort, dabei suchte er nach einem Zettel in seiner Hosentasche, »ins Hotel Tirreno.« Sein Blick war jetzt ernst. »Du sprichst mit dem Direktor und dem Personal, das am 13. August von Mitternacht bis Mittag Dienst hatte. Ich will einen genauen Zeitplan für die Gäste der Bossa Nova Production, vor allem für Marcello Russo und Elisabetta Lorenzi. Falls es eine Videoüberwachung gibt, werte die Aufnahmen aus. Gleiches gilt für Computer, E-Mail, Telefon, Anrufbeantworter. Alles klar? Da steht alles drauf.« Er reichte seinem Mitarbeiter den Zettel. »Stimmt was nicht?«

Filipponi druckste herum. »Entschuldigen Sie, aber für die Fahrt … da bräuchte ich noch Geld.«

Stimmt, daran hatte Ramino nicht gedacht. Er rechnete im Kopf nach, beim Benzinverbrauch des Brava müsste er noch Geld holen. Er hatte am Eingang einen Geldautomaten gesehen. »Warte, ich geb dir was, das wird mich schon nicht umbringen«, sagte er leise, aber nicht leise genug.

»Wenn ich etwas vorschlagen dürfte?« Santolamazza, der einen höheren Dienstrang hatte, trat zu ihnen. »Wir arbeiten doch am gleichen Fall«, fuhr er gönnerhaft fort. »Wenn es Schwierigkeiten gibt, stelle ich Ihnen gerne unseren Dienstwagen samt Fahrer zur Verfügung. Und auch alles, was Sie sonst noch brauchen.«

Sieh mal einer an, ist das wirklich Santolamazza?, dachte Ramino. Ob er sich auch im Licht des Ermittlungserfolgs sonnen wollte? Möglich. Aber darüber konnte er jetzt nicht nachdenken.

Wie dem auch sei: Filipponi würde im Fond einer Limousine mit Klimaanalage über die Via Pontina in Richtung Meer rollen, während er, Vizeinspektor Ramino, in der glühend heißen Schrottkarre über die Via Tuscolana zockeln würde, zu allem Überfluss vielleicht noch mit einer lästigen Fliege im Wageninneren. Nun gut, so hat es wenigstens einer bequem, dachte er. Was soll's. Immerhin hatte er die komplette Analyse der Fingerabdrücke, die Kollegen hatten wahre Wunder vollbracht. »Alles in allem …«, murmelte er mit einer Spur Dankbarkeit. Aber mehr auch nicht.

24

Auch Fabio Gracco und Dario Arese waren auf der Via Pontina unterwegs. Und zwar noch bequemer, noch ruhiger und noch benzinsparender: Sie starrten auf einen 27-Zoll-Bildschirm und bewegten die Maus über Google Maps, sie klickten sich voran, als trügen sie Siebenmeilenstiefel oder wären Gulliver in Lilliput.

Das Notizbuch rechts, die Maus links, fuhren sie virtuell von Terracina nach Rom, auf dem hundert Kilometer langen Asphaltband, das sich durch die fruchtbare Ebene zog. Sie markierten jeden Straßenkreisel, jede gefährliche Stelle und jede Fahrbahnverengung wegen einer Baustelle. Auf der Tafel stand mit Kreide geschrieben: von Terracina nach Rom und zurück. War es zeitlich möglich, dass Marcello Russo seine Ehefrau umgebracht und die Strecke zwischen sechs und neun Uhr morgens am Samstag, den 13. August zurückgelegt hatte? Nein. Genauso wenig, wie man fünf Liter Olivenöl in einen Drei-Liter-Kanister füllen konnte. Hin und zurück waren es 220 Kilometer, jedenfalls ungefähr, und man musste durch zwanzig Dörfer. In der Theorie hätte Fabios Alfa 166 mit 230 km/h auf der leeren Via Pontina die einfache Strecke vielleicht in vierzig Minuten geschafft.

Selbst mit einem Formel-1-Rennwagen ein Ding der Unmöglichkeit. Denn in diese Zeitspanne fielen ja auch noch die Vorbereitung und die Ausführung der Tat sowie das Verwischen der Spuren. Russo hätte frühestens gegen 7.45 Uhr in Aktion treten können, nachdem de Nicola den Keller des Palazzo verlassen hatte. Wenn man darüber hinaus den vielen Überwachungskameras in der Stadt ausweichen wollte und die unvermeidbaren Verzögerungen in Betracht zog, mussten sie ihre Vermutung ad acta legen.

»Und wenn er alles schon vorher geplant hätte?«, fragte Fabio.

Eine gute Frage. Arese verstand sofort. Dann wäre es Vorsatz gewesen, mit allen strafrechtlichen Konsequenzen. Zwischen vorsätzlichem Mord, Totschlag im Affekt und fahrlässiger Tötung gab es strafrechtlich gesehen fundamentale Unterschiede. Zudem waren mildernde und erschwerende Umstände zu berücksichtigen. Das Strafmaß bewegte sich im Extremfall zwischen sechs Monaten Haft und lebenslanger Freiheitsstrafe. Und so entscheidend die Tathintergründe für einen Richter bei der Urteilsfindung waren, so wichtig waren sie auch für Polizei, Staatsanwaltschaft und private Ermittler. Wenn ein Täter mit Vorsatz, das heißt mit Wissen und Wollen handelte, war der Tathergang oft schwer zu rekonstruieren. Ein Totschlag im Affekt, aus plötzlicher Wut, unter Drogeneinfluss oder durch die Verkettung unglücklicher Umstände, hinterließ erfahrungsgemäß deutlichere Spuren. Das hätte bei Carla und Marcello der Fall gewesen sein können, wenn man in Betracht zog, was Fabio in der Bar in Manziana gehört hatte.

»Nehmen Sie es sich nicht so zu Herzen, Arese.« Fabio lächelte. »Wir haben einen Auftrag, und irgendwo müssen wir ja anfangen.« Er wartete auf eine Reaktion, und schließlich nickte Arese auch, wohl mehr aus Höflichkeit als aus Überzeugung. Dann fuhr Fabio fort: »Ich sehe es so: Wenn Russo an besagtem

Samstagmorgen wirklich von Terracina nach Rom gefahren ist, dann wahrscheinlich nur um seine Frau zu treffen, einen Grund hatte ja er, schließlich hatte sie Geburtstag. Und er wäre bestimmt vorschriftsmäßig gefahren, denn die Via Pontina ist mit Radarkameras gespickt.«

Dario Arese gab sich einen Ruck, rollte mit dem Stuhl vom Schreibtisch weg und drehte eine Pirouette. »Stimmt, wenn er gerast wäre, müsste ihn eine Kamera erwischt haben!«

»Überprüfen Sie das mal.« Fabio griff nach einem der Blätter, die auf dem Schreibtisch lagen, und drückte es seinem Mitarbeiter in die Hand. Auf der als gefährlich bekannten Straße hatte die Polizei an diesem Morgen mehr als 200 Autos, Motorräder, Roller und sogar Lastwagen registriert, die schneller als 90 km/h gefahren waren, einer sogar 230 km/h.

Es klingelte. Es war Paolo Lomezzoni, der Tontechniker. Endlich. Fabio erwartete ihn an der Tür. Der Aufzug kam, und Paolo stieg aus. Sie begrüßten sich

»Hier ist einiges über Marcello Russo und zwei Autogrammkarten mit Widmung und Unterschrift.« Paolo hatte nicht viel Zeit und blieb im Flur stehen. Er reichte Fabio einen Umschlag. »Und das ist eine Kopie des Wochenplans für den Dreh vom 8. bis zum 13. August.«

»Wie kann ich dir danken?«

»Das passt schon.«

»Kann ich dir wenigstens etwas anbieten?«

»Entschuldige, aber ich hab's eilig.« Er war schon

wieder auf dem Sprung. »Wenn du noch was brauchst, sag Bescheid.«

Fabio schaute ihm nach, und als er am Treppenabsatz war, rief er ihm hinterher: »Paolo?«

Der Tontechniker war schon einige Stufen tiefer, die Sonne schien ihm ins Gesicht.

»Weißt du, ob Russo einen Sportwagen hat oder ein Motorrad?«

Paolo Lomezzoni zögerte kurz. Sollte das eine Fangfrage sein? Dann antwortete er: »Ja, ein schweres Motorrad, eine BMW. Manchmal kommt er damit zum Set. Ich glaube, Elisabetta Lorenzi hat sie ihm zum Geburtstag geschenkt.«

»Und nach Terracina ist er auch mit dem Motorrad gekommen?«, fragte Fabio.

Lomezzoni überlegte einen Moment: »Ja, er war mit dem Motorrad da.«

»Danke.«

»Keine Ursache.« Er winkte und verschwand um die Ecke.

Als Fabio ins Büro zurückkam, lag ein vielsagender Ausdruck auf Areses Gesicht. Er hielt ihm das Telefon hin. »Es ist für Sie, Signora Sivieri.«

25

Am Meer hatte sich ein gelblicher Schleier vor die Sonne gelegt. Die Fischer zogen ihre Boote an Land, während das Wasser im Hafen anstieg und über die

Stege schwappte. Der Schirokko kündigte sich an, das konnte de Nicola an der Oberfläche des Meeres sehen, am rhythmischen und doch unruhigen Rollen der Wellen an den Strand. Der Wind aus Afrika, er konnte ihn riechen. Ein Wind, der nach fauligem Wasser roch. Er war seit einem Monat nicht bei seinem Vater gewesen, er hatte mit ihm telefoniert, aber jedes Wort war ihm schwergefallen. Das Haus lag am Meer, war aber durch einen breiten Sandstrand vom Wasser getrennt. Es war von einem Metallzaun umgeben, dahinter wucherten Macchiagehölze, an die sich flache Dünen anschlossen, die aussahen wie zu Sand erstarrte Wellen.

Fregene war unberührt von den Touristenströmen im August. Seit Anfang des 20. Jahrhunderts hatten hier wohlhabende römische Familien ihre Ferienhäuser gebaut. Insbesondere faschistische Politiker und hohe Beamte. Nach dem Zweiten Weltkrieg hatte sich die Situation geändert, dann war Federico Fellini mit Giulietta Masina und Alberto Sordi hergekommen und hatte hier seinen ersten Film gedreht. *Die bittere Liebe.* Dann mit Marcello Mastroianni *La dolce vita.* Und danach waren all die anderen gekommen: Regisseure, Schriftsteller, Schauspieler, Maler. Alles nur noch Schatten heutzutage. Flüchtige Schatten, die keine Spuren hinterlassen hatten, dachte Nicola de Nicola, als er über den weitläufigen Strand ging. Sein Vater Roberto lag auf einem Liegestuhl auf der Terrasse, geschützt durch Sonnenbrille und Leinenhemd. Er schaute aufs Meer und wartete auf das

Ende des Tages. So hatte er entschieden, die Sauerstoffflasche neben sich, die Schläuche in der Nase. Sie hatten ihm noch fünf Monate gegeben. Das war im April gewesen. Er hatte es hingenommen, hatte fast erleichtert gewirkt.

»Ciao, Papa.«

Roberto de Nicola drehte sich um, nahm die Sonnenbrille ab und lächelte. »Nimm dir einen Liegestuhl«, sagte er mit einer Selbstverständlichkeit, als hätte sein Sohn gerade erst das Haus verlassen.

Die Liegestühle standen an den Zaun gelehnt und waren mit Sand bedeckt. Nicola nahm sich einen, klappte ihn auf und stellte ihn neben den seines Vaters. Als er sich hinlegte und den Kopf an das Segeltuch schmiegte, überkam ihn eine Welle der Rührung. Wie gerne hätte er nach der Hand seines Vaters gegriffen, aber er tat es nicht. Aus Angst, sie könnte sich eiskalt anfühlen. Wie die seiner Mutter, die er bis zum Ende gehalten hatte.

»Du weißt Bescheid, oder?«, sagte Nicola und schaute aufs Meer.

»Ich lese Zeitungen und schaue Nachrichten. Oder hast du noch etwas anderes zu sagen?« Der Vater schaute ihn an und wartete, der Fluss des Sauerstoffs gab der vergehenden Zeit ihren Rhythmus.

»Ich habe mich heute mit Ardizzone getroffen.

»Ich weiß, er hat mich angerufen.«

»Hat er dir alles erklärt?«

»Ja. Es war ein kluger Schachzug, der Staatsanwaltschaft zuvorzukommen. Gerichtsprozesse werden heute im Fernsehen geführt. Das Fernsehen macht dich groß, es zerstört dich aber auch.«

Nicola schaute seinem Vater in die Augen: »Tatsache ist, dass ich diese Frau am Morgen des Tattags getroffen habe. Und zwar am Tatort. Man hat Fingerabdrücke von mir gefunden.«

Er schwieg, nur die Brandung war zu hören.

»Und der philippinische Pförtner?«

Nicola schüttelte den Kopf: »Der hat ein wasserdichtes Alibi.«

Sein Vater schaute ihn an und sagte: »Da bist du sicher?« In seinen Augen lag ein leises Lächeln.

»Weißt du etwas, das ich nicht weiß?«

Roberto de Nicola schaute wieder aufs Meer hinaus und antwortete mit der Selbstsicherheit eines Verteidigers, der noch einen Pfeil im Köcher hat: »Morgen früh werden die Ärzte den Todeszeitpunkt neu berechnen. Womöglich wird er nach hinten verlegt.«

»Hat Mario das gesagt?« Sein Vater nickte nur, und Nicola schloss die Augen und seufzte erleichtert. »Wenigstens eine gute Nachricht.«

Der Wind fuhr raschelnd durch das Gehölz.

»Und Silvia?«, fragte Roberto.

»Das kannst du dir ja vorstellen. Sie will die Scheidung.«

»Das ist eine Kurzschlussreaktion.«

»Ich weiß nicht.«

»Gib ihr Zeit.« Er sog tief den Sauerstoff ein. »Und Alessandro?«

»Ich habe gestern den ganzen Tag mit ihm verbracht. Er hat mich gefragt, warum ich mit Mama gestritten hätte, ich habe versucht es ihm zu erklären. Er hat geweint. Und bevor ich gegangen bin, hat er sich an mich gedrückt.«

»Er ist noch klein, auch er braucht Zeit.«

»Meinst du?«

»Ja.«

Nicola fuhr sich mit der Hand übers Gesicht. »Und du, Papa?«

»Ich?«

»Ja, was denkst du?«

Roberto überlegte einen Moment, bevor er antwortete. »Jemand, der so in der Öffentlichkeit steht wie du, kann sich nicht wie ein verliebter Teenager benehmen. Du wirst dir eine blutige Nase holen, aber du bist unschuldig, und das wird man beweisen.«

Nicola blinzelte in die Sonne und Rührung stieg in ihm auf. »Ich habe heute meine politischen Ämter niedergelegt und werde nicht bei den Wahlen antreten. Und ich habe an den Parlamentspräsidenten geschrieben und ihn gebeten, meine Immunität aufzuheben. Morgen wird eine entsprechende Presseerklärung herausgegeben werden. Ich ziehe mich aus der Politik zurück, Papa.«

»Ein guter Vorsatz. Aber ich glaube nicht daran.«

Nicola spürte, wie sich die Hand seines Vaters auf die seine legte. Sie war kalt, wie er es befürchtet hatte, und er verspürte den Drang, sie abzuschütteln. Doch dann ließ er es zu und fühlte sich geborgen.

26

Er war missmutig und außer Atem und nahm die Rolltreppe. Silvia erwartete ihn am Gleis 12 des Bahnhofs Roma-Tiburtina, und es waren nur noch fünf Minuten bis zur Abfahrt des Zuges. Fabio vermutete, dass sie das mit Absicht gemacht hatte, um dem Treffen eine gewisse Peinlichkeit zu nehmen. Der Bahnsteig war im Abschnitt der zweiten Klasse völlig überfüllt, während bei der ersten viel Platz war und noch weiter vorne, im Club-Executive-Bereich, nur noch vereinzelt Reisende standen, wie alleinstehende Bäume in einem fernen Wald. Dort stand Silvia, mit ihrem Sohn an der Hand. Eine einsame Frau mit Kind. Der Missmut verschwand. Die Atemlosigkeit nicht.

»Ciao.«

»Ciao, Silvia«, grüßte Fabio, dann schaute er nach unten und lächelte: »Du musst Alessandro sein.«

Der Junge hatte die gleichen Augen wie sein Vater. Er nickte, machte aber einen ängstlichen Eindruck.

»Wie alt bist du denn?«

Der Junge schaute zu seiner Mutter.

»Na, sag schon, wie alt bist du?«

Alessandro kuschelte sich an seine Mutter und verbarg sein Gesicht.

»Neun, Alessandro ist neun Jahre alt«, sagte sie mit melodischer Stimme.

»Du fährst also nach Florenz?«

»Ja, für eine Woche, zu einer guten Freundin. Ich brauche ein bisschen Abstand von Rom.« Mehr gab es nicht zu sagen. »Hier sind die Fotos«, fügte Silvia hinzu und zog einen wattierten gelben Umschlag aus der Tasche. »Verzeihst du mir?«

Alessandro blickte misstrauisch zu Fabio hoch. Warum bat Mama diesen fremden Mann um Verzeihung?

Fabio öffnete den Umschlag und nahm die drei Fotos heraus, versehen mit dem Logo der Detektei, ein Vergrößerungsglas und das Kolosseum. Er begutachtete jedes einzelne, wie ein Zöllner auf der Suche nach Schmuggelware, um Silvia ein bisschen auf die Folter zu spannen.

»Gut«, sagte er, während der Zug nach Florenz angesagt wurde, der auf Gleis 12 einfahren würde. Man sah schon die dunkelrote Schnauze der Lokomotive. Der Wagen der ersten Klasse kam genau vor ihnen zum Stehen. Die automatischen Türen öffneten sich, die Treppen klappten heraus, es zischte und klackerte. Silvia half Alessandro beim Einsteigen, ging dann ebenfalls die drei Stufen hoch und griff nach dem Koffer, den Fabio ihr reichte.

»Danke«, sagte sie. »Es tut mir wirklich leid wegen der Fotos.« Ihre Stimme war in dem Durcheinander kaum zu verstehen. »Vielleicht rufe ich dich heute Abend an und erkläre dir alles«, fügte sie hinzu.

»Lass gut sein.«

Sie sahen sich an und schwiegen. Die Türen schlossen sich, und von Silvia blieb nur ihr trauriges Gesicht hinter dem Fenster. Dann vibrierten die Motoren, der Zug nahm Fahrt auf, verließ den Bahnhof und verschwand in der Ferne.

27

Der Schirokko brach los und ließ Himmel und Erde eins werden. Der Anruf der Staatsanwältin hatte ihn auf der Via Tuscolana erreicht. »Ispettore, sind Sie noch im Büro?« »Nein, ich bin unterwegs, auf Höhe der Metrostation Re di Roma«, hatte er geantwortet. »Gut, dann drehen Sie um und holen Sie Enzo Galassi ab. Können Sie in einer Stunde in der Staatsanwaltschaft sein?«

Ramino hatte einen Gang runtergeschaltet, der Brava hatte sich gewehrt, aber er hatte nicht nachgegeben und war mit Vollgas über die Piazza geschossen, um dann wieder auf die Via Appia Nuova in Richtung Stadtautobahn einzubiegen. So konnte das auch Spaß machen.

Genau eine Stunde später waren er und Galassi im Justizgebäude. Die Richter waren am 30. Juli in Ferien gegangen, um Mitte September in ihre Büros zurückzukehren, wo bereits Berge von Akten auf sie warten würden. Ein Gericht im Urlaub hatte Vorteile, die umliegenden Straßen waren wie verwaist, es gab freie Parkplätze in Hülle und Fülle. Ramino schwitzte, das Hemd klebte ihm am Körper, er parkte direkt vor dem Eingang, stieg aus dem Brava und schlug die Tür zu.

Lucia Campazzo erwartete sie in der imposanten Eingangshalle, wo die Hitze flirrte, neben ihr der wachhabende Carabiniere, der versuchte sich mit einem Miniventilator ein wenig Luft zuzufächeln. Sie schüttelten sich die Hand, sprachen aber kein Wort. Domenico Ramino musste an seine Kindheit denken, an das Archäologische Museum in Neapel zur Schließzeit. Sein Onkel Silvio war damals dort Wächter gewesen und hatte oft mit ihm noch einen Rundgang gemacht. Die gleiche Stille herrschte auch im Justizgebäude, nur durchbrochen von sich schließenden Türen an den Aufzügen und in den Büros. Die Stille breitete sich überall aus, sie kroch über die Flure und waberte in die oberen Stockwerke. Und in diese lähmende Stille, erfüllt von Erinnerungen, drang das Heulen des Schirokko, dem von Afrika kommenden Wüstenwind, der sich durch die Fensterritzen drückte und die Scheiben vibrieren ließ. Es klang wie eine bedrohliche Melodie, durchsetzt von Stimmen aus der Ferne. Diese Windgeräusche und das Justizgebäude am Piazzale Clodio, mit seinen schmalen hohen Fenstern, die den Angeklagten eine Ahnung davon vermitteln sollten, was sie nach einer Verurteilung erwartete, hatten ihm immer schon Angst gemacht. Das Vorzimmer zum Gefängnis, brüllend heiß im Sommer, klirrend kalt im Winter.

Die Tür zum Büro des Oberstaatsanwalts stand weit offen, von drinnen waren Stimmen zu hören.

»Da sind sie ja.« Infascelli war freundlich wie immer und stellte die Anwesenden vor. Als Erste Annie Sarmiento de la Cruz, die Vertreterin der philippinischen Botschaft in Rom, dann Victor Peralta, der Beamte des philippinischen Innenministeriums. Schließlich den Botschafter Gaetano Arumma Pozzi, Attaché beim italienischen Außenministerium, sowie Richter Ardizzone und Gerichtsmediziner Sanremo, die regelmäßig an solchen Sitzungen teilnahmen.

Lucia Campazzo überfiel Verunsicherung beim Anblick der hochrangigen Diplomaten. Der ihr wohlgesonnene Oberstaatsanwalt befreite sie aus ihrer Verlegenheit und ergriff das Wort: »Jetzt kennen wir endlich die Hintergründe, die zu Francis Moganas Selbstmord geführt haben. Es handelt sich um eine Geschichte, die mit der Gegenwart nichts zu tun hat.« Dann wandte er sich zu den Diplomaten. »Oder sollte ich besser sagen, zum Selbstmord von Adolfo Alvarez?«

28

Sie hatte ihm etwas Gutes tun wollen, und so empfand er es auch, wenn nur der afrikanische Wind und der hohe Blutzucker nicht gewesen wären. Frittierte Reiskroketten waren nicht gerade das, was Fabio essen sollte. Gabriella hatte die römische Spezialität zubereitet, nachdem sie in ihre Wohnung am Viale Giulio Cesare zurückgekehrt war. Als sie die Kroketten in der

Detektei vorbeibrachte, waren sie noch warm, und der schmelzende Mozzarella zog beim Abbeißen Fäden, genau wie es sein musste. Dario Arese hatte innerhalb von fünf Minuten bereits zwei verspeist und war gerade bei seiner dritten, dabei schaute er wachsam in die Runde. Wie eine Katze, die ihren Fisch verteidigt.

Gabriella wusste, dass ihr Bruder Kroketten über alles liebte. »Komm, probier doch wenigstens mal.« Sie schaute ihn enttäuscht an.

»Nimm es nicht persönlich, aber mein Blutzucker ist viel zu hoch, und Giacomo hat mir Frittiertes strikt verboten.« Er teilte eine Krokette, gab Gabriella die eine Hälfte und nahm ein Stückchen von der anderen, obwohl ihn das Verlangen fast wahnsinnig machte. Aber er musste hart bleiben. Deshalb ging er zum Schreibtisch und widmete seine Aufmerksamkeit den Fotos, die Silvia ihm zurückgegeben hatte. Aber dieser Duft! Es war reine Folter. Um sich abzulenken, rief er Soana Teti an und erstattete Bericht. Er hatte den Eindruck, ihn innerlich jubeln zu hören.

»Gut«, sagte de Nicolas Anwalt knapp. »Und jetzt vernichten Sie die Fotos.« Fabio warf einen Blick auf »Pantagruel«, ihren waschmaschinengroßen Aktenvernichter. Die Anweisung war unklug, Beweise sollte man nicht vernichten. Er würde erst einmal abwarten und die Fotos zumindest bis zum Abschluss der Voruntersuchungen in Reserve halten. Im Fall einer Verurteilung konnten sie als Beweismittel dienen. Denn sie zeigten eindrucksvoll, wie tief die Gefühle zwischen Carla Caggiani und Nicola de Nicola waren, jedenfalls bis Mitte Juli. Er nahm das Foto, auf dem die beiden auf dem Boot zu sehen waren. Carla hatte ihre Hand auf seine gelegt, die wiederum das Steuer umklammerte. Im Grunde hätten sie auch ein Segellehrer und seine Schülerin sein können. Aber da war mehr. Das Gesicht der jungen Frau verriet ihre tiefen Gefühle. Dario Arese hatte voll ins Schwarze getroffen. Er war wirklich ein guter Ermittler. Und er hatte Glück gehabt, denn Carla hatte ihrem Geliebten bei der Hafenausfahrt einen hingebungsvollen Blick zugeworfen, den er eingefangen hatte. Fabio holte ein Vergrößerungsglas aus der Schublade und schaute genauer hin. Das Foto wurde etwas unscharf, aber auf ihrem Gesicht war deutlich ein träumerischer Ausdruck zu erkennen. Er nahm das iPad und schaute sich das gleiche Foto noch einmal digital an, es war am 13. Juli um 12.06 Uhr aufgenommen worden. Es zeigte unzweifelhaft eine verliebte Frau. Undenkbar, dass sich eine so innige Liebe innerhalb eines Monats in tiefe Abneigung verwandelt hatte. Fabio vergrößerte das Bild noch mehr, jetzt sah man jedes Detail. Auf ihren sinnlichen Lippen lag ein leises Lächeln, in den Augen mischten sich Liebe und Verlangen, man erkannte sogar die winzigen Fältchen um Augen und Mund. Die 1200 Euro für die neue Kamera waren gut angelegtes Geld gewesen. Carla war eine faszinierende Frau, da konnte man schon mal den Kopf verlieren. Dann richtete er seine Aufmerksamkeit auf den Bereich hinter Carla, auf die halbkreisförmige Mole. In einer Gruppe sommerlich gekleideter Touristen stand etwas abseits eine Person, die offenbar nicht dazugehörte. Mit einer Kamera in der Hand, das Objektiv direkt auf das Boot gerichtet.

»Dario!« Fabio sprach seinen Mitarbeiter mit Vornamen an, was ihm nur passierte, wenn er hoch konzentriert war.

Dario Arese kaute gerade genüsslich seine dritte Krokette und stellte sich neben ihn, die Aluschale mit den restlichen Reiskroketten hielt er in der Hand.

Er deutete auf den Bildschirm: »Kannst du das Bild noch etwas vergrößern, damit man das Gesicht sehen kann?« Jetzt war sogar ihm das »Du« herausgerutscht, was einer Sensation gleichkam.

Fabio stand auf, Arese, der die Aluschale abgestellt und sich die Finger mit einer Serviette sauber gewischt hatte, setzte sich, öffnete das Bildbearbeitungsprogramm, seine Finger flogen über die Tastatur. Bei jedem Klick wurden das Bild schärfer und die Details deutlicher. Als er das Gesicht herangezoomt hatte, hielt er inne.

»Schau mal, erkennst du sie?«, fragte Fabio, und sein Ton verriet, dass er etwas Entscheidendes entdeckt hatte.

»Ach, du Scheiße!«, platzte es aus Arese heraus, und er drehte sich um. Auch Gabriella kam näher, einen solchen Ausdruck hätte sie von diesem höflichen jungen Mann nicht erwartet. Auf dem Foto erkannte man Elisabetta Lorenzi, mit ihrem sanften Gesicht, den langen dunklen Haaren und einer Kamera in der Hand.

Wie immer, wenn ein Fall eine entscheidende Wendung nahm, sagten Fabio und Arese erst einmal gar nichts, sondern nahmen sich Zeit, die neuen Erkenntnisse zu verarbeiten. Ein auf den ersten Blick unbedeutendes Detail, das jetzt grundlegende Bedeutung gewinnen konnte. Ein herangezoomter Bildausschnitt, der alles, aber auch nichts erklären konnte. Wie ferngesteuert griff Fabio nach einer Reiskrokette und steckte sie sich in den Mund.

29

Es dämmerte schon, als das Automatisierte Fingerabdrucksystem AFIS herausgefunden hatte, dass die Abdrücke des toten Francis Mogana mit denen des »sanften Verhörers« Adolfo Alvarez übereinstimmten. Enzo Galassi vom Erkennungsdienst hatte die mächtige Datenbank befragt und das Ergebnis auf dem großen Bildschirm präsentiert, sich bei der Erklärung allerdings auf einige wenige Kommentare zu den wichtigsten Übereinstimmungen beschränkt. Man musste kein Fingerabdruckexperte sein, um zu erkennen, dass der Daumenabdruck von Mogana mit dem von Alvarez identisch war, in 53 Vergleichsdetails wie Poren, Papillarlinien, Falten, Abzweigungen, Bogen und Wirbeln, inklusive einer winzigen Narbe. Im abgedunkelten Büro herrschte fast andächtige Stille, nur leises Murmeln und geflüsterte Kommentare waren zu hören. Aber als das Licht wieder anging, ergriff der Oberstaatsanwalt das Wort. Infascelli bedankte sich zunächst bei Annie Sarmiento de la Cruz und Victor Peralta für ihre wertvollen Beiträge, die zu einem Durchbruch bei den Ermittlungen geführt hatten, dann lobte er die fruchtbare Zusammenarbeit mit dem Botschafter Gaetano Arumma Pozzi und dem Außenministerium.

Nach den Dankesworten kam der Oberstaatsanwalt zur Sache, wobei er ausdrücklich auf die Mithilfe der philippinischen Behörden hinwies, durch deren Hinweise die festgefahrenen Ermittlungen in die richtige Richtung gelenkt worden seien. Denn die »unerklärliche Tat«, wie Infascelli den Selbstmord des philippinischen Pförtners nannte, hatte auch die erfahrensten Ermittler in die Irre geführt. Moganas Telefongespräch mit der Heimat war der Schlüssel zur Lösung.

Danach berichtete Victor Peralta in perfektem Englisch – Domenico Ramino verstand kein Wort –, wie das philippinische Innenministerium davon erfahren hatte, dass in Laoag, ganz im Norden der Philippinen, noch Anhänger des ehemaligen Präsidenten Marcos lebten. Einer war ihnen besonders aufgefallen, er arbeitete beim Zoll am Flughafen und war Adjutant von Adolfo Alvarez gewesen, der 1989 an einem wahnwitzigen Staatsstreich gegen Corazon Aquino beteiligt gewesen war.

In einem auf Tagalog geführten Telefonat, das von der philippinischen Polizei abgehört und von Annie Sarmiento de la Cruz ins Italienische übersetzt worden war, waren zwar keine Namen oder Orte genannt worden, aber der respektvolle, fast unterwürfige Ton ließ vermuten, dass der in die Jahre gekommene Adjutant seinen ehemaligen Vorgesetzten davor warnen wollte, »dass die Adler ihn entdeckt hätten und im Anflug waren«.

Alvarez war hörbar erschüttert gewesen und hatte nach der Quelle der Information gefragt, hatte aber nur die Antwort erhalten, er solle fliehen und sich in Sicherheit bringen. Dann hatte Mogana-Alvarez das Gespräch mit einem einzigen Satz beendet, der bei Licht betrachtet, die dramatische Entwicklung erklärte. »Ich verabschiede mich von dir, mein lieber Freund, ich habe es satt, mich zu verstecken.«

Als Lucia Campazzo und Domenico Ramino das Gebäude verließen, schlug ihnen heißer Wind entgegen. Der Sturm war so stark, dass sich die Wipfel der Pinien bogen und das Schilf an den Hängen des Monte Mario so durcheinandergeschüttelt wurde, dass es rauschte wie das Meer. Die Luft war erfüllt von gelbem Staub, der vom Schirokko hoch in den Himmel gewirbelt wurde und in wilden Spiralen wieder auf die Erde zurücksank. Die Flaggen an den Masten, die italienische und die europäische, klackerten wie prasselnde Kieselsteine. Lucia Campazzo blieb vor ihrem Smart stehen, schaltete die Alarmanlage aus und öffnete die Tür.

»Morgen wissen wir mehr, und wenn der Todeszeitpunkt bestätigt und mit Moganas Alibi kompatibel ist, scheidet der Pförtner als Tatverdächtiger aus. Wir konzentrieren uns dann auf de Nicola. Aber auch Marcello Russo dürfen wir nicht außer Acht lassen. Wir dürfen uns nicht angreifbar machen.« Sie warf ihre lederne Aktentasche auf den Beifahrersitz und stieg ein.

»Ich habe Filipponi nach Terracina geschickt, um Elisabetta Lorenzis Alibi zu überprüfen. Morgen fahre ich zum Drehort und fühle Marcello Russo auf den Zahn«, versicherte ihr Ramino.

»Wir müssen auf alles gefasst sein, Ispettore, das ist ein hochsensibler Fall.« Als sie sich setzte, rutschte ihr Rock nach oben, Ramino erhaschte einen Blick auf ihre schönen Beine, was sie aber gar nicht zu stören schien. Erst nach einer Weile zog sie den Rock wieder herunter. Ramino überkam ein heftiges Verlangen, kein Wunder bei diesem Wind. Lucia Campazzo schlug die Autotür zu und sagte: »Als Erstes suchen wir morgen die arme Anita Balveo auf.«

»Das dürfte ein schwerer Schlag für sie und die Kinder sein«, erwiderte Ramino.

»Ganz bestimmt. Ich möchte auf alle Fälle vermeiden, dass sie es aus dem Fernsehen erfahren. Und ich will auch wissen, ob Anita Balveo die wahre Identität ihres Mannes kannte. Bis morgen, Ispettore.« Der Smart brauste davon.

Ramino atmete tief durch. Es roch nach Benzin und heißem Asphalt. Er dachte an seine Frau Roberta, die er heute Abend wiedersehen würde. Vielleicht könnten sie zusammen eine Pizza essen gehen.

Vielleicht würden sie miteinander schlafen. Dann sah er Enzo Galassi auf sich zukommen, in der einen Hand einen Koffer, in der anderen einen Laptop. Er musste ihn zum Erkennungsdienst in die Via Tuscolana zurückbringen, das Motorrad konnten sie nicht nehmen. Die Dominator stand etwas entfernt, mit einer doppelten Kette gesichert. Sie würde noch eine Weile warten müssen, bis er sie davon befreien konnte. Er lächelte sie an, seine einsame Maschine auf dem leeren Parkplatz im römischen August. Der Brava stand ganz in der Nähe. Schon von außen konnte man die metallische Hitze im Wageninneren spüren. Raminos Lächeln erlosch.

Vierter Teil

1

Fabio wurde nicht von einem Geräusch, sondern vom hell werdenden Computerbildschirm geweckt. Er hatte eine Mail bekommen, vielleicht von Valeria. Er schaute auf die Uhr. Es war sechs Uhr früh. Ein stürmischer Tag kündigte sich an, in jeder Hinsicht. Aber Valeria war nun wirklich keine Frühaufsteherin. Wahrscheinlich war es Luciana, die, wenn nötig, auch nachts arbeitete. Und tatsächlich, die Mail war von ihr. Sie hatte die Handschrift von Marcello Russo untersucht. Fabio schätzte ihre prägnanten Berichte, die stets mit kurzen Dialektpassagen durchsetzt waren: »Chef, mit diesem Russo würde ich nicht mal einen Kaffee trinken. Der Berg hat sich beruhigt, morgen fliege ich nach Rom zurück«, schrieb sie auf Sizilianisch. Dann wurde es wieder formal.

»Kurze grafologische Analyse von Marcello Russos Handschrift:

a) Der Proband verfügt über eine narzisstische Persönlichkeitsstruktur mit der Tendenz, den Partner zu dominieren und als sein Eigentum zu betrachten (markante Rechtsneigung der einzelnen Buchstaben, insgesamt hängendes Schriftbild).

b) Die Unterschrift mittig auf das Foto gesetzt, ausgeprägte Egozentrik einhergehend mit tiefer Unsicherheit, deren Ursache wahrscheinlich in unbewältigten Erfahrungen in der Vergangenheit liegen dürfte (deshalb die zentrale Ausrichtung, rechts und links liegt das zu vermeidende Unbekannte).

c) Auffällig ist auch der Größenunterschied zwischen Vornamen, voll ausgeschrieben und dominant (Bestätigung der Individualität), und Nachnamen, nachlässig und kaum lesbar (Wunsch, sich von der Ursprungsfamilie zu lösen und sie zu vergessen).

d) Die Buchstaben wirken kantig, die t-Striche voneinander gelöst, Zeichen für Wutausbrüche verbaler und körperlicher Art.«

Wie viele Nächte hatte er schon wegen laufender Ermittlungen hier verbracht? Er zählte sie nicht mehr. Er schob die Schlafcouch zusammen und konzentrierte sich auf die graue Schiefertafel.

Marcello Russo hat
Carla Caggiani umgebracht.

Die kanariengelbe Arbeitshypothese leuchtete ihm herausfordernd entgegen. Links oben, in grün, stand die Alternative: *Nicola de Nicola hat Carla Caggiani umgebracht*. Und in der Mitte darunter: *Wie können wir Marcello Russos Schuld beweisen?*

Das würde nicht leicht werden. Aber er setzte seine Hoffnung auf Elisabetta Lorenzi, die am Hafen gestanden und ihre beste Freundin auf dem Boot ihres Liebhabers fotografiert hatte. Am Vorabend bis spät in die Nacht hatte Dario Arese Ausschnittsvergrößerungen der wichtigsten Details gemacht und auf Fotopapier ausgedruckt. Die Software hatte wahre Wunder vollbracht. Nach alldem ergab sich eine weitere Frage: Was hatte Elisabetta auf der Mole gewollt?

Die unverfänglichste Schlussfolgerung wäre, dass Carla ihre Freundin gebeten hatte, die Ausfahrt aus dem Hafen zu fotografieren. Das würde Elisabetta wahrscheinlich auch behaupten. Und wenn man an Liebe und Romantik glaubte, dann konnte man das auch akzeptieren. Aber so war es eben nicht gewesen. Genau dreißig Tage nach dieser Aufnahme hatte es einen Mord gegeben, in den der Mann und die Frau auf dem Foto verwickelt waren. Und es gab eine junge Frau, eben jene Elisabetta, die seit Jahren in Marcello Russo verliebt war, den Ehemann ihrer besten Freundin. Und der war trotz aller Irrungen und Wirrungen immer noch in seine Frau verliebt, jedenfalls nach allem, was Fabio herausgefunden hatte. Und dann waren da noch die vier Fotos, die in *Per te* erschienen waren, alle vom gleichen Standort aufgenommen, im Hafen von Rom, im März dieses Jahres. Eines davon zeigte das Paar in inniger Umarmung aus genau dem Blickwinkel, den Elisabetta von der Mole aus gehabt hatte. Fabio hatte den Artikel noch vor Augen. Es gab keinen Zweifel: Der Standort war die halbkreisförmige Mole, hinter der sich das Meer erstreckte.

Über eines war sich Fabio an diesem frühen Morgen klar: Er wollte auf keinen Fall die Trumpfkarte verschwenden, die ihm Fortuna in die Hand gegeben hatte. So war das Leben. Das Glück war flüchtig, so schnell es kam, konnte es auch wieder verschwunden sein, sei es durch göttliche Fügung, Schicksal oder Zufall, wie immer man es auch nennen mochte. Fabio war davon überzeugt, dass ein Ermittler nicht nur die richtigen Fragen stellen musste, sondern sie auch den richtigen Personen gestellt werden mussten, wenn man Erfolg haben wollte.

2

Sie hatten die Rekonstruktion der Tat für 6.30 Uhr angesetzt. Die Sensoren für Luftfeuchtigkeit und Temperatur waren auf zwei Stativen dreißig Zentimeter über dem Boden des Brunnens der Glücksgöttin Fortuna montiert. Dottor Sanremo und sein Kollege Gualtieri hatten die Klimadaten notiert: 18 °C Lufttemperatur und 82 % Luftfeuchtigkeit. Ein weiteres Hygrometer und ein weiteres Thermometer waren in etwa einem Meter Höhe postiert. Lucia Campazzo hatte den Raum exakt um 6.58 Uhr betreten,

Domenico Ramino hatte da bereits die Belüftung und die Scheinwerfer eingeschaltet. Dann hatte er sich mit einem langen Stock bewaffnet, um zu verhindern, dass die Ratten aus ihren Löchern und den hochsensiblen Messgeräten zu nahe kamen. Alle anderen warteten im Innenhof des Palazzo am Corso Vittorio Emanuele II. Nummer 207.

Um 7.56 Uhr hatte Ramino die Temperatur und die Luftfeuchtigkeit knapp über dem Brunnenboden kontrolliert (18 °C und 79 %), in einem Meter Höhe betrugen sie 23 °C und 70 %. Dann war er nach draußen gegangen. In der Sonne war ihm ein wenig schwindlig geworden. Er hatte sich gefühlt, als wäre er aus der Nachmittagsvorstellung im Kino ins grelle Sonnenlicht getreten. In der Zwischenzeit war auch der omnipräsente Ardizzone eingetroffen, um Lucia Campazzo zu unterstützen, der seine übergroße Fürsorglichkeit allerdings zunehmend lästig wurde. Hinter dem immer noch verriegelten Eingangstor war wieder Ruhe eingekehrt. Im Innenhof stand der Ersatzpförtner, ein ständig lächelnder junger Mann aus Ghana.

Es gab interessante Erkenntnisse. Der Pathologe Dottor Sanremo und sein Kollege Dottor Gualtieri von der Spurensicherung arbeiteten schweigend. Trotz der unterschiedlichen Uhrzeit war die Temperatur unten im Brunnen mit 18 °C die gleiche wie am Mordtag. Es gab zwar eine geringfügige Abweichung in der Luftfeuchtigkeit, aber die beiden Spezialisten waren überzeugt, dass das keinerlei Einfluss auf die

Körpertemperatur von Carla Caggianis Leichnam gehabt hatte. Denn durch den konvektiven Effekt steigen die warmen Luftmoleküle nach oben, während die kälteren nach unten sinken. Dieser Brunnen bildete dabei das Sammelbecken für die kalte Luft, trotz Belüftung und Klimatisierung. Nach dieser Erklärung hatte auch Ramino endlich das Prinzip der Konvektion verstanden, den Grund, weshalb sein Onkel Silvio den Wein so gern in einer Tuffsteinhöhle aufbewahrte. Im Sommer stieg er in die Kühle und im Winter in die Wärme hinab.

Die Fakten lagen auf der Hand, sowohl aus medizinischer als auch aus juristischer Sicht: »Wir hatten recht.« Der für jede Mordermittlung fundamental wichtige Todeszeitpunkt lag zwischen sieben und acht Uhr morgens. Am Samstag, den 13. August.

Diese Erkenntnis führte 120 Stunden nach dem Mord zu einer Kettenreaktion. Vor allem drei Punkte waren von zentraler Bedeutung: Erstens stand jetzt fest, dass der Pförtner Francis Mogana, alias Adolfo Alvarez, den Mord nicht begangen haben konnte, und dass sein Suizid einzig und allein auf seine weit zurückliegende grausame Vergangenheit zurückzuführen war.

Zweitens konnte nun die Staatsanwaltschaft Carla Caggianis Leiche freigeben, so dass Angehörige und Freunde die Beerdigung in die Wege leiten konnten.

Und beim dritten Punkt kam Richter Ardizzone ins Spiel. »Haben Sie einen Augenblick? Ich muss mit Ihnen reden«, wandte er sich an Lucia Campazzo. Unter den wachsamen Augen von Domenico Ramino zogen sich die beiden in die Pförtnerloge zurück, die inzwischen zu einem Außenposten der Staatsanwaltschaft geworden zu sein schien. Dort sprachen sie eine Weile miteinander, hin und wieder wurde die Stimme des Richters lauter, Lucia Campazzo hörte zu, nickte ab und zu und warf wiederholt einen Blick zu Ramino hinüber. Der Vizeinspektor spürte, dass es um wichtige Themen ging, die mit dem Fortgang der Ermittlungen zu tun hatten. Sollte jetzt offiziell gegen den Abgeordneten Nicola de Nicola ermittelt werden?

3

Nachdem Soana Teti mit der Staatsanwältin telefoniert hatte, suchte er sich als Erstes eine passende Krawatte heraus. Vom Surfer aus Hawaii war nur noch das gebräunte Gesicht geblieben, das aus dem blauen Kragen des Oberhemdes schaute. Aber die Sonnenbräune unterschied ihn von allen anderen, die im August in der Stadt geblieben waren. Er wählte eine blaue Krawatte, das gleiche Blau wie sein grob gewebter Leinenanzug. Als Nächstes rief er Fabio Gracco an und verabredete sich mit ihm. Dann gönnte er sich einen Quickie mit seiner Sekretärin Antonella. Im Anschluss bereitete sie ihm das Formular für das Verteidigungsmandat vor, damit er mit der Arbeit beginnen konnte. Und erst danach rief er

Nicola de Nicola an. Erst würde er sich mit Gracco treffen. Dann würde er klarer sehen und könnte seinem Mandanten entsprechende Anweisungen geben.

»Kommen Sie nur herein.«

Fabio Gracco betrat um Punkt zehn das Büro von Soana Teti & Partner in der Via Monte Santo. Er schritt über das edle Eschenparkett, links und rechts flankiert von Regalen voller schwarz gebundener Bücher, deren Rücken mit goldenen Lettern beschriftet waren. Das Parkett knarrte wie beim letzten Mal, die Bücher in den Regalen waren genauso akkurat ausgerichtet. Es war kühl, die Klimaanlage lief sicher schon ein paar Stunden, und als er neben dem Anwalt den Flur entlangging, der eine Art Wirbelsäule bildete, von der die einzelnen Räume abgingen, sah er in einem der Zimmer eine aufgeklappte Bettcouch. Nein, diese Nacht hatte Soana Teti sicher nicht alleine hier verbracht, dachte Fabio. Sie betraten das großzügige Büro. Die hohen, bis ganz nach oben reichenden Bücherregale an den Wänden vermittelten den Eindruck, als trügen sie die mit Stuck verzierte Decke. Durch das bodentiefe Fenster sah man die Stadt und die Kuppel des Petersdoms. Fabio drehte sich zur Seite, sein Blick streifte den goldenen Ehering des Strafrechtlers.

»Nun, es ist genau so, wie de Nicola es sich gewünscht hat: Jetzt wird offiziell gegen ihn ermittelt. Heute um 16 Uhr wird er von der Staatsanwältin und Domenico Ramino verhört werden. Uns liegt schon eine Kopie der Videoauswertung und ein Bericht der Spurensicherung vor«, begann Soana Teti. »Ich möchte so schnell wie möglich die Beweismittel der Verteidigung vorlegen, die Nicola entlasten. Richter Ardizzone ist auf unserer Seite. Angriff ist die beste Verteidigung. Können Sie mir etwas über diese Geschichte mit den Fotos erzählen?«

Er setzte sich an seinen riesigen, mit Akten bedeckten Mahagonischreibtisch, auf dem ein Computer, ein Drucker, aber auch gerahmte Fotos mit der Ehefrau und den lächelnden Kindern standen. Zeugnisse einer glücklichen Familie. Fabio zog einige Bilder aus dem Umschlag und legte sie auf den Schreibtisch.

»Das ist eines der Fotos, die uns Signora Sivieri zurückgegeben hat. Und das hier eine Ausschnittvergrößerung. Die Frau ist Elisabetta Lorenzi, die beste Freundin des Opfers und die aktuelle Geliebte von Marcello Russo. Es ist offenkundig, dass sie das Boot fotografiert.«

Der Anwalt betrachtete die beiden Bilder. Unterdessen zog Fabio ein Exemplar von *Per te* aus der Tasche, eine Seite hatte er mit einem Post-it markiert.

»Und jetzt schauen Sie hier. Die Position der Frau ist exakt die gleiche, auch wenn der Zeitpunkt ein ganz anderer ist, hier sind wir quasi noch im Winter, Anfang März.«

Soana Teti legte die Fotos nebeneinander. Unterschiedliche Phasen, gleiche Sequenz, Schuss und Ge-

genschuss, wie man in der Fotografie sagt. Er blickte Fabio an: »Und die beiden auf dem Boot scheinen nicht zu wissen, dass sie fotografiert werden.« Er begann laut nachzudenken. »Warum sollte die Lorenzi den Abgeordneten erpressen wollen? Oder wollte sie Russos Ehe zerstören?« Wirklich schlüssig klang das nicht, eher nach einer weiteren Hypothese.

Der Anwalt bewegte die Maus, und der Bildschirm wurde hell. »Memorandum zu Marcello Russo« war da zu lesen, eine Zusammenfassung von Fabios Ermittlungsarbeit, die er ihm gemailt hatte. Es ging um die gemeinsame Zeit von Elisabetta Lorenzi und Marcello Russo in der Therapiegruppe, um die Andeutungen des Gärtners und um das grafologische Gutachten. »Hatten die beiden schon damals eine Beziehung?«, fragte der Anwalt.

»Bestimmt«, antwortete Fabio, »und ich denke auch, dass Elisabetta nie darüber hinweggekommen ist, dass ihre beste Freundin ihr den Freund ausgespannt hat.«

Soana Teti runzelte die Stirn: »Ob sie die Mörderin ist?«

»Das halte ich für wenig wahrscheinlich.« Fabio zögerte. »Carla Caggiani wurde erstickt, und sie war stark. Elisabetta Lorenzi wäre ihr körperlich gar nicht gewachsen gewesen.« Er holte tief Luft. »Ich glaube vielmehr, dass sie Beweise für eine Beziehung zwischen de Nicola und Carla gesucht hat, um Marcello die Untreue seiner Ehefrau vor Augen zu führen und ihn zu überzeugen, sie endgültig zu verlassen, um ihn ganz für sich zu haben.« Dann präsentierte er den Ausdruck eines Artikels aus dem Internet mit dem Titel »Ispettore Biagio Palma macht Urlaub unter Palmen«. »Soweit ich weiß, haben die beiden Urlaub auf den Malediven gemacht, den sie bezahlt hat.« Und schließlich zeigte er dem Anwalt ein Foto von Marcello auf einem Motorrad. »Und zu seinem Geburtstag hat sie ihm ein Motorrad für 20 000 Euro geschenkt.«

Soana Teti betrachtete das Foto, dann blickte er wieder auf Fabios Memorandum. »Diese grafologische Analyse scheint mir interessant.«

»Sie stammt von meiner Mitarbeiterin. Russo ist ein Narzisst. Trotz seiner Ichbezogenheit hing er an seiner Frau und wollte sie zurück. Als wäre sie sein Eigentum. Sein Stolz ließ es nicht zu, dass Carla einen anderen Mann liebte.«

»Ein schlüssiges Mordmotiv.« Soana Teti blickte Fabio erwartungsvoll an.

»Das würde zu seiner gewalttätigen Persönlichkeit passen. Wichtig ist auch, was Signor Ulderico, der Gärtner aus Manziana, erzählt hat: Auf der einen Seite überhäufte Russo seine Frau mit Geschenken, auf der anderen Seite schlug er sie.«

»Wurde Ulderico von den Ermittlern befragt?«

»Nicht, dass ich wüsste.«

»Meinen Sie, er wäre zu einer schriftlichen Aussage bereit?«

»Ich denke schon. Er ist ein pragmatischer Mensch: Wenn die Kohle stimmt …«

»Und Russo kokst wieder… Könnte das von Bedeutung sein?«

»Durchaus möglich.«

»Lucia Campazzo scheint mir das kleinere Problem zu sein, die ermittelt in alle Richtungen, aber Ramino macht mir Sorgen. Er hat sich auf de Nicola eingeschossen, das könnte gefährlich werden. Haben Sie gesehen, wie dieser Mann rumläuft?« Soana Teti lächelte. »Wie in Bulgarien in den 1960er Jahren.«

Er beschloss, vorsichtig an die Sache heranzugehen. Erst einmal mussten sie prüfen, ob die Beweise der Anklage stichhaltig waren und ob sich daraus die Fixierung auf de Nicola rechtfertigen ließ. »Als Erstes konzentrieren wir uns auf die Ergebnisse der Spurensicherung und die Beweisfotos. Heute Abend konfrontieren wir de Nicola damit und warten ab, wie er reagiert. Was halten Sie davon?«

Soana Tetis Überlegungen hatten Hand und Fuß, und das wusste er auch.

»Vorher sollten wir uns die Auswertung der Blitzerdaten auf der Via Appia und der Via Pontina vom Samstag, den 13. August ansehen, zwischen fünf und zehn Uhr vormittags«, schlug Fabio vor. »Wenn Marcello Russo seine Frau ermordet und es rechtzeitig wieder zurück nach Terracina geschafft hat, dann muss er die zulässige Höchstgeschwindigkeit deutlich überschritten haben.«

»Stimmt.« Soana Teti nickte zufrieden und begann, den Auftrag für Ermittlungen im Sinne der Verteidigung zu unterschreiben (Artikel 327 Strafprozessordnung), nämlich »Indizien zu finden, die den Angeklagten entlasten«.

Fabio las alles genau durch. Wenngleich die Namen, die Anlässe, die Daten und die Rechtsvorschriften immer andere waren, das Prozedere blieb stets das gleiche. Er nahm an, dass die Papiere von einer Sekretärin vorbereitet worden waren, die deshalb extra ihren Urlaub hatte unterbrechen müssen. Wahrscheinlich war sie jung und hübsch und einem Abenteuer nicht abgeneigt.

»Einen Kaffee?«, fragte eine weibliche Stimme hinter ihm.

Einen Augenblick lang glaubte Fabio an eine Halluzination. Dann sah er Soana Tetis verlegenes Gesicht, als sie fragte: »Möchten Sie einen Kaffee?«

»Danke, gerne«, antwortete Fabio und drehte sich um. Die junge Frau stand auf der Türschwelle, genau so, wie er sie sich vorgestellt hatte. Lächelnd, hübsch, in Jeans und einer weißen Bluse.

»Für mich auch, danke Ihnen«, sagte Soana Teti. Das Siezen wirkte lächerlich, steif und spröde wie trockenes Laub im August.

4

Zuerst glaubte er im Traum einen Bohrer zu hören, einen Schlagbohrer, der durch Marmor und Beton drang, als wäre es Butter. Oder war es ein Küchenmixer? Aber das durchdringende Geräusch und die

Vibrationen gab es wirklich, sie schienen direkt aus seinem Körper zu kommen. Nicola de Nicola fasste sich an die Brust, auf Höhe des Herzens, aber es war sein Handy, das unter ihm klingelte. Er öffnete die Augen. Er war auf dem Sofa eingeschlafen, komplett bekleidet, sogar die Schuhe hatte er noch an. Er hatte ein Schlafmittel genommen, nachdem er einfach keine Ruhe gefunden hatte, und jetzt war es zwölf Uhr mittags.

»Ja?«, meldete er sich benommen. Es war der Direktor seiner Bank. »Ach, Herr Direktor, guten Tag.« Dann hörte er zu. »Tut mir leid, dass ich nicht zurückgerufen habe. Es ist gerade nicht leicht für mich …« Dann schwieg er wieder, sein Gesicht wirkte jetzt angespannt. »Nein, heute passt es mir leider nicht, vielleicht nächste Woche.« Er stand auf, Kopfschmerzen peinigten ihn. »Das verstehe ich nicht.« Er fuhr sich mit den Fingern durch die Haare. »Aber warum? Wie viel habe ich überzogen?« Er schnappte nach Luft. »Unmöglich.« Erneutes Schweigen. »Gut, ich komme nach der Mittagspause zu Ihnen. Während der Öffnungszeiten. Machen Sie sich keine Sorgen.« Er schleppte sich in die Küche, die Stimme des Direktors und die Summe im Kopf: 156 000 Euro. Wie hatte es so weit kommen können? Nun ja, die Leasingraten für das Boot, das Auto, das Chalet in Roccaraso und die Wohnung in Venedig. Da geriet man schnell mal ins Minus. Aber er hatte doch seine Abgeordnetendiäten, warum machte sich der Direktor solche Sorgen? Es musste an seiner misslichen Situation liegen. Die laufende Untersuchung, der Rückzug aus der Politik, der Verlust der Immunität, das Ende der Karriere. Und damit der Ruin. Er sah das Post-it am Kühlschrank. Bevor dieser Sturm losgebrochen war, hatte Silvia ein Herz auf den Zettel gemalt und dazu geschrieben: *Bitte die Blumen gießen, Kuss, Silvia.*

Nicola ging zur Terrassentür und äugte zwischen den Ritzen im Rollladen hindurch. Er sah das Holzgeländer, die Gitter, aber keine Pflanzen. Er drückte auf den Knopf neben der Tür, und der Rollladen hob sich langsam und knirschend. Es wurde hell. Er kniff die Augen zusammen, die Sonne blendete ihn. Auf der Terrasse erkannte er jetzt verwelkte und vertrocknete Pflanzen, einige wenige im Schatten hatten durchgehalten, wie der Jasmin, aber auch er kämpfte um sein Leben. Nicola nahm den Schlauch, drehte das Wasser auf und ging zu den Hortensien, die am schlimmsten aussahen. Vielleicht waren sie schon tot. Durch die Zweige hindurch blickte er auf die Straße, dort hatte sich eine Menschenmenge versammelt. Er erkannte den ecuadorianischen Pförtner, Don Felipe, wie er ihn immer scherzhaft nannte, und ein paar Fotografen. Alle Blicke waren auf das an die gegenüberliegende Wand gesprühte Graffiti gerichtet:

DE NICOLA = MÖRDER

Nicola konnte den Blick nicht davon lösen. Und während er die Pflanzen wässerte, brach er in Tränen aus.

5

Die Via Portuense war eine hübsche, nicht allzu breite Straße. Nachdem sie die westlichen Viertel Roms und den nicht enden wollenden neungeschossigen Wohnblock Corviale, eine Kleinstadt für sich mit fast 6000 Bewohnern, hinter sich gelassen hatte, schlängelte sie sich durch grüne lehmige Hügel, streifte den Tiber an seiner Mündung und erreichte schließlich bei Fiumicino das Meer. Ramino war schon vor der Mittagszeit im grauen Dienstwagen aufgebrochen. Aus Angst, auf der Autobahn im Stau stecken zu bleiben, hatte er die Via Portuense gewählt. Das letzte Mal war er vor einem Jahr auf dieser Straße unterwegs gewesen, im Rahmen einer Ermittlung gegen Prostitution. Viel hatte sich nicht verändert. Kurz nach dem Corviale, am Waldrand, standen junge schöne Afrikanerinnen und wiegten gedankenverloren ihre sinnlichen Körper. Etwas weiter, am Schilf gesäumten Fluss, war der Platz der italienischen Konkurrenz, alt, dick, verlebt und grell geschminkt saßen die Huren unter Sonnenschirmen auf ihren Plastikstühlen in der Hoffnung, dass sich doch noch ein Freier ihrer erbarmte. Ramino fühlte einen Druck am Bauch, allerdings nicht wegen der halb nackten Körper, sondern wegen seiner zu engen Hosen. Er war Lucia Campazzos Vorschlag gefolgt und hatte seine alten Levis 501 wieder aus dem Schrank geholt, die er früher auf Rockkonzerten getragen hatte. Aber seitdem hatte er aufgehört zu rauchen und mindestens zehn Kilo zugenommen, und die Jeans kniffen in der Taille.

Der Schirokko hatte die ganze Nacht geblasen, und die Sonne brannte jetzt noch heißer vom Himmel. Die hohen Wellen hatten die Fischer am Auslaufen gehindert, ihre Boote warteten in Reih und Glied in der windgeschützten Tibermündung. Ein friedliches Bild. Ramino ließ den Blick über die Kutter schweifen, die Kommandobrücken, die Antennenwälder, Schornsteine, Mastbäume, Taue und Netze.

Hier wurde gerade eine weitere Folge von *Berühmte Kriminalfälle* gedreht. An Bord der *Ramona*, einem alten Lastkahn, auf dem in dieser Folge der Geschichte, Drogenhändler drei Tonnen Kokain von Kolumbien nach Italien gebracht hatten. Dem Ablaufplan zufolge würde es hier eine lange Actionszene geben, in der die Polizisten auf eine kampferprobte, gut ausgerüstete Verbrecherbande stießen. Im dramatischen Finale wirkte auch Marcello Russo alias Ispettore Biagio Palma mit, der bei einem Schusswechsel schwer verletzt werden würde.

Elisabetta Lorenzi erwartete Ramino im Wohnwagen der Produktionsgesellschaft, der zwischen den Lastern mit dem Equipment stand. Ein voll ausgerüstetes Büro auf vier Rädern mit allem, was man so brauchte, inklusive einer Klimaanlage, die den Aufenthalt angenehmer machte. Sie begrüßte den Vizeinspektor und setzte sich wieder an den Schreibtisch, besorgt wegen des Wetters, das den Drehplan durcheinandergewirbelt hatte. Sie hatten die ganze Nacht gearbeitet, um die Scheinwerfer, die Kameras, die Mikrofone und das restliche Material auf dem Oberdeck abzubauen und unter Deck zu bringen, in den Laderaum und den Maschinenraum. Ihr Vater würde nicht vor fünf Uhr hier sein, sie musste alleine zurechtkommen.

Ramino blickte auf die Uhr an der Wand des Wohnwagens. Es war halb zwei, seit dem Mord waren 126 Stunden vergangen. Panik überkam ihn bei diesem Gedanken, die Angst, dass er hier weitere wertvolle Zeit verschwendete, ließ ihn nicht los. Filipponi hatte Russos Alibi anhand von Zeugenaussagen und Videoaufzeichnungen überprüft, es war hieb- und stichfest. Er war zum Tatzeitpunkt mit Elisabetta zusammen gewesen, in der Stella-Marina-Suite des Hotels Tirreno in Terracina.

Die Tür des Wohnwagens öffnete sich, und eine Welle heißer Luft schwappte herein. »Hier bin ich, entschuldigen Sie die Verspätung«, sagte Marcello Russo. Er schloss die Tür hinter sich und reichte Ramino die Hand. Förmlich, ohne ein Lächeln. Es wirkte, als würden sich zwei Kollegen begrüßen, denn Russo trug über der schusssicheren Weste eine Uniformjacke mit der Aufschrift POLIZIA.

»Ich danke Ihnen«, antwortete Ramino. »Es wird nicht lange dauern.«

Das sagte er immer, um ein bisschen Spannung abzubauen, aber es stimmte fast nie.

»Ich lasse Sie jetzt allein, falls Sie mich brauchen, ich bin auf dem Schiff«, sagte Elisabetta Lorenzi, man spürte ihre Unruhe. Dann wurde es hell im Wohnwagen, ein Windstoß fuhr hinein, und sie war verschwunden.

»Wollen wir uns nicht setzen?« Ramino nahm wie selbstverständlich auf dem Sofa Platz, als wäre er hier zu Hause, vermied es aber die Beine übereinanderzuschlagen, auch wenn er das gerne getan hätte. Wenn er hier die Zügel in der Hand behalten wollte, musste er Autorität ausstrahlen. Marcello nahm auf dem Sofa gegenüber Platz.

»Ich kann Sie gut verstehen, Signor Russo, aber es muss leider sein«, begann Ramino ruhig und beobachtete die Reaktion seines Gegenübers.

»Kein Problem, Sie tun ja nur Ihre Pflicht. Ich habe große Hochachtung vor Ihrer Arbeit und möchte Ihnen gerne behilflich sein.« Der Vizeinspektor erlaubte sich ein Lächeln. Er wusste, dass er einen Schauspieler vor sich hatte, und würde ihm Zeit für seinen Auftritt lassen. Er war für alle Eventualitäten gewappnet. Er würde geduldig zuhören und sich keine Notizen machen, um die Inszenierung nicht zu stören, egal ob die Dramaturgie echt war oder nicht. Fragen würde er nur im Bedarfsfall stellen. Denn Fragen nehmen Druck heraus und verschaffen dem Befragten Zeit zum Atemholen, wenn er gerade dabei ist, sich um Kopf und Kragen zu reden. Der erfahrene Vernehmer Ramino hoffte, dass Russo sich in seinem Monolog verlieren und in Widersprüche verwickeln würde. Er würde seine Aussage mit Elisabetta Lorenzis Aussage abgleichen, Daten, Zeiten und alle weiteren Details. Wenn er außerdem die Gestik und die Mimik der beiden bei seiner Meinungsbildung berücksichtigte, die Pausen, den Tonfall, die Gefühlsregungen, dann könnte er vielleicht Widersprüche aufdecken. Und er würde Marcello Russo beobachten, von Kopf bis Fuß, seinen ganzen Körper, ein eventuelles Zittern, die Bewegungen von Armen und Händen, die Blicke gen Himmel oder auf den Boden, oder auch Nasenbluten, falls er sich aufregte. Ramino war gespannt, ob das Kokain wieder Teil von Russos Leben geworden war.

Deshalb war seine erste Frage gleich eine Fangfrage: »Sprechen Sie doch bitte über die Beziehung zu Ihrer Frau, Signor Russo«, sagte er mit warmer, ruhiger Stimme, »von den glücklichen Zeiten und von Ihrer Trennung. Und lassen Sie bitte nichts aus.«

Marcello nickte und zog die Uniformjacke mit der Aufschrift POLIZIA aus, die kugelsichere Weste ließ er an. Ansonsten trug er Jeans und Turnschuhe, wie bei der Polizei bei Spezialaufträgen mittlerweile üblich. Am Gürtel hatte er eine Beretta und Handschellen.

»Ich habe Carla geliebt«, flüsterte er. Dann räusperte er sich und fuhr etwas lauter fort: »Sie war mein Leben.« Er klang aufrichtig und verzweifelt.

Glaubhaft, dachte Ramino und hörte von da an nur noch zu, ohne ihn zu unterbrechen.

6

Ermittlungen im August waren schwieriger, weil keiner da war. »Im August macht man den Laden zu und fährt in die Ferien«, hatte Fabios Vater Adriano immer gesagt. Das war vor acht, neun Jahren gewesen, als er schon krank war. Und er hatte recht, genau wie das Wetter seine Aufs und Abs hatte, so war es mit den Ermittlungen auch. Im Herbst, wenn die Kastanien fielen, und im Frühling, wenn die Schwalben zurückkehrten, brummte das Geschäft mit vermeintlich untreuen Ehemännern und Ehefrauen. Für die Detektei Gracco waren das etwa 10 bis 15 Fälle pro Jahr. Auftraggeber, die einen Verdacht und genug Geld hatten. Überwachungen, Beschattungen und Schuldbeweise. Manchmal war es ganz einfach. Ein paar Stunden Beschattung, die oft jenseits der Stadtgrenze endete, ein paar Fotos von Pärchen, die in mehr oder weniger anonymen Hotels verschwanden. Immer werktags. Den Rest des Jahres kümmerten sie sich vor allem um Nachforschungen in Unternehmen, Unterschlagungen, verdächtige Krankmeldungen, Preisabsprachen oder auch Industriespionage. Dazu kamen Aufträge von Versicherungen über inszenierte Unfälle, falsche medizinische Gutachten und überhöhte Forderungen. Und Erbstreitigkeiten. Im Rahmen dieser Aufträge mussten sie Leute überwachen, in Archiven und Datenbanken forschen sowie Verstecke ausspähen. Dieses Mal war die Sache komplizierter. Diskretion war oberstes Gebot, da war sensibles Vorgehen unabdingbar. Und sie mussten schnell sein. Der kleinste Fehler und er war seine Lizenz los, das wusste Fabio nur zu gut. Er musste der Staatsanwältin heute Nachmittag überzeugende, belastbare Beweise und Indizien liefern, was für einen privaten Ermittler oft schwierig war, der im Unterschied zu den Ordnungshütern die fruchtbaren Quellen bei Behörden und Institutionen nicht so einfach anzapfen konnte. Es war ein Ritt auf der Rasierklinge. Dazu gab es zahllose, ineinandergreifende geschriebene und ungeschriebene Gesetze, die es zu beachten gab. Und jeder der Beteiligten hatte seine eigenen Leichen im Keller. Man musste nicht darum herumreden: Bisweilen brauchte es auch »unkonventionelle« Methoden. Auch darüber hatte Fabio mit Lucia Campazzo gesprochen, als sie sich damals auf dem Kongress getroffen hatten. In seinem Vortrag zum Thema »Neue Wege der Ermittlung in Strafverfahren« hatte er diese These vehement vertreten. Mit großer Leidenschaft hatte er ausgeführt, dass Ermittlungsergebnisse von Privatdetektiven eine wertvolle Ergänzung der Polizeiarbeit sein konnten, um Mutmaßungen zu untermauern und Indizien das nötige Gewicht zu geben, damit sie vor Gericht Bestand haben. »Um Unschuldige zu schützen und Schuldige zu überführen, im Sinne der Gerechtigkeit«, hatte er seine Rede unter dem tosenden Applaus der Zuhörer beendet.

Vor diesem Hintergrund hatte Fabio auch kein schlechtes Gewissen, den »inoffiziellen« Weg zu gehen, um möglichst schnell an Informationen über Marcello Russo zu kommen. Er fuhr in die Via Isola Bella im Nomentano-Viertel, eine Insel der Ruhe inmitten der Hektik der Stadt. Dort lebte und arbeitete ein gewisser Benedetto Capricci, genannt »Il Sintetico«, und das nicht, weil er etwa Kleidung aus Synthetik trug, sondern weil der ehemalige Profiboxer und Motorradrennfahrer mehr künstliche Teile im Körper hatte als Haare auf dem Kopf. Er arbeitete zuverlässig und diskret und das zu moderaten Preisen. Er wohnte in einem kleinen Häuschen, wo er auch sein Büro hatte. Und vor allem machte er nie Urlaub, arbeitete quasi rund um die Uhr. Egal ob Einwohnermeldeamt, Stadtverwaltung, Finanzamt, Versicherung oder Gericht, egal ob es um die Zulassung von Schiffen, Flugzeugen oder an der Uni ging, um Bankgeschäfte, Ex- und Importpapiere, Eheschließungen oder Totenscheine: Er war der richtige Mann. In Rom war er bekannt wie ein bunter Hund. Und er löste alle Probleme. Das meiste erledigte er per Telefon und am Computer. Manchmal auch persönlich. Wie in Fabios Fall: Um das Motorrad zu identifizieren, hatte Il Sintetico eine Durchwahl gewählt und wenige Minuten später Kennzeichen und Zulassungsdatum gehabt. Wegen des Führerscheins und etwaiger Verkehrsverstöße hatte er persönlich mit dem Zuständigen sprechen müssen, das war am Telefon zu heikel. Und es kostete das Doppelte.

»Ein bisschen Geduld müssen Sie schon mitbringen, Gracco, eine Stunde mindestens. Aber setzen Sie sich doch. Oder wollen Sie später noch mal wiederkommen?« Letztere war eine rhetorische Frage. Hier war niemand ungeduldig oder fragte noch mal nach. Der Kunde setzte sich auf das Kunstledersofa und blätterte eine der abgegriffenen Zeitschriften aus dem Ständer durch, während die Sekretärin auf der Tastatur herumtippte, Anrufe annahm und Kaugummi kaute. Meistens wartete eine Handvoll Leute, aber an diesem Tag war Fabio der einzige Kunde. Genau eine später Stunde kam Il Sintetico mit einem Zettel zurück. »In diesem Jahr gab es vier Verstöße zulasten des Halters«, sagte er in neutralem Ton, als läse er den Beipackzettel eines Medikaments vor. »Sechs Strafpunkte gab es für das Überfahren einer roten Ampel am 6. März auf der Kreuzung zwischen der Via Oderisi da Gubbio und der Via Quirino Majorana, vier wegen einer Geschwindigkeitsüberschreitung von 30 km/h auf der Via Cristoforo Colombo am 20. April, jeweils drei für das gleiche Delikt im Juni auf der Via Aurelia und im Juli auf der Via del Mare. Wegen möglicher Verstöße, die bei Dienststellen außerhalb Roms registriert worden sind, muss ich offiziell anfragen, und das dauert einige Tage.« Er erwähnte den Begriff »offiziell«, um dem Ganzen einen seriösen Anstrich zu geben, eine Seriosität, die es natürlich nicht gab. Fabio hatte diese Zeit nicht, machte sich Notizen, denn Il Sintetico gab nie etwas schriftlich heraus, und zahlte 150 Euro. Dann fuhr er mit dem

Alfa über die leere Via Isola Bella, hielt sich streng an die Geschwindigkeitsbegrenzung von 50 km/h, hatte Glück an den Ampeln, die alle auf Grün standen, und war zufrieden. Denn jetzt wusste er genau, was er der Staatsanwältin sagen und was er sie fragen würde.

7

Oberstaatsanwalt Infascelli hatte Lucia Campazzo einen dunkelblauen Lancia Thema mit Fahrer zur Verfügung gestellt. Sie fuhren zur Chiesa Santa Maria, um Don Giancarlo Sguazzi abzuholen. Am Vorabend hatte ihr Victor Peralta die englische Übersetzung der Anklageschrift gegen Adolfo Alvarez übergeben, und sie hatte bis spät in der Nacht die blutrünstigen Fakten studiert. Zwischen 1980 und 1986 hatten mehr als 1000 Gefangene eine »Behandlung« des »sanften Verhörers« über sich ergehen lassen müssen, einige waren danach spurlos verschwunden, andere tot. Seitenweise Schilderungen von körperlichen und seelischen Folterungen. Der Landgeistliche Pater Francis Mogana, der damals beschuldigt worden war, ein kommunistischer Spion zu sein, war fünf Monate lang von Oberleutnant Alvarez »verhört« worden. Mit tageweise wechselndem Einsatz von »Nawasa« und »Meralco«. Nawasa war der philippinische Wasserwerkbetreiber, Meralco die Elektrizitätsgesellschaft. Im Klartext: Waterboarding und Elektroschocks. Erst im sechsten Monat war Pater Mogana eingebrochen und hatte gestanden. Danach hatten sich seine Spuren verloren. Als Corazon Aquino an die Macht kam, stellte sich heraus, dass Francis Mogana weder Spion noch Kommunist gewesen war. Er war ein einfacher Priester, der den Bauern das Evangelium erklärte und predigte. Die Details der Folterungen hatte sich Lucia Campazzo erspart. Und wenn sie als Staatsanwältin die Enthüllungen schon als schockierend empfunden hatte, wunderte sie die Reaktion von Don Sguazzi absolut nicht. Er wirkte wie versteinert und hatte mit stockender Stimme die auf der Hand liegende Schlussfolgerung gezogen: »Dann war er also doch der Mörder?« Doch die Staatsanwältin hatte den Kopf geschüttelt und erklärt, dass Mogana-Alvarez durch die Aussage von Beniamino Huber entlastet war. Eine Tatsache. Doch der Horror seiner Vergangenheit blieb. »Heute Abend um sieben wird es in der Staatsanwaltschaft eine Pressekonferenz zum Stand der Ermittlungen geben«, sagte Lucia Campazzo in die Stille hinein. »Und die ganze Geschichte kommt an die Öffentlichkeit. Die Journalisten werden sich auf Sie stürzen, Padre, die Ehefrau Anita Balveo mit Fragen löchern und selbst ihre Kinder nicht in Ruhe lassen. Man muss die Arme in Kenntnis setzen, sie vorbereiten. Deshalb habe ich sie angerufen.«

Don Sguazzi schloss die Augen und ließ den Kopf sinken, dann legte er das Kinn auf die verschränkten Finger und begann zu beten. Erst jetzt erinnerte sich Lucia Campazzo an ihr Versprechen, wieder häufiger in die Kirche zu gehen, und bekam ein schlechtes Gewissen. Ihr kam sogar der Gedanke, dass ihre verdammte Bequemlichkeit die Welt ins Wanken gebracht haben könnte. Die Bandbreite menschlichen Handelns, von abgrundtief schlecht bis moralisch einwandfrei, wird dann gefährlich, wenn sie aus dem Gleichgewicht gerät, dachte sie. Wie bei den Bakterien, wo die schädlichen und die nützlichen Formen sich auch die Waage halten mussten. Folter, Schmerz, Leid und Tod gehörten zur schrecklichen Seite der Welt, und es war gefährlich, sie zu verstecken oder totzuschweigen: Die Ansteckungsgefahr war groß, und die Infektion konnte sich über alle Grenzen hinweg ausbreiten und die ganze Gesellschaft infizieren.

In Torre Angela war es nicht ganz so heiß, aber als sie aus der angenehm kühlen Limousine stieg, hatte Lucia Campazzo das Gefühl, ihr schlügen Flammen entgegen. Anita Balveo wartete am Fenster auf sie und eilte ihnen entgegen. Sie fiel vor Don Sguazzi auf die Knie, der sie lächelnd wieder nach oben zog, dann reichte sie der Staatsanwältin die Hand. Anita war nicht allein, ihr arbeitsloser Sohn war bei ihr, der Vierundzwanzigjährige hatte als Lkw-Fahrer gearbeitet und träumte nun von einer Stelle bei der Polizei. Lucia Campazzo hatte zwar um ein Treffen gebeten, aber nicht näher erklärt warum. »Das kann ich Ihnen am Telefon nicht sagen«, war sie der Frage ausgewichen. Als sie jetzt die schmerzgebeugte und um Jahre gealterte Frau sah, wäre sie am liebsten wieder ins Auto gestiegen und weggefahren.

8

Die Journalisten waren als Erste vor Ort. Dann die Carabinieri. Nicola de Nicola stand nackt vor dem Badezimmerspiegel und hörte die Nachrichten, in denen über den Fall Caggiani gesprochen wurde, aber sein Name war noch nicht gefallen. Kaum hatte er sich das Aftershave aufgetragen und sich ein paar Spritzer Guerlain Vetiver gegönnt – ein Duft, der seine Stimmung hob und ihn an eine bessere Zukunft glauben ließ –, hörte er eine Stimme im Radio sagen: »Hier eine Nachricht, die uns gerade erst erreicht hat. Glaubwürdigen Quellen zufolge gehört ab heute der Abgeordnete Nicola de Nicola zum Kreis der Verdächtigen im Fall Caggiani. Gegen ihn wird ermittelt…« Und genau in diesem Moment klingelte es an der Tür, in perfektem Gleichklang. Kam das Geräusch aus dem Radio oder aus der Gegensprechanlage? Es klingelte wieder. Zweimal kurz und zackig, wie ein gebrüllter Befehl auf dem Kasernenhof. Das müssen sie sein, dachte de Nicola. Und als er den kuschelig weichen Badezimmerteppich verließ und den kühlen Marmor unter seinen Füßen spürte, bekam er Angst. Vier Schritte bis zur Tür.

Er hatte auf diesen Moment gewartet, trotzdem war ihm mulmig. Auf dem Monitor erkannte er zwei Uniformierte. Die Zustellung. Der erste Verwaltungsakt. Der Ermittlungsbescheid.

»Carabinieri. Welcher Stock?«

»Dritter. Ich mache Ihnen auf.«

Er zog sich rasch den schneeweißen Bademantel mit den blauen Initialen NdN über (Silvia hatte ihn deswegen immer aufgezogen). Tatsächlich war es ihm ein bisschen peinlich. Er ging zur Tür. Sie kamen zu Fuß die Treppe hoch, Nicola hörte sie schnaufen. Ein schwarzes Barett und ein weißer Schulterriemen tauchten auf. Als der Erste ihn sah, nahm er die Kopfbedeckung ab, grüßte ihn mit »Herr Abgeordneter« und salutierte, bevor er die letzten Stufen nach oben stieg. Die beiden Carabinieri waren jung, sie schwitzten und waren offensichtlich verlegen. Sie händigten ihm den Umschlag aus, Absender: »Staatsanwaltschaft«. Er musste den Empfang quittieren, dann verbeugten sie sich und gingen wieder. Sie schwitzten sogar auf dem Rücken, man konnte es deutlich an den hellblauen Hemden erkennen, die sich dunkelblau verfärbt hatten.

De Nicola setzte sich auf den Marmorboden, öffnete den Umschlag und nahm ein Dokument heraus, auf dem das Wappen der Republik Italien zu sehen war. Und folgender Text:

STAATSANWALTSCHAFT
beim Landgericht Rom
ZUSTELLUNG DES BESCHEIDS
ÜBER DIE AUFNAHME VON
ERMITTLUNGEN
an die Person, gegen die ermittelt wird,
damit verbunden

INFORMATION ÜBER DAS RECHT AUF VERTEIDIGUNG
nach Artikel 369 c.p.p.

Die Staatsanwaltschaft, hier vertreten durch Staatsanwältin Dott.ssa Lucia Campazzo am Landgericht Rom, bezüglich der Anklage nach …

Er las alles und steckte das Dokument wieder in den Umschlag. Obwohl er solche Bescheide schon oft gesehen hatte, war er dieses Mal verzweifelt. Hier ging es um ihn. Er hatte einen bitteren Geschmack im Mund, ihm war übel, obwohl er noch nichts gegessen hatte. Sein Herz raste. Hinter den Vorhängen erkannte er, was ihn erwartete. Heerscharen von Journalisten und Fotografen, sogar zwei Übertragungswagen des Fernsehens, die Techniker installierten gerade die Parabolantennen. Er richtete den Blick zum Himmel, wusste aber nicht, an wen er sich wenden sollte, ob an seine Mutter oder irgendeinen Heiligen. Als Erstes musste er mit dem Direktor seiner Bank sprechen. Er begann sich anzuziehen und kam sich dabei vor wie ein heldenhafter Krieger, der sich für die Schlacht rüstete. Trotzdem gelang ihm der Knoten der Krawatte erst im vierten Anlauf.

Zum Glück ging der Aufzug bis ganz nach unten in die Tiefgarage. Er wollte der wartenden Meute ein Schnippchen schlagen und mit dem Auto den Belagerungsring durchbrechen. Die Fotografen würden auf ihren Motorrädern die Verfolgung aufnehmen, aber das Wichtigste war, unbeschadet den Abgeordnetenparkplatz auf der Piazza del Parlamento zu erreichen, wo es Polizisten und Wachen gab. Im August würde er so gut wie leer sein. Seine Bank lag ganz in der Nähe, direkt neben dem Parlamentsgebäude, die paar Schritte würde er zu Fuß gehen.

Die Beleuchtung schaltete sich automatisch ein und tauchte die gespenstisch leere Tiefgarage in gleißendes Licht. Alle waren im Urlaub, und mit ihnen die Autos. Sein einsam und allein dastehender Mercedes sprang nach einigem Protest an, dann schnurrte der Motor wie gewohnt. Wie sollte er unbemerkt hier herauskommen? Das Problem waren das sich automatisch öffnende Rolltor und die Schranke zur Straße. Dort waren Bewegungsmelder installiert, die gelb blinkten, wenn ein Auto die Garage verließ. Keine Chance, da unbemerkt herauszukommen. Er fühlte sich gefangen, seiner Freiheit beraubt. Unerträglich, dachte er. Er musste die Flucht nach vorne antreten und die Rampe hochrasen, als wäre sie die Startbahn eines Flugzeugträgers. Er schloss die Scheiben, verriegelte Türen und Fenster, schaltete die Nebelleuchten ein und gab Vollgas. Der Wagen machte einen Satz nach vorne, das Rolltor hob sich, und er raste auf die wartende Meute zu. De Nicola drückte die Hupe, die Menschenmauer teilte sich, Journalisten, Kameramänner, Polizisten und Fotografen spritzten auseinander. Alle, bis auf Claudia Nebicchio, eine freie Mitarbeiterin von JollyTV aus Frascati, die immer alles allein machte: Mit laufender Kamera führte sie gleichzeitig Interviews und gab so schnell nicht auf. Dieses Mal allerdings wurde ihr ihre Hartnäckigkeit zum Verhängnis. De Nicola erwischte sie frontal, sie landete auf der Motorhaube des Mercedes, knallte gegen die Windschutzscheibe, überschlug sich und wurde wieder zu Boden geschleudert. De Nicola bekam es gar nicht richtig mit. Klar, im ersten Moment trat er instinktiv auf die Bremse, aber dann überkam ihn Panik. Die Blitzlichter der Fotografen blendeten ihn, er hörte Schreie, wütende Fäuste auf der Motorhaube und auf dem Dach. Er entschloss sich zum Äußersten und trat das Gaspedal durch, ohne noch einmal in den Rückspiegel zu schauen. Mit 80, 90 km/h raste er in falscher Richtung die Via Giuseppe de Notaris entlang und hupte dabei ununterbrochen, wie damals, als er Silvia mit Wehen ins Krankenhaus gefahren hatte. Kurz vor der Piazzale Don Minzoni trat er auf die Bremse und bog mit quietschenden Reifen in den Viale Bruno Buozzi ein. Er überfuhr drei rote Ampeln und wäre beinahe mit einer Straßenbahn der Linie 19 zusammengestoßen, die gerade den Viale delle Belle Arti herunterkam. Dann bog er in die Via Flaminia ein, und die wilde Fahrt ging weiter. Den blauen Alfa 159 mit den roten Streifen und der weißen Aufschrift »Carabinieri« nahm er anfangs gar nicht wahr, doch dann hörte er die Sirenen und sah das Blaulicht. Er schaffte es auf die Via di Ripetta, mit dem wild blinkenden und heulenden Polizeifahrzeug auf den Fersen. Auf dem Kopfsteinpflaster der Piazza Augusto Imperatore geriet sein Wagen ins

Schleudern, so dass er beinahe in eine Gruppe von Japanern gerast wäre, die staunend vor dem Ara-Pacis-Monument stand. Ein Quietschen, Staub wurde aufgewirbelt, eine rote Kelle erschien wie aus dem Nichts vor der Windschutzscheibe, und der blaue Alfa versperrte ihm den Weg. De Nicola trat auf die Bremse, es knallte, der Airbag öffnete sich und minderte den Aufprall. Das war's.

9

Es war seine DNA. Die Mail aus der Abteilung genetische Forensik war direkt auf seinem Tablet gelandet. Vizeinspektor Ramino saß schwitzend im Brava und blickte dankbar gen Himmel. Das war der gerechte Ausgleich für das qualvolle Warten im Stau auf der Autostrada Roma-Fiumicino wegen eines umgekippten holländischen Lasters. »Es ist seine DNA«, wiederholte er immer wieder, als er an dem glühend heißen Autowrack vorbeifuhr, die Gouda-Laibe, die der Lkw verloren hatte, waren bis in die Sonnenblumenfelder gerollt. Der Abgeordnete muss der Täter sein, schien es ihm von überall entgegenzuhallen, aus den Autos neben ihm und von den Motorrädern, die auf der Standspur vorbeirauschten. Er hätte sich jetzt gerne eine Zigarette gegönnt, wenn er nicht vor einem Jahr mit dem Rauchen aufgehört hätte.

Trotz des Staus war er pünktlich gewesen, sogar als Erster vor Ort. Als Lucia Campazzo vor dem Palazzo am Corso Vittorio Emanuele II. 207 aus dem Auto gestiegen war, hatte er triumphierend verkündet: »Die DNA ist von de Nicola.« Dabei hatte er ihr das Tablet hingehalten. »Lesen Sie selbst«, hatte er hinzugefügt. Sie schaute ihn abwesend an, als hätte sie gar nicht zugehört. »Stimmt etwas nicht?«, hatte Ramino verunsichert gefragt, sein Enthusiasmus war ein bisschen verflogen. »Nein, nein, nichts.« Als sie im kühlen Hausflur angekommen waren, brach es aus ihr heraus: »Es war schrecklich bei Anita Balveo. Als hätte man ihren Mann ein zweites Mal umgebracht. Don Sguazzi ist bei ihr geblieben.« Dann war sie wortlos zur Pförtnerloge gegangen, wo der neue afrikanische Pförtner in seiner blitzsauberen Uniform Dienst tat. Was gab es auch mehr zu sagen?

Lucia Campazzo hatte das Tablet genommen und die Mail gelesen: »Die biologische Spur (Speichel) auf dem Beweisstück Nr. 62 (durchsichtiges Glas mit Resten eines zuckerhaltigen Getränks) mit dem genetischen Profil eines noch unbekannten Mannes (MANN #1 genannt) stimmt mit dem genetischen Profil des noch unbekannten Mannes auf den Beweisstücken 00, 01 und 02 (Sekret aus der Vagina des Opfers) überein.« Der »unbekannte MANN#1« war Ramino Filipponi und Lucia Campazzo inzwischen bekannt, die außerdem jetzt mit Sicherheit wussten, dass der Abgeordnete de Nicola mit der »wunderbaren Freundschaft« gelogen hatte und dass er kurz vor ihrem Tod mit der Archäologin Sex gehabt hatte. Doch damit waren die wissenschaftlich belegbaren Tatsachen erschöpft, und das steinige Terrain der Hypothesen begann. Aber der Vizeinspektor war guter Dinge, er hatte sein Notizbuch aus der Tasche gezogen und blätterte darin wie ein Künstler, der eine Idee umsetzt und zu malen beginnt.

»Hier«, hatte er gesagt und der Staatsanwältin sein Konzept vorgestellt. »Zusammengefasst können wir davon ausgehen, dass sich de Nicola und seine Geliebte an diesem Morgen zwischen 7.00 Uhr und 7.50 Uhr gesehen haben. In diesen fünfzig Minuten ist viel passiert: Sie haben gefeiert, er überhäuft sie mit Geschenken, sie gibt nach, sie haben Sex, dann eröffnet sie ihm, dass es vorbei ist, er bettelt, fleht sie an, er verliert den Kopf und bringt sie um.« Der Polizist und die Staatsanwältin hatten sich angesehen, und in ihren Blicken hatten die Ergebnisse langen Nachdenkens gelegen. Sie waren sich einig darüber, dass eine Liebe auch schleichend enden, Stück für Stück zerbrechen konnte. Es war ihnen beiden schon passiert. Ramino hatte sogar von Andreina Abbondanza erzählt, einer jungen Frau, die in dem Haus in Posillipo gewohnt hatte, in dem sein Vater Pförtner gewesen war. Sie waren so jung und so verliebt gewesen. Aber Andreinas Eltern wollten etwas Besseres für ihre Tochter und hatten sich gegen ihre Liebe gestellt, hatten seinem Vater sogar mit Entlassung gedroht. Sie hatten sich trennen müssen und sehr darunter gelitten. Und auch die Staatsanwältin hatte von einer kurzen und intensiven Liebe erzählt, die nach und nach gestorben war.

Und genau hier waren Lucia Campazzos Zweifel ins Spiel gekommen, mehr Gefühle als Fakten, die selbst Raminos systematische Analyse nicht hatte ausräumen können. Warum sollte ein erfahrener Mann wie de Nicola, dem die Frauenherzen zuflogen, dieser Narzisst, die Nerven verloren und seine Geliebte umgebracht haben, die sich von ihm trennen wollte? Das passte nicht, de Nicola war nicht geistesgestört, sie konnte sich ihn nicht als Vergewaltiger, Stalker oder Mörder vorstellen. Trotz der Zeugenaussage von Elisabetta Lorenzi, die ihn als unsterblich verliebten Mann beschrieben hatte, der das Ende der Beziehung einfach nicht akzeptieren konnte, trotz der Ergebnisse der DNA-Analyse wollte sie nicht, dass sich der Vizeinspektor schon vor dem Lokaltermin mit dem Verteidiger des Angeklagten auf den Abgeordneten als Täter einschoss.

Während sie noch nachdachte, war Soana Teti im Taxi eingetroffen und wenige Minuten später Fabio Gracco, zu Fuß. Ramino hatte Schutzanzüge, Hauben, Handschuhe, Überschuhe und Gesichtsmasken verteilt und sich dann zu dem afrikanischen Pförtner umgedreht: »Das Tor bleibt zu, nur die Bewohner des Hauses dürfen rein und raus, ist das klar?« Dann hatte er mit einem Messer die Siegel durchtrennt und die Metalltür geöffnet. Einer nach dem anderen waren sie hindurchgegangen, jeder in Gedanken versunken, mit seiner subjektiven Sicht der Dinge im Kopf und seinen Überzeugungen und Gefühlen im Herzen.

10

Da keine Verletzten zu beklagen waren, hatten die Beamten de Nicola nach der Unfallaufnahme und der Zeugenbefragung in die Polizeistation San Lorenzo in Lucina gebracht. Anfangs war die Situation unübersichtlich, die Polizisten hatten in ihrem Übereifer zunächst an einen Autodieb oder einen Entführer gedacht, und de Nicola mit vorgehaltener Waffe empfangen, als er ausgestiegen war. Er hatte die Hände gehoben und fast unterwürfig seinen Namen genannt: »Ich bin der Abgeordnete de Nicola.« Aber sie waren ungerührt geblieben. »Papiere«, hatte der eine gebellt, ein Maresciallo, während der andere Verstärkung angefordert und die Schaulustigen zurückgedrängt hatte, die mit ihren Handys Fotos machten, einer sogar ein Selfie mit dem Unfallauto im Hintergrund. De Nicola hatte seinen Abgeordnetenausweis aus der Tasche gezogen, aber der Maresciallo hielt sich streng an die Regeln. »Führerschein und Fahrzeugpapiere bitte.« Da de Nicola auf dem Führerschein kaum zu erkennen war, war der Verdacht aufgekommen, er sei gefälscht. Auf dem Abgeordnetenausweis trug de Nicola eine Brille und wirkte zwanzig Jahre älter. »Ich trage jetzt Kontaktlinsen«, hatte er zu erklären versucht. Der Maresciallo hatte ihn kritisch gemustert. »Ruhe jetzt.« Das Misstrauen war gerechtfertigt, das war de Nicola selbst auch klar. Wie sollte er erklären, dass er jetzt blonde und keine dunklen Haare mehr hatte? Das war Gaetano zu verdanken, der ihm, wie vielen anderen Promis auch, einen neuen Look verpasst hatte. Und die sündhaft teuren Botoxinjektionen? Wie sollte er das den Jungs von der Polizei erklären, die für 1300 Euro im Monat ihr Leben riskierten? Sollte er ihnen von den Antifaltencremes, den Feuchtigkeitslotions, den Besuchen im Solarium, den Vitaminen A, B, C, D, E, F, K, Q, den Karottensäften, den Ginseng- und Gojibeerenextrakten, dem straffen Sportprogramm und dem Personal Trainer erzählen? Wie sollte er den Polizisten klarmachen, dass das alles in dem Moment begonnen hatte, als er Carla Caggiani das erste Mal begegnet war, im Hof des Palazzo am Corso Vittorio Emanuele II. 207. Ihr Anblick hatte ihn geblendet, nicht mehr losgelassen, es hatte ihn voll erwischt. Die oder keine. Für diese Frau würde er alles tun. Aber wie sollten das zwei uniformierte junge Polizisten verstehen können?

Sie hatten ihm zwar keine Handschellen angelegt wie bei den Mafiabossen, aber der Maresciallo hatte ihm von oben die Hand auf den Kopf gedrückt und ihn auf den Rücksitz des Polizeiwagens geschoben.

11

Ohne die gelben Markierungen mit den Buchstaben und aufsteigenden Zahlen darauf, wäre man nicht darauf gekommen, dass hier etwas Besonderes geschehen war, abgesehen von der Entdeckung einer kostbaren Favissa aus dem 3. Jahrhundert v. Chr., die der Göttin des Glücks geweiht war, und eines eventuell dazugehörigen Tempels, der noch zu entdecken war. Die Staatsanwältin hatte eigens für die Ortsbesichtigung eine Zusammenstellung der Fakten für die Verteidigung vorbereitet, inklusive Fotos und einer DVD. Hier vor Ort bekam jedes Beweisstück ein Gesicht, aus grauer Theorie wurde anschauliche Praxis. Sie erklärte detailliert, was die Untersuchungen über den tragischen Todesfall vor mittlerweile mehr als 129 Stunden ergeben hatten. Was weitere wertvolle Zeit kostete, sehr zum Missfallen von Vizeinspektor Ramino.

Fabio Gracco und Soana Teti folgten aufmerksam ihren Worten, wie Touristen, die einem Fremdenführer lauschen, ab und zu schauten sie auf die Markierungen, um sich zu vergewissern, worauf sich die Staatsanwältin gerade bezog. Fabio hatte eine Kamera dabei und machte Fotos. Alle Spuren waren ausgewertet, die Ergebnisse der beiden Autopsien lagen vor, der Todeszeitpunkt stand fest. Lucia Campazzo rekonstruierte den Tathergang und erläuterte ihre Schlussfolgerungen. In ihrem etwa 45-minütigen Vortrag achtete sie peinlich genau darauf, den Namen de Nicola nicht mit der Tat in Verbindung zu bringen, sondern schilderte sein Verhältnis zu Carla Caggiani unabhängig davon, auf der Basis seiner Aussage bei der Staatsanwaltschaft. Als sie von der »wunderbaren Freundschaft« sprach, konnte sie eine gewisse Ironie nicht verhehlen, wohl wissend, dass die Aussage des

Abgeordneten in dieser düsteren Kelleratmosphäre fast lächerlich wirkte. Nicht zuletzt aufgrund der Tatsache, dass die Fortführung der Grabungen einer anonymen Spende zu verdanken war, dass diese Zuwendung tatsächlich aber von der Fondazione Roma Caput Mundi stammte, deren Vorsitzender Nicola de Nicola war. An diesem Punkt hakte Soana Teti ein, verschärfte den Ton und ging zum Gegenangriff über.

»Seien Sie ehrlich, Dottoressa Campazzo«, begann er, und seine Stimme klang herausfordernd, »vor drei Tagen hat sich der Pförtner dieses Hauses erhängt, und alle waren sicher, dass er damit seine Schuld eingestanden hatte, und heute schicken Sie dem Abgeordneten de Nicola einen Ermittlungsbescheid? Mit Verlaub, aber was hat er damit zu tun? Das verstehe ich nicht.« Der letzte Satz war natürlich glatt gelogen.

Die Atmosphäre wurde frostig. Fabio Gracco konnte die Kälte in seine Knochen kriechen spüren und in den Augen der Staatsanwältin sehen.

»Das kann ich Ihnen gerne erläutern«, konterte Lucia Campazzo. »Es geht hier nicht *fumus persecutionis*, nicht um die tendenziöse Verfolgung eines Abgeordneten. Es sind einfach neue Indizien aufgetaucht, die uns dazu zwingen, die Ermittlungen in alle Richtungen fortzuführen.« Sie nutzte den juristischen Fachbegriff, um einerseits die Fronten zu klären und sich andererseits alles offen zu halten.

»Die Öffentlichkeit weiß bereits von den Ermittlungen gegen meinen Mandanten, das schränkt meine Verteidigungsstrategie erheblich ein.«

»Dafür haben sicher nicht wir gesorgt«, erwiderte Lucia Campazzo.

»Das mag ja sein, aber die Wirkung bleibt die gleiche.«

»Entschuldigen Sie meine Offenheit, Herr Anwalt, aber ist es nicht eine großzügige Geste der Staatsanwaltschaft, die Verteidigung zu diesem Ortstermin einzuladen? Ich kann Ihnen versichern, dass es auch in unserem Interesse ist, die Rolle des Herrn Abgeordneten de Nicola umfassend und schnellstmöglich zu klären.«

Das Spiel hat begonnen, dachte Fabio.

Soana Teti wollte gerade zu einer Erwiderung ansetzen, als sich die Tür der Pförtnerloge öffnete und der afrikanische Pförtner auftauchte, gefolgt von Antonella, der Sekretärin der Anwaltskanzlei Soana Teti & Partner.

Als Erster reagierte Ramino, der die junge Frau nicht kannte. Er brüllte: »Was soll das? Das ist eine vertrauliche Besprechung!«

»Antonella, was machen Sie denn hier?«, fragte Soana Teti überrascht. Dann wandte er sich an Ramino und die anderen und sagte: »Das ist meine Sekretärin.«

Es wurde still, alle Blicke richteten sich auf die junge Frau.

»Ich konnte Sie auf dem Handy nicht erreichen, Dottore, der Abgeordnete de Nicola hat angerufen. Es sei äußerst dringend. Sie möchten umgehend in die Polizeistation San Lorenzo in Lucina kommen.«

12

Vizeinspektor Ramino hatte den Anwalt begleitet, anders wäre es nicht gegangen. So hatte es jedenfalls Lucia Campazzo entschieden, um die Parität zu wahren und den Ortstermin so zeitnah abzuschließen, dass sie noch rechtzeitig zur Pressekonferenz in der Staatsanwaltschaft sein konnte. Tetis Rolle als Vertreter der Verteidigung übernahm Fabio Gracco, der bisher eher passiv geblieben war und nur fotografiert hatte. Eine gute Entscheidung, denn ohne Ramino und Soana Teti hatte sich die Atmosphäre merklich entspannt. Es kam Bewegung in die Tatortbesichtigung. Fabio Gracco hatte eine Idee. Sollte er mit Lucia Campazzo darüber sprechen oder lieber auf die Rückkehr des Vizeinspektors warten? Er dachte noch darüber nach, während sie zum Seiteneingang auf den Vicolo Savelli gingen. Fabio kannte sich hier bestens aus. Durch die beiden Lichtschächte zu dem schmalen Gässchen fiel sanftes Licht herein. Von hier aus hatte Arese das Pärchen fotografiert.

Er beschloss, die Initiative zu ergreifen und Lucia Campazzo seine Zusammenarbeit anzubieten, mit der gebotenen Distanz natürlich. Die Staatsanwältin war die Einzige, die den Tatendrang des Vizeinspektors bremsen könnte. Die rechtliche Grundlage war Artikel 358 der Strafprozessordnung: »Die Staatsanwaltschaft unternimmt alle Anstrengungen, um die in Artikel 326 festgeschriebenen Ziele zu erreichen, und zieht dabei alle Umstände und Fakten in Betracht, die für die Unschuld des Angeklagten sprechen.«

Die Loge hatte bereits den Geruch des neuen Pförtners angenommen, eine Mischung aus Kebab und billigem Parfüm. Trotzdem fühlte sich Lucia Campazzo in diesem Glaskasten wohl. Sie saß am Tisch, die Fotos, die der Privatdetektiv mitgebracht hatte, vor sich ausgebreitet. Die Schnappschüsse von de Nicola und Carla Caggiani an Bord der Segelyacht. Sie verglich sie mit den Bildern aus *Per te*. Fabio Gracco erzählte alles, was er wusste, jedenfalls fast. Sogar von den Ermittlungen, mit denen Silvia Sivieri ihn betraut hatte. Das Ergebnis seiner mehrmonatigen Nachforschungen hatte Silvias Verdacht bestätigt: Ihr Mann betrog sie.

»Das ist natürlich kein Beweis, aber ein wichtiges Indiz«, sagte Lucia Campazzo. War es Zufall oder ein Wink des Schicksals, dass auf den Fotos Elisabetta Lorenzi zu sehen war, wie sie das Auslaufen des Bootes fotografierte?

»Ich kann Ihnen sagen, dass die Redaktion von *Per te* auf unsere Anfrage bereits geantwortet hat, dass die Fotos in einem Umschlag ohne Absender abgegeben worden seien. Ich glaube nicht, dass das stimmt, aber das haben sie behauptet. Es ist gut möglich, dass Lorenzi sie gemacht hat, weil sie ja auch Fotos am Set macht. Natürlich könnte es auch jemand anderes gewesen sein, der dem Abgeordneten schaden wollte. In der Politik gibt es manchmal …« Die Staatsanwältin vermied es, ihren Verdacht zu konkretisieren. »Auf jeden Fall danke ich Ihnen, wir werden Elisabetta Lorenzi im Auge behalten. Gibt es noch etwas, das Sie mir mitteilen wollen?« Sie warf einen Blick auf den Pförtner, der es offenkundig nicht erwarten konnte, sein Reich wieder in Besitz zu nehmen.

»Ja«, antwortete Fabio. »Ich bin von de Nicolas Unschuld überzeugt. Gut, natürlich ist er mein Auftraggeber, und ich bin quasi dazu verpflichtet. Aber ich meine es ernst. Ich denke, man sollte Marcello Russo noch etwas näher unter die Lupe nehmen.« Er wartete auf Lucia Campazzos Reaktion. Da sie schwieg, sprach Fabio weiter: »Aber ich brauche Ihre Hilfe. Wenn wir zusammenarbeiten, können wir den Fall schnell lösen.« Und dann erläuterte er seine Theorie, dass Marcello Russo an jenem Morgen von Terracina nach Rom und wieder zurück gefahren sein könnte, und zwar auf dem Motorrad. Gemeinsam mit Arese hatte er in minutiöser Kleinarbeit die Wegstrecke und die notwendige Durchschnittsgeschwindigkeit berechnet. Um ihre Hypothese zu untermauern, wäre es notwendig, die Protokolle der Polizeistationen in Aprilia, Latina und Pomezia über Geschwindigkeitsüberschreitungen am 13. August zwischen sechs und sieben Uhr morgens auszuwerten. Und zwar sämtliche Daten der mobilen und stationären Radarüberwachung. »Hier ist das Kennzeichen des Motorrads, falls Sie es nicht haben«, schloss er und überreichte ihr einen Zettel, ohne genauer zu erklären, woher er diese Information hatte. Dazu eine Liste von Russos

Verstößen gegen die Verkehrsregeln in Rom, auch da nannte er seine Informationsquelle nicht. Fabio war müde und erschöpft, als er fertig war, in der Pförtnerloge war es warm und stickig. Aber er war auch zufrieden. Die Staatsanwältin schwieg eine Weile und nickte dann. Ja, die Hypothese erschien ihr glaubhaft, sie würde sich gleich morgen früh darum kümmern.

Fabio lächelte Lucia Campazzo siegesgewiss an, sagte aber nichts mehr. So stellte er sich die Zusammenarbeit zwischen öffentlichen und privaten Ermittlern vor, das war auch die Quintessenz seiner Rede auf dem Kongress gewesen. Und sie hatte offensichtlich genau zugehört.

13

Schließlich hatte er das Flattern wieder gespürt. Nicola de Nicola saß im Büro des Dienststellenleiters im ersten Stock der Polizeistation San Lorenzo in Lucina und hatte sich den Puls gemessen, wie er es früher immer beim Training gemacht hatte, bevor er den Pulsmesser gekauft hatte. Als das Flattern begann, war er nicht mehr in der Lage, seine Herzschläge zu zählen. Es raste, vielleicht drei, vier pro Sekunde. Wie ein Maschinengewehr. So viele waren es noch nie gewesen, nicht mal beim Rom-Marathon. Der Stress, dachte er besorgt. Sicher der Stress. Er musste sich beruhigen. Aber wie? Er saß vor dem Maresciallo, der versuchte, ihm außer dem Verkehrsdelikt auch noch ein Vergehen nach den Artikeln 336 und 337 des Strafgesetzbuchs anzuhängen, Widerstand gegen die Staatsgewalt. Und Soana Teti hatte versucht, das Ganze zu bagatellisieren und den Unfall als Verkettung unglücklicher Umstände und Resultat eines plötzlichen Schwächeanfalls darzustellen.

Ramino stand gegen die Wand gelehnt neben dem offenen Fenster, das auf den Hof hinausging. Er atmete tief und hörte zu, ohne etwas zu sagen. Dieses Schweigen war für de Nicola schlimmer als alles, was der Vizeinspektor hätte sagen können. Ihm war kalt. Eine Kälte, die aus dem Bauch den Rücken hinauf bis in den Nacken kroch, er fühlte sich wie gelähmt. Sein Blick suchte das einzige vertraute Gesicht im Raum: Soana Teti. Aber alles wirkte verschwommen, Sterne tanzten vor seinen Augen, alles drehte sich. Doch bevor er sagen konnte: »Mir geht's nicht gut«, sackte er auch schon in sich zusammen, und sein Kopf kippte nach hinten.

Der Anwalt sprang auf und packte ihn an der Schulter: »Nicola!« Er schüttelte ihn, während der Vizeinspektor sich vom Fenster löste, um zu helfen. Der Maresciallo wirkte wie gelähmt, erschüttert von der Vorstellung, dass der Abgeordnete hier in seinem Büro sterben und er unter Anklage gestellt werden könnte.

»Ein Glas Wasser, bitte«, sagte Soana Teti.

»Aber natürlich«, der Maresciallo sprang auf, rannte den Gang hinunter in Richtung Wasserspender. Und während er einen Plastikbecher unter den Strahl hielt, befahl er einem Beamten, der ihm dabei zusah, drängend: »Carlini, ruf einen Krankenwagen, los, mach schon!« Auf dem Rückweg schwappte etwas Wasser aus dem Becher, so zitterte der Maresciallo vor Angst. Als er sah, dass de Nicola die Augen wieder aufgeschlagen hatte, fiel ihm ein Stein vom Herzen. Soana Teti sprach mit dem Abgeordneten, Ramino hatte ihm eine Hand auf die Schulter gelegt, und dieses Mal lag Verständnis in seinem Blick.

»Nur Mut«, sagte der Maresciallo erleichtert, »alles kommt in Ordnung, Herr Abgeordneter. Sie werden sehen. Ich habe einen Krankenwagen gerufen«, ergänzte er besorgt. Nicola de Nicola sah ihn ernst an und schüttelte den Kopf: »Mir geht es gut, danke. Ich brauche keinen Notarzt.« Der Maresciallo schwieg und wirkte fast ein wenig beleidigt, seine knotigen Fingern umklammerten den Becher, als wollte er ihn erwürgen. Der Becher kippte zur Seite, und das Wasser färbte den Teppichboden dunkel.

Den Krankenwagen bestellte er wieder ab und ließ die Seitenpforte öffnen, die früher die Mönche des Klosters benutzt hatten, um in die Chiesa di San Lorenzo zu gelangen. Andernfalls hätten der Abgeordnete und sein Anwalt keine Chance gehabt, das Gebäude zu verlassen, ohne von der Meute der Fotografen bemerkt zu werden, die den Haupteingang nicht aus den Augen ließen. Die Polizeiwache glich einer belagerten Festung, niemand konnte die Paparazzi zum Verlassen des Geländes bewegen, nicht einmal der Maresciallo mit seiner ganzen Autorität. Es blieb in der Tat nur ein Fluchtweg: Durch die enge Seitenpforte, weiter durch den düsteren Gang, dann durch das Chorgestühl, am marmornen Hochaltar und den aufgereihten Urnen mit geweihter Asche vorbei. Zum Glück war gerade der Vespergottesdienst zu Ende, und die Gläubigen strömten mit leuchtenden Augen aus der Kirche auf den Vorplatz hinaus. De Nicola und Soana Teti reihten sich ein. Draußen saß eine bettelnde Frau am Boden, sie war die Einzige, die sie bemerkte. Dann ging alles ganz schnell. An der Via del Corso stiegen sie in ein Taxi, das sie in Windeseile zur Anwaltskanzlei brachte. Während der Fahrt schwiegen sie, von einem Telefonat mit Fabio Gracco einmal abgesehen.

14

Sie hatten sich vor einem großen Fernseher versammelt, um die Bilder anzusehen, die die Spurensicherung ein paar Stunden nach der Tat aufgenommen hatte. Lucia Campazzo hatte klare Anweisungen hinterlassen: »Achten Sie darauf, dass de Nicola sich die Aufnahmen so genau wie möglich anschaut, und geben Sie mir unverzüglich Bescheid, wenn sich etwas ergibt, das für die Ermittlungen wichtig sein könnte.«

Das Video zeigte eine langsame Kamerafahrt durch den Keller des Palazzo am Corso Vittorio Emanuele II., vom Haupteingang bis hin zum Ausgang durch die kleine Pforte auf den Vicolo Savelli. Für de Nicola war es schmerzhaft gewesen, hierher zurückzukehren. Er hatte die Hände verschränkt, hörte in sich hinein und kontrollierte seinen Puls. Jedes Mal wenn er auf eine Extrasystole wartete, kam sie auch prompt, mit penetranter Präzision. Dann tauchte Carla auf, tot, aber immer noch schön, ausgestreckt am Boden des Brunnens. Die Kamera folgte der Aluminiumleiter Stufe für Stufe, man konnte sogar den Dreck in den Rillen sehen. Dann fuhr sie näher an den Leichnam heran, glitt über Gesicht und Körper, der auf einmal zum Leben zu erwachen schien, doch es waren nur die Schattenspiele, die seiner Vorstellung einen Streich spielten.

»Mein Gott«, murmelte er und griff sich ans Herz, das erneut zu rasen begann, als er sich an Carlas Duft erinnerte. Er hatte sie vergessen wollen, und jetzt fand er sie wieder. Er schloss die Augen und wartete. Sein Herzrhythmus stabilisierte sich. Er öffnete die Augen und erkannte den langen Holztresen, der als Ablage für die Fundstücke aus Ton und Metall aus dem heiligen Brunnen diente. Auf dem Video sah er die Torte, die Obsttorte, die er bei Cremoli auf der Piazza Ungheria gekauft hatte. Daneben die roten Kerzen, die Teller, das Besteck, die Plastikkelche und die Flasche Krug Rosé. Die Kamera schwenkte wie eine schweigende Drohne über die Szenerie, ohne auch nur einmal anzuhalten. Dann näherte sie sich dem schwarzen Mülleimer und zoomte ins Innere. De Nicola sah die Blumen.

»Die Rosen«, stammelte er, während die Kamera noch näher heranging, ein noch in Folie verpackter Rosenstrauß lag oben auf dem Tortenkarton. »Diese Rosen, die sind nicht von mir.« Das Bild hielt an. Soana Teti legte die Fernbedienung beiseite und drehte sich zu Nicola um. »Du hast ihr diese Rosen nicht mitgebracht?«, fragte er verblüfft.

»Nein, die sind nicht von mir.«

Sie schwiegen, während jeder seine eigenen Schlüsse zog. Dann konzentrierten sie sich wieder auf den Bildschirm.

»Die Rosen liegen auf dem Karton«, sagte Fabio, und aus einem Verdacht wurde Gewissheit.

»Ja. Und die Tortenschachtel habe ich in den Mülleimer geworfen. Daran erinnere ich mich noch«, sagte de Nicola.

»Dann müssen die Blumen später im Müll gelandet sein«, kombinierte Fabio weiter.

»Natürlich, sonst hätte ich sie ja gesehen und Carla danach gefragt.«

»Da unten im Keller war es dunkel, vielleicht sind sie dir nicht aufgefallen«, gab Soana Teti zu bedenken.

»Nein, sie waren noch nicht da, da bin ich sicher. Und die Augen gewöhnen sich schnell an die Dunkelheit.«

»Vielleicht hatte sie die Blumen versteckt, um dich nicht misstrauisch zu machen. Vielleicht hat sie jemanden im Zug getroffen, als sie von Manziana nach Rom gefahren ist«, der Anwalt ließ nicht locker.

»Ich war schon vor ihr da, ich habe sie kommen sehen. Das wäre mir aufgefallen. Fünfundzwanzig rote Rosen sind ja kein Veilchenstrauß. Und Carla hatte keine Geheimnisse vor mir. Sie hätte sie nicht vor mir versteckt.«

Soana Teti und Fabio Gracco sahen sich an und sagten nichts dazu.

15

Die Mikrofone vor ihnen auf dem Tisch drängten sich wie Antennen auf einem Hochhausdach. Es war kurz vor acht Uhr abends, und der Sitzungssaal der Staatsanwaltschaft war bis auf den letzten Platz gefüllt. Journalisten und Fotografen, vielleicht fünfzig, vielleicht noch mehr, keiner saß mehr, alle waren aufgestanden und drängten sich um den Tisch aus rötlichem Holz. Oberstaatsanwalt Infascelli saß in der Mitte, hinter den Mikrofonen und vor der italienischen und der europäischen Flagge. Zu seiner Rechten Lucia Campazzo, zu seiner Linken der Leiter der römischen Kriminalpolizei, Dottor Felice Angarano, und noch weiter links Bertozzelli als Vertreter der Spezialeinheit der Spurensicherung. An beiden Seiten des Tisches waren jeweils zwei uniformierte Polizisten postiert. Die Konferenz neigte sich dem Ende zu, jeder wollte noch eine Frage loswerden. Ein wirres Durcheinander von Männer- und Frauenstimmen. Fragen über Fragen, alle an Infascelli gerichtet, die anderen spielten nur noch Nebenrollen. Sie schauten mit würdevollen Blicken in die Runde und nickten gelegentlich zustimmend, um ihre Anwesenheit auf dem Podium zu rechtfertigen.

Notgedrungen hatte Infascelli Moganas wahre Identität enthüllen müssen, und seitdem stand nicht mehr der Fall Caggiani, sondern Ferdinand Marcos und sein grausames Regime im Mittelpunkt des Interesses. Er hatte darauf hingewiesen, dass die Pressekonferenz auch dazu dienen sollte, »aufzuzeigen, wie gefährlich leichtfertige Schuldzuweisungen sein können«.

Und natürlich war er dabei auch auf die Sensationsgier der Medien eingegangen, die sich jedes noch so tragische Ereignis unter den Nagel rissen und einen Selbstmord wie den von Francis Mogana ungeprüft als Schuldeingeständnis interpretiert hatten. Gleiches gelte für die reißerische Berichterstattung über den Abgeordneten de Nicola und seine rufschädigende Vorverurteilung allein aufgrund der Tatsache, dass Ermittlungen gegen ihn eingeleitet worden waren. Die Staatsanwaltschaft würde in »alle Richtungen« ermitteln, und der Ermittlungsbescheid sei eine notwendige Formalität, um die Ermittlungen fortführen zu können. Er appellierte auch an das »Pflichtbewusstsein und Gewissen« der Journalisten, woraufhin ein Sturm der Entrüstung losbrach. Ungeachtet seiner mahnenden Worte forderten sie lautstark die Namen der weiteren Verdächtigen. Und je mehr der Oberstaatsanwalt abzuwiegeln versuchte, desto deutlicher trat hervor, dass der Abgeordnete de Nicola der einzige Verdächtige war.

Lucia Campazzo erkannte, welche Schwierigkeiten ihr Chef hatte, die Pressekonferenz nicht aus dem Ruder laufen zu lassen und seine Autorität zu wahren. Verstohlen blickte sie auf ihr Handy und sah, dass eine Nachricht eingegangen war. Sie glitt mit der Hand unter den Tisch und tippte rasch: »Ich rufe zurück.« Dann hörte sie weiter ihrem Chef zu und litt mit ihm. Ihr Blick streifte durch den Saal und blieb an Ramino hängen, der nur wenige Schritte neben der Tür an der Wand lehnte, ein wenig nach vorne gebeugt, die Jacke im Bulgarien-Look offen, die Krawatte schief, die Hände in den Taschen vergraben, ein spöttisches Lächeln auf dem Gesicht.

16

Die roten Rosen, Beweisstück Nr. 5, hatten ihm Anlass zur Hoffnung gegeben, de Nicola sah sich jetzt als Justizopfer, das von der Staatsmacht willkürlich verfolgt wurde. Er hatte beschlossen, die Opferrolle auszuleben, und bewegte sich nur noch in gebeugter Haltung und mit schlurfenden Schritten. Da sein Mercedes noch nicht von der Spurensicherung freigegeben war, hatte er Fabio Gracco gebeten, ihn nach Hause zu begleiten. Soana Teti hatte umgehend nach Fregene zu seiner Frau und den Kindern zurückkehren wollen. Sie stemmten sich gegen den Schirokko, der allmählich an Kraft verlor und nur noch hin und wieder böig auffrischte und unter die Tischtücher vor den Bars fuhr. Der Himmel war wie blank geputzt, aber im Osten wurde es bereits dunkel. Die Bürgersteige rund um die Piazza Mazzini waren breit, aus den schmalen bodentiefen Fenstern drang die kühle, muffige Luft der Kellergewölbe.

De Nicola wollte nicht allein bleiben, fürchtete aber auch, dass seine Wohnung immer noch von Fotografen und Kameraleuten belagert sein könnte. »Die warten bestimmt auf mich, die lassen nicht locker«, hatte er geklagt. »Ich glaube, ich schlafe lieber im Hotel.« Fabio Gracco empfand Mitleid mit ihm und hatte daher, als de Nicola ihn zum Abendessen einlud, kurz darüber nachgedacht, anzunehmen. Dann war ihm gerade noch rechtzeitig eingefallen, dass er mit Gabriella verabredet war.

»Sie kann doch mitkommen, ich würde sie gerne kennenlernen«, hatte der Abgeordnete gesagt, eigentlich großzügig, aber im Grunde nur seinen eigenen Bedürfnissen folgend.

»Vielen Dank, aber das geht wirklich nicht«, hatte Fabio erwidert, als sie über die menschenleere Via Settembrini gingen, rechts und links von mächtigen Steineichen und imposanten Palazzi im piemontesischen Stil begrenzt, deren Rollläden heruntergelassen waren. De Nicola war wieder in sich zusammengesackt. Dann hatte er das Schild BLUMEN entdeckt. Im Gegensatz zu den vielen wegen der Sommerferien geschlossenen Geschäften brannte im Laden Licht.

Er kannte sogar den Blumenhändler, der den Ficus neben dem Eingang goss. Als er sich vor Jahren vergeblich um eine junge Angestellte der RAI bemüht hatte, hatten sie sich näher kennengelernt. Nicola de Nicolas Blick hellte sich auf, nicht bei der Erinnerung an seinen damaligen Misserfolg, sondern weil ihm gerade eine geniale Idee gekommen war.

»Haben Sie noch kurz Zeit?«, fragte er Fabio und ging auf den Laden zu. Der Blumenhändler wollte gerade schließen und war dabei, den Blumenkübel ins Haus zu bringen. Als er de Nicola erkannte, ging er ihm freudestrahlend entgegen. Fabio folgte dem Abgeordneten in gebührendem Abstand in den Laden. De Nicola sagte: »Ich will einer Bekannten im Krankenhaus eine Freude machen, was können Sie mir empfehlen?« Der Blumenhändler machte Vorschläge, kombinierte Farben und passende Düfte. De Nicola wählte ein Blumengebinde aus Rosen in vier verschiedenen Farbtönen, weiß, gelb, rosa, tiefrot. Dazu eine Karte aus hochwertigem Papier, auf die er schrieb: *Werden Sie mir jemals verzeihen können?* Entgegen seinem üblichen Gekritzel bemühte er sich um eine gut lesbare Unterschrift. Auf den Umschlag schrieb er: *Claudia Nebicchio, Policlinico Umberto I., Chirurgie,* wohin man die verletzte Journalistin gebracht hatte. Der Blumenhändler versicherte, dass die Rosen morgen früh, spätestens gegen Mittag am Bett der Patientin stehen würden. De Nicola schob seine Kreditkarte in das Lesegerät und tippte großzügig einen Betrag von 160 Euro ein. Dann geschah eine Weile lang gar nichts, und die beiden schauten sich ausdruckslos lächelnd an, als würden sie im Fahrstuhl stehen. Dann piepte das Gerät, auf dem Display stand: Zugriff verweigert. »Sicher ein Problem mit der Leitung, wir versuchen es noch mal.« Der Blumenhändler war noch relativ entspannt. Die Zeit verging, das Lächeln wurde schmaler. Das Ergebnis war das gleiche. »Tut mir leid.« Sie versuchten es mit anderen Kreditkarten, de Nicola schien in jeder Farbe eine zu besitzen. Aber keine funktionierte. Schließlich versuchte er es mit der EC-Karte samt Geheimzahl. Banges Warten. Wieder nichts. Es lag nicht an einer gestörten Leitung. Es lag an seiner Bank. Kein Wunder, er hatte den Termin versäumt, der Direktor hatte ihm das Konto gesperrt. Bargeld hatte er nur wenig dabei, das würde gerade mal für ein Stück Pizza reichen. Er blickte auf das Gesteck, und der Blumenhändler sagte: »Kein Problem, dann zahlen Sie eben das nächste Mal.« Doch damit war das Problem nicht aus der Welt. De Nicola sah Fabio Gracco an, der sofort verstand. »Wenn es Ihnen nichts ausmacht? Ich gebe es Ihnen morgen zurück.« Fabio bezahlte. Das Lächeln kehrte zurück, das Spiel begann von Neuem, als wäre es nur kurz unterbrochen gewesen.

Der Viale Mazzini war von Bäumen und Blumenrabatten gesäumt, de Nicola hatte sich in dumpfes Schweigen gehüllt, als er neben Fabio Gracco die Straße entlangging. Er hatte das Gefühl, sein Kopf würde gleich explodieren, so wütend war er auf den

Direktor. Wenn er daran dachte, wie viele Millionen er auf dem Konto bewegt und wie viel Geld die Bank mit ihm verdient hatte! Was für eine peinliche Machtdemonstration gegen einen unbescholtenen Bürger, der vorübergehend in Schwierigkeiten geraten war. Sein Gehirn schien zu schmelzen, in seinen Ohren pfiff es, der Blutdruck schoss nach oben. Das Herz raste und geriet jetzt völlig aus dem Takt.

De Nicola ging zu Boden wie ein morscher Ast, den der Sturm abgerissen hatte, wie eine Marionette in dem Puppentheater am Pincio. Die Beine gaben nach, und der Körper folgte. Er schlug auf dem Kopfsteinpflaster auf, auf der Höhe des Cavallo Morente, der riesigen Pferdestatue vor dem Glaspalast der RAI.

Der Krankenwagen hoppelte über die Schlaglöcher, dann wurde die Fahrt ruhiger. Durch einen Fensterspalt drang die sanfte Milde der römischen Nacht herein. Nicola de Nicola lag lang ausgestreckt auf der Liege, sein Körper war festgeschnallt, seine Augen bewegten sich mühsam hin und her und versuchten zu erahnen, wer neben ihm stand. Eine Ärztin, eine schmale Frau um die vierzig, die ihn anlächelte, wobei sich kleine Fältchen auf ihrem Gesicht zeigten. »Wie geht es Ihnen? Wie fühlen Sie sich?«, fragte sie ihn hin und wieder mit lauter Stimme, um seine Reaktionen zu testen. Er nickte und versuchte ihr Lächeln zu erwidern. Fabio saß auf einem unbequemen Klappsitz und überlegte, wie es weitergehen könnte. Er hörte das Heulen der Sirene und sah durch die beschlagene

Scheibe die blau zuckenden Lichter. Vom Gefühl her mussten sie in der ersten Unterführung des Viale del Muro Torto sein. Er hatte versucht seinen Freund Giacomo zu erreichen, Internist und Kardiologe am Umberto I., aber der machte gerade Ferien in der Bretagne und würde erst nächsten Montag zurück sein. Aber immerhin hatte er den diensthabenden Kardiologen verständigt, dass de Nicola kommen würde. Und Fabio hatte auch Silvia Sivieri angerufen. »Verstanden«, hatte sie immer wieder gesagt, »verstanden.« Aber Fabio bezweifelte, dass sie irgendetwas verstanden hatte. Der Krankenwagen verlangsamte die Fahrt, wahrscheinlich waren sie am Tor des Policlinico Umberto I. angekommen. Eine Kurve, eine zweite in die Gegenrichtung, ein kurzer Anstieg. Die Sirene heulte noch mal auf, dann erstarb sie. Die hinteren Türen öffneten sich und de Nicola wurde auf einen Rollwagen gehoben und zur Notaufnahme geschoben. Es war wirklich schnell gegangen, dank der leeren Straßen und dem Geschick des Fahrers.

17

Auf den ersten Blick schien alles gleich zu sein. Und doch hatte sich etwas verändert. Und das lag an der Sonne. Zu Beginn der Pressekonferenz war der Himmel durch den Schirokko gelb gefärbt, am Ende war er scharlachrot. Sonst war alles wie immer: Die Presse würde Sensationsmeldungen verkünden, die Verdächtigen würden die Scherben ihres bisherigen Lebens aufkehren und versuchen sie wieder zu kitten.

132 Stunden.

Für einen Moment ließ dieser Gedanke Ramino auf dem Bürgersteig erstarren, während Lucia Campazzo nach zwei Schritten stehen blieb und sich zu ihm umdrehte. »Was ist denn? Wollen Sie sich San Lazzaro dei Lebbrosi nicht ansehen?« Er sah sie an wie eine Fremde, in Gedanken immer noch ganz woanders. Dann kehrte er wieder in die Realität zurück. »Natürlich«, antwortete er, auch wenn ihn die Kirche überhaupt nicht interessierte und er eigentlich nur den Wunsch hatte, auf seine Maschine zu steigen und zu seiner Frau und den Kindern nach Hause zu fahren. Aber er war ein höflicher Polizist und begleitete sie. Sie gingen von der Staatsanwaltschaft die Via Trionfale hoch, bis an den Punkt, wo die Straße zum Monte Mario ansteigt. Ramino erzählte ihr, was an diesem ereignisreichen Tag alles passiert war. Auch vom Treffen mit Marcello Russo, dessen Erklärung zu hundert Prozent mit den Aussagen von Elisabetta Lorenzi, deren Vater und dem Personal des Hotels Tirreno übereinstimmte.

»Da gibt's nichts dran zu rütteln, Dottoressa, zwischen sechs und zehn Uhr am besagten Samstagmorgen war Russo in Terracina, im Zimmer von Elisabetta Lorenzi, in ihrem Bett, in ihren Armen. Er hätte das Zimmer nicht unbemerkt verlassen können.« Es sei denn, das Ganze wäre ein abgekartetes Spiel gewesen, die Kameras manipuliert, und alle würden lügen, um Marcello Russo zu schützen. Ziemlich unwahrscheinlich. Lucia Campazzo fühlte sich verunsichert, war aber tief beeindruckt von Raminos präzisen Schlussfolgerungen. Und der Vizeinspektor berichtete weiter, sprach von der Vernehmung de Nicolas in der Polizeistation San Lorenzo in Lucina. Er hatte eine Journalistin angefahren, war geflüchtet, es hatte eine wilde Verfolgungsjagd und schließlich einen Unfall gegeben. Er sprach auch über den Zusammenbruch des Abgeordneten, der alle beunruhigt hatte, der bei genauerem Nachdenken aber auch eine Inszenierung hätte gewesen sein können. Und er erzählte von der Belagerung der Polizeistation durch die Fotografen und ihrer Flucht durch die Kirche. Und er hatte den Weg vom Vicolo Savelli zur Piazza Colonna überprüft. Ja, es war realistisch, diese Strecke an einem Samstagmorgen in zehn Minuten zurückzulegen, so dass der Abgeordnete dort um acht seinen Fahrer Federico Maini hätte treffen können. Der Vizeinspektor mit zehn Kilo Übergewicht war den Weg umgekehrt gegangen, von der Piazza Colonna über das Pantheon, die Piazza Sant'Eustachio und die Via Governo Vecchio zum Vicolo Savelli und hatte genau zehn Minuten gebraucht. Ein Kinderspiel für einen Sportler wie de Nicola, der den Rom-Marathon in dreieinhalb Stunden gelaufen war. Auf der Videoüberwachung konnte man de Nicola in Anzug und Krawatte schnellen Schrittes durch das Straßengewirr eilen sehen, beinahe im Laufschritt, mit angespannter Miene.

Ins Gespräch mit der Staatsanwältin vertieft, hatte Ramino auf dem Weg zur Chiesa San Lazzaro gar nicht bemerkt, wie sich das Stadtbild verändert hatte, von der rechtwinkligen Architektur des 20. Jahrhunderts rund um das Gerichtsgebäude ins tiefe Mittelalter.

»Das ist San Lazzaro dei Lebbrosi«, sagte Lucia Campazzo fast schwärmerisch und deutete auf eine kleine Backsteinkirche, die sich voller Stolz aus den umliegenden Häusern emporreckte und von Akazien und Feigenbäumen umstanden war. »Sie ist fast tausend Jahre alt. Gefällt sie Ihnen?«

Ramino nickte. Die Kirche gefiel ihm tatsächlich, sogar sehr, ein Gotteshaus, das nicht wie eine Kirche aussah, eher ein kleines Haus mit einem Kirchturm. Und welch ein Kontrast zu dem alles überragenden Glaspalast des Berufungsgerichts, der sie zu verschlingen drohte. Ein altehrwürdiges Backsteingebäude umringt von einem hässlichen modernen Eisenzaun mit scharfen Spitzen, gespickt mit Scheinwerfern und Überwachungskameras. Obwohl die Kirche seit nahezu tausend Jahren dort stand, wirkte sie wie ein Fremdkörper.

Nachdem sie schweigend diesen überraschenden Anblick gewürdigt hatte, ergriff Lucia Campazzo wieder das Wort: »Es gibt etwas Wichtiges, das ich Ihnen sagen muss, Ispettore.« Es klang, als ginge es um etwas, das ihr schon lange auf der Seele lag. Ramino drehte sich langsam zu ihr um, und sie fuhr fort: »Fabio Gracco hat um unsere Hilfe gebeten.«

Der Vizeinspektor blieb stehen und sagte schroff: »Und was will er?«

Die Staatsanwältin schien enttäuscht von seiner Reaktion, dann erzählte sie ihm von ihrem Gespräch mit dem Privatdetektiv: Die »zufällige« Anwesenheit von Elisabetta Lorenzi beim Auslaufen der Segeljacht, seine Vermutung, dass sie mit ihrer Aussage Marcello Russo schützen wollte und dass es durchaus möglich war, dass dieser mit dem Motorrad von Terracina nach Rom gefahren war, seine Ehefrau umgebracht hatte und auf schnellstem Wege nach Terracina zurückgekehrt war.

»Und?«, unterbrach sie Ramino, der im Kopf die Antwort schon parat hatte. Sie zögerte und dachte an die mahnenden Worte von Richter Ardizzone: »Die größte Gefahr für eine junge Staatsanwältin besteht darin, der Polizei in die Falle zu gehen und das Heft des Handelns aus der Hand zu geben.« Deshalb blieb sie standhaft und fuhr fort: »Ich habe ihm unsere Unterstützung zugesichert.«

Ramino hätte am liebsten laut aufgelacht: »Wie meinen Sie das genau, Dottoressa?«

Sie reagierte scharf: »Das werde ich Ihnen gleich erklären. Morgen überprüfen wir gemeinsam mit der Verkehrspolizei und den örtlichen Polizeidienststellen sämtliche Geschwindigkeitsüberschreitungen auf der Via Appia und der Strada Statale Pontina, und zwar am 13. August, zwischen sechs und zehn Uhr morgens.«

»Das scheint mir nicht nötig«, ging Ramino auf Konfrontationskurs.

So etwas hatte sie noch nie erlebt, ein Polizist, der ihr Widerworte gab. War sie zu gutgläubig gewesen? »Doch das ist es«, betonte sie nachdrücklich und ergänzte: »Graccos Vorschlag erscheint mir vernünftig. Das hätten wir längst tun sollen.«

»Reine Zeitverschwendung.«

»Lassen Sie das mal meine Sorge sein.«

Der Vizeinspektor merkte, wie sich die Kluft zwischen ihnen vergrößerte, und machte eine abwehrende Handbewegung, als wolle er eine Fliege verscheuchen. Er betrachtete die kleine Kirche und den dunkler werdenden Himmel. Er wusste, dass er verloren hatte. »Wie Sie meinen«, sagte er resigniert.

18

Eine ganz in Schwarz gekleidete alte Frau, einen Rosenkranz in der Hand, saß zusammengesunken auf einem Metallstuhl in der Notaufnahme des Krankenhauses Umberto I. Der Fußboden war mit dunklem Linoleum ausgelegt, an der Decke hingen Neonlampen, und es roch nach Müdigkeit. Fabio wartete bereits seit zwei Stunden, zusammen mit etwa zehn anderen, alle alt, alle schicksalsergeben. Die Frau mit dem Rosenkranz hatte erzählt, dass ihr Mann auf die Intensivstation gekommen sei, er hatte einen Schlaganfall erlitten, es sah nicht gut aus. Beim Sturz im Bad hatte er sich auch noch den Arm gebrochen. Das hatte sie jedem erzählt, wirklich jedem. Alle hatten genickt, in ihrer eigenen Angst gefangen, konnten sie ihr nicht helfen. Fabio hatte die Zeit mit Telefonaten verbracht, dabei war er jedes Mal aus dem Warteraum gegangen, um die anderen nicht zu stören, und hatte sich im Flur an ein Fenster gestellt. Er hatte Gabriella angerufen und ihr die Situation erklärt. Spontan hatte sie angeboten vorbeizukommen »Nein, das ist nicht nötig, das wird nicht lange dauern.« Aber sicher war er sich da nicht. Und er hatte mit Dario Arese gesprochen, der im Netz eine englische Zeitschrift mit einem Interview mit Marcello Russo aufgetrieben hatte, in dem er offen und ehrlich über seine Drogenabhängigkeit sprach. Und dann war das Telefonat eingegangen, auf das er gewartet hatte: Lucia Campazzo versicherte ihm, dass sie spätestens morgen Nachmittag die Berichte der lokalen Polizeidienststellen zu den Geschwindigkeitsüberschreitungen haben würde, sowohl für die Via Appia als auch für die Strada Statale Pontina. Er hatte sich revanchiert und von de Nicolas Einlieferung ins Krankenhaus und dem Beweisstück Nr. 5, den roten Rosen, erzählt. »Aha«, hatte Lucia Campazzo gesagt, was alles und nichts bedeuten konnte. Und dann hatte sie hinzugefügt: »Es ist spät, aber morgen reden wir über alles, versprochen.« In ihrem Ton hatte etwas Rachsüchtiges gelegen, aber Fabio hatte den Eindruck, dass sich ihre Aggression eher gegen eine dritte Person richtete.

Gegen 21 Uhr öffnete sich die Flucht- und Paniktür, und ein Franziskanermönch betrat den Raum, schaute sich um und lächelte jeden Einzelnen an. Einige lächelten zurück, andere senkten den Blick, weil sie mit Gott nichts mehr zu tun haben wollten. Kurz danach öffnete sich die Tür erneut, und der Krankenpfleger, der mit de Nicola in der Notaufnahme verschwunden war, tauchte auf. Fabio erkannte ihn sofort an seinem ferrariroten Brillengestell. Ein Schauer lief ihm über den Rücken, denn auch der Pfleger hatte ihn erkannt und hielt ihm eine Plastiktüte mit der Kleidung des Abgeordneten hin.

»Alles in Ordnung, machen Sie sich keine Sorgen«, beeilte er sich zu sagen, denn er wusste, wie sich die Angehörigen jenseits der Tür fühlten. »Der Abgeordnete ist in der Kardiologie, und da ist wenig Platz für persönliche Dinge. Nehmen Sie das?«

Fabio wusste nicht, was er sagen sollte, und griff nach der Tüte, allerdings zögerlich, denn es schien etwas Intimes zu sein, das ihn nichts anging. Aber er konnte nicht anders und bekam sofort das Gefühl, damit irgendwie in de Nicolas Familie aufgenommen worden zu sein.

19

Da drinnen ging es um Herzen. Seins eingeschlossen. Nicola de Nicola hörte es doppelt schlagen: schwach und unregelmäßig in seiner Brust, laut und unrhythmisch im EKG, auf dem Monitor hinter ihm, der die Extrasystolen in stolpernden Pieptönen abbildete.

Und diese Geräusche außerhalb seines Körpers, die trotzdem seine waren, vertieften seine Angst. Auch seine Umgebung trug nicht gerade zu seiner Beruhigung bei. Links und rechts von ihm standen acht Betten der kardiologischen Intensivstation, alle gleich, alle mit den gleichen Monitoren und den gleichen Maschinen, die diese unerbittlichen Geräusche von sich gaben. Ein Horror, denn hier traf der Ausdruck »Geteiltes Leid ist halbes Leid« überhaupt nicht zu. Eher das Gegenteil. Sie hatten ihn ausgezogen, in ein Krankenhaushemd gesteckt, weit und federleicht, mit Bändern zu verschließen. Und seine Brust, seine Handgelenke und sogar die Finger waren mit Elektroden bedeckt, in seinem Arm steckten zwei Kanülen, und auf einem blauen Band um sein Handgelenk stand sein Nachname. Aber das Schlimmste war eine Art durchsichtiger Helm, in dem sein Kopf steckte und von dem dickere und dünnere Schläuche abgingen. Die Maske des Beatmungsgerätes hatte sich zeltartig aufgeblasen und verschaffte ihm eine gewisse Erleichterung. De Nicola hatte sich ein stilles Lächeln gestattet, er war sich wie in einem Science-Fiction-Film aus den 1950er Jahren vorgekommen. Er hatte sogar ein wenig mit den Schwestern gescherzt, um die grenzenlose Angst zu überspielen, die ihm das Blut in den Adern gefrieren ließ.

Plötzlich dachte er an seinen Vater, der auch ein Sauerstoffgerät brauchte. Sein Lächeln verschwand, und er musste an den Tod denken, an seinen und an den seines Vaters. Auch sein Sohn Alessandro kam ihm in den Sinn, der mit neun Jahren Waise werden würde. Sein Herz reagierte mit ein paar heftigen Extrasystolen. Er dachte an Carla, an den Mord, an die Ermittlungen, an den Verdacht gegen ihn, und daran, was wäre, wenn ihn alle im Stich lassen würden. Sein Herz verwandelte sich in einen Spatz, der ihm aus der Brust fliegen wollte. Der Alarm des EKG schrillte, er fühlte sich verloren und gab auf. Er wollte nicht mehr gegen den Tod ankämpfen. Der Tod kam aber nicht, sondern eine energische Krankenschwester und später ein Arzt im weißen Kittel. »Wir lassen Sie jetzt ein bisschen schlafen«, sagte er in professionellem Ton, er wusste, was er tat, und die Krankenschwester drehte an dem Dosierungsrädchen der Infusion. »Sehen Sie Ihre Frau?« Dieses Mal war es die Stimme der Krankenschwester, warm, mitfühlend, mütterlich. De Nicola verstand nicht und murmelte: »Wie bitte?« Sie sagte etwas zum Arzt, und kurz darauf hob sich die Maske, und er hatte freie Sicht. »Sehen Sie sie? Dort, hinter der Scheibe, ist Ihre Frau.« Sie deutete auf ein großes Fenster. Durch das Glas erkannte er Silvia. Sie lächelte gequält und machte ihm ein Zeichen, ungeduldig und erleichtert zugleich, als wollte sie sagen: Das wurde aber auch Zeit, endlich hast du mich bemerkt. Der Arzt hielt ihm den einen, die Krankenschwester den anderen Arm, und sein Herz begann wieder verrücktzuspielen. Er versuchte zu lächeln, aber dann senkte sich die Maske wieder über sein Gesicht, Silvia verschwamm, es wurde dunkel, und er schlief ein.

20

Der niedrige Benzinpreis machte es möglich: Die echten Männer waren wieder zurück auf der Straße, um den Nervenkitzel zu suchen und den Tod zu riskieren. Die Strada Statale Pontina sowie die Via Anagnina, die Via Nettunense und die Via del Mare waren die gefährlichsten Straßen der ganzen Region. Vor allem letztere war berüchtigt für illegale Autorennen. Zwischen Rom und Terracina hatten Fabio und Gabriella mindestens zwanzig Kreuze gezählt, dekoriert mit verblassten Plastikblumen, verblichenen Fotos und Abschiedsgrüßen. Aber sie rasten weiter, unerschrockene Männer, die im Überholverbot überholten, die Geschwindigkeitsbegrenzungen ignorierten und Fahrbahnmarkierungen missachteten, egal ob Doppelstrich oder durchgezogene Linien, egal, ob auf Kreuzungen, Kreiseln oder Fahrbahnverengungen. Hauptsache, die Reifen quietschten, und Staub wirbelte auf. Sie hatten mindestens hundert Raser gezählt, die von hinten angerauscht kamen und so lange mit Lichthupe drohten, bis die vorschriftsmäßig fahrende Gabriella mit dem Alfa ganz nach rechts rückte, fast schon auf die Standspur, damit sie überholen konnten, allerdings nicht ohne ihr einen düsteren Blick zuzuwerfen. Doch wenn sie bemerkten, dass eine gut aussehende Frau am Steuer saß, wurden sie wieder sanfter. Plötzlich fuhren sie vorschriftsmäßig, alle rechts, einer hinter dem anderen.

Das lag allerdings nicht nur an Gabriella. Sie wussten genau, wo die Blitzer standen oder eine Polizeistreife mit einer mobilen Kamera auf der Jagd nach Opfern auf der Lauer lag.

Fabio hatte den Entschluss spontan gefasst. »Würdest du ein paar Tage mit mir ans Meer fahren?«, hatte er Gabriella gefragt. Er hatte vor, zwei Tage im Hotel Tirreno zu verbringen, dort, wo auch Marcello Russo gewohnt hatte, um die Belastbarkeit seiner Hypothese über die Strecke von Terracina nach Rom und zurück zu überprüfen. Und er wollte den Blumenhändler ermitteln, der Russo die Rosen verkauft hatte. Und Zeugen finden, die seine Annahme untermauerten. Gabriella hatte Ja gesagt.

Der Süden begann südlich von Rom. Sie hatte ihn gebeten, fahren zu dürfen, um sich abzulenken und nicht nachdenken zu müssen. Sie waren gegen neun in der Via Muzio Scevola im Alfa aufgebrochen und dann auf die Tuscolana aufgefahren, wo der Süden schon ein wenig zu spüren war. Die Sonne brannte bereits jetzt erbarmungslos vom Himmel. Sie hatten nur kleines Gepäck dabei, nur das Wichtigste, dazu die Fotoausrüstung und die aktuellen Tageszeitungen. Schon auf den Titelseiten und ausführlicher weiter hinten: Nicola de Nicola stand im Mittelpunkt der Berichterstattung. Dazu als letztes Update, dass er sich im Ospedale Umberto I. befand. Francis Mogana stand nicht mehr auf Platz eins der Liste der Verdächtigen, der Fokus im Fall Caggiani lag jetzt auf dem Abgeordneten. Einige Schlagzeilen riefen die Apokalypse aus, andere suggerierten Mitgefühl. Von »Das Ende des Nicola de Nicola – jetzt Verdächtiger im Mordfall Carla Caggiani!«, über »De Nicola im Krankenhaus: Ärzte optimistisch«, bis zu »Nicola de Nicola: von der Anklagebank ins Krankenbett«. Auf der Pontina hatte Fabio einige Passagen vorgelesen, in denen es um die Pressekonferenz des Oberstaatsanwalts Infascelli ging, die der berichtende Journalist noch ein wenig ausgeschmückt hatte. Dem Thema »Mogana-Alvarez« waren die Artikel auf den hinteren Seiten gewidmet, dabei wurden noch einmal die Gräueltaten während der Marcos-Diktatur beleuchtet, aber vom Mordverdacht war er befreit. *Il Messaggero* titelte: »Vom Folterer der Marcos-Herrschaft zum Engel der Armen«. Fabio überflog den Bericht. Eine tragische Enthüllungsgeschichte, ein fast schon schicksalhafter Zufall, als hätte eine höhere Macht Regie geführt. Er hatte Reue gezeigt und Opfer gebracht und sich in seiner Verzweiflung selbst gerichtet.

21

Es waren keine Suiten, aber ihre Zimmer waren geräumig, und die Fenster boten einen freien Blick auf den Sandstrand und das Meer, Licht, Düfte und Geräusche drangen herein. Endlich hatte Fabio Gabriella wieder lächeln sehen. Es war noch nicht mal elf, und zu tun gab es wenig. Er wollte herausfinden, ob es wirklich so einfach für Marcello Russo gewesen wäre, am frühen Morgen das Hotel zu verlassen und nach wenigen Stunden wieder zurück zu sein, ohne dass es jemand merkte. Paolo Lomezzoni hatte ihm die arbeitsintensive Nacht und ihre Rückfahrt zum Hotel gegen sechs Uhr am Samstagmorgen eindrucksvoll geschildert. Der Tontechniker war sich seiner Sache sicher, denn Marcello war mit ihm gefahren, sie hatten sogar noch gescherzt und sich eine gute Nacht gewünscht, obwohl gerade die Sonne aufgegangen war.

Und Fabio hatte den weiteren Ablauf rekonstruiert, ausgehend von dem, was Russo von Elisabetta über das morgendliche Treffen zwischen seiner »Carletta« und de Nicola erfahren haben konnte. Elisabetta und Carla waren enge Freundinnen, sie tauschten sich aus, vertrauten sich ihre Geheimnisse an. Marcello hatte sich nach dem Bruch mit seiner Frau ausgerechnet mit ihr eingelassen, der Tochter des Produzenten. Das war einerseits eine ausgesprochen »nützliche« Beziehung gewesen, die ihm nicht zuletzt auch berufliche Vorteile eingetragen hatte, die andererseits bei Komplikationen auch Gefahren barg. Denn Elisabetta hatte die Fotos bestimmt nicht ohne Hintergedanken gemacht. Sie sollten ihrem Geliebten die Augen dafür öffnen, dass er seine Frau endgültig verloren hatte. Fabio hatte versucht sich in Russos Denkweise einzufühlen und seine Schlussfolgerungen mit Gabriella besprochen. Der besagte Samstagmorgen könnte wie folgt abgelaufen sein: Nach dem nächtlichen Dreh war Marcello in sein Zimmer im zweiten Stock des Hotels zurückgekehrt, um es kurz danach wieder zu verlassen. Er musste herausfinden, ob Elisabettas Behauptungen der Wahrheit entsprachen oder nur Hirngespinste waren. Lomezzoni hatte Fabio sogar einen Hotelplan skizziert. Marcellos Suite lag im zweiten Stock, an die Nummer erinnerte er sich nicht mehr, aber es war eine der schönsten, und der Balkon lag direkt über dem Schwimmbad. Daran erinnerte er sich gut, denn eines Tages war Marcello in seinem Übermut mit einer »Bombe« vom Balkon in den Pool gesprungen, um die Mitglieder der Crew, die dort in ihren Liegestühlen lagen, etwas zu »erfrischen«. Fabio und Gabriella hatten sich am Rand des breiten blau gefliesten, mit Salzwasser gefüllten Schwimmbeckens niedergelassen, um auch direkt am Hotel Meeresfeeling zu haben. Fabio hatte sich einen Tomatensaft bestellt, Gabriella einen frisch gepressten Orangensaft. Ab und zu nippten sie an ihren Getränken, dabei beobachteten sie die Szenerie. Sie waren sich einig, dass Marcello das Hotel nicht über den Balkon verlassen haben konnte, ohne ins Wasser gesprungen zu sein. Schon eher über die Feuertreppe, auf die sich jetzt ihre Aufmerksamkeit richtete, eine außen an dem weiß-blauen Gebäude angebrachte Stahltreppe. Das hätte der Fluchtweg sein können, denn dort waren keine Kameras und auch keine Bewegungsmelder installiert. Fabio hatte eine Zeitung aufgeschlagen und dahinter seine Minikamera versteckt, die auf die Feuertreppe gerichtet war.

22

Die Meldungen der lokalen Polizeiposten kamen teilweise noch per Fax. Entweder gab es dort keine Scanner oder niemanden, der sie hätte bedienen können. Ramino hatte in der ehemaligen Ausländerabteilung der Staatsanwaltschaft sogar ein Faxgerät gefunden, denn in der Kommunikation mit Entwicklungsländern war diese Form der Nachrichtenübertragung noch durchaus üblich. Seit halb acht war er beim Auswerten und schimpfte dabei hin und wieder auf Fabio Gracco im Besonderen und Privatdetektive im Allgemeinen, um seinen Frust abzubauen. Unterstützung hatte er kaum, die durch Budgetkürzungen ohnehin unzureichende Personalausstattung bei der Polizei war im August noch spärlicher, so dass er bei der Auswertung der Protokolle der Verkehrsverstöße am Samstag, den 13. August weitgehend auf sich allein gestellt war. Zumal er Filipponi beauftragt hatte, die Blumenläden und die Rosenverkäufer zu befragen. Er pendelte ständig zwischen dem Faxgerät und seinem Büro im obersten Stockwerk, wo die Sonne schon kräftig einheizte. Lucia Campazzo hatte ihn mit zwei Aufgaben betraut: zum einen die Temposünder zu ermitteln und zum anderen die Herkunft des Rosenstraußes zu klären. Denn auch da war man nicht weitergekommen, da auf der Verpackung keine brauchbaren Fingerabdrücke zu finden gewesen waren. Solange diese Frage nicht geklärt war, stocherten sie im Nebel. Sie brauchten Beweise. Ramino ließ sich auf seinen Stuhl sinken, er zweifelte mehr und mehr an de Nicolas Schuld, vier Tassen Espresso und Graccos neue Erkenntnisse hatten ihn nervös gemacht, er wusste nicht weiter. Hartnäckigkeit war für einen Ermittler von grundlegender Bedeutung, zog aber meist auch eine Menge Arbeit nach sich. »Ermittlungen kennen keine Uhrzeit«, nie war diese Maxime zutreffender. Aber Erschöpfung und Verbissenheit waren keine guten Ratgeber. Zumal er schließlich auch noch eine Familie hatte. In letzter Zeit hatte er wiederholt gespürt, dass Roberta sauer war. Kein Wunder. Es war für eine Frau nicht gerade beglückend, wenn ihr Mann mitten in der Nacht nach Hause kam, zwei Worte mit ihr wechselte, ins Bett oder gleich aufs Sofa fiel, nur um am nächsten Morgen in aller Herrgottsfrühe wieder loszuziehen. Heute kam noch der Frust darüber hinzu, wegen Gracco Überstunden machen zu müssen, obwohl er insgeheim zugeben musste, dass der Privatdetektiv wertvolle Hinweise gegeben hatte. Das Surren des Faxgerätes unterbrach seine düsteren Gedanken. Die ersten Seiten kamen an, fast unleserlich, zwei für jedes Protokoll. Die erste Seite enthielt die üblichen Informationen, mit Ort, Datum und Uhrzeit des Verstoßes nach Artikel 142 der Straßenverkehrsordnung, die Bestätigung, dass das Kontrollgerät einwandfrei funktioniert hatte, Fahrzeugtyp, die Daten des Halters. Auf der zweiten war das Foto des Fahrzeughecks mit dem Kennzeichen. Ramino las die Protokolle gründlich. Vor allem ging es ihm um die Namen der Halter. Von den Verstößen waren Autos, Motorräder, Kleinlaster und sogar ein Lastwagen betroffen, alle deutlich schneller als 70 km/h. Und beim siebten Protokoll drohte Ramino das Blut in den Adern zu gefrieren, beginnend in den Händen, um sich dann auszubreiten. Ein schleichender Prozess, denn er las zuerst den Namen des Halters, »Bossa Nova Production«, dann den Namen des Fahrers, »Russo, Marcello«. Danach betrachtete er das Foto der Rückseite eines weißen Fiat Punto, der mit 133 km/h unterwegs war, 63 km/h über der zulässigen Höchstgeschwindigkeit. Erst beim nächsten Protokoll, als der Name »Bossa Nova Production« in seinen Gedanken mit der Serie *Berühmte Kriminalfälle* verschmolz, breitete sich die Kälte im ganzen Körper aus.

23

Den Weg vom Hotel bis ins Zentrum von Terracina hatte Fabio zu Fuß zurückgelegt. Für diesen knappen Kilometer den Alfa zu nehmen, wäre eine Beleidigung des Jupiter Anxur gewesen, der von seinem Tempel auf dem Gipfel des Hügels aus die Stadt und ihre Bewohner beschützte. Außerdem fühlte er sich viel fitter, seitdem er regelmäßig lange Spaziergänge machte und auf Brot und Pasta verzichtete. In der vergangenen Woche hatte er ein weiteres Kilo verloren, und sein Gehirn funktionierte auch besser.

Unterwegs dachte er an das Hotel Tirreno und stellte sich jedes Stockwerk, jede Treppe und jeden Ausgang vor. Im Inneren des Hotels gab es keinen Bereich, der nicht von einer Kamera überwacht wurde. Die Techniker hatten ganze Arbeit geleistet, wobei die lineare Architektur des Gebäudes ihnen zu Hilfe gekommen war. Jedes Stockwerk bestand aus zwei Flügeln mit sich gegenüberliegenden Zimmern, eine Seite zum Meer, die andere zu den Bergen hin ausgerichtet, getrennt durch einen langen Flur. An den Enden jedes Gebäudeflügels befand sich eine Feuertreppe, in der Mitte die Aufzüge und eine breite Treppe, die direkt von der Eingangshalle nach oben führte. Sie hatten etwa vierzig Kameras gezählt, die jede Ecke des Flurs erfassten. Auch draußen war eine umfassende Überwachung gewährleistet, mehrere Kameras in Richtung Pool, jeweils vier weitere an jeder Gebäudeseite und zwischen Vorplatz und Strand. Auf normalem Wege kam man hier nicht unerkannt raus. Wie hatte Marcello Russo es trotzdem geschafft? Denn die Kamerabilder vom 13. August zwischen fünf Uhr morgens und zwölf Uhr mittags hatten die Aussage von Marcello Russo und Elisabetta Lorenzi bestätigt, wie ihm die Staatsanwältin mitgeteilt hatte. Man konnte deutlich sehen, wie die beiden um 6.10 Uhr ihre Zimmer betraten, und fünf Minuten später, wie Marcello sein Zimmer wieder verließ, an der Tür der jungen Frau klopfte und in ihrem Zimmer verschwand. Und an eben diese Tür hatte um zehn Uhr Lorenzo Lorenzi geklopft, der Produzent von *Be-*

rühmte Kriminalfälle, um Marcello die Nachricht zu überbringen, dass Carla einen »schweren Unfall« gehabt hatte. Fabio kombinierte: Das Zeitfenster, in dem Russo hatte nach Rom fahren, den Mord begehen und wieder nach Terracina zurückkehren können, betrug knapp vier Stunden, alles in allem. Selbst wenn man unterstellte, dass Elisabetta als Mitwisserin gelogen hatte, war es ein Ding der Unmöglichkeit. Zum einen hätte es selbst ein sportlicher Mann wie Marcello Russo nicht geschafft, an der glatten Fassade des Hotels herunterzuklettern. Zum anderen bot die perfekte Kameraüberwachung keine Möglichkeit, das Gebäude heimlich zu verlassen. Aber wie hatte er es dann gemacht?

Das mittägliche Glockenläuten wurde vom warmen Wind zu ihm herübergeweht. Fabio blickte zu dem roten Kalksteinfelsen, auf dem sich der Tempel des Jupiter Anxur erhob, der mit der gleichen Erhabenheit über Terracina thronte wie die Akropolis über Athen. Diese von Göttern und Orakeln geprägte Region erinnerte stark an Griechenland. Fabio konnte die sakrale Atmosphäre regelrecht spüren und ließ sich einfach treiben, durch die engen Gassen, zwischen den wiederholt an- und umgebauten bunten Häusern hindurch, wo immer noch nicht verheilte Wunden an die Zerstörung der Stadt durch das sinnlose Bombardement der Amerikaner am 4. September 1943 erinnerten. In wenigen Minuten hatten Kampfflugzeuge 200 Menschenleben und Tausende Jahre Geschichte ausgelöscht.

In der Hauptstraße von Terracina gab es zwei Blumenläden, der erste hatte Betriebsferien, der zweite war offen. Die freundliche ältere Blumenhändlerin trug eine leuchtend grüne Schürze, ihre wettergegerbten Hände waren rau von der täglichen Arbeit mit den Blumen. Fabio hatte ihr ein Foto des Rosenstraußes auf den Tresen gelegt, und sie hatte den Kopf geschüttelt. »Nein, der ist nicht von mir.« Dann hatte sie ihm eine von ihren Rosen gezeigt, mit einem langen Stiel und einer so formvollendeten Blüte, dass sie fast künstlich wirkte. »Die auf dem Foto haben kurze Stiele und fehlerhafte Blüten, das ist billige Massenware.« Geduldig erklärte sie ihm die Unterschiede. Dann fügte sie hinzu: »Es tut mir leid, aber solche Rosen habe ich noch nie verkauft.« Fabio bedankte sich und ging enttäuscht weiter. Das würde nicht einfach werden.

»Signore, warten Sie!« Die Blumenhändlerin rannte ihm nach. »Versuchen Sie es mal bei dem Geschäft am Friedhof. Vielleicht haben Sie da mehr Glück. Die Hülle sieht aus wie diese biologisch abbaubaren Verpackungen, die jetzt verwendet werden.« Und dann beschrieb sie ihm den Weg: Auf der Panoramastraße (»toller Blick«) in Richtung Tempel, dann sollte er den Schildern folgen. Ein paar Kilometer, so genau wusste sie es auch nicht. Fabio bedankte sich. Er war unsicher, ob er das Auto holen sollte, dann entschied er sich, zu Fuß weiterzugehen. Wegweiser gab es keinen, deshalb folgte er der Logik und ging bergauf, bis sich das Meer und die Pontinischen Inseln zeigten. Vor ihm tauchten Felsen und rote Erde auf, Oliven- und Feigenbäume, Palmen und Agaven hoben sich vor dem azurblauen Himmel ab, der wie Porzellan glänzte. Die Luft war erfüllt vom würzigen Duft der Macchia Marina. An der Kreuzung unterhalb des Jupiter-Anxur-Tempels fiel ihm ein weißes Schild mit der schwarzen Aufschrift FRIEDHOF auf. Die Blumenhändlerin hatte recht gehabt. Ja, der Weg war weit, aber der Blick entschädigte für alles. Die Sonne brannte, es duftete nach Feigen. Schweißgebadet stand er schließlich vor dem Friedhof, stolz wie ein Radfahrer, der es geschafft hatte, den Mortirolopass zu erklimmen. Der Platz wirkte wie verwaist, nur ein Blumenstand an der Mauer war geöffnet. Der Blumenhändler spritzte den Asphalt mit Wasser ab.

Fabio ging auf den Blumenstand zu. Groß war das Angebot nicht, nur das Nötigste, um dem eiligen Friedhofsbesucher die Möglichkeit zu geben, eine kleine Aufmerksamkeit zu hinterlassen. Die roten Rosen standen in einem Eimer im Schatten, immer in Sträußen zu jeweils zehn abgepackt. Sie waren das Ebenbild der Rosen auf dem Foto, aber in Fabios Augen sahen alle Blumen gleich aus. Auch die Hülle schien die gleiche zu sein. »Ich möchte rote Rosen kaufen, zum Verschenken.« Er bemühte sich, das aufkommende Triumphgefühl zu unterdrücken. Der alte Mann mit den viel zu großen Händen für seinen schmächtigen Körper, legte den Schlauch auf den Boden, stellte das Wasser ab und schaute ihn verblüfft an. Er war an Kunden gewöhnt, die Blumen für ihre verstorbenen Angehörigen kauften. »Natürlich, Signore«, sagte er und nahm eine Rose aus dem Wasser, um sie Fabio zu zeigen. »Schauen Sie, wie schön sie sind.«

»Ich hätte gerne 25«, sagte Fabio, »geht das?«

»Natürlich, Signore.« Und dann machte sich der Alte an die Arbeit. Während er die einzelnen Rosen zu einem Strauß zusammenband, fragt ihn Fabio nach den Dreharbeiten in der Gegend, und er begann zu erzählen. Die Crew hatte zwei ganze Nächte vor dem Friedhof gedreht, er schwärmte von Schießereien und wilden Verfolgungsjagden. Und für Fabio war das, was er erzählte, viel mehr als nur Klatsch und Tratsch. Für ihn war es ein Wink des Schicksals.

24

In der Stille des August stirbt man allein, einsam wie die Selbstmörder. In dieser Stille hört man auch die Kanone, die auf dem Gianicolo tagtäglich pünktlich um 12 Uhr mittags abgefeuert wird, besonders gut. Vizeinspektor Ramino stellte seine Uhr nach dem Kanonenschuss, dann schob er mit der Schuhspitze den Seitenständer der Honda Dominator nach unten, und die Maschine neigte sich zur Seite, flankiert von zwei anderen Motorrädern. Trotz der Hitze richtete er sich den Knoten der Krawatte und schloss den mittleren Knopf seines Jacketts. Es spannte ein wenig. Das letzte Mal hatte er es bei der Beerdigung seines Vaters getragen, im November vor fünf Jahren, und da war es kühl gewesen. Er hatte nur Trauerkleidung für die kalte Jahreszeit.

Vor der Chiesa di Santa Marta stand ein glänzender grauer Mercedes-Leichenwagen, mit laufendem Motor, die Heckklappe weit geöffnet, die Scheiben geputzt, das Metallkreuz auf dem Dach ein wenig nach hinten geneigt, als hätte der Wind es gelockert. Zwei Totengräber richteten einen Blumenkranz auf dem Sarg. Ramino ging daran vorbei und spürte den kalten Luftzug der Klimaanlage, der aus dem Innenraum des Fahrzeugs kam. Alles glänzte, sogar die Gesichter der Bestatter. Der Gottesdienst hatte um 11.30 Uhr begonnen und musste, nach dem Verhalten der Familie und der Freunde der Verstorbenen zu mutmaßen, schon fast zu Ende sein. Die Chiesa di Santa Marta war die Gemeinde der Familie Caggiani, sie lag am Fuße des Monte Mario, etwas oberhalb der Via Trionfale. Ein Gotteshaus aus der Mitte des 20. Jahrhunderts, als man noch mit Backsteinen und Holz gebaut hatte, schlicht, schnörkellos und ein wenig bieder. Der lichtdurchflutete Innenraum war höchstens zur Hälfte gefüllt, die leeren Bankreihen vermittelten ein trostloses Bild. Ramino hätte eine besser besuchte Kirche vorgezogen, um unerkannt bleiben zu können. Carlas Sarg war auf zwei Böcken in der Apsis vor dem Altar aufgebahrt, übersät von Kränzen und Blumenkissen. In der ersten Reihe erkannte er den Bruder Maurizio Caggiani, stehend, den Kopf gesenkt, den Oberkörper leicht nach vorn gebeugt, die Hände umklammerten die Kirchenbank. Zu seiner Rechten stand eine grauhaarige Frau, deren Gesicht zur Hälfte von einem Schal verborgen war. Neben ihr ein hochgewachsener hagerer Mann. Carlas Eltern. Die Augen des Vizeinspektors suchten nach Marcello Russo und fanden ihn kniend auf der anderen Seite, das Gesicht in den Händen vergraben. Er ging etwas weiter nach vorne und blieb zwischen einer Säule und der Statue der heiligen Marta stehen. In der Reihe hinter Marcello Russo saß Elisabetta Lorenzi, dann erkannte er noch Dottoressa Melodia, Carlas Arbeitskollegin.

Von seinem Standort aus konnte er die Gesichter erkennen. Die meisten, Marcello Russo eingeschlossen, verbargen ihre Trauer hinter Sonnenbrillen. Er machte zwei Schritte nach vorn zum Chorgestühl, von wo er sich eine bessere Sicht erhoffte. Dass Marcello Russo nicht neben Carlas Angehörigen stand, führte Ramino auf den Bruch der Ehe zurück und nahm es als Zeichen der tiefen Abneigung zwischen ihnen, die Maurizio Caggiani ihm beschrieben hatte.

In diesem Moment erkannte Ramino den Motorradhelm neben Russo, gefüllt mit roten Rosen. Er hatte den Helm zwischen das Kniebänkchen und die Vorderbank geklemmt, damit er nicht umkippte. Wahrscheinlich diente er als Vase. Die Rosen waren leuchtend rot. Was für ein Kontrast zu all dem Schwarz! Ramino fixierte den Strauß, vor allem die grüne Verpackung, und ihm wurde abwechselnd heiß und kalt. Sein Herz raste, er konnte das Blut in seinen Adern rauschen hören. Ein ganz gewöhnlicher Rosenstrauß, der aufs Haar dem Beweisstück Nr. 5 glich. Er erinnerte sich an de Nicolas Worte, dass die Rosen nicht von ihm waren.

Der Priester sagte: »O Herr, gib ihnen die ewige Ruhe und das ewige Licht leuchte ihnen …« Und er sagte noch viel mehr, aber Ramino hörte nicht mehr zu, denn seine ganze Konzentration galt den roten Rosen, er konnte den Blick kaum davon lösen, immer wieder kehrte er zu ihnen zurück, wie magisch angezogen. Es waren die einzigen Blumen, die noch nicht auf dem Sarg lagen, eine Nebensächlichkeit, aber in diesem Fall von großer Bedeutung. Die heilige Kommunion begann. Im Mittelgang bildeten sich zwei kurze Reihen. Marcello Russo war nicht dabei, er blieb an seinem Platz stehen und sah sich ganz vorsichtig um, den Kopf bewegte er kaum, als hätte er einen steifen Nacken. Ramino wich zurück und versteckte sich hinter einer Säule. Nach der Kommunion kehrten die Trauernden seufzend und schluchzend wieder in ihre Bänke zurück, sie alle hatten einen geliebten Menschen verloren. Aber außer bei den Eltern, dem Bruder und wenigen echten Freunden wirkte der Schmerz aufgesetzt. Eine Zurschaustellung von Trauer-Make-up und eleganter schwarzer Kleidung. Es gab keinen Segen, aber der Priester ging mit einem Glöckchen um den Altar herum und besprengte den Sarg mit Weihwasser. Selbst aus der Distanz konnte Ramino sehen, wie Wassertropfen die Blütenblätter der Blumenkränze auf dem Sarg benetzten, als würde es regnen. Weihrauchduft erfüllte den Raum. Der Priester blickte erwartungsvoll zur Trauergemeinde und fragte, ob jemand etwas über Carla sagen wollte. Seine Stimme klang bewegt, als sei sie seine eigene Tochter gewesen. Marcello nahm die Rosen und ging nach vorne, verfolgt von neugierigen Blicken. Drei Schritte, und er stand am Sarg. Auf dem hellen Holz des Sargdeckels, direkt unterhalb des Messingkreuzes, war noch Platz. Und genau dorthin legte Marcello seine Rosen. Wieder schauderte es Ramino. Dann ging Marcello zum Pult, seine Lippen näherten sich dem Mikrofon, und er hauchte mit brechender Stimme: »Es ist nicht leicht für mich, hier zu stehen und über Carla zu sprechen. Ich möchte nur sagen, dass wir uns sehr geliebt haben. Bis zuletzt. Dass wir uns zwar getrennt hatten, aber nie aufgehört hatten, uns zu lieben ... Ich möchte ...« Er verstummte und presste sich die zitternde Hand auf den Mund. Er legte den Kopf in den Nacken und atmete tief durch.

Ramino hörte ein Schluchzen. Es kam von Elisabetta Lorenzi: Auch sie hatte die Hand auf den Mund gepresst und versuchte, ihre Gefühle zu unterdrücken.

25

Ein Arbeiter war in der Via Bissolati aus zwanzig Metern Höhe von einem Gerüst gestürzt, erst auf einen Orangenbaum, dann auf den Bürgersteig. Als der Krankenwagen eintraf, hatte er noch geatmet und die Augen bewegt, denn der Baum hatte den Sturz abgefangen, wie die überall auf dem Boden verstreuten Orangen bewiesen. Doch als die Trage auf dem Bürgersteig stand, war der Arbeiter tot.

Sie hatten den Leichnam mit einer mit Kalkstaub überzogenen Plane abgedeckt. Lucia Campazzo kniete sich auf den Boden und hob die Plane an, um sich das deformierte Gesicht des rumänischen Mannes anzusehen, das einmal attraktiv gewesen sein musste. Solche Gesichter findet man in Italien nicht mehr, dachte sie. Es gab sie noch in den Filmen des Neorealismus der 1950er Jahre, aber heute kaum noch. Gut geschnittene, schmale Gesichter mit klaren Linien, intensiver Blick, schwarz-weiß. Dann war der Baustellenleiter gekommen, ein verwirrt dreinblickender Ingenieur. Der Arbeiter sei erst vor einigen Tagen eingestellt worden, beeilte er sich zu erklären, sie seien gerade dabei, die Papiere auszufüllen. Immer die gleiche Leier. Lucia Campazzo hatte diese Ausflüchte schon x-mal gehört. Sie waren dabei, die Marmorfassade eines großen Palazzo zu reinigen, der Rumäne hatte einen Sandstrahler bedient. Um einen Schlauch zu entwirren, hatte er einen Schritt nach hinten gemacht, ohne weiter nachzudenken und ohne Sicherheitsgurt. Dahinter war aber nichts mehr gewesen. Nur Luft, glühend heiße römische Luft. Innerhalb weniger Minuten war die Via Bissolati von Sirenengeheul erfüllt wie nach einer Bombenexplosion. Dann war der Gerichtsmediziner gekommen.

Einer, der Bescheid wusste und die vorgeschriebenen Abläufe für den Abtransport der Leiche kannte. Kurz darauf waren die üblichen Journalisten und die üblichen Kamerateams eingetroffen, glücklich über ein Unglück, mit dem sie die Rubrik »Verschiedenes« füllen und die Abendnachrichten ein bisschen aufmotzen konnten.

Als sie in all dem Chaos Fabio Graccos Anruf erreichte, hatte ihn Lucia Campazzo gebeten, sich später noch einmal zu melden. Er hatte ihr trotzdem von der Rosengeschichte und dem Blumenhändler in Terracina erzählt. Und ihr war heiß geworden, als hätte der Wind ein Feuer in ihr angefacht. »Dann kommen Sie her, ich bin in der Via Bissolati. Es gab einen Arbeitsunfall, Sie können den Unglücksort nicht verfehlen.«

Fabio dachte an seine Schwester, die am Meer geblieben war. Er konnte förmlich sehen, wie sie sich im Liegestuhl aalte, ganz nah am Wasser, mit einem Buch in der Hand. »Ich bin heute Abend zurück«, hatte er ihr beim Abschied versprochen. »Mach dir keine Sorgen«, hatte sie geantwortet. »Mir geht's gut hier.«

Auch ihm ging's gut, kein Wunder, auf einer fast leeren Via Pontina unterwegs zu sein, war ein Genuss. Nach eindreiviertel Stunden war er mitten in Rom, immer im Rahmen der erlaubten Geschwindigkeit, immer rechts, um Hupkonzerte und Aufblinken derer zu vermeiden, die schneller fahren wollten.

Den Alfa hatte Fabio im unterirdischen Parkdeck der Villa Borghese stehen gelassen, selbst das war fast leer. Mit seinem Rosenstrauß in der Hand, war er dann zu Fuß über die Via Veneto zur Via Bissolati gegangen, was höchstens zehn Minuten dauerte. Schon von Weitem sah er die Menschenmasse, die sich um das rot-weiße Absperrband der Polizei drängte, das sie von dem unter dem Orangenbaum liegenden Leichnam fernhalten sollte. Die Staatsanwältin stand neben dem Leichenwagen und füllte die Papiere für den Abtransport von Victor Tzara, wie der Tote hieß, in die Gerichtsmedizin aus. »Ich bin sofort bei Ihnen«, rief sie Fabio zu, nachdem sie die Rosen gesehen und ihm einen gerührten Blick zugeworfen hatte. Kaum eine Minute später gingen sie nebeneinander die Via Bissolati entlang auf der Suche nach einer Bar, wo sie sich ungestört unterhalten konnten. Fabio hatte allerdings ein ungutes Gefühl bei dem Gedanken an den tragischen Sturz vom Baugerüst.

»Sie sehen ganz ähnlich aus«, sagte Lucia Campazzo und drehte und wendete den Rosenstrauß zwischen ihren Händen, dann begutachtete sie die Verpackung. »Ich schicke sie noch heute zur Spurensicherung. Sicher, wenn es genau die …«, fügte sie hinzu, sprach den Satz aber nicht zu Ende.

»Der Blumenhändler hat mir erzählt, dass er viele solcher Sträuße verkauft«, fuhr Fabio fort. »Sie kommen im Zehnerpack vom Großmarkt. Aber wenn jemand mehr oder weniger Rosen will, sei das auch kein Problem. Die Verpackung ist leicht zu lösen und biologisch abbaubar, extra für Gräber.« Aber einen Strauß mit 25 Rosen hatte er in letzter Zeit kein einziges Mal verkauft. Allerdings hätten in der Vorwoche noch drei andere Stände am Friedhof geöffnet gehabt, die die gleichen Rosen verkauften, vom gleichen Lieferanten, einem Großhändler aus der Ebene von Fondi. Er hat sich auch daran erinnert, dass zwei, drei Tage lang von morgens bis in die Nacht hinein Verfolgungsjagden mit wilden Schießereien auf den Hügeln rund um den Tempel des Jupiter Anxur gedreht worden waren, für einen Fernsehfilm, hatte man sich erzählt. Marcello Russo kannte er nicht, der Blumenhändler schaute kein Fernsehen.

Die Staatsanwältin legte die Rosen auf den Tisch und trank einen Schluck Saft. Sie wirkte ein wenig melancholisch. »Der Vizeinspektor müsste gleich da sein, dann analysieren wir gemeinsam die Lage. Ich kann Ihnen aber jetzt schon ein Kompliment machen, die Idee, die Geschwindigkeitsüberschreitungen zu prüfen, war gut.«

»Haben Sie das Motorrad gefunden?«

»Ein Motorrad nicht, aber ein Auto sehr wohl.«

»Ein Auto?«

»Einen Fiat Punto, zugelassen auf die Produktionsgesellschaft Bossa Nova. Sie haben ihn auf der Pontina mit 130 km/h geblitzt, aber das wird Ihnen Ramino genauer erklären.«

Ramino kam mit der Honda, ihr Dröhnen hallte zwischen den Marmor- und Backsteinfassaden der Via

Bissolati wider. »Da ist er ja«, sagte Lucia Campazzo mit der Vertrautheit einer Ehefrau. Und in der Tat: Ein letztes Aufheulen, und der Motor der schweren Maschine erstarb. Ramino parkte auf dem gegenüberliegenden Bürgersteig und setzte den Helm ab, die Staatsanwältin und Fabio Gracco hatte er in der Bar schon erkannt. Er wirkte angespannt, kein gutes Zeichen.

»Einen kalten Kaffee, bitte«, sagte er zum Kellner. Dann zog er einen gelben Umschlag aus dem Rucksack und ließ ihn auf den Tisch fallen. Darauf stand in großen Lettern »Innenministerium, Staatsanwaltschaft Rom«.

»Wie es aussieht, saß jemand anderes am Steuer«, sagte er in einem Tonfall, als würde er ein gerade unterbrochenes Gespräch fortsetzen. »Haben Sie es ihm gesagt?«, fragte er Lucia Campazzo.

»Ich habe es ihm gesagt, ja. Was ist passiert?«

»Wir haben überprüft, wer am Steuer des Punto saß, es war …«, er zögerte, nahm den Umschlag, zog ein Protokoll heraus und suchte nach der entscheidenden Stelle. »Hier: Vitali Guglielmo, geboren am 7.11. 1987 in Montecompatri, wohnhaft in Rom, Via Val di Sangro 8, technischer Assistent bei Bossa Nova Production.« Ramino sah die Staatsanwältin an: »Vitali hat mir erzählt, er hätte das in der Nacht in Terracina gedrehte Filmmaterial nach Rom gebracht und hätte es dabei wohl ein wenig zu eilig gehabt.«

Betretenes Schweigen machte sich breit. Der Kellner kam mit einem Tablett zurück, auf dem in der

Mitte ein mit Kaffee gefülltes hohes schmales Glas stand, das von außen beschlagen war. Der Vizeinspektor leerte es zur Hälfte und lächelte Lucia Campazzo versöhnlich zu: »Sie hätten Vitali sehen sollen, als ich ihm von der satten Strafe erzählt habe, die auf ihn zukommt, achthundert Euro. Aber wir werden alles noch mal genau überprüfen.« Dann wandte er sich an Gracco. »Wie geht es denn dem Herrn Abgeordneten?«, sein Tonfall klang besorgt.

»Immer noch in der Kardiologie, Intensivstation, unverändert.«

Ramino deutete ein Nicken an: »Es muss ihm wirklich schlecht gehen, anfangs habe ich ihm das nicht geglaubt.« Dann bemerkte er die Rosen. »Sind es diese?«, fragte er in einem wissenden Ton, der nur auf eine Bestätigung wartete. Lucia Campazzo berichtete, was Gracco von dem Blumenhändler am Friedhof in Terracina erfahren hatte. »Wir müssen den Strauß mit dem Beweisstück Nr. 5 vergleichen«, schloss sie wieder etwas optimistischer.

Der Vizeinspektor sah auf die Uhr, es war schon vier. »Ich rufe Santolamazza an und bringe ihm den Strauß vorbei, bevor er Schluss macht. Das ist in Ihrem Sinne, oder?«, fragte er Fabio Gracco. Der nickte überrascht. Zum ersten Mal ließ Ramino ein vages Angebot zur Zusammenarbeit erkennen, sogar einen Hauch von Freundlichkeit. Auch Lucia Campazzo hatte das registriert und fragte: »Gibt es noch andere Neuigkeiten, Ispettore?«

Ramino wollte der Staatsanwältin seine Wertschätzung und Sympathie zeigen, sowohl dienstlich als auch privat. Er wollte ihr die Gefühle schildern, die er empfunden hatte, als er die roten Rosen in Russos Händen und dann auf dem Sarg gesehen hatte. Die wütenden Blicke von Maurizio Caggiani, als Russo am Sarg von Carla über die Liebe zu seiner Frau gesprochen hatte, die Verzweiflung in Elisabetta Lorenzis Augen. Aber wie hätte er seine Gefühle in Worte fassen sollen? Denn von Gefühlen zu erzählen, war nicht das Gleiche, wie sie zu erleben, es fehlte die Dreidimensionalität des unmittelbaren Empfindens. Deshalb antwortete er nur: »Nein, Dottoressa, im Moment nichts Neues.« Zugegeben, es war ein Fehler gewesen, sich ganz auf de Nicola zu fokussieren und Marcello Russo als potenziellen Täter zu vernachlässigen. Aber das jetzt einzugestehen wäre doch zu viel des Guten. Dann lieber sachlich bleiben. »Wenn es eine Übereinstimmung zwischen diesen Rosen und dem Strauß am Tatort gibt, dann wäre das ein Schritt nach vorne«, sagte er in dienstlichem Ton.

Lucia Campazzo musterte ihn ein wenig ungehalten. »Das wird sich noch herausstellen«, erwiderte sie, jedes Wort betonend. Dann stand sie auf und ergänzte: »Ich schau mal nach, ob sie mich draußen noch brauchen.« Es war nur ein Vorwand, um ein nutzlose Diskussion zu vermeiden. Als sie sah, dass auch Ramino und Gracco sich erhoben, fügte sie hinzu: »Bleiben Sie nur sitzen, ich mach das schon.« Sie schauten ihr nach, wie sie zum Kellner ging und zahlte, dann zum Unfallort zurückkehrte und den toten Körper des Verunglückten untersuchte, ihn berührte, ganz sachlich wie eine Biologin, die etwas unter dem Mikroskop betrachtet.

Ramino trank seinen Kaffee aus, dann zog er die restlichen Protokolle aus dem Umschlag: »111 Geschwindigkeitsüberschreitungen zwischen sechs und zehn letzten Samstag auf der Appia und der Pontina, registriert von vier Blitzern und zwei mobilen Radarpistolen.« Er hielt sie Fabio hin. »Wollen Sie es sich mal ansehen?«

Fabio zögerte. War das vielleicht eine Falle? Ramino verstand und erklärte: »Alles in Ordnung, die Staatsanwältin hat mich darum gebeten, Sie in die Ermittlungen einzubeziehen. Auch ich halte das für sachdienlich.« Wenige, aber wichtige Worte, die das Eis brachen. »Ich tue, was ich kann. Aber danke«, erwiderte der Privatdetektiv.

Ramino rückte etwas näher, als wollte er ihm ein Geheimnis anvertrauen: »Immerhin haben sie ja noch diesen Tontechniker von *Berühmte Kriminalfälle* an der Hand.«

Fabio zuckte überrascht zurück: »Ihnen entgeht aber auch nichts.« Und das sagte er ohne jeden ironischen Unterton, wenn auch etwas zerknirscht.

Ramino winkte ab und fuhr fort: »Schauen Sie, wenn sich bestätigt, dass wirklich Vitali am Steuer des Punto gesessen hat, an diesem Samstagmorgen …« Er stockte und wechselte das Thema: »Ich war bei Carla Caggianis Beerdigung. Russo hat rote Rosen auf den Sarg seiner Frau gelegt. Ich bin mir nicht sicher, ob das ein Ausdruck seiner Gefühle oder eiskalte Berechnung war.« Er verstummte vielsagend.

Fabio runzelte die Stirn, immer noch skeptisch über Raminos Absichten. »Russo kokst, oder?«

»Ja, er dealt auch. Nicht im großen Stil, aber es reicht. Und Elisabetta Lorenzi ist von ihm abhängig. Sowohl in Hinsicht auf die Drogen als auch ihre Gefühle.«

»Russo ist auch gewalttätig. Er hat seine Frau geschlagen, wussten Sie das?«, tastete sich Fabio weiter heran.

»Das wissen wir, es gab sogar eine Anzeige, die Carla Caggiani aber wieder zurückgezogen hat.«

Fabio hätte am liebsten nachgehakt und gefragt: »Warum haben Sie nicht schon früher gegen ihn ermittelt?« Aber das verkniff er sich, damit hätte er ihre erste zarte Annäherung gefährdet. Außerdem ließ ihm Ramino keine Zeit. »Wir müssen uns beeilen«, drängte er. »Aus den abgehörten Telefonaten wissen wir, dass Russo und Elisabetta Lorenzi morgen um 18.20 Uhr einen Flug nach Sansibar gebucht haben. Sie machen Urlaub, die Armen.« Der Sarkasmus war nicht zu überhören. »Verstehen Sie? Wenn er jetzt Italien verlässt, ist er weg. Wer weiß, ob er noch mal wiederkommt?« Er schrieb etwas in sein Notizbuch und riss dann die Seite heraus. »Hier, meine Nummer. Rufen Sie mich an, zu jeder Tages- und Nachtzeit.« Er stand auf und gab Gracco die Hand. »Ich halte Sie wegen der Rosen auf dem Laufenden.« Dann nahm er den Strauß, griff nach seinem Rucksack, überquerte die Via Bissolati und ging zu seinem Motorrad. Fabio beobachtete ihn, wie er die Rosen in eine Tüte steckte und im Rucksack verstaute. Als die Honda startete, hatte er den Eindruck, dass das Motorgeräusch dieses Mal leiser von den Häusern widerhallte. War es der Respekt vor dem Verunglückten? Er blickte dem Polizisten nach, der in Richtung Termini verschwand. Unterm Strich doch kein schlechter Mann.

26

Schwaches Licht fiel durch die Ritzen der Rollläden und streifte seine geschlossenen Augen. Er wachte auf. Die Stille war sein Feind. Denn in der Stille hörte man die Geräusche der Beatmungsgeräte noch deutlicher. De Nicola bewegte den Kopf hin und her. Die Patienten links und rechts von ihm lagen starr in ihren Betten, als wären sie schon tot. Nur die Beatmungsgeräte ermöglichten es ihnen weiterzuleben. Anfangs hatte er panische Angst gehabt, weil er nicht aufstehen, flüchten, um Hilfe rufen konnte. Niemand hier könnte ihm helfen, die Ärzte einmal ausgenommen. Das Sein oder Nichtsein in dieser Welt hing von seinem Herzen ab. De Nicola suchte Trost jenseits der Scheibe, die die Gesunden von den Kranken trennte. Dort war meist eine Krankenschwester. Dort hatte er gestern Abend Silvia gesehen. Seine Augen suchten sie, aber sie war nicht da. Er erkannte nur eine seltsame Frau. War es eine der Nonnen, die ab und zu zusammen mit Mönchen auf der Station waren, um den Kranken Trost zu spenden? Oder eine Muslima? Sie hatte einen Schleier um den Kopf gewickelt und trug eine langes Überkleid, wie eine Abaya, aber durch die Spiegelungen konnte er das nicht so genau sehen. Die Frau winkte. Er sah sich um. Überall nur reglose Körper. Er schaute wieder durch die Scheibe, die Frau winkte ein zweites Mal. Er zog sich hoch. Die Unbekannte sprach mit der Oberschwester. Es war keine Besuchszeit, aber die beiden kamen herein und gingen direkt auf sein Bett zu.

»Herr Abgeordneter«, flüsterte ihm die Oberschwester ins Ohr, »diese Frau möchte gerne kurz mit Ihnen sprechen.«

De Nicola fixierte die Unbekannte, eine hübsche junge Frau mit perfekt geformter Nase, und sie war keine Muslima, unter dem Schleier hatte sie einen Kopfverband, und die Abaya war ein Morgenmantel. Sie lächelte ihn an. »Entschuldigen Sie, ich bin Claudia Nebicchio, Ihre Blumen sind wunderschön. Ich möchte mich bedanken.« Ihre Stimme klang rau und sinnlich. Bevor de Nicola reagieren konnte, reagierte sein Herz mit ein paar Extrasystolen. Er räusperte sich und sagte: »Das brauchen Sie nicht, ich muss mich bei Ihnen entschuldigen, ich war in Sorge um Sie. Wie geht es Ihnen? Was haben die Ärzte gesagt?«

»Alles in Ordnung, nur blaue Flecke«, wiegelte sie ab. »Montag werde ich entlassen.« Sie zögerte, fast ein wenig verlegen. De Nicola musterte sie eindringlich. Instinktiv fuhr sie sich durchs Haar, aber dort war nur der Verband. »Aber wie geht es Ihnen, Herr Abgeordneter? Was ist passiert?«

»Mein Herz erlaubt sich ein paar schlechte Scherze mit mir.« Dabei ließ er seine sonore Stimme ein wenig melancholisch klingen, durchzogen von einem Hauch Heroismus. »Aber nichts Schlimmes.« Wenn man ihn so sah, inmitten von Beatmungsgeräten und blinkenden Monitoren, klang das ein wenig lächerlich. Er konnte den Blick nicht von ihr lösen. Claudia Nebicchio war eine attraktive Frau. Unter ihrem durchscheinenden Morgenmantel aus indischer Baumwolle zeichneten sich verheißungsvoll ihre Brüste ab. Die Extrasystolen gaben keine Ruhe.

»Kommen Sie, der Herr Abgeordnete braucht Ruhe«, unterbrach die Oberschwester und riss ihn aus seinen Träumen.

Claudia Nebicchio verabschiedete sich, versprach aber, noch mal wiederzukommen. Er dankte ihr für den Besuch und hätte ihr sogar die Geheimnummer seines Handys gegeben, aber in Anwesenheit der Oberschwester wäre das wohl doch zu gewagt gewesen. Als die junge Frau den Raum verließ, tanzte ihr Morgenmantel Samba, und sein Herz ging den schnellen Rhythmus mit und löste eine Welle von Stolperern aus. Die Gedanken sind frei. Er sah der jungen Frau nach und gab sich seinen Träumen hin.

27

Die Sizilianerin war zurück und brachte Leben in die Agentur, der Duft von Marzipan erfüllte den Raum. Der Korb mit den mitgebrachten Süßigkeiten stand mitten auf dem Schreibtisch, ein Bild wie ein Stillleben von Caravaggio. Die Früchte sahen täuschend echt aus: Trauben, Äpfel, Feigen, Zitronen, von Meisterhand aus Marzipan geformt. Auf dem Korb prangte ein goldfarbener Aufkleber »Pasticceria Principe, Catania«. Fabio Gracco verharrte vor dem Kunstwerk und musste sich zwingen, nicht sofort zuzugreifen. Dann fiel ihm der Zettel auf: »Ciao Chef, da bist du ja endlich!« Darunter stand in lockerflockigem Ton, dass sie sich zurückmelden wollte, inklusive zweier Mitbringsel, den Früchtekorb und die abschließende Handschriftenanalyse Russos. Sie hatte lange auf ihn gewartet. Als er nicht kam, hatte sie Areses Angebot angenommen, sie nach Hause zu bringen. Sie war müde und erschöpft von der strapaziösen Reise gewesen.

Fabio schob den Korb beiseite, nahm ein weißes Blatt, holte seinen schwarz-grünen Pelikan-Füller mit der Goldfeder aus der Schublade und machte sich Stichpunkte:

- rote Rosen
- Nummernschilder
- Alibi Russo

Das tat er immer, wenn er im Durcheinander der Ermittlungen den roten Faden finden wollte: Er schaltete den Computer aus, griff zu seinem Pelikan, zog den Deckel ab und überließ sich dem beruhigenden Effekt des Königsblau der Tinte 4001.

Er malte seine Buchstaben regelrecht aufs Papier, sorgfältig bemüht um jedes Detail. Und wenn er mit etwas nicht zufrieden war, dann strich er es akkurat durch und begann von Neuem. Seine Hand brachte seine Gedanken direkt aufs Papier. Auch die, die er wieder verwarf. Die Geburt und das Sterben seiner Gedanken, dokumentiert mit Tinte auf weißem Papier. Zum Stichwort »Rosen« gab es wenig Neues, er musste auf Raminos Anruf warten. Und das notierte er auch. Das Thema »Nummernschilder« dagegen war brisant, da galt es, logisch vorzugehen. Er rekapitulierte die gemeinsam mit Arese angestellten Überlegungen und ließ die Protokolle der Geschwindigkeitsüberschreitungen gedanklich Revue passieren. Alle geringen Verstöße zwischen 10 km/h und 30 km/h Geschwindigkeitsüberschreitung ließ er außer Acht, auch Vitali Guglielmo im Fiat Punto klammerte er aus. Von den insgesamt 111 Verstößen blieben 42 übrig, 29 Autos und 13 Motorräder. Den Motorrädern widmete er seine besondere Aufmerksamkeit. Dabei fiel ihm auf, dass die viel gerühmte Gesetzestreue der Ausländer ein Trugschluss war, denn von den dreizehn »Rasern« waren fünf Ausländer: zwei Deutsche, zwei Franzosen und ein Schweizer. Dann untersuchte er die unscharfen Fotokopien mit der Lupe und stellte fest, dass sechs Verkehrssünder eine BMW fuhren. Im Unterschied zu den Italienern hatte man bei den Ausländern den Nummernschildern noch keine Halternamen zugeordnet, dort stand lediglich der lapidare Satz: Vergehen an die zuständige Stelle gemeldet, Warten auf Antwort. Hier war Geduld gefragt. Fabio schrieb die Kennzeichen auf ein neues Blatt und ordnete sie nach der Geschwindigkeit. Das schnellste Motorrad war eine BMW aus Frankreich, die mit 168 km/h geblitzt worden war, um 8.45 Uhr bei Kilometer 42,500 auf der Pontina, Richtung Süden.

Als er zum letzten Punkt »Alibi Russo« kam, war es bereits sechs Uhr.

Pro: Zeugenaussage von Elisabetta Lorenzi (Marcello war an besagtem Samstagmorgen bei mir); Zeugenaussagen von Mitarbeitern des Hotels Tirreno (keiner hatte Russo gesehen); Telefonliste (sein Handy war immer im Bereich Terracina-Gaeta eingeloggt); die Videokameras des Hotels bestätigten die Zeugenaussagen des Hotelpersonals; keines der Nummernschilder lässt sich Russos Motorrad zuordnen.

Kontra: Elisabetta Lorenzi könnte eine Falschaussage gemacht haben (sie ist in Russo verliebt); Russo könnte sein Handy im Hotel gelassen haben (mit Absicht = Vorsatz, Vergessen = Zufall?); die Rosen am Tatort sahen genau aus wie die Rosen vom Blumenstand am Friedhof in Terracina (wird überprüft); Russo hat ein anderes Fahrzeug (Auto/Motorrad) benutzt; Russo saß am Steuer des Fiat Punto, Vitali deckt ihn?

Er las seine Notizen wieder und wieder. Dann fiel sein Blick auf das Körbchen, er konnte nicht widerstehen und zupfte eine Weinbeere von der Traubenrispe. Obwohl sich sein schlechtes Gewissen sofort meldete, steckte er sie sich in den Mund. Die sizilianische Mandelpaste zerging ihm auf der Zunge, ein köstlicher Genuss. In Sachen Süßigkeiten konnte den Sizilianern niemand das Wasser reichen. Er behielt das samtig weiche Marzipan zwischen Zunge und Gaumen. Dann ging er zum Fenster. Wie gerne hätte er noch eine Beere genommen! Aus zwanzig Metern Höhe blickte er nach unten auf die verwaiste Via Cola di Rienzo. Er musste handeln, und zwar schnell, seiner Lust auf Süßes durfte er nicht nachgeben. Er wischte über das Display seines Handys und wartete.

»Ciao, Paolo, wie geht's? Ich muss dich treffen.« Er lauschte. »Ja, es ist dringend. Gut, wo?« Er ging zum Schreibtisch zurück und notierte mit seinem Pelikan mit der Goldfeder eine Adresse.

28

Sie sahen aus wie die Priscilla-Katakomben, aber in Wirklichkeit waren es die Synchronisations- und Schneideräume des Filmstudios rechts und links des langen Korridors. Heraus drang ein Mischmasch aus Stimmen, Geräuschen und Musik. Fabio registrierte die Einzelheiten, die dann in der Montage zu einer Geschichte zusammengebaut wurden. Aus vielen kurzen Einstellungen und Einzelszenen wurde ein Film, ein Videoclip, ein Werbespot oder eine Dokumentation.

»Bitte.« Die freundliche Assistentin, die ihn begleitete, blieb auf der Schwelle eines Studioraumes stehen, und Fabio erkannte Paolo Lomezzoni sofort, der im Halbdunkel zwischen schalldicht verkleideten Wänden an einem Arbeitstisch saß, vollgestellt mit Computern, Laptops und drei Videobildschirmen, von denen der größte mit zwei Lautsprechern verbunden war. Lomezzoni bemerkte ihn und winkte ihn herein. Es waren noch drei andere Leute im Raum, von denen Fabio einen erkannte: Luigi D'Amato, der Aufnahmeleiter, der den Tontechniker ab und zu für seine Film- und Fernsehproduktionen buchte. Luigi nickte ihm lächelnd zu, während die anderen beiden, die Cutterin und der Regisseur, mit dem Blick am Bildschirm klebten, wo Filmszenen zu sehen waren. Fabio setzte sich neben Lomezzoni und schaute zu, es liefen die für *Berühmte Kriminalfälle* typischen Szenen, noch ungeschnitten. Mit den Klappen nach jeder Szene, den schroffen Unterbrechungen des Regisseurs. Das Ganze spielte auf einem heruntergekommenen Schiff, der »Ramona«, wie man in weißen Lettern auf dem schwarz lackierten Heck lesen konnte. Sie lag in der Mündung des Kanalhafens Fiumicino. Fabio erkannte sie sofort wieder, genau wie Marcello Russo, alias Vizeinspektor Biagio Palma. Wilde Schießereien, Fluchtszenen über die Brücken und die Decks des Schiffes und Schlägereien. Wüste Schlägereien, bei denen die Schauspieler durch Stuntmen und Doubles ersetzt worden waren. Das Schneiden von Bild und Ton dauerte etwa zwanzig Minuten, dann sagte der Regisseur: »Zehn Minuten Pause.« Das Licht ging an, die anderen verließen den Raum. Nur Fabio und Paolo blieben sitzen.

Als Erstes fragte Fabio ihn nach Guglielmo Vitali, dem Produktionsassistenten, der mit 133 km/h auf der Via Pontina geblitzt worden war. »Versuch dich zu erinnern«, sagte er ruhig und betonte jedes Wort: »Hast du am Samstagmorgen in Terracina zufällig Vitali getroffen? Hast du mit ihm gesprochen?«

Lomezzoni lehnte sich auf dem Stuhl zurück. »Es ist wichtig«, fügte Fabio hinzu. Paolo seufzte tief und sagte: »Ja, ich habe ihn gegen neun, halb zehn gesehen, jedenfalls bevor Marcello die tragische Nachricht bekommen hat. Ich habe ihm das Material gegeben, das wir in der Nacht gedreht hatten. Er musste es so schnell wie möglich nach Rom bringen. Der Regisseur vor Ort wollte wissen, ob einzelne Szenen nachgedreht werden müssten. Er musste das wissen, bevor die gesamte Crew aus Terracina abreiste.« Er hielt inne. »Entschuldige mal, aber was hat Vitali überhaupt damit zu tun?«

Fabio fuhr sich mit einer Hand übers Gesicht, er war müde. Dann erklärte er: »Am Anfang bin ich davon ausgegangen, dass Russo mit seiner BMW nach Rom und wieder zurück nach Terracina gefahren sein könnte. Bestimmt mit deutlich überhöhter Geschwindigkeit, so dass er von irgendeiner Radarkamera erfasst worden sein musste.« Er machte eine Pause, um Luft zu holen und etwas Mut zu schöpfen. »Aber wir haben keine Spur von seinem Motorrad gefunden, dafür aber den Punto der Filmproduktion, mit Vitali am Steuer. Und ich hatte einen Augenblick lang gehofft, dass vielleicht doch Russo der Fahrer gewesen sein könnte. Auch die Polizei hatte darauf spekuliert. Aber offensichtlich war das nicht der Fall.«

Lomezzoni dachte nach und seufzte: »Mehr kann ich dir nicht sagen.« Er knetete die Finger. »Ich erinnere mich nur, dass Russo gegen sechs in sein Zimmer gegangen und gegen zehn geweckt worden ist.«

Dann zog Fabio die Liste mit den Namen der geblitzten Fahrer aus der Tasche. »Wirf hier bitte mal einen Blick drauf. Das sind alle Auto- und Motorradfahrer, die auf der Appia und der Pontina erwischt worden sind. Vielleicht ist jemand dabei, den du kennst und der Russo sein Fahrzeug geliehen haben könnte.« Große Hoffnung hatte er nicht, wie an seinem skeptischen Unterton deutlich zu hören war, aber Paolo schaute sich die Liste trotzdem an: »Ich sag's dir ganz ehrlich, Fabio, diese Geschichte, dass Russo von Terracina nach Rom gefahren, dort seine Frau umgebracht und wieder ins Hotel zurückgefahren sein soll, und das innerhalb von zwei oder drei Stunden, erscheint mir absurd.« Er meinte es nur gut, wollte seinen Freund davor bewahren, weiter Energie auf eine sinnlose Theorie zu verschwenden.

Doch Fabio kränkte sein Einwand. Im ersten Moment wollte er sich rechtfertigen, doch dann überlegte er es sich anders und schwieg. Er war erschöpft und müde, unendlich müde. Und entmutigt. Er schaute auf die Digitaluhr an der Wand. Bald war die Pause vorbei.

»Mag sein, dass die Theorie absurd ist, aber wenn Russo es nicht war, dann bleibt nur noch de Nicola als Verdächtiger.«

»Das verstehe ich.«

Fabio ließ den Blick über Paolos Arbeitstisch schweifen, bis einer der Bildschirme seine Aufmerksamkeit erregte. Man sah ein Polizeiauto mit weit geöffneten Türen, quer auf dem Kai des Hafens stehend, im Hintergrund die *Ramona*. Es wirkte wie ein echter Polizeieinsatz, die Beamten rannten mit gezückten Pistolen auf das Schiff zu. Der weiß-blaue Alfa sah täuschend echt aus. Fabio deutete auf den Bildschirm und fragte: »Habt ihr das Auto von der Polizei ausgeliehen?«

Der Tontechniker drehte sich um. »Schön, was?«, aus seiner Stimme klang unterschwelliger Stolz. »Aber nein, dafür gibt es Spezialfirmen. Das ist eine Attrappe, aber perfekt nachgemacht.«

In Fabio stieg eine Idee auf: »Und Marcello hätte das Auto auch benutzen können?«

»Nein, die sind nicht für den normalen Straßenverkehr gedacht, sie werden auf Lastwagen transportiert und nur für die Aufnahmen eingesetzt.«

Fabio spann den Gedanken weiter. »Habt ihr noch andere Autos dieser Art? Oder Motorräder? Ihr habt doch in Terracina in dieser Nacht auch eine Verfolgungsszene gedreht?«

»Stimmt. Am Set haben wir einen ganzen Pool an Fahrzeugen. Aber Russo wäre niemals da drangekommen, die werden bewacht.«

»Und wenn er sich einfach ein Auto oder ein Motorrad genommen hätte?«

»Du meinst, geklaut?«

Fabio nickte.

»Schlag dir das aus dem Kopf. Ich hab dir doch erklärt, dort wird alles durch ein privates Sicherheitsunternehmen kontrolliert. Die wertvollen Fahrzeuge werden in abschließbaren Containern untergebracht.«

Fabio hatte den Eindruck, immer tiefer im Sumpf zu versinken, gefangen zwischen glitschigen Algen und sinnlosen Ideen. Aber er gab nicht auf. »Okay, Paolo, tust du mir trotzdem noch einen Gefallen? Kontrollier doch bitte die Kennzeichen, die ich dir gegeben habe. Man kann nie wissen, und in meinem Job darf man nichts von vornherein ausschließen.«

Lomezzoni spürte Graccos Resignation und wollte ihm nicht noch das letzte Fünkchen Hoffnung rauben: »Mach ich, Fabio.«

29

Fabio hatte einen Parkplatz in der Via Albalonga gefunden, in der Nähe der Piazza dei Re di Roma. Er hatte den Alfa akkurat zwischen den beiden schrägen blauen Striche abgestellt, um ja keinen Zentimeter Parkraum zu verschwenden, denn im Quartiere Tuscolano durften Anwohner wie er kostenlos parken. Dachte er jedenfalls. Als er zurückkam, hatte er einen Strafzettel unter dem Scheibenwischer, auf dem darauf verwiesen wurde, dass die rechte Seite der Via Appia Nuova bereits zum Quartiere Appio Latino zählt, nur die linke Seite gehörte noch zu Tuscolano. Auf der elfenbeinfarbenen Fassade eines gerade frisch renovierten Palazzo war mit schwarzer Farbe aufgesprüht: »Kämpfen und siegen, sterben und lachen«. Fabio zog den Strafzettel unter dem Scheibenwischer hervor und legte ihn neben sich auf den Beifahrersitz. Im Innenraum des Autos schien sich die ganze Hitze des Tages aufgestaut zu haben. Er ließ die Scheiben herunter, um die Meeresbrise in sein mobiles Wohnzimmer zu lassen. Der Zweifel, auf die falsche Fährte gesetzt und ineffizient gearbeitet zu haben, setzte ihm zu. Vielleicht hatte Paolo Lomezzoni recht. Wie gerne wäre er nach Hause gefahren, um sich mal richtig auszuschlafen. Er steckte das Handy auf die Halterung am Armaturenbrett und die Idee, Gabriella anzurufen und ihr zu sagen, dass er erst morgen nach Terracina zurückkommen würde, hatte schon fast ihren Weg vom Gehirn in seine Finger genommen. Aber nein, er konnte sie dort nicht allein lassen. Er drehte den Schlüssel, der Motor sprang an, die Lichter am Armaturenbrett leuchteten auf. Er wartete, bis die Klimaanlange angesprungen und die Luft ein bisschen angenehmer gworden war. Er dachte an Valeria. Er hatte sie nicht mehr angerufen. Auch etwas, das er bedauerte. Als das Handy klingelte, hoffte er, sie könnte es sein. Aber es war Vizeinspektor Ramino.

»Ciao, Gracco«, ertönte die Stimme des Polizisten, er duzte ihn, als ob er mit einem Kollegen sprechen würde. »Wie's aussieht, stimmt dein Rosenstrauß mit dem Beweisstück Nr. 5 überein, die Blumen selbst, aber vor allem die Verpackung.«

Endlich eine gute Nachricht, dachte Fabio und hätte Ramino fast gelobt, als dieser hinzufügte: »Das Problem ist allerdings, dass es genau diese Rosen überall gibt, in Rom, in Terracina und an der ganzen Küste bis nach Ostia. Filipponi hat sogar einen Blumenhändler am Viale Bruno Buozzi gefunden, der sie verkauft, keine hundert Meter von de Nicolas Wohnung entfernt. Überleg mal …«

Aber Fabio überlegte in diesem Moment gar nichts mehr. Er hatte schon den Rückwärtsgang eingelegt und wieder eingeparkt.

»Hast du das gehört? Gracco, verstehst du mich?«

»Ja, ich verstehe dich gut.« Er legte den ersten Gang ein, fuhr los und glitt langsam über den aufweichenden Asphalt. »Das scheint mir ein wichtiger

Hinweis zu sein. Meinst du nicht?« Fabio ließ nicht locker.

»Nun ja, aber noch längst kein Beweis, das schlägt uns jeder Richter und jeder Verteidiger schon in der Voruntersuchung um die Ohren.«

Der Vizeinspektor wirkte jetzt entspannter. Fabio hatte eine Kompassnadel vor Augen, die sich von Russo entfernte und wieder in Richtung Nicola de Nicola tendierte. Jedenfalls glaubte er, das aus Raminos Worten herauszuhören.

»Aber vielleicht finden wir den Blumenhändler in Terracina, der Russo den Strauß verkauft hat. Einen Versuch wär's doch wert, oder?«

»Einverstanden. Ich fahre morgen dorthin. Kommst du mit?«

»Ich bin schon unterwegs, ich habe ein Zimmer im Hotel Tirreno.«

Am anderen Ende war es zunächst still. »Ah, gut«, presste Ramino heraus, offenbar überrascht und ein wenig beunruhigt. »Was machst du denn da?«

Fabio registrierte Raminos Bedenken, er könne sich in die Ermittlungen einmischen, und stellte klar: »Ich recherchiere da nicht nur wegen der Rosen, sondern versuche auch herauszufinden, wie Russo das Hotel verlassen und wieder betreten konnte, ohne von den Kameras erfasst zu werden.«

»Ah, gut«, murmelte Ramino erneut. »Tust du mir einen Gefallen? Informierst du mich, wenn du es herausgefunden hast?« Es sollte scherzhaft klingen, was allerdings gründlich misslang.

»Du bist der Erste, der es erfährt«, versicherte Fabio und fädelte sich in das Labyrinth rund um die Piazza dei Re di Roma ein, wo sich eine Handvoll Straßen traf, darunter die Via Appia Nuova. »Ich habe mit Lomezzoni gesprochen«, erzählte Fabio weiter, während er ganz vorsichtig in den Kreisel einfuhr, aber selbst hier herrschte kaum Verkehr. »Er hat mir die Geschichte von Guglielmo Vitali bestätigt: Er muss am Steuer des weißen Punto gesessen haben.« Hinter ihm hupte jemand, er fuhr wohl doch zu langsam. Das musste ja so kommen, dachte er.

»Ah, gut …«, sagte der Vizeinspektor. Nach einer Weile fuhr er fort: »Wir haben übrigens eine erste Antwort aus Frankreich, eines der beiden Motorräder, die geblitzt worden sind, hat auf dem Nummernschild eine Ziffer zu viel.«

Fabio ließ die Information auf sich wirken, dann fragte er: »Und das heißt?« Er bog nach rechts auf die Via Appia Nuova ab und war jetzt auf dem Weg zur Ringautobahn.

»Gefälscht«, antwortete Ramino knapp, »eine geklaute Maschine wahrscheinlich, zwischen Italien und Frankreich gibt es da einen großen Markt.«

Fabio spürte die drohende Gefahr, er blinkte rechts und verlangsamte das Tempo, während der aufdringliche Huper ihn gestikulierend überholte. Ein Mann. In einem Smart.

30

»Verdammt! Um diese Uhrzeit?« Freundschaft hin oder her, das war Paolo Lomezzonis Reaktion gewesen. Es war schon nach neun. Und er war müde. Fabio nahm es nicht persönlich, er hätte wahrscheinlich genauso reagiert. Auf der anderen Seite war der Tontechniker der Einzige, der ihn nach Cinecittà bringen konnte und sich dort auskannte.

Im Dämmerlicht ging er auf dem Bürgersteig hinter Lomezzoni her, zwischen roten Backsteinhäusern und mit Graffitis verunstalteten Marmorfassaden. »Das könnte die Wende sein, glaube mir, wir fahren mit meinem Auto, und ich bringe dich hinterher nach Hause«, versprach Fabio. Ohne zu antworten, stürmte Lomezzoni auf den Eingang zur Metrolinie A zu, man sah schon das weiße M auf rotem Grund. Er hatte ihn selten so sauer erlebt. Was soll's. Jetzt oder nie, sagte sich Fabio, da musste er durch, es gab kein Zurück. Immerhin hatte Lomezzoni bis jetzt noch nicht Nein gesagt. Er wagte noch einen Versuch, etwa zwanzig Schritte vor dem Eingang zur Metrostation: »Paolo, bleibst du bitte kurz stehen? Bitte! Tu es für die arme Frau, die sterben musste.« Lomezzoni stoppte und sah ihn durchdringend an.

Von der Via Appia Nuova war er über die Via delle Cave und die Via Tuscolana nach Cinecittà gefahren, hier kannte er sich aus. Der Wächter am Seiteneingang hatte ohne zu zögern das Tor und dann die rot-weiße Schranke geöffnet. Das Magazin der Requisiteure, Kostümbildner und Szenografen von »Berühmte Kriminalfälle« befand sich in einer Halle mit einem Satteldach, zwischen Studio 5 und der täuschend echt aussehenden Kulisse des alten Rom, die in das Blutrot der untergehenden Sonne getaucht war.

»Park am besten hier«, sagte Lomezzoni und deutete auf einen mit Lkws und Kleintransportern belegten Platz. Er hatte schon die Schlüssel zum Magazin in der Hand, aber das Tor stand weit offen. Gerade war ein Lieferwagen angekommen, in den Kostüme und andere Requisiten eingeladen wurden. »Ciao«, grüßte Lomezzoni und winkte. »Sie bereiten alles vor«, erklärte er Fabio. »Morgen ist letzter Drehtag.«

In der Halle strahlten grelle Neonröhren, die Realität mischte sich mit der Scheinwelt. Es roch nach Plastik, Holz und frischer Farbe. Alle Requisiten waren in raumhohen Regalen gelagert. Paolo Lomezzoni kannte sich hier aus und bewegte sich mit traumwandlerischer Sicherheit. An den Kleiderregalen vorbei gingen sie zum Waffenarsenal, wo es nach Leder roch. Die Requisiten waren hierarchisch geordnet: Statisten, Nebenrollen, Hauptrollen. Auf den Schildchen für die Statisten stand nur Polizist 1, Polizist 2 usw., bei den Nebenrollen der Vor- und Zuname, z.B. Biagio Palma, Luca Marino, Adele Fazio. Bei den beiden Protagonisten waren nur die Vornamen in Großbuchstaben vermerkt. Wie im richtigen Leben.

»Wir Tontechniker sind hier.« Paolo zeigte auf ein Regal mit Aufnahmetechnik. »Früher hatte jede Abteilung ihr eigenes Lager, da herrschte noch Ordnung«, sagte er mit einer gewissen Wehmut. Während der Geruch nach Stoff und Leder sich langsam vermischte und allmählich schwächer wurde, gesellte sich nach einigen Schritten eine neue Duftnote hinzu, Benzin und Gummi. So kam es Fabio jedenfalls vor. »Hier stehen die Autos und Motorräder«, sagte Lomezzoni ungeduldig. »Sie werden hier für den Nachdreh aufbewahrt. Riechst du das? Stinkt bestialisch. Alle in einem Lager, was für ein Schwachsinn!«

Es gab sechs Motorräder. Fabio erkannte sofort den Roller von Ispettrice Romito, aber er hatte ein italienisches Nummernschild. Er zog den Zettel mit den notierten Kennzeichen heraus, das französische hatte er mit einem Kreis markiert und folgende Notiz hinzugefügt: vier Ziffern statt drei. Dann konzentrierte er sich auf die anderen Motorräder, studierte die Nummernschilder wie ein Pokerspieler seine Karten. Darunter waren zwei fast identisch aussehende grüne Kawasakis mit der martialischen Aufschrift »Ninja«, mit italienischen Kennzeichen.

»Auch die Nummernschilder sind nachgemacht, siehst du?«, sagte Lomezzoni und erklärte ihm die Unterschiede. Sie waren kleiner, das Blau heller, die amtlichen Stempel fehlten.

Dann gab es noch eine feuerrote Ducati und eine völlig verdreckte Crossmaschine. »Sogar der Schlamm ist nachgemacht«, sagte Paolo. »Er muss auf dem Motorrad haften, damit der Zuschauer von einer Szene zur anderen keinen Unterschied erkennt.« Und dann stand da noch eine schwere BMW mit Seitenkoffern und Topcase. Das Nummernschild wirkte nicht nur echt, es war echt. Fabio wies Lomezzoni auf dieses Detail hin.

»Na klar, das ist die Maschine von Marcello Russo. Er hat sie hier geparkt, denn der Produzent wollte nicht, dass er sie fährt, solange nicht alle Aufnahmen im Kasten sind. Um zu vermeiden, dass er sich verletzt.«

Fabio bedachte die Maschine mit einem andächtigen Blick, doch seine Begeisterung legte sich schnell: keine Spur von einem französischen Kennzeichen.

»Stehen alle Motorräder hier?«

»Alle.«

Fabio schloss die Augen, Lomezzoni spürte seine Enttäuschung.

»Es tut mir leid«, sagte er.

»Ach was. Wir haben es versucht«, erwiderte Fabio und seufzte, als könnte er damit die Frustration abschütteln. »Komm, ich bring dich nach Hause.«

»Nein, ich nehme die Metro, in einer halben Stunde bin ich in Ottaviano.«

»Nichts da, komm, das mach ich gerne«, insistierte Fabio, machte einen Schritt nach vorne und blieb dann abrupt stehen. Vor ihm, auf dem dritten Brett eines Metallregals, stand eine große Kiste mit der leicht schiefen Aufschrift NUMMERNSCHILDER.

»Und was ist damit?«

Paolo Lomezzoni zuckte die Schultern. »Keine Ahnung, das gehört den Requisiteuren. Schau nur nach«, fügte er hinzu, während Fabio längst darin herumwühlte.

31

Für die Feier des fünfzigjährigen Bestehens des Obersten Gerichtshofs hatte sich Lucia Campazzo in Schale geworfen. Die Organisatoren hatten es an nichts fehlen lassen, auf dem Rasen waren weiße Schirme, Tische mit gelben Tischdecken und Thonetstühle aufgestellt. Ein Schirm und eine Lampe für jeden Tisch. Und unzählige Schnaken an jeder Lampe. Stechlustige Biester, die es auf sie abgesehen hatten. Schon mehrere hatten sie erwischt, vor allem an den Beinen, aber auch am Rest des Körpers. Ihr gegenüber saßen zwei Richter des Kassationsgerichts, die seit mindestens einer Stunde über die Justizreform diskutierten, beide glatzköpfig, beide im Frack, aber unterschiedlicher Meinung. Je mehr Wein sie tranken, desto hitziger wurde die Diskussion. In der Zwischenzeit aß Lucia »falschen Fisch«, wirklich köstlich diese Apfelpastete, aber Gift für ihre Diät. Während sie versucht hatte, sich der Schnaken zu erwehren, hatte sie Gabel für Gabel in sich hineingestopft. In Kalorien umgerechnet, bedeutete das mindestens eine Woche Selbstdisziplin, die jetzt für die Katz gewesen war. Und wenn ihr einer der beiden eine Zigarette angeboten hätte, hätte sie sogar wieder mit dem Rauchen angefangen, so sehr stresste sie die Situation. Sie trauerte sogar Ardizzone nach, trotz seiner unerträglich aufdringlichen Art und seiner Belehrungen. Wenn sie wenigstens schwimmen gehen könnte! Aber so blieb ihr nichts anderes übrig als gute Miene zum bösen Spiel zu machen. Die meisten Anwesenden kannte sie nur vom Sehen, und jemanden ansprechen wollte sie nicht, weil das leicht zu Missverständnissen führen konnte.

Gegen zehn trug der Wind einen ätzenden Geruch über den Fluss und hüllte alle ein, ohne Rücksicht auf Hierarchien. Die Roma verbrannten die Plastik- oder Gummiummantelung der gestohlenen Elektrokabel, um dann das übrig bleibende Kupfer zu verkaufen. Wenn man in dieser klaren römischen Nacht genauer hinschaute, konnte man jenseits des Tibers die Flammen und den schwarzen Rauch zwischen den Bäumen erkennen. Auf dem Fest wurde gerade der zweite Gang serviert, Gambas an Salsa verde mit Macadamianüssen, geschätzte 1000 Kalorien pro Bissen.

Über den Aufruhr, den der Gestank auslöste, hörte Lucia Campazzo Motorengeräusch. Sie drehte sich um, den Teller in der Hand, und erkannte einen Scheinwerfer auf der schmalen Straße, die von der Via Olimpica zum Parkplatz führte. Der Scheinwerfer kam langsam näher. Sie wartete, bis der Motor verstummte und das Licht erlosch. In der eingetretenen Stille hörte sie Raminos unverwechselbare Stimme. Die Stimme ihres Retters. Ohne einen wirklich wichtigen Grund würde der Vizeinspektor niemals bis hierher fahren. Sie hörte, wie er mit dem Mann vom Wachpersonal diskutierte, seine Stimme wurde lauter, dann wurde es wieder still. Sie sah die beiden auf dem hell erleuchteten gepflasterten Weg zwischen dem englischen Rasen auf sich zukommen. Der Wachmann voran, beleidigt und kerzengerade wie ein eben verhafteter Mafioso. Domenico Ramino direkt dahinter in seinem allerschlimmsten Anzug, dem braunen, in dem er wie ein Stasioffizier in Zivil aussah, in der Hand seine Dienstmarke. Dieses Mal musste er ziemlich unfreundlich gewesen sein, der Blick des Wachmanns sprach Bände.

Ramino hingegen wirkte wie ein Leuchtturm, wie ein Fels in der Brandung. Er erkannte Lucia Campazzo in ihrem eleganten Abendkleid aus plissiertem hellen Leinen.

»Ispettore!«, rief sie.

»Ich muss mich entschuldigen, Dottoressa«, sagte er zerknirscht. Ohne den Teller in der Hand hätte sie wie eine römische Göttin ausgesehen. »Ich habe versucht, Sie telefonisch zu erreichen, aber Sie sind nicht drangegangen«, fügte er hinzu und zog sein Smartphone aus der Tasche seines braunen Jacketts.

Lucia Campazzo stutzte, dann fiel ihr ein, dass sie ihr Handy auf Vibration geschaltet hatte.

»Wir haben vielleicht etwas«, fuhr Ramino mit glänzenden Augen fort. Stolz klang aus seiner Stimme.

Er hielt der Staatsanwältin das Smartphone hin. »Das hat mir Gracco vor einer Stunde geschickt.«

Die Staatsanwältin blickte auf das Display: Ein Nummernschild mit französischem Kennzeichen, quadratisch mit Ziffern und Buchstaben.

»Das ist ein falsches Nummernschild, es wird für die Dreharbeiten benutzt. Aber es steht auch auf der Liste der Verkehrssünder, die von einer Radarkamera auf der Strada Statale Pontina erfasst worden sind. Und jetzt schauen Sie mal hier …« Der Vizeinspektor wischte über den Bildschirm, ein zweites Foto erschien, eine schwere BMW mit Seitenkoffern und Topcase.

»Das ist die Maschine von Marcello Russo.« Seine Stimme war glasklar und messerscharf. »Gracco hat sie in Cinecittà gefunden.«

32

Sie tanzten Salsa und Merengue unter dem Sternenhimmel. Am Strand, direkt am Wasser, waren Tische aufgebaut, und die Beine der Tänzerinnen und Tänzer wurden von in den Sand gesteckten Fackeln beleuchtet. Einige dieser Beine konnten sich wirklich sehen lassen. Fabios Blick blieb an einer jungen Frau in einem schwarzen kurzen Rock hängen, deren geschmeidige Bewegungen ihm die Sinne verwirrten. Sie wiegte das Becken, gab sich ihrem Partner erst hin und zog sich wieder zurück, aufreizend und anmutig zugleich. Er hingegen wirkte plump und ungeschickt und fühlte sich sichtlich unwohl. Was für ein Kontrast zur personifizierten Sinnlichkeit der Frau. Er hörte die beiden miteinander sprechen, es waren russische Gäste des Hotels Tirreno. Dann dachte er daran, wie er das letzte Mal Salsa getanzt hatte. Mit Valeria. Das hatte er nur ihr zuliebe getan, Tango, Salsa, Merengue. Giacomo hatte ihn bestärkt: »Tanzen ist eine gute Methode, um ein paar Kilos zu verlieren.« Er hatte sich sogar für einen Kurs angemeldet. Aber selbst das hatte ihre Beziehung nicht retten können.

Er hielt Ausschau nach Gabriella. An der Rezeption hatte man ihm gesagt, sie sei hier. Dann entdeckte er sie in einem Pavillon zwischen künstlichen Palmen und grellgelben Holzpapageien, wo eine Bar aufgebaut war und eine flackernde Diskokugel von der Decke hing, deren Lichteffekte von der Fassade des Hotels reflektiert wurden. Gabriella saß auf einem Barhocker, ein langstieliges Glas in der Hand. Neben ihr saß ein Mann in einem eleganten hellen Anzug, für einen Tanzabend am Meer vielleicht etwas übertrieben. Er lachte, gestikulierte und redete auf Gabriella ein. Fabio suchte Blickkontakt mit seiner Schwester und erkannte sofort, dass sie am liebsten die Flucht ergreifen würde.

Als er sich näherte, rief sie: »Schatz, endlich!« Sie rutschte vom Hocker und umarmte ihn. Es war fast Mitternacht. Und um Mitternacht hatte das Hotel zu einem Drink eingeladen. Es gab etwas zu feiern. Die zugeklappten Sonnenschirme wirkten wie Zypressen auf einem Friedhof. Irgendjemand hatte zwei Liegen aufgeklappt. Fabio und Gabriella setzten sich darauf, und er berichtete ihr von dem Motorrad, dem falschen Kennzeichen und dass die Ermittlungen endlich Fahrt aufnahmen. In der Ferne sah man ein Feuerwerk, erst die Lichtblitze und bunten Sterne am Himmel, dann hörte man auch das Zischen und Knattern. Unter dem Barzelt knallten Korken, Beifall brandete auf.

»Komische Geschichte, das mit dem Nummernschild. Denkst du, es war ein geplanter Mord?«, fragte Gabriella.

Fabio schüttelte den Kopf. »Nein, das glaube ich nicht. Russo hat das falsche Nummernschild vielleicht nur benutzt, um einen Bußgeldbescheid zu vermeiden. Er hatte innerhalb weniger Monate schon vier kassiert, da bestand die Gefahr, den Führerschein zu verlieren. Aber das muss er der Staatsanwaltschaft erklären. Jetzt müssen wir nur noch herausfinden, wie er das Hotel unbemerkt verlassen konnte.«

Schweigend blickten sie aufs Meer, auf dem nur das Weiß der Schaumkronen auf den Wellen zu erkennen war, bevor sie langsam am Strand ausliefen.

»Hast du dich sehr gelangweilt?«, fragte Fabio.

»Es war wunderbar.«

Er sah im Halbdunkel, wie seine Schwester lächelte. Er hätte sich gerne nach seinem Schwager Alfredo erkundigt, aber er hielt sich zurück.

»Ich habe ein Geschenk für dich«, sagte sie.

Er zögerte.

»Möchtest du es nicht sehen?« Sie schien ein bisschen enttäuscht.

»Natürlich«, versicherte er rasch.

»Dann komm.« Gabriella erhob sich aus dem Liegestuhl.

Sie gingen vom Meer über den Steg aus Kunststoffbohlen zum Hotel, vorbei am scharfkantigen Ufergras, eingehüllt in Salsaklänge und das Plätschern der Wellen. Der Pool wurde von Scheinwerfern angestrahlt, wodurch die winzigen Strudel der Filteranlage im glasklaren Wasser plastisch hervortraten. Andere Scheinwerfer beleuchteten die Gartenanlage und zogen die Nachtfalter an.

»Ich war den ganzen Tag am Strand und am Pool«, schwärmte Gabriella wie ein junges Mädchen, das alles Unangenehme hinter sich lassen will. »Die Kellner sind ausgesprochen nett, und vor allem wissen sie eine ganze Menge.« Sie blieb auf halber Höhe neben dem Schwimmbad stehen. »Schau mal, ich zeig dir was«, flüsterte sie, um die Gäste, die schon schliefen, nicht zu stören. »Von dort ist Marcello ins Wasser gesprungen«, Gabriella deutete mit dem Zeigefinger auf den Balkon im zweiten Stock und zeichnete eine gedachte Linie von der silbern glänzenden Fassade in den Pool. »Keine schlechte Leistung, was?«

Fabio nickte.

»Und siehst du den Balkon darüber? Wo das

Handtuch über dem Geländer hängt? Da wohnte die Tochter des Produzenten, diese …«

»Elisabetta Lorenzi.«

»Genau die. Schau genau hin, das ist wichtig, und folge mir. Bitte hier entlang.«

Um diese Zeit waren die Nebeneingänge des Hotels von innen verschlossen, genau wie die Türen zu den Feuertreppen, über denen grüne Hinweisschilder leuchteten. Sie gingen um das Gebäude herum zum hell erleuchteten Haupteingang, wo sie der Portier mit einem leichten Nicken begrüßte. Mit seinem grauen Bart erinnerte er eher an einen Universitätsprofessor. Einen Moment lang war es Fabio, als sei er mit Valeria unterwegs, doch die Frau an seiner Seite war und blieb seine Schwester.

In den Vitrinen im Gang zu den Aufzügen wurden Schmuck und Badebekleidung angeboten. Fabio und Gabriella fuhren in den zweiten Stock hinauf und gingen über den blauen Teppichboden bis zu ihren Zimmern. Gabriella öffnete mit der Magnetkarte ihre Tür, angenehme Kühle flutete ihnen entgegen. Sie hielt die Karte auf einen Kontakt neben der Tür, und das Licht ging an. Dann ging sie zu dem kleinen Tisch neben dem Bett, und als sie sich umdrehte, hatte sie eine Zeitung in der Hand und lächelte. »Ich hoffe, mein Geschenk gefällt dir«, sagte sie und hielt ihm die gefaltete Zeitung entgegen.

Es war die Regionalausgabe des *Il Messaggero* für Latium vom 12. August. Der Tag vor dem Mord. Auf der ersten Seite sprangen zwei Schlagzeilen ins Auge. Eine betraf einen tragischen Verkehrsunfall auf der Pontina, ein Radfahrer war von einem Lastwagen erfasst worden. Die zweite lautete: »Megaparty für die Darsteller von *Berühmte Kriminalfälle*«, mit einem Foto, das den Pool des Hotels Tirreno zeigte. Zu diesem Anlass waren Tische und Sonnenschirme aufgestellt worden, bunte Luftballons und Blumen sorgten für ein heiteres Ambiente, eine Band spielte, und die ganze Truppe war vor Ort. Fabio erkannte den Regisseur, die zwei Hauptdarsteller sowie Marcello Russo. Auch die Lorenzis waren da, Vater und Tochter, dazu der Aufnahmeleiter. Auch Paolo Lomezzoni war zu sehen. Vor lauter Menschen achtete Fabio nicht auf die Umgebung.

»Schau mal hier«, sagte Gabriella und deutete auf ein Stahlgerüst an der gesamten Fassade des Hotels, das mit Sichtschutzplanen verhängt war. Gabriella erklärte, dass das Gerüst von Donnerstag, dem 11. August, bis Samstag, dem 13. August, dort gestanden hatte. Die Verkleidung der Dachterrasse hatte dringend erneuert werden müssen. Fabio spürte, wie ein intensives Glücksgefühl in ihm aufwallte, das ihn an seine Kindheit erinnerte, wenn er das letzte Teilchen eines 1000er-Puzzles eingesetzt hatte und das Bild komplett war.

Er strahlte seine Schwester an und umarmte sie. »Danke«, sagte er mit zitternder Stimme. Dann ging er auf den Balkon und ließ den Blick über die Hotelfassade streifen. Ja, so musste es gewesen sein. Marcello hatte Elisabettas Zimmer über den Balkon und das Gerüst verlassen können, ohne von den Kameras erfasst zu werden, geschützt von der herunterhängenden Plane. Jenseits der Oleanderhecke lag der Parkplatz, dort hatte er wahrscheinlich die BMW geparkt. Gleicher Weg zurück. Fabio sah auf die Uhr. Schon nach Mitternacht. Lucia Campazzo konnte er jetzt nicht mehr anrufen, Ramino dagegen schon.

33

Sie testeten die Funkgeräte und die Kopfhörer. Alles funktionierte.

»Geh vor, ich komme nach, wenn du das Signal gibst.«

Filipponi nickte und setzte sich in Bewegung. Ramino sah ihm nach, wie er sich immer weiter entfernte. Keine Menschenseele weit und breit. Ein Rollladen ging hoch, im Hintergrund hörte man einen Zug. Dann war es wieder still. Nur das Zwitschern der Vögel in den Bäumen war zu vernehmen.

»Ich bin drin, alles okay«, erklang Filipponis Stimme in seinem Ohr. Es waren erst fünf Minuten vergangen, kein schlechter Einbrecher, sein Sergente. Ramino seufzte und folgte ihm. Auf der Klingel stand kein Name, das Rollgitter war hochgezogen. Er stieg behutsam die Stufen hinauf, die dicken Sohlen seiner Sportschuhe machten keine Geräusche. Er ging bis in den zweiten Stock, die Tür der Wohnung war angelehnt. Filipponi tauchte auf, sie verständigten sich mit Gesten. Daumen hoch. Vorsichtig schlossen sie die Tür hinter sich, zogen sich Latexhandschuhe über und knipsten die Taschenlampen an.

Wohnzimmer, Küche, Schlafzimmer, Bad. Die beiden Polizisten teilten sich die Arbeit, jeder übernahm zwei Räume. Was sie suchten, war kaum größer als ein DIN-A4-Blatt: einen 13-Zoll-Laptop. Ramino ging systematisch vor, er suchte im Schrank, in den Schubladen, zwischen dem Lattenrost des Bettes, unter der Matratze, unter den Kissen, im Bücherregal. Nichts, absolut nichts.

Doch dann wendete sich das Blatt, Filipponi tauchte auf der Schwelle der Badezimmertür auf, zwei brikettgroße Päckchen in der Hand, mit Silberfolie und Plastik umhüllt und mit Klebeband gesichert. »Die lagen im Spülkasten«, sagte er triumphierend. Es war zwar kein Laptop und auch keine Seife, aber zwei Blöcke reines Kokain. Ramino und Filipponi lächelten sich zufrieden an. Auf der Arbeitsplatte in der Küche stand noch die mit weißem Pulver bestäubte Elektrowaage, die Messbecher waren zwischen dem Mixer und dem Toaster versteckt, das Mannitol zum Strecken des Kokains befand sich in einem Aluminiumbehälter mit der Aufschrift »Zucker«. Der Vizeinspektor ließ den Mülleimer aufklappen, zog mehrere Visitenkarten heraus und schnupperte daran. »Frisch benutzt.« Er wickelte die Kokainblöcke wieder in die Silberfolie, dann in die Plastikhülle, klebte die Päckchen zu und verstaute sie in einer gelben

Tüte, die er anschließend versiegelte. Dann suchten sie weiter.

Die Wohnung war spartanisch eingerichtet, nur das Notwendigste, an den Wänden hingen billige Drucke, ansonsten Plastik- und Sperrholzmöbel, die eher nicht für die Ewigkeit gedacht waren. In der Schublade einer Kommode fanden sie ein Päckchen Kondome, ein gerahmtes Foto von Carla Caggiani und eine Digitalkamera. Aber immer noch kein Laptop. Im Wohnzimmer standen eine Fitnessbank mit Gewichten und ein Hometrainer, an der Wand waren Griffe und ein Brett befestigt, wahrscheinlich für Pull-Ups und Krafttraining. Der Vizeinspektor ging in die Küche zurück, während Filipponi alle Kissen abtastete und hochhob. Hinter, vor, unter dem Gasherd: nichts. Hinter, vor, unter der Spülmaschine: nichts. In den Küchenschränken: nichts. Ramino nahm sogar die Dunstabzugshaube auseinander. Nichts. Absolut nichts. Es gab keine doppelten Böden, keinen versteckten Safe, keine verblendeten Leuchten, keine Geheimfächer. Auch im Kühlschrank war nichts Auffälliges, ein Dutzend Joghurts, ein paar Orangen und Karotten, Sportgetränke. Dann fiel sein Blick auf die Tiefkühltruhe. »Man weiß ja nie«, murmelte er und klappte den Deckel auf, Kondenswasser wallte ihm entgegen. In der Truhe waren Vorratsboxen gestapelt. Er nahm sie eine nach der anderen heraus. Dann entdeckte er eine ultraflache aluminiumfarbene Kiste mit einem weißen Apfel darauf. Vorsichtig zog er sie heraus, klappte sie aber nicht auf, sondern umwickelte sie mit mehreren Lagen Küchenkrepp. »Ich habe ihn«, sprach er ins Funkgerät.

»Und ich habe das hier entdeckt«, sagte Filipponi und Ramino blickte auf. Sein Kollege stand auf der Türschwelle zur Küche und hielt ihm eine Automatikpistole, Kaliber 9mm, entgegen. »Sie war unter der Matratze des Bettsofas versteckt, die Registriernummer ist abgefeilt, ein Schuss ist noch drin«, fügte er hinzu.

»Ein cleverer Bursche, dieser Marcello Russo, das muss man ihm zugestehen.« Ramino presste den tiefgekühlten Laptop an sich, während sich das Chaos in seinem Kopf zu lichten begann.

34

Es war, als würde sich das »Buch der Wandlungen« öffnen und auf alle Fragen eine Antwort geben. Carla Caggianis Laptop war ohne Murren hochgefahren, obwohl er bei minus 18 Grad eingefroren gewesen war. Bereits eine halbe Stunde später hatten sie die Geschichte von vier Menschen vor Augen, deren Leben schicksalhaft miteinander verbunden waren. Domenico Ramino hatte nicht alle Mails gelesen, sondern den Inhalt der Festplatte auf einen externen Speicher kopiert, und sich dann mit den neuesten Posteingängen beschäftigt. Denn zwischen Carla Caggiani und den anderen Akteuren dieser tragischen Geschichte hatte es regen Mailverkehr gegeben.

In erster Linie mit Nicola de Nicola. Carla hatte einen eigenen Ordner für seine Mails angelegt, ein Hinweis darauf, wie wichtig sie ihr waren. Allein der Titel des Ordners »von meinem Liebsten«, strafte die Aussagen von Elisabetta Lorenzi und Marcello Russo Lügen. Aus Zeugen wurden Beschuldigte: Falschaussage, Verleumdung und Begünstigung einer Straftat für Elisabetta Lorenzi. Falschaussage, unerlaubter Waffenbesitz, illegaler Drogenbesitz, Drogenhandel, Stalking und Erpressung für Russo. Das allein reichte schon für eine Anklage und Untersuchungshaft, noch bevor er den Mord gestanden hatte. Die Mails sprachen eine deutliche Sprache und enthüllten das perfide Doppelspiel der »treuen« Freundin Elisabetta. Zum Beispiel ihre Behauptung, dass de Nicola im letzten Monat seine Geliebte bedrängt, sie mit Telefonaten schikaniert und mit Geschenken überhäuft habe, weil sie die Beziehung beenden wollte. Man musste nur die letzte Mail von Marcello Russo an Carla Caggiani lesen, um genau das Gegenteil zu erfahren: Er war es gewesen, der seine Frau im Gefühlschaos zwischen Liebe und Hass tyrannisierte, schwor, mit den Drogen aufzuhören, und sogar drohte sich umzubringen, wenn sie nicht zu ihm zurückkehrte.

Ramino war wie im Rausch, wie nach einer Überdosis, einer Überdosis an Beweisen. Er begann zu zittern, euphorisch wie ein Kind vor einem Regal voller

Süßigkeiten. Vor Aufregung stolperte er über seine eigenen Worte, als er mit der Staatsanwältin telefonierte, um ihr die Fakten darzulegen.

»Sie werden es nicht verstehen«, platzte es aus ihm heraus.

»Was denn? Erklären Sie es mir bitte.« Ihre Stimme klang müde.

»Sie werden es nicht verstehen.«

»Ispettore, bitte!«

Aber es gelang ihm einfach nicht, ihr sachlich und prägnant von den Mails zu berichten, den Mails, die aus der Kälte kamen. Die Worte sprudelten aus ihm heraus wie die Kohlensäure aus einer gerade geöffneten Sprudelflasche.

35

»Wir vermuten eine Herzmuskelentzündung.«

»Ist es schlimm?«

»Um das herauszufinden, müssen wir eine hämodynamische Untersuchung und eine Endomyokardbiopsie durchführen.«

»Das heißt?«

»Durch die Oberschenkelarterie gelangen wir mit einer Sonde ins Herz, nehmen dort verschiedene Messungen vor, spritzen ein Kontrastmittel und entnehmen einige Gewebeproben der rechten und linken Herzkammer.«

»Ist das riskant?«

»Es kann immer Komplikationen geben, aber das kommt selten vor.«

Silvia Sivieri sah die Kardiologin an. »Und wann könnten Sie den Eingriff durchführen?«

»Morgen früh.«

»Am Sonntag?«

»Das sind die neuen Dienstpläne, Personalmangel.«

»Gibt es eine Alternative?«

»Ich würde sagen nein. Das hämodynamische Verfahren ist die beste Möglichkeit zur exakten Diagnose und damit der erfolgversprechende Weg zur richtigen Therapie.« Die Ärztin hielt einen Moment inne. »Wollen Sie mit Ihrem Mann sprechen?«, fragte sie.

»Ja, das wird das Beste sein.«

»Es reicht, wenn ich morgen früh Bescheid weiß, ich muss den OP-Saal reservieren.«

»Und glauben Sie mir, es ist eine Routineuntersuchung«, fügte sie hinzu und war schon wieder aus der Tür.

36

Samstag, 20. August. Die Mole im Hafen ähnelte einer Arena im antiken Rom, nur dass es keine Streitwagen, keine Löwen und keine Gladiatoren gab, sondern ein Schiff, viele Polizisten und ebenso viele Drogenhändler. Die Atmosphäre war aufgeheizt, das Publikum applaudierte, jubelte und johlte. Die Bossa

Nova Production hatte, mit Erlaubnis der Stadt, den Fans die Möglichkeit gegeben, den letzten Drehtag der Serie live mitzuerleben. Die Presseerklärung war als Artikel im *Il Messaggero* erschienen und wurde zudem über Fernsehen und Radio verbreitet. Schon um acht Uhr morgens hatte sich auf der östlichen Uferseite des Kanalhafens von Fiumicino, etwa 50 Meter von der »Ramona« entfernt, eine beachtliche Menge von etwa 500 Fans eingefunden. Die Produktionsgesellschaft hatte eine Tribüne aufbauen lassen, die proppenvoll war, umzäunt von Metallgittern, die von vier Stadtpolizisten unterstützt von Mitarbeitern der Produktionsgesellschaft bewacht wurden. Mit einem solchen Andrang hatte niemand gerechnet. Elisabetta Lorenzi hatte ein Megafon in der Hand und versuchte die brodelnde Menschenmasse zu beruhigen. Doch kaum hatte sich das Gemurmel gelegt, sorgte ein vom nahe gelegenen Flugplatz startender Düsenjet für neue Unruhe.

Allen Widrigkeiten zum Trotz versuchte der Waffenmeister mit seinen Assistenten den finalen Showdown zwischen den Polizisten und den Drogenhändlern in Szene zu setzen, mit Schießereien, Faustkämpfen, berstenden Scheiben und Explosionen, eindrucksvoller als das Feuerwerk zu Ehren von Sant'Ippolito, dem Schutzheiligen von Fiumicino.

Um neun war der Kleinbus mit den Schauspielern eingetroffen, und die Menge war nicht mehr zu halten. In Scharen drängten sich meist junge Leute an der Absperrung, brüllten die Namen ihrer Idole und schwenkten Zettel und Stifte für ein Autogramm. Dann war Marcello Russo ausgestiegen, und die Situation hatte sich weiter zugespitzt. Sogar die Elektriker und die Lichttechniker wurden als Personenschutz gebraucht. Die beiden Stars hätten eigentlich neidisch sein müssen.

Es wurde allmählich heiß. Fabio hatte den Alfa in einer gewissen Entfernung vom Drehort abgestellt, denn die kommunale Polizei hatte die Straße bis zum Dock gesperrt. Paolo Lomezzoni erwartete ihn am Schiff, doch zuerst musste er noch die Menschenmauer überwinden, die sich vor der »Ramona« aufgebaut hatte.

»Du musst dich zur Mole durchkämpfen, ich lasse dich dann von dort rein, aber beeil dich, in fünf Minuten ist Drehbeginn«, hatte er ihm am Handy mitgeteilt. Schließlich gelang es Fabio, zu Lomezzoni durchzukommen, der ihn an der Sperre erwartete. »Er gehört zu mir«, rief der Tontechniker dem Wächter zu. Mit wenigen Schritten waren sie an Bord, gingen zum Technikpult und setzten die Kopfhörer auf. »Dreh läuft«, hatte der Regisseur gesagt. »Ton ab«, hatte Lomezzoni erwidert. »Klappe« war zu hören, dann wurde eine schwarze Tafel mit der Nummer der Szene, der Einstellung und der Anzahl der Wiederholungen vor die Kamera gehalten und anschließend zugeklappt. »Action!«, brüllte der Regisseur ins Megafon, und das Spektakel begann: Das Schiffsdeck wurde zum Filmset, wo der Kampf zwischen der Polizei und den Drogenhändlern die Zuschauer in Atem hielt. Laut Drehbuch waren die Verbrecher in der Überzahl, die Polizisten gerieten in Bedrängnis und warteten auf Verstärkung. Das Ganze wurde von fünf digitalen Kameras gefilmt, um die Actionszenen aus verschiedenen Blickwinkeln aufnehmen zu können. Vizeinspektor Biagio Palma alias Marcello Russo kämpfte wie ein Löwe, erst mit bloßen Händen, dann mit Waffen. Er wollte kein Double, was zu Protesten der Ersatzdarsteller beim Regisseur geführt hatte. Russo war eine echte Gefahr für seine Kontrahenten, denn er war groß und kräftig und vor allem kein Stuntman. Aber der konnte die Wogen glätten, denn laut Drehbuch wurde Russo gleich zu Beginn der Szene verletzt. Die Fäuste flogen, trommelten auf Körper ein und schrammten haarscharf an Gesichtern vorbei. Aber es sah schlimmer aus, als es war, die Darsteller waren durch Protektoren geschützt. Hin und wieder hörte man Pistolenschüsse und Maschinengewehrsalven. Die Inszenierung wirkte täuschend echt und durchaus beeindruckend. Auch in Fabios Augen. Und selbst Ramino, der sich mittlerweile mit seiner Truppe bis zu Absperrung vorgekämpft hatte, nickte anerkennend. Für einen solchen Einsatz war seine Truppe eigentlich zu klein, aber mehr waren an einem Samstag im August nicht verfügbar gewesen. Immerhin war Filipponi dabei, der Einzige mit Erfahrung. Er hatte die Truppe am Ende der Mole Position beziehen lassen, um den Fluchtweg Richtung Fiumicino abzuschneiden.

»Stopp«, brüllte der Regisseur ins Megafon, die Szene war im Kasten, und die Zuschauer applaudierten frenetisch. In der Pause bis zum nächsten Drehabschnitt wurde noch einmal alles durchgecheckt, das Licht, die Position der Kameras, die Kostüme und das Make-up der Schauspieler. Das würde etwa eine halbe Stunde dauern, meinte Paolo Lomezzoni, denn in der nächsten Szene würde Russo verletzt, da würde ziemlich viel Blut fließen, Schwerstarbeit für die Maskenbildner. Fabio bemerkte, wie Elisabetta Lorenzi das Schiff über einen Metallsteg verließ, über die Mole ging und nach ein paar Schritten in einem der Wohnwagen der Produktionsgesellschaft verschwand, die zusammen mit den Lastwagen für das Equipment auf dem Platz geparkt waren. Sogar ein Feuerwehrauto und ein Krankenwagen standen bereit. Fabio informierte den Vizeinspektor übers Handy: »Die Lorenzi ist im Wohnwagen. Jetzt.«

Ramino gab Filipponi ein Zeichen, der nickte. Dann zog er seine Polizeiplakette heraus und zeigte sie dem Wachmann an der Absperrung. Der schaute ihn zweifelnd an. Wer sollte die richtigen von den täuschend echt aussehenden falschen Polizisten unterscheiden können?

37

Elisabetta Lorenzi legte kein Geständnis ab, sie weinte. Was aber im Grunde auf das Gleiche hinauslief. Allerdings nicht vor dem Gesetz, da waren Tränen Tränen und mehr nicht. Ramino wusste nicht recht, wie er ihren Gefühlsausbruch stoppen sollte. Dass Elisabetta Lorenzi eine emotionale Frau war, hatte er schon in der Kirche gesehen, vielleicht hatte es mit dem Kokain zu tun. Aber eine so heftige Reaktion aus heiterem Himmel hatte er nicht erwartet. War er zu weit gegangen? Aber Gespräche unter vier Augen mussten nun mal so geführt werden, direkt, präzise und schonungslos. Ramino holte zum entscheidenden Schlag aus und konfrontierte sie mit dem Beutel, aus dem er den mit Plastik umhüllten silbergrauen Laptop mit dem Apfel herausholte. Vorsichtig entfernte er die Hülle, stellte den Computer auf den Tisch und fragte: »Erkennen Sie ihn wieder? Er gehörte Carla Caggiani.« Elisabetta Lorenzi stockte der Atem. Sie starrte auf den Laptop und stammelte: »Das kann nicht sein.«

Der Vizeinspektor schwieg eine Weile, um das Ganze wirken zu lassen, aber als er sah, dass ihre Augen ins Leere starrten, fuhr er fort: »Wir haben ihn bei Russo, Marcello im Gefrierschrank gefunden.« Dabei nannte er den Nachnamen vor dem Vornamen, wie vor Gericht, im Krankenhaus, in der Kaserne oder im Gefängnis üblich. Dann fügte er hinzu: »Das ist sicher nicht der passende Aufbewahrungsort für einen Computer. Eher für Fisch, Fleisch, Spinat und Eiscreme. Aber ein Computer? Nein, wirklich nicht«, sagte Ramino spöttisch. Elisabetta Lorenzi hob den Kopf und schien etwas sagen zu wollen. Er fuhr fort: »Aber so ein Laptop hält einiges aus, er funktioniert sogar noch. Wir können uns gerne gemeinsam den Mailverkehr ansehen, Sie und Ihre Freundin Carla haben sich ja oft geschrieben.«

Elisabetta brach erneut in Tränen aus. »Bitte beruhigen Sie sich«, sagte Ramino. Aber sie weinte weiter. Er bat Filipponi, Marcello Russo in den Wohnwagen zu holen. Zwischen zwei Schluchzern stammelte Elisabetta: »Aber Marcello ist in der Maske.«

Ramino stutzte, verstehen würde er das erst später.

38

Fabio Gracco saß wie auf glühenden Kohlen. Was ging da vor? Wurden Elisabetta Lorenzi und Marcello Russo verhört? Gab es eine Gegenüberstellung? Es waren bestimmt schon zehn Minuten vergangen, seit Filipponi den Schauspieler nach draußen begleitet hatte. Die Atmosphäre auf dem Schiff und am ganzen Set knisterte vor Spannung. Das enthusiastische Publikum skandierte »Olé«-Rufe und klatschte rhythmisch in die Hände. Und es verlangte nach Wasser, denn auf der Tribüne war es glühend heiß. Die Produktionsfirma hatte an alles gedacht, nur nicht an Getränke für die Zuschauer. Auch der Regisseur saß wie auf glühenden Kohlen. Wo zum Teufel blieb Marcello Russo? Und wer war dieser Unbekannte, der vor dem Wohnwagen stand und mit seinem Assistenten diskutierte? Und wo war die Lorenzi? Und was war mit dem Wasser für die Zuschauer. Fragen über Fragen.

Irgendwann hielt es Fabio nicht mehr aus, und er sagte zu Lomezzoni: »Ich schau mal nach, was da los ist.«

Er ging über den Metallsteg und die Mole zum Wohnwagen. Als er näher kam, konnte er den Streit zwischen Filipponi und dem Regieassistenten deutlich hören. Der wollte in den Wohnwagen, aber der Polizist ließ es nicht zu. Fabio war nur noch zehn Schritte entfernt, als es blitzte und ein Knall zu hören war. Er kam sich vor wie in einem Western.

Die Tür des Wohnwagens wurde aus den Angeln gehoben, zwei Körper stürzten heraus und rollten über den Asphalt. Fabio erstarrte, denn Marcello Russo hatte sich schon wieder aufgerappelt, richtete eine Pistole auf Ramino und Filipponi und brüllte: »Ich bringe euch um.« Der Regieassistent schien zur Salzsäule erstarrt.

»Marcello, nein!«, rief Elisabetta und kam tränenüberströmt aus dem Wohnwagen.

Russo starrte sie an wie eine Fremde. Ramino blutete aus Mund und Nase, sein Hemd und seine Hose waren blutbefleckt. Im Publikum herrschte Unsicherheit, einige verstummten entsetzt, andere applaudierten, in der Annahme, dass alles, was sich hier vor ihren Augen abspielte, so im Drehbuch stand.

Russo blickte sich um, die Waffe in der Hand, offensichtlich auf der Suche nach einem Fluchtweg. Und tatsächlich, nach kurzem Zögern, rannte er los. Fabio hatte damit gerechnet und nahm, ohne lange zu überlegen, die Verfolgung auf. Die Hitze raubte ihm den Atem, seine Lunge drohte zu platzen. Obwohl er fast doppelt so alt wie Marcello war, blieb er ihm auf den Fersen. Eine Weile waren nur ihre fast synchronen Schritte und ihre Atemgeräusche zu hören, dann vergrößerte sich der Abstand. Russo war schneller, zu schnell für Fabio Gracco.

Von Weitem sah Fabio eine uniformierte Gestalt auf sie zukommen, eine Polizistin mit gezogener Waffe. Die junge Frau schrie: »Stehen bleiben! Bleib stehen!«

Russo rammte sie frontal, sie kippte nach hinten, prallte mit dem Hinterkopf auf den Boden und blieb regungslos liegen, die Augen gen Himmel gerichtet. Fabio rannte mit letzter Kraft weiter. Doch dann bemerkte er, wie Russo stehen blieb, hin und her pendelnd wie ein Bowlingspieler nach dem Wurf, der wartete, wie die Pins fallen. Auch Fabio blieb stehen, die Hände in die Seiten gestützt, beugte sich nach vorne und versuchte wieder zu Atem zu kommen. Der Schweiß rann ihm übers Gesicht und brannte in den Augen. Marcello starrte ihn an. Fabio richtete sich auf und ballte die Fäuste. Jetzt oder nie. Er musste handeln, das war er seiner Berufsehre schuldig. Er musste die Sache zu Ende bringen, Mann gegen Mann. Nur er und Russo. Er sah einen Lichtreflex, das musste eine Waffe sein. Er verharrte an Ort und Stelle, unbewaffnet, im Angesicht der drohenden Gefahr. Am liebsten hätte er sich umgedreht, um zu sehen, wo Ramino und die anderen Polizisten blieben. Oder um zu fliehen. Doch das tat er nicht aus Furcht, Russo würde ihn von hinten erschießen. Nicht unbegründet, denn er war der Typ dafür. Nach und nach erholte er sich und konnte wieder klar denken. Ganz langsam bewegte er sich auf Russo zu, der am Ende der Mole stand. Dahinter ging es nicht mehr weiter. Deshalb war Russo so unvermittelt stehen geblieben. Um sie herum war nichts als Wasser. Wenigstens würde er beim Sterben das Meer sehen. Als er den falschen Polizisten vor sich sah, kam ihm ein Gedanke. Vielleicht war die Waffe auch nur eine Attrappe? Zu schön, um wahr zu sein. Denn im Film schoss Biagio Palma mit Platzpatronen. Er konzentrierte sich auf die Pistole. Eine Beretta. Die gleiche Waffe, die er bei den Dreharbeiten benutzte. Oder war es Raminos Dienstwaffe, die Russo ihm beim Handgemenge abgenommen hatte? Er war sich nicht sicher. Beide Waffen sahen gleich aus, mussten sie ja, die Attrappe sollte ja echt aussehen. Er nahm allen Mut zusammen und ging noch zwei Schritte weiter. Russos Hand zitterte. Fabio wog Risiken und Chancen gegeneinander ab. Er musste ihn von der Seite angreifen, um Russo aus dem Konzept zu bringen. Und er musste schnell sein, um den Überraschungseffekt zu nutzen.

Doch blitzschnell änderte sich die Situation, zwei Schüsse fielen, Fabio glaubte einen Lufthauch gespürt zu haben. Zwei Einschläge in Russos Körper, sein Kopf flog in den Nacken, er bäumte sich auf, dann stürzte er zu Boden. Wie ein gefällter Baum. Er verschwand aus seinem Blickfeld. Fabio konnte jetzt ungehindert das Meer sehen.

Der Polizist stand drei, vier Schritte hinter Fabio, die Waffe noch im Anschlag. Nach kurzem Zögern ging Fabio ans Ende der Mole. Marcello Russo war nicht mehr zu sehen, nur ein dunkler Schatten im grünlichen Wasser. Er zog sich Jacke und Schuhe aus und sprang. Er spürte die Luft, dann traf ihn das Wasser wie eine Ohrfeige, und das Salz reizte seine Nasenschleimhäute. Er war ein geübter Schwimmer und schwamm, wie er es in zahllosen Wettkämpfen gelernt hatte, kraftvoll und rhythmisch. Den Blick fest auf den sinkenden Körper gerichtet, tauchte er tief nach unten. Er bekam Russo am Fuß zu packen, der mit ausgestreckten Armen und weit aufgerissenen Augen dahintrieb. Um ihn herum färbte sein Blut das Wasser.

Er zog Russos schweren Körper zu sich, zerrte ihm die kugelsichere Weste vom Leib, musste sich anstrengen, um nicht weiter nach unten zu sinken, während seine Lunge bereits dem Bersten nah war. Um ihn herum nur grünliches Einerlei, nichts, woran er sich orientieren konnte. Er stieß etwas Luft aus, die in kleinen Bläschen rasch nach oben stieg. Er versuchte, ihnen zu folgen, aber sie waren schon zu weit weg. Dann sah er den dunklen Umriss der Klippen und hielt verzweifelt darauf zu, stieß sich kraftvoll mit den Füßen ab, sah die Oberfläche silbern glitzern und durchbrach sie.

Mit einer Hand hielt er sich an den Felsen fest und sog gierig die Luft ein, spürte die Hitze der Sonne auf seiner Haut. Dann zerrte er Russos leblosen Körper aus dem Wasser und legte ihn auf den Felsen. Er atmete nicht.

Sofort waren Hände da, die ihm halfen, Filipponi und die Polizistin, die immer wieder stammelte: »Ich habe ihn getötet.« Marcellos Kopf war blutüberströmt, er wirkte wie tot. Doch dann sahen sie, dass die rote Flüssigkeit aus einer Plastikblase rann, es war Kunstblut. Weitere Helfer eilten herbei, auch der Krankenwagen war mittlerweile vor Ort.

Auf Fabio achtete niemand, doch das machte ihm nichts aus. Er saß da am Fuß des Felsens, der neben der Mole aufragte, die Füße im Wasser, den Rücken an den glatten Stein gelehnt. Ihm ging es gut. Er atmete einfach nur tief ein und aus.

Dann hörte er ein heftiges Husten und eine Frauenstimme: »Er lebt! Er lebt!« Das klang nach Elisabetta Lorenzi. Danach Motorengeräusche, Türenschlagen, weitere Stimmen. Fabio schloss die Augen und hielt das Gesicht in die Sonne, seine mit einer Salzschicht überzogenen Kleider trockneten allmählich. Ein schönes Plätzchen, hier fühlte er sich wohl. Er hörte die Sirene aufheulen und sich rasch entfernen. Jemand sprang zu ihm auf den Felsen. Es war

Ramino, die Nase geschwollen, die Oberlippe aufgeplatzt, das Hemd mit Blut befleckt.

»Deine Sachen«, sagte er und legte die Jacke und die Schuhe neben ihn. Dann lehnte auch er sich gegen den glatten Felsen und hielt das Gesicht der Sonne entgegen, während das Wasser sanft seine Füße umspülte. »Die Pistole war eine Attrappe, aber ich habe sie auch für echt gehalten.«

Eine kleine Welle trieb Algen an den Felsen.

»Russo lebt?«

»Ja, dank dir und der kugelsicheren Weste. Und du? Wie geht's dir?«

»Gut. Hat er gestanden?«

»Die Lorenzi hat geredet, sie wusste alles. Russo hatte ihr von der Tat erzählt. Er sei verzweifelt gewesen, nicht mehr Herr seiner Sinne. Es sei einfach so passiert, im Affekt. Da gibt es noch einiges zu klären, aber er wird reden, unser Mörder.« Ramino klang immer noch wütend.

Fabio blickte ihn von der Seite an: »Hat er dir die Nase gebrochen?«

»Vielleicht. Ein Kopfstoß, aber es hätte schlimmer kommen können.«

»Das solltest du behandeln lassen.«

»Ja, schon gut«, knurrte er.

»Ich komm mit«, sagte Fabio, zog einen Schuh an und band den Schnürsenkel zu.

»Das ist nicht nötig, danke«, wehrte Ramino ab, aber es war offensichtlich, dass es ihm gefallen würde. Mit neuer Energie stand er auf. »Ich muss schleunigst

Lucia Campazzo anrufen, und meinen Chef in San Vitale. Er ist da sehr empfindlich.«

»Ich bringe dich ins Grassi in Ostia. Eine kleine Kontrolle, nur um sicherzugehen.«

Sie kletterten den Felsen hoch zur Mole, die Gischt spritzte ihnen entgegen, aber das kümmerte sie nicht. Sie halfen sich gegenseitig. Dann näherten sie sich dem offenen Platz, die Sonne brannte gnadenlos vom Himmel, die Hitze flirrte, alles schien vor den Augen zu verschwimmen. Das Schiff war immer noch da, auch die Kulissen und die Schauspieler. Die Zuschauer harrten aus in der Erwartung, dass es gleich weitergehen würde. Das dramatische Geschehen hatten sie gar nicht mitbekommen. Hinter den Bergen tauchten dunkle Wolken auf, Vorboten eines nahenden Gewitters. Der Sommer würde eine Pause machen.

39

Im Schnee hatte Nicola de Nicola noch nie Eidechsen gesehen, sie lebten in den Ritzen der Felsen und kamen immer erst mit der Wärme ans Tageslicht. Deshalb dachte er, er sei tot, als er die große grüne Eidechse zwischen den Schneeflocken sah. Er war irgendwie enttäuscht, dass im Jenseits das Absurde logisch sein sollte. Bei der Vorstellung fühlte er sich nicht wohl, dort wollte er nicht hin, selbst wenn er vorher genug Zeit gehabt hätte, um sein Leben zurückzudrehen und noch mal von vorne zu beginnen. Dann aber, jenseits von Schnee und Eidechse, erkannte er Silvias Gesicht, das ihm zulächelte. Er musste träumen. Er öffnete mühsam die Augen. Jedenfalls dachte er das, dabei waren sie schon seit geraumer Zeit offen. Er war weder tot, noch hatte er geschlafen und geträumt. Er lag in seinem Bett in der Kardiologie des Krankenhauses Umberto I. in Rom. Silvia saß neben ihm und schüttelte noch einmal die Schneekugel mit der grünen Eidechse.

»Es ist alles gut gegangen«, sagte sie sanft und lächelte.

Nicola fragte sich, was denn gut gegangen war. Seine Leiste schmerzte. Dann fiel ihm wieder die Herzkatheteruntersuchung ein, und der helle Blitz, als sie ihm das Kontrastmittel gespritzt hatten. An mehr erinnerte er sich nicht. Er streckte die Hand aus und griff nach der Schneekugel. Er drehte sie um und richtete sie dann wieder auf, so dass der Schnee auf die Eidechse und ihre kleine Welt niederrieselte. Als Kind hatte er auch eine Schneekugel gehabt mit dem schiefen Turm von Pisa.

»Sie haben deinem Herzen zwei kleine Stupse gegeben, und jetzt scheint es dir besser zu gehen«, erklärte sie in leichtem Ton, der allerdings etwas gezwungen klang.

Nicola schaute weiter auf die Eidechse im rieselnden Schnee und hörte auf das pumpende Geräusch der Maschine. Ob jetzt das Flattern wiederkam? Im Gegenteil, ihn überkam eine tiefe Ruhe, wie die Ruhe nach dem Sturm.

»Die Eidechse von Formentera«, erklärte Silvia, »ein Geschenk deines Freundes. Er wartet immer noch, er wollte bleiben, bis du aufgewacht bist.«

Nicola drehte den Kopf in die Richtung, die Silvia ihm zeigte. Hinter der Scheibe saß Alberto, der Zeitschriftenhändler vom Piazzale Don Minzoni, der vor Glück strahlte und ihm zuwinkte. Nicola verstand sofort. Einen Augenblick später erschien hinter der Scheibe die Titelseite einer großen Tageszeitung. Alberto deutete auf die Schlagzeile, dann präsentierte er noch eine Zeitung und noch eine. Dieser einfache Mann, den Nicola in all den Jahren nur beim Zeitungenkaufen getroffen hatte, wollte ihm zeigen, dass er von jedem Verdacht reingewaschen und entlastet war. Ein wahrer Freund.

Diese schlichte und doch so herzliche Geste ließ Nicolas Herz erzittern, aber nur kurz, dann fand es seinen Rhythmus wieder, ein wohliges Gefühl innerer Wärme überkam ihn und ließ die Eisschichten, die sich wie ein Panzer über ihn gelegt hatten, eine nach der anderen schmelzen. Während Silvia ihm von den vielen Glück- und Genesungswünschen erzählte, erkannte de Nicola durch das Fenster die Wipfel der mächtigen Pinien neben dem Viale Regina Margherita, er hörte die Glocken Mittag schlagen. Dankbarkeit überkam ihn, Dankbarkeit für jeden neuen Tag. Dann blickte er wieder zu Silvia und nahm ihre Hand.

Rom, da draußen hinter dem Fenster, die mütterliche und sinnliche Stadt, dämmerte vor sich hin, gelähmt von der schwülen Augusthitze. Aber bald, wenn die Tage wieder kühler und die Nächte länger werden würden, würde auch sie wieder erwachen, die Seele dieser leidenschaftlichen, brutalen, schrecklich-schönen Stadt. Und würde voller Bedauern und Wut auf die glorreichen und bereits verlorenen Jahre zurückblicken.

Autor

Giuseppe Furno, Jahrgang 1953, ist ein sehr erfolgreicher Drehbuchautor für Film und Fernsehen. Sein erster Roman, »Die Feuer von Murano«, wurde 2012 mit dem Premio Hemingway ausgezeichnet. »Ewig ist nur der Tod« ist der Beginn einer Serie um den römischen Privatdetektiv Fabio Gracco.

GOLDMANN
Lesen erleben